한국문학의 비평과 차이

한국문학의 비평과 차이

The Criticism and Difference of Korean Literature

김봉군 외

푸른사상

재미의 차원과 쇄말주의

문학의 기능을 둘러싼 논쟁사는 '재미'와 '교훈' 문제에 빚지고 있다. 재미있고 깨우침을 주는 문학이면 될 것인데도, 문학사는 늘 두 극단에서 왔다. 우리 인류 지성사의 아픈 부분이다. 석가·공자·맹자·주자와 그리스도·플라톤·단테·보카치오·시드니·엘리어트·톨스토이·러스킨·이광수 등의 계보에 드는 교훈설은 이제 그 입지立地를 잃어가고 있다. 아리스토텔레스·실러·워즈워드·페이터·프랑스·허드슨·김동인·마광수 등의 계보에 드는 쾌락설이 설득력을 확보한 것이 근대 이후 문학사의 주류主流다.

문학은 물론 재미있어야 한다. 인간의 쾌락 추구적 본능과 무관한 것이기는 어렵다. 그런데 그 재미의 차원이 문제다.

재미의 차원에는 다섯 층위가 있다. 단순한 동물적 수준의 관능적 재미sensual pleasure와 이를 넘어서는 감각적 재미sensous pleasure와, 심미적 재미aesthetic pleasure, 지적 재미intellectual pleasure는 물론 종교적 유열愉悅이 그것이다. 사실 교훈이니 깨우침이니 하는 것도 높은 차원의 재미에 속한다는 사실이 여기서 드러난다. 문학의 기능 논쟁이라는 것이 이 같은 재미의 깊이, 넓이, 높이의 문제 때문에 빚어진다는 뜻이다.

문학의 기능 논쟁은 서정시보다 서사 문학, 극문학 쪽에서 주로 빚어진다. 서사 문학, 극문학의 쟁점을 성性과 돈의 분배 문제에서 찾으려는 당위론이 그 단적인 예다.

성과 돈은 인류사의 흐름을 지배해 온 가장 중요한 매개물이다. 세속사世俗史를 욕망 이론으로 풀려 할 때, 성과 돈은 권력과 함께 가장 치열한 욕망의 불꽃 속에 있다. 프로이트 심리학의 발전적 지평에 자리하는 자크 라캉의 욕망 이론, 그것은 문학의 재미 문제에 대해 결정적 시사점을 내포한다. 라캉의 욕망 이론에서 주체는 나그네요 삶은 사막, 욕망의 대상은 신기루에 비유되며, 그럼에도 욕망은 삶의 동인動因이요 존재의 이유다. 이것이 삶과 존재의 허무·비극·무위無爲·적멸寂滅의 현상학적 의미다.

아나톨 프랑스의 「타이스」나 김동인의 「감자」가 그려 보이는 관능적 쾌락이라는 신기루, 그 신기루의 환영幻影을 부여잡고 몰락하는 주인공의 비극을 우리는 즐긴다. 여기서 사려 깊은 독자인 비평가는 아나톨 프랑스와 함께 D.H.로렌스를, 김동인과 함께 에밀 졸라를 생각해 낸다. 아울러 마광수의 파탄을 아파하게 된다. 아나톨 프랑스의 역설적 구원과, D.H.로렌스의 「사랑하는 여인들Women in Love」이 갈구하여 마지않은, '관능을 넘어선 그 무엇'의 의미를 간파할 줄 안다. 다른 차원에서, 에밀 졸라와 김동인의 '역설적 비극의 깨우침'에도 둔감해 할 수 없게 된다.

이런 재미와 깨우침의 차원에 철저히 미달하는 정비석과 마광수의 '가짜 욕망'은 저 아득한 설렘의 지평에서조차 가뭇없는 허무 그 자체가 아닌가.

  돌이키면, 1980년대까지 우리 문단에 '전투의 악다구니'가 난무했다. 1990년대 이후에는 저차원의 가짜 욕망의 천박한 재미가 성·돈·폭력을 매개로 한 쇄말주의trivialism와 결탁한 형세가 탁류처럼 도도하다. T.S.엘리엇이 말한 문학의 '위대한 정신적 지주支柱'가 소실된 시대가 아닌가.

  21세기는 형이상학 소멸의 시대라고들 단정적으로 말한다. 그렇지 않다. 그럴 수 없다. 키에르케고르의 말을 빌리지 않더라도, 인간은 육체적 존재임을 넘어 심미적·윤리적·종교적 실존인 까닭이다. 인간에게서 우리는 지금도 수성獸性, brutality뿐 아니라 영성靈性, spirituality을 체험하며, 문학 정신의 지평은 필경 인간 속성 최고차원의 '영성'을 향하여 열려 있는 것이다.

  서봉瑞峰 서익환徐益煥 교수님의 건강하신 정년 퇴임을 축하드리며 특집호를 낸다. 뜻 깊은 일이다. 재미의 차원을 높여 '인식의 깊이'를 천착해 오신 서교수님 학구學究의 일생에 경의를 표한다.

2004년 여름
한국문학비평가협회
회장 김 봉 군

● 머리말| 재미의 차원과 쇄말주의 • 3

특집 서봉 서익환 선생의 문학세계

서봉 서익환 선생 연보

자료조사 및 작성: 기념문집 간행위원회

○ 1938. 10. 9   경기도 이천군(현 이천시) 모가면 소고리123 부친 서상욱
                   (1896~1966)과 모친 권송곡의 4남 3녀 중 4남으로 태어남
○ 1945. 4   서울 홍인초등학교 입학
○ 1950. 6. 25   6·25 전쟁으로 고향 이천으로 피난
○ 1952. 3   서울 홍인종합초등학교 졸업
○ 1952~1955. 3   서울 용산중학교
○ 1955. 4~1958. 3 서울 용산고등학교
○ 1959. 3~1950. 2 서울 성균관대학교 1년 수료
○ 1960. 3~1964. 2 서울 고려대학교 문리과대학 국문학과(2학년에 편입하여 졸업)
○ 1964. 3   서울 숭문중고등학교 교사로 취임
○ 1965. 3~1967. 8 서울 고려대학교 문리과 대학원 중퇴
○ 1965. 1   종합사상지 ≪청맥≫ 1월호 평론 「한국적 샤마니즘 고찰」 발표
○ 1967. 10. 22   유문자와 결혼
○ 1968. 11. 4   장녀 경진 출생
○ 1971. 1. 12   2녀 주희 출생
○ 1972. 1. 20   3녀 경아 출생
○ 1972. 5   피아니스트 아르튀르 루빈쉬타인의 자서전 『루빈쉬타인』 번역
                   출판, 범우사 촉탁
○ 1978. 9   한양대학교 대학원 석사과정 입학
  ~1980. 8   한양대학교 대학원 석사과정 졸업. 「조지훈론」으로 문학석사학

위 취득. 한국국어국문학회 회원

○ 1980. 9   한양대학 대학원 박사과정 입학

○ 1981. 2. 28   서울 숭문중고등학교 퇴임

○ 1981. 3. 12   한양대학교 국문과 강사 출강

○ 1982. 4   한국비교문학연구회 회원

○ 1983. 3   「서정주시 연구」 이경선 교수 회갑 논문집(한양대학교)

○ 1983. 5   『한국 현대시 탐구』 서익환 외 공저(민족문화사)

○ 1983. 3   「조지훈 시 연구 - 「승무」의 이미지 분석」 『국어국문학』 89호

○ 1984. 3   한양여대 교양과 교수 취임

○ 1984. 3~1986. 2 한양여대 교양과 학과장 역임

○ 1984. 5   한양여대 10년사 편찬위원장

○ 1984. 5   「조지훈 시 연구 - 시집 『여운』의 의미」 한양대 어문연구

○ 1987. 2   「조지훈 시 연구 - 시 「승무」의 구조 연구」 한양여대 논문집

○ 1987. 3   한양여대 신문 학보사 주간 취임

○ 1988. 5   「조지훈 시 연구」 『국어국문학』 94호

○ 1988. 2.   「조지훈 시에 나타난 상상력 구조 연구」 한양여대 논문집

○ 1989. 2   『조지훈 시 연구』로 한양대 대학원 문학박사 취득

○ 1989. 3   한양여대 문예창작과 개설 초대학과장 취임

○ 1989. 7   문선명 통일교회 주체 국제심포지엄 참석(미국)

○ 1989. 7~8   「조지훈 시와 자아의 의미」 1부~2부 동양문학 평론가상 수상

○ 1990. 1   한국문인협회 회원

○ 1990. 3   「한국현대사와 현실인식의 문제」(평론) 계간 ≪우리문학≫ 봄호

○ 1990. 3   계간 ≪우리문학≫ 주간

○ 1990. 5   「양성우의 시 세계 - 세상의 한가운데」(평론) 발표

○ 1991. 5   저서 『조지훈 시 연구』 발간(평론) 우리문학사 간행

○ 1991. 9   『한국문학에 있어서 비평의 과제』 우리문학사 간행

○ 1992. 5. 15   교육부 장관 교육공로 표창 수상

○ 1992. 9   「점액물질의 언어 - 정희성의 시 세계」 ≪우리문학≫ 가을호

○ 1994. 8~10   ≪월간문학≫(월평) 「문학의 이론과 비평적 안목」 「비평, 그 다양
                 한 목소리」 「문학전통과 변증법」 등

○ 1994. 1~6   ≪문예사조≫ 수필평

○ 1994. 2   한국문학평론가협회 회원

○ 1994. 4	한양여대 20년사 편찬위원장 취임
○ 1994. 7. 25~8. 7	한국문협 국제심포지엄 참가 스위스 취리히의 인터라켄, 영국, 프랑스, 스위스 이탈리아 등 여행
○ 1994. 9~11	≪수필문학≫에 수필 월평
○ 1995. 2	한국문학평론가협회 이사 취임
○ 1995. 1	국제 PEN클럽 한국본부 회원
○ 1995. 2~5	≪문학세계≫에 2월호부터 4회에 걸쳐「시인의 소외 된 내면성」「시어의 견고성과 관념성」「철저한 가면 술사가 되자」「시적 동일성의 문제」 등 월평
○ 1995. 2	「「광장」의 변증법적 구조 연구 - 최인훈의 작품 세계」 한양여대 논문집
○ 1996. 2	「조지훈 시의 문체고」 한양여대 논문집
○ 1997. 7. 25~8. 5	한국문협 국제문학 심포지엄 참가. 캐나다 토론토, 멕시코 칸쿤의 마야 문명, 쿠바 여행
○ 1997. 6	「소심하고 내성적인 휴머니스트 - 오영수의 문학과 인간」(한국예술원 발간, 문예편)
○ 1997. 10	「신념없는 시대의 시적 딜레마 - 기형도의 시 세계」 ≪PEN문학≫ 가을호
○ 1997. 10	「억압된 순수와 욕망의 거리 - 김문수의「가출」평」 ≪월간문학≫ 10월호
○ 1997. 11 ~1998. 2	≪월간문학≫ 소설 월평.「진실과 가면의 이중성 해부」「어긋남의 리얼리티」「경험공간과 기대지평의 거리」「그리움과 미움, 그 갈등의 미학」 등 발표
○ 1998. 7	평론집 『한국현대문학과 현실인식』(새미출판사)
○ 1998. 9	『조지훈 시와 자아·자연의 심연』(국학자료원)
○ 1999. 10	「한국문학의 새 천년과 대응방안」 ≪문학비평≫ 창간호
○ 1999. 11	「상실된 윤리성과 가치관」 ≪강남문학≫ 통권 5호
○ 2000. 2	「오영수의 문학과 인간」 한양여대 논문집
○ 2001. 11	「거기 그곳에로의 짧은 여행 - 박영희의 초기시를 중심으로」 ≪문학비평≫ 3호
○ 2002. 6	「문학적 신념과 자유의지의 만남 - 황지우의 시 세계」 ≪문학비평≫ 4호

○ 2002. 11	「가면 속에 숨어있는 진실」(시평) ≪강남문학≫ 8호
○ 2002. 11	「시의 서정적 감각과 깊이 - 김상용의 시 세계」 ≪문학비평≫ 5호
○ 2003. 2	「김수영 시 연구」 한양여대 논문집
○ 2003. 5. 15	부총리 교육부장관 표창 수상, 교과지도 및 교재개발 공로표창
○ 2003. 11	「진실과 자유, 김수영의 시적 모험」 ≪강남문학≫ 9호
○ 2003. 11	「시적 리얼리티와 계급의식 - 권환의 시세계 초기시를 중심으로」 ≪문학비평≫ 7집
○ 2003. 12	서울문예상 대상 수상, 강남문인협회
○ 2004. 2. 28	정년기념문집 『산마루에 서서』와 평론집 『문학적 상상력과 인식의 깊이』 출판. 정년 퇴임
○ 2004. 3	한양여대 명예교수

지순至純한 불꽃처럼

停年에 부쳐

권 용 태 *

당신은
언제 어디서 만나도
색용色容과,
신뢰信賴와,
미소微笑로,
화답和答해 주시는 분.

한평생
학문의 길 가꾸며
지혜의 바다 속을
살면서,
비평의 밭을
경작해 온 분.

때로는 지순至純한 불꽃처럼
뜨거운 의지와 열정으로

---

* 시인, 강남문인협회 회장

'조지훈'을
'서정주'를
'신동엽'을
그리고 '최인훈'의 '광장'을
변증으로 탐구해 온 분.

가진 것이 없어도
풍요豊饒와 여유로
합리合理와,
상식과,
정도正道를 추구하며
살아온 분.

당신의 정년停年은
이제부터 시작하는 것.
청청靑靑한 삶과
더 깊은 학문 가꾸며
살라는 천명天命.

중후한 인품 그대로,
청아한 향기 그대로,
더 깊은 정진 그대로,
더 큰 탐구探究 있어라,
더 큰 건필健筆 있어라.

서봉 선생 학덕송學德頌

이 수 화*

상서로운 빛 서광이 쌓여
사십성상四十星霜 해와 달의
가장 빛나는 빛의 섬광閃光으로
빛나는 서봉 이마 위에
주름살인 양 파도치는,

야아!
저 미쁘디 미쁜 이미지가
바로 고추장처럼 맵고 짜다는 서익환 교수 학점?!
아니, 서봉지학덕瑞峰之學德이리아.

그 문덕文德,
어제는 파도이다가
오늘은 심심산곡深深山谷이더니
어시로 사십성상四十星霜

* 시인

그 서봉瑞峰 무릎 아래,

오오!
저 드높아 향그러운 문향文香이
바로 편작인 양 곧고 령靈하다는
서익환 평론가 비평?!
아니, 서봉지문학瑞峰之文學이고야.

그 문향文香,
어제도 서운瑞雲이더니
오늘도 방방곡곡 시나브로
청청靑靑헌 문하들이
그 서봉 기슭 아래,

야아!
야아!
만만세세로세.

천진난만한 벗 서교수

이 용 승*

천진 난만天眞爛漫이란 말이 있다. 학창시절 국어시험에 자주 나오던 사자성어四字成語다. 우리가 흔히 쓰는 말인데 한자로도 어렵고, 그 뜻 또한 알 듯 말 듯 이다.

잠깐 컨닝을 해서 국어사전을 찾아본다. 정답은……?

'아무 꾸밈없이 언행에 그대로 나타나는 참' 바로 그 뜻이다. 그걸 안다면 '골든벨'감이다. 이 참 뜻을 아는 이야말로 서 교수를 평할 수 있다.

이 양반은 어찌 된 일인지 앉으나 서나 만날 때나 헤어질 때나 항상 웃음이 가시지 않는 이다. 나와 그는 고등학교와 대학교의 동기동창 관계다. 그렇지만 그가 천진난만하다는 진면목眞面目을 알게 된 것은 환갑이 다 되어서다.

둘이는 가끔 만나 바둑을 두는 기우碁友 사이기도 하다. 나는 바둑을 둘 때는 장고파長考派다. 그래서 바둑판을 오래 읽고 셈해 보는 버릇이 있다. 내가 장고에 들어갈라치면 이 양반은 재빨리 알아채고 한 마디 집어던진다.

---

* 전 경향신문 편집국장 이사

"뭘 그렇게 오래 봐. 아무데나 놓지……."

"아무데나 놓으라니? 그럼 나보고 지란 말이야?"

"허허…. 말뜻을 제법 알아듣네……."

그러고는 재미있다는 듯 낄낄댄다. 남을 놀리는데 이골이 난 양반 같다. 내가 어쩌다가 이 양반에게 지기라도 할 경우는 거의가 이 양반의 시도 때도 없이 웃어대는 웃음과 사람을 헷갈리게 만드는 빈정거림 때문으로 보면 된다. 그렇게 해서라도 이기면 웃고 또 져도 웃는다. 도무지 그 속을 헤아릴 길이 없다. 잘 웃는 사람치고 악인惡人은 없다. 그가 웃으며 허튼 소리를 하다가 가끔 촌철살인寸鐵殺人의 한 마디를 내뱉을 때가 있다. 상대방이 깜짝 놀라 "이 자가 지금 나에게 욕을 한 것인지 칭찬을 한 것인지……" 헷갈리기 일쑤다. 장난기가 한이 없다. 남을 화나게 해 놓고 이 양반은 그 화내는 표정이 재미있어서 또 웃어댄다. 실제로 그의 그런 특유의 말에 익숙지 못한 친구가 그를 오해하고 토라지는 경우를 가끔 보아 왔다. 그 악의 없이 빈정거리는 말투가 그를 문학평론가로 만든 것인지 모르겠다. 아마 그랬을 것이다.

잘한 것을 알고도 잘못했다고 빈정대는데 화를 안 낼 사람이 몇이나 있겠는가.

이 양반은 상대방을 그렇게 눌러놓고 말을 시작하는 버릇이 있다. 그 말뜻을 나중에라도 깨닫게 되면 그제서야 "내가 한 말은 항상 거꾸로 생각하면 된다." 늘 그런 식이다.

교육자 집안에서 태어난 탓인지 이 양반의 성격은 올곧고 바르다. 집념이 강하고 의협심도 있다. 우리가 대학시절을 마칠 무렵, 당시 3공화국 시절에 감옥소 입구까지 갔다온 적이 있다. 소위 학사주점 사건의 연루자로서……. 그러나 그는 이런 이야기에 대해 남 앞에서 입방아질을 하지 않는다. 훗날 어떤 친구가 "당신 고생한 적 있다면서?"라고 물었다. 돌아온

말은 "지금 잠꼬대하고 있는 거야?" 그것으로 끝이다.

내 고생이고 네 고생이고 이 양반은 상관이 없다. 네 인생이 따로 있고 내 인생이 따로 있는데 시시콜콜한 이야기를 해서 무엇 하겠느냐는 것이 그의 생각이다.

서로 만나서 좋고 나쁜 일도 좋게 생각하면 그 아니 좋겠는가? 그래서 그의 주변에는 술 잘 마시고 부담 안 주는 그런 인사들이 많다. 예컨대 이훈래나 김유주 같은 사람. 학鶴같은 사람들 말이다. 물론 그 중에는 나 같은 잡새도 있지만…….

지면관계로 한 마디만 더 하고 글을 끝내야겠다. "아직도 어린 시절 때처럼 천진난만한 서 교수. 자네 이제 철 좀 들게나."

선배의 소중함

황 성 연 *

　내가 한양여대에서 학생들을 가르친 지 5~6년 지났을 때 어떤 모임에 참석했다가 서익환 교수가 내 용산고교 6년 선배라는 사실을 알게 됐다. 순간 나는 무척 당황스러웠고 또 한편으로는 기쁘기 그지없었다. 왜냐하면 한 직장에 선배가 있다는 것은 곧 후배로서 모든 언행에 조심해야 된다는 제약이 따르게 마련이기 때문이었다. 그렇지만 또 한편으로는 후배로서 선배에게 모든 것은 자문하고 하소연을 할 수 있을 뿐더러 때로는 선배의 보호도 받을 수 있는 문제여서 든든했다.

　6대 독자인 내게는 누이와 동생 다섯 자매가 있다. 게다가 어릴 때인 1·4 후퇴 때 개성에서 피난 나온 처지인데다 어머니까지 일찍 여의어 할머니의 손에서 어렵게 성장한지라 무척 외롭고 건조한 생활을 해왔다. 그런 성장과정이 나를 소심한 성격으로 굳어지게 했을 것이다. 그러던 내가 선배를 알고부터는 많이 달라졌다. 소심했던 내가 활기를 띠게 된 것이다. 서교수께서는 매사에 적극적인 데다 활달한 성품이셨고 또 호주가이셔서 나는 서교수의 그런 점이 아주 좋았다. 뿐만 아니라 서교수께서는 국내외

* 한양여대 도예과 교수.

적으로 많은 분들과 교분이 있어 늘 새로운 그리고 급변하는 사회의 상황 변화에 따른 세상 얘기를 재미있게 들려주시곤 했는데 그 점은 내 판단력에 큰 도움이 되곤 했다.

서교수와 우리 학교에서 친분이 두터웠던 분으로는 당시 제일 고참이셨던 경영학과의 박용희 교수를 꼽을 수가 있겠다. 그 분은 학생부장, 교무처장, 부학장 직을 두루 역임하신 분으로 다방면에 박식하셨다.

박교수와 서교수 두 분은 시간적인 여유만 생기면 조촐한 술자리를 마련하고 마주앉곤 하셨는데 나도 가끔씩 그런 자리에 끼게 되어 두 분의 얘기에 팔리곤 했다.

또 매년 여름방학만 되면 국내의 경승지와 유적지를 찾아 2박 3일 정도의 여행길에 나서곤 했었다. 그런 때에는 법이 없어도 살 수 있다고 평해지는 김문수 교수, 온화하고 부드러운 성품인데다 한학漢學에 조예가 깊은 이연재 교수를 서교수께선 늘 불러내셨다.

여행 중, 김교수는 어느 사찰엘 들르든 그 사찰의 유래며 건물·불탑 등의 양식과 그 주변의 숲을 구성하고 있는 수목의 종류, 지역명에 대한 유래 등을 대화 속에다 펼쳐 놓았다. 이러한 '역사탐방'을 계속하며 승용차로 이동할 때도 세 분은 소주잔을 돌리시곤 했는데 김교수는 그 자리를 '달리는 포장마차'라며 익살을 부렸고, 흥에 겨워진 이교수는 흘러간 옛 노래를 부르기 시작했다 하면 수십 곡을 잇달아 부르는 데도 가사 한 군데 틀리는 적이 없었다. 그 나이에 어떻게 그 숱한 노래를 그토록 재미있게 부를 수 있을까 싶어 나는 놀람에 앞서 부럽기까지 했다.

밤이 되면 밤대로 여독을 푼답시고 또 한 차례 술자리가 마련되는데 그 자리는 밤이 이슥하도록 얘기꽃이 만발이다.

이제 이쯤에서 얘기의 가닥을 좀 잡아야 될 것 같다. 이것도 여행과 무관하지 않은 얘기인데, 후배인 내가 선배인 서교수께 그래도 크게 기여할 일이 한 가지는 있노라고 스스로 위안을 삼을 수 있는 일이 있었다.

10여 년 남짓 흐른 옛날 얘기다. 그때 서교수는 조지훈 선생의 시로 늦은 나이에 박사학위 논문을 마무리 짓고 있었다. 그런데 어느 날, 서교수께서 무슨 얘기 끝엔가 논문자료가 부족하여 조지훈 선생 생가로 현장 답사를 가야 하겠는데 막막하다고 하소연을 하셨다. 그래 내가 생가를 답사하여 자료들을 구하면 되잖겠느냐고 하자 서교수는 생가가 있는 곳이 워낙 외진 곳이고 멀어서 힘들다며 난색을 표했다. 사실, 그 당시만 하여도 그쪽 방향의 도로는 꼭 경북 영양을 거쳐야만 들어갈 수 있는 외길이었고, 영양에서 일원까지의 도로 사정이 좋지 않았으며 일원에서 주곡리 조지훈 선생 생가까지는 완전히 비포장의 고통스러운 도로였다. 지금이야 청량산 쪽에서 쉽게, 빨리 달릴 수 있는 도로가 뚫려 있고 그곳을 거쳐 백암온천까지도 좋은 경치를 즐기며 갈 수 있게끔 변했지만.

어쨌든 그때 서교수와 가장 가깝게 지내던 박용희 부학장께 내가 답사 여행에 동행해 주십사고 제의하자 박부학장께서도 선뜻 응낙해 주셨다.

결국 토요일로 출발일을 정하고 우리 셋은 내 차로 새벽 다섯 시에 출발해 점심 때쯤 안동에 도착했다. 나는 안동에서 무엇보다도 먼저 필름 두 통을 더 샀다. 서교수의 카메라에 끼워져 있는 한 통이 전부인 것 같았기 때문이었다.

어렵사리 주곡리 입구에 도착하니 길가에서 조지훈 시비가 우리를 반겨주었다. 동네에는 조지훈 생가는 물론 여러 친척들의 집들이 많았다. 예상했던 대로 필름 한 통으로는 어림도 없었다. 그곳은 저 유명한 일월산 자락의 외진 마을이어서 만약 필름을 더 사가지 않았더라면 그야말로 낭패를 볼 뻔했다.

우리는 사진도 충분히 찍었고 원하는 여러 자료들을 얻어 아주 흡족한 기분으로 차를 돌렸다. 그리고 귀로에 소백산 희방사에 들러가기로 했다.

죽령에 이르러 차를 버려 두고 희방사까지 한 50여 분 힘겹게 올랐다. 계곡에서 떨어지는 소폭포랑 아담한 절, 그리고 주변의 풍광이 마치 한국화에서 풍기는 묵향墨香처럼 우리를 매료시켰다. 우리가 서울에 도착한 것은 밤 열두 시경이었다.

지금도 나는 그토록 힘들게 멀고도 외진 곳에 가서 좋은 자료를 입수하고 또 귀로에 들른 희방사 주변의 풍광을 잊을 수가 없다. 그때 그 날을 생각하면 서교수가 떠오르게 마련이기도 하다.

서교수는 고교 선배이자 한 직장의 연장자로 내게 큰 버팀목이 되어 왔다. 나는 요즘 들어, 인생을 살아가면서 나이가 들수록 삶의 과정에서 부딪히게 되는 여러 문제들을 의논하고 또 어떤 때는 하소연도 하고 방향을 자문할 수도 있는 그런 믿음직한 사람이 한 사람이라도 있다면 그는 곧 행복한 사람이라는 생각을 자주 하게 된다.

이제까지 내가 크게 의지하고 여러 일들을 자문했던 서교수께서 정년 퇴임을 하게 되셨으니 나로서는 이렇듯 허전하고 외로울 수가 없다. 그러나 퇴임하신다 해도 우리 선후배 관계는 더 질기게, 더 굳게 다져질 것으로 믿어 의심치 않는다.

멀리 퍼지는 인품의 향기

홍 성 암 *

서익환 교수는 같은 대학원에서 현대문학 분야의 박사과정을 마쳤다는 점에서 동문 선배다. 그렇긴 하지만 나보다 훨씬 선배여서 함께 공부할 기회도 없었고, 학문에 대해서 의견을 나눌 기회도 없었다. 심지어는 얼굴을 마주할 기회도 없었다. 그러다 보니 내가 서익환 교수에 대해서 알게 된 것은 주로 소문에 의해서다. 후배들에게 인자하고 동료들에게 관대하고 선배들에게 깍듯이 예의를 지키는 분이란 식의 소문이다. 후배들은 서교수를 마음씨 좋은 맏형님 정도로 생각했다. 어쩌다 한두 번 만났거나, 아예 만난 적이 없거나, 그래도 잘 아는 사이 같은 그런 느낌을 주었던 것이다.

그러다 그분을 처음 만난 것은 동문 후배의 아들 돌잔치에 참석해서였다. 그때 서교수는 전혀 뜻밖의 병객이 되어 있었다. 피암이라는 병인데, 핏줄에 생긴 암이란 뜻인지, 아니면 백혈병 같은 피 자체의 암인지, 지금도 불분명하지만 아무튼 처음 들어본 종류의 병이었다. 암이란 병이 얼마나 낫기 힘든 종류인지 모두 잘 알고 있는 터라 우리는 내심으로 서교수

---

* 소설가, 동덕여대 교수

를 반쯤은 죽은 사람으로 취급하고 있었다. 그런데 정작 돌잔치에 참석한 서교수 자신은 전혀 태평한 표정이었다. 특유의 너털웃음도 여전했고, 속삭임 같은 부드러운 목소리, 온화한 표정이 조금도 흐트러지지 않았다. 모두 드러내어 말하기 어려운 병에 대해서도 먼저 말했다.

"큰일 날 뻔했어. 다른 진찰을 받다가 엉뚱하게 발견된 놈이야. 조기 발견되었기 망정이지. 좋은 세상 오래 살아보라고 하늘이 기회를 주신 게지."

서교수가 다른 사람의 염려를 잠재우느라 선수를 쳐서 병에 대해서 해명했기 때문에 병에 대한 안부를 어떻게 물어야 할 것인지 걱정하던 후배들의 시름을 단숨에 덜어주었다. 그래서 병에 대한 생각은 모두 까마득히 잊어버리고 화기애애한 평소의 분위기로 돌아가서 방담을 나눌 수 있었다. 그러나 그 후로도 가끔 정말 그렇게 염려하지 않아도 되는 건지, 문득문득 염려가 되었지만 들려오는 소문엔 별 탈이 없다는 것이다.

그렇게 몇 년이 지나서 박사학위를 받았기에 학위 논문을 전하러 연구실로 들르게 되었다. 같은 대학 구내지만 평소엔 들를 일이 없었던 처지라 모처럼의 방문이었던 것이다. 평소 친밀하게 지내지 못했던 터여서 학위논문을 들고 방문하기가 매우 쑥스러웠던 것인데 서교수는 나의 방문을 받자 백년지기를 만난 것처럼 반겼다.

"학위 받기 힘들었지. 그게 뭐 그리 대단한 거라고. 젠장 목숨 걸고 논문에 매달린 꼴이라니까."

서교수는 나보다 한 학기 먼저 학위를 받은 터여서 내가 겪은 고통을 가장 잘 이해하고 있었다. 나이 들어서 공부하는 입장에서는 학위를 받는다는 것이 쉬운 일이 아니었다. 직장은 직장대로 충실해야 했고, 강의를 들어야 했고, 시간 강의를 얻어서 다녀야 했고, 그리고 틈틈이 책을 읽고 논문을 써야 했던 것이다. 원칙주의자로 깐깐한 지도교수의 요구를 충족하기가 쉽지 않았다. 그런 동병상련의 입장이어서 하고 싶은 말이 너무나 많았다.

그렇게 정답게 얘기를 나누다가 헤어졌는데, 헤어지고 보니 꼭 해야 할 말을 빠뜨린 것이었다. 기왕 학위를 받았으니 소설론 강의를 하나쯤 얻을 수 있었으면 좋겠다는 부탁을 하려던 참이었던 것이다. 그런데 그런 말을 나눌 기회가 없을 정도로 화제가 많았고 시간은 모자랐다. 그래서 헤어지고 나서야 해야 할 말을 못하고 말았다는 생각을 하게 된 것이다.

서교수의 다정다감한 성격은 후배들에게 널리 알려진 터이긴 하지만 어쩌다 만나도 전혀 스스럼이 없다. 온화하고 부드럽다. 늘 만나고 싶은 선배다. 그러나 꼭 만나야 할 특별한 기회가 별로 없어서 그저 학교의 의례적인 행사 때 먼 발치에서 인사나 하는 정도로 지나치는 일이 많았다. 그러다 지난 해에 <비평문학상>을 받는 자리에서 서교수를 만나게 되었다. 내가 펴낸 장편소설을 서교수가 소속된 비평가협회에서 수상작으로 선정해 준 것이다.

수상 소감에서 "나는 평소 비평가들을 좋아하지 않습니다. 좋은 책을 좋다고 하고 좋지 않은 책을 좋지 않다고 해야 하는데 상당수의 비평가들이 그렇지 못한 것 같습니다" 라는 식으로 비평가에 대해서 비판적으로 발언을 하게 되었다. 아마도 상을 받는다는 것 때문에 약간 상기되어 있었던 모양이다. 내 의도는 그런 비평 풍토에서 내 작품을 주목해 준 데 대해서 감사하다는 말을 하려던 것이었는데, 말의 톤이 높아져서 마치 비평가들의 잔치에 와서 비평가들을 욕한 꼴이 되었던 모양이다. 다른 사람들이 뜨악한 표정인데 서교수가 내게 와서 위로했다.

"잘 했어. 해야 할 말을 한 거야. 비평가들이 반성해야 해."

사실 내 본의와는 거리가 있었지만 뜨악해진 분위기에 기죽지 않도록 격려해 주려는 세심한 선배의 마음씀이 너무나도 고마웠다. 그가 왜 모든 후배들로부터 맏형 대우를 받고 있는 것인지를 유감없이 보여준 사례라고 하겠다.

산너머 꽃이 피면 그 향기가 바람 따라 멀리 퍼진다. 그 꽃향기를 맡게 되면, 보지 않아도 꽃이 피었음을 알고 봄이 왔음을 깨닫게 된다. 서교수의 인품은 인자하고 자상하여 그 향기가 멀리 퍼지고 그래서 후배들은 그 따스함을 고마워한다. 또한 그런 선배가 있음을 자랑스럽게 생각한다. 피암이란 이상한 병도 거뜬히 극복했듯이 오래도록 건강하기를 바라는 마음 간절하다.

서봉 서익환 선생을 회고하며

임 영 천 *

　서봉 서익환 교수의 정년 퇴임을 진심으로 축하 드린다. 어떤 이들은 나의 이 표현을 매우 우습다고 생각할는지도 모른다. 정년 퇴임을 어떻게 축하 드릴 수 있는 거냐고 말이다. 그러나 우리가 이 글을 쓰게 된 것도 그의 퇴임을 기념하는 의미에서 시작되었다고 한다면, 그 '기념'의 의미가 '축하' 또는 '경하'와 관련되어 있을지언정 행여 '애도'나 '애곡'과 관련되어 있으리라고는 여겨지지 않는다.

　확실히 퇴임은 인생의 상당 부분의 짐을 덜어내는 과정 중의 하나요, 그 절차라고 할 수 있다. 그 짐들 가운데서도 가장 무거우면서도 그러나 덜어내기 쉽지 않은 짐을 사회 제도에 의탁해 반강제적으로 덜어내는 것이 바로 그 퇴임이란 절차가 아닌가 한다. 가장 무거운 짐이면서도 얼른 덜어내지 못하고 주저주저하던 짐을 절반은 타의에 의해 덜어내게 된 셈이니 그의 양어깨가 얼마나 홀가분할 것인가. 참으로 경하할 일이 아닐 수 없다.

　젊은이들은 교수직의 퇴임을 매우 홀가분한 일, 그리고 경하할 일이란

* 문학평론가, 조선대 교수

말(표현)을 이해하기 힘들어할는지도 모른다. 그러나 인생의 상당 기간을 보내고 바로 그 퇴임이란 시간에 가까워지고 있음을 느끼는 그 연령대의 사람들은 필자의 이런 표현을 충분히 이해할 것으로 안다. 그러니까 젊은 나이에 퇴임을 하게 된다면 그것은 확실히 애긍哀矜할 일이 아닐 수 없겠다. 그러나 물러날 때에 이르러 물러나게 되는 사람들은 확실히 이웃들로부터 축하의 박수를 받아야만 할 것이란 말이다.

그 이유는, 첫째 나라의 동량지재棟梁之材들을 올바로 육성하는 임무를 완수하고 제때에 흔쾌히 물러나는 것이니 경하의 박수를 받아야 하는 것이요, 둘째는 대기 상태에 있는 후학들에게 길을 터주고 그들을 위해 앞으로의 활동 영역을 확보해 주는 일에 기꺼이 동참하는 일이니 또한 축하의 박수를 받는 것은 너무도 당연한 일이 아닐 수 없겠다.

거기에다가 마지막 이유 하나를 더 붙이는 일이 허용된다면 다음의 것이 추가될 수도 있으리라. 셋째, 지금껏 자신이 하고 싶어하던, 그러나 시간적 여유, 심적 여유 등 모든 것이 여의치 않아 차일피일 미루어 오던 무슨 '(연구)하고 싶은 일들'을 이제야 홀가분한 마음으로 할 수 있게 되었다는 것, 이 기회는 연구하는 일이 천직인 교수 출신 퇴임 인사들에게는 정말로 천재일우의 기회가 아닐 수 없겠다. 나는 서봉 선생이 앞으로 무엇인가 획기적인 문학비평 관련 저작물들을, 또는 한국 비평사에 남을 만한, 없어서는 안 될 훌륭한 저작물들을 퇴임 이후 반드시 쏟아 내리라고 믿는다.

회고해 보니, 나는 서봉 선생을 우리 문학비평가협회 창립총회 때 처음 만났었던 것 같다. 시내 어느 음식점에선가 그 모임이 있었는데, 서봉 선생과 필자가 다 함께 공동 부회장에 피임되는 일이 있었던 자리였다. 그때가 90년대 후반이었으니 아직 두 자릿수도 못 되는 비교적 짧은 기간 동안 나는 그와 만나는 일이 있었던 것이다. 내가 서봉 선생과 만나는 일도 거의 언제나 공식 자리에서였을 뿐이다. 즉 문학비평가협회 임원회 자리 같은 정기적인 모임 같은 데서나 만나는 일이 내가 그와 만나게 되는 일의 전부였다고나 할까. 그만큼 우리는 어쩌면 뜸한 만남이 이루어지는, 이를테면 다소 소원한 관계라고도 할 그런 서로의 관계였다고 할 수 있을 것이다. 그러나 그런 속에서 나는 서봉 선생이 말하자면 진국이라는 말의 의미에 딱 부합하는 인물이라는 것을 서서히 느껴 가고 있었던 셈이다.

서봉 선생은 아무래도 생生에 어느 정도 달관한 진국 인생임에 틀림이 없다. 그는 무슨 노래 가사에도 나오는 언제나 말이 없는 사나이이다. 침묵 속에서 자신의 일을 묵묵히 추진해 나갈 뿐인 그런 인물로 보인다. 그래서 무겁게 보인다. 이러는 그가 술이 조금 들어가는 경우엔 간혹〔실로 간혹이다!〕, 속의 말을 하는 때도 있었던 것 같다.

술이 들어갔다고 해서 언제나 속말을 하는 것은 아니다. 간혹 속말을 할 때도 있었다는 것뿐이다. 일종의 의분이 생길 때 그런 속마음을 털어 놓는 것 같아 보였다. 그리고는 언제 그랬느냐는 듯이 또 말없는 세계 속으로 들어가는 것이었다. 나는 이러는 서봉 선생으로부터 일종의 음유시인다운 유유자적한 풍모를 발견하게 되었던 것 같다. 탈속의 달관 같은 삶의 자세가 느껴졌기 때문이다.

확실히 서봉 선생은 무욕의 사람이다. 전혀 무슨 욕심이란 게 없어 보이는 사람이다. 예를 들면 그럴 듯한 문학 단체의 장長 자리 하나쯤 넘볼 만도 할 것 같은데, 그는 도대체 오불관언 식의 초연한 자세이다. 그가 차기 우리 문학비평가협회의 회장직에 오르는 게 좋겠다는 생각에서〔순번이 그렇게 되었으니까〕, 슬그머니 의사 타진을 해 볼라치면 그는 거의 무반동총이다. 그러니 더이상 무슨 말을 붙여 보기조차 힘들어 버린다. 그러는 그의 초연한 자세 앞에서, 말 붙이는 이가 도리어 쑥스러워져 버리는 것이다. 아니, 부끄러워져 버린다고나 해야 할까? 이런 탈속의 자세로 일생을 사셨으니 참으로 시선詩仙 이백의 경지가 아니고 무엇이겠는가?

나는, 그러나 서봉 선생에게 학문에 대한 열정이 있는 것만은 알고 있다. 연구자의 자세로, 또는 비평가의 자세로 앞으로 필을 가다듬어 청사에 길이 빛날 비평문학적 업적을, 또는 학문적 저작물들을 속속 펴낼 것을 기대하며 또 그렇게 이룰 것을 믿는다. 현대판 무욕의 시선인 그의 앞길에 서광이 비칠지어다!

서익환 비평문학의 '눈'

서 범 석 *

독일의 시인 괴테는 "저 개를 내쫓아라! 저 놈은 비평가니까"라고 말한 바 있고, 러시아의 작가 체홉도 '쇠꼬리에 귀찮게 달라붙는 파리'라고 비평가를 폄하했다는 것은 주지의 사실이다. 작금의 한국문단에서 비평가의 위치도 이와 유사한 위치에 있지는 않을까. 문학비평가들이 우리 문학 발전에 무슨 도움을 주고 있다고 자신 있게 말할 수 있을까. 원론적으로 말한다면, 문학을 정의하고 분류·분석하며 해석·판단하여 궁극적으로 작품의 가치평가를 도모하는 것이 문학비평이라고 할 때, 그것은 문학을 위해 필요 불가결한 장르임을 누구도 부인하기 어렵다. 그럼에도 불구하고 비평무용론이 제기되고 그것에 상당수의 사람들이 공감하고 있다는 현실은 무엇인가. 한 마디로 비평가들이 제 구실을 못하고 있다는 것이다.

비평의 기능이 해석, 감상, 평가라고 할 때, 텍스트를 객관적으로 보는 '눈'과 감성적으로 음미할 수 있는 '가슴', 그리고 그 둘에 의하여 찾아낸 가치를 판단하는 냉철한 '머리'가 비평가가 갖추어야 할 덕목인 것이다. 이러한 눈, 가슴, 머리가 온전하게 갖추어져 있는가의 여부가 비평문학과

비평가의 존재 의의를 판가름할 것임은 두말할 필요가 없다.

　서익환(1938～　　)은 1965년 「한국적 샤머니즘의 고찰」을 발표한 이래 약 40년간 문학비평가로서 또는 문예창작학과 교수로서 문학적 삶을 이어왔다. 이 글은 비평텍스트를 바탕으로 몇 가지 특징적 사실을 추려봄으로써 비평가로서의 서익환의 시력과 감성 그리고 판단력을 저울질해 보고자 한다. 그런데 이 눈과 가슴 그리고 머리 중에서 가장 중요한 것은 '눈'이다. 눈은 가슴에서 비롯된 것이며 머리로 결과되기 때문에 그 시력만 측정되면 나머지 것들, 즉 감성과 판단력은 한 고리로 묶여 있을 가능성이 높기 때문이다. 물론 세 가지를 모두 점검하여 그것들을 종합적으로 고찰하면 더 좋은 일이겠으나, 필자의 능력에 한계가 있기 때문에 여기서는 서익환의 문학적 시력만 간략히 측정하고자 한다.

　서익환의 문학 텍스트를 일별해 보면 우선 그의 눈이 '넓게 보기' 능력을 가지고 있음을 알 수 있다. 그는 비평문학의 출발지점인 「한국적 샤머니즘의 고찰」에서부터 현대문학 전공자의 눈이 쉽게 닿지 않는 토속적 '샤머니즘'을 보고 있는 것이다.

　　한국의 샤머니즘의 여러 종류 중 예를 들면 地母神, 곡물신인 세경할망본풀이는 내용과 배경과 구성이 다르다고 해도 그리스의 地母神이요, 곡물신, 농경神인 '데메트로'(성격상 女神임)의 신화와 거의 동일함을 엿볼 수 있는데 그리스의 神話 및 원시형의 신앙은 그들의 마음속에 아름답게 살아 있어 숭배의 대상이 되고 생활화되었으나 우리나라의 地母神이요, 곡물신인 '세경할망'에 대한 아는 사람은 무당 외에 별로 없을 줄로 생각된다.

　주체적 시각에서 우리 문학의 원류라고 할 수 있는 샤머니즘을 찾아 오늘의 문학에 연결하고자 하는 이와 같은 안목은 처음부터 그의 눈이 '넓게 보기'의 특성을 가지고 있었음을 말해주고 있는 것이다. 소설을 다루고 있는 「오영수의 문학과 인간」, 「인간 삶의 진실성 투시」, 「상실된 윤리성과 가치관」 그리고 수필을 다루고 있는 「상상력과 과거적 공간미학」, 「작위성과 비작위성」, 「삶에 대한 진지한 응시」 등의 텍스트도 시를 전공한 서익환의 시력이 타 장르에까지 미치고 있는 '넓게 보기'의 한 증좌가 되겠지만, 그의 광각 렌즈와 같은 시력은 그의 주력 텍스트인 일련의 「조지훈 시 연구」에서 잘 드러나고 있다.

「조지훈 시 연구」 ―「승무」의 이미지 분석
　　ㅇ. 상승과 하강의 변증법　　　　ㅇ. '빛'의 Image

「조지훈 시 연구」(Ⅱ) ― 조지훈의 목소리
　　ㅇ. 「여운」의 의미　　　　　　ㅇ. 자연 관조의 미학
　　ㅇ. 불교미학의 세계　　　　　ㅇ. 역사의식과 고독의 현장
「조지훈 시의 상상력 구조연구」 ― 조지훈의 상징체계
　　ㅇ. 「화련기華戀紀」와 「백접白蝶」의 언어
　　ㅇ. 「인쇄공장」과 「재단실」의 언어
　　ㅇ. 자아탐구의 이원적 의미

「조지훈 시의 문체고」
　　ㅇ. 시와 문체　　　　　　　ㅇ. 문체적 특성과 성격
　　ㅇ. 운율　　　　　　　　　ㅇ. 시의 언어

　이상과 같은 비평 내용에서 우리가 알 수 있는 확실한 한 가지는 서익환이 문학을 볼 때, 하나의 시각에서 결코 바라보지 않는다는 것이다. 가능한 다양한 시점에 서서 폭넓게 작품을 들여다본다는 것이다. 내용과 형식의 구조 파악은 물론 시의 방법도 다각도에서 고찰하고 있는 것이다.

이러한 '넓게 보기'가 서익환의 문학적 '눈'이 가지고 있는 바로 보기의 방법인 것이다.

다음은 '깊이 보기'의 시력이다. 그는 넓게 보는 시력만 가지고 있는 것이 아니라 그가 잡아낸 주제에 따라 한 작가나 작품을 세밀하게 깊게 들여다보는 것이다. 깊게 들여다보지 않고 올바른 판단을 내리는 것은 불안한 일이다. 「자유를 향한 시적 모험 — 김수영의 시 세계」에서 그는 작품을 깊이 천착하는 시력을 발휘한다.

> 시인 김수영에게 '거리'는 삶의 공간이고 동시에 시적 공간이다. 그리고 이 공간을 존재케 하는 근원은 인간의 진실이다. 진실이 결여된 사랑, 우정, 자유, 정의, 권력 등 모든 사회적 구조물은 진정한 의미에서 존재할 수 없다. 그래서 시인 김수영은 '거리는 나의 모든 설움'이라고 절규한다. 진실이 결여된 사랑, 우정, 자유, 정의, 권력들만이 횡행하고 있는 우리의 현실이 그에게는 비애이고 고통인 것이다. 그가 추구하고 갈망하는 진실을 바탕으로 한 자유와는 아무런 관계도 없는 형상들과 마주치고 있는 그 거리(공간)는 그에게 존재의 무의미한 형상들일 뿐이다. 시인 김수영의 소외된 내면성은 진실한 자유만을 찾아 절규한다.

인간의 자유를 진실과 연계하여 김수영 시에서 형상화되는 과정을 탐색하고 있는 이 글에서 서익환은 아이러니와 역설이라는 방법적 잣대를 가지고 작가정신의 지속과 변모를 세밀하게 탐색하고 있는 것이다. 그리하여 김수영의 자유에 대한 시적 모험이 수치와 치욕의 시대에서 출발하고 있음을 찾아내고 그것이 산문적 리얼리티의 비판정신의 소산임을 읽어낸다. 그리고 작품 하나하나에서 아이러니에 의한 리얼리티를 읽어내면서 "진실의 불, 자유의 불을 켜야 하기 때문에 시인 김수영의 갈등과 고뇌와 고독은 더욱 깊어만 간다"라고 진단한다. 그러한 진단을 거쳐 그가 판단한 것은 김수영은 결코 사회의 특수 계층의 삶이나 지배 계층들의 행복한 삶을 모방하지 않고 자신의 시적 신념과 모험을 모방했다는 것이며, 인간의 지극히 순수한 천부적 자유와 진리를 지배이데올로기의 횡포로부터 수호하기 위해 사회참여를 감행한 강렬성과 강직성 그리고 장엄성이라고 주장한다.

마지막으로 서익환의 특징적 시력으로서 '멀리 보기'를 들 수 있다. 사실 비평가는 해석이나 평가만 하는 사람은 아니다. 문학의 시대적 흐름을 통찰하고 진단하여 앞으로의 방향을 예단하고 바람직한 방향을 제시하여 작가나 독자들에게 지남차로서의 구실도 할 수 있어야 한다. 그러기 위해서는 '멀리 보기'의 시력이 비평가에게 요구되는 것이다. 이와 같은 미래를 향한 서익환의 시선이 「통일과 비평문학의 역할」, 「한국문학의 새 천년과 대응방안」 등의 텍스트를 구축하고 있다. 그는 「한국문학의 새 천년과 대응방안」에서 "문학은 인간을 탐구하고 인간의 삶을 창조하는 예술이다" 라고 전제하고 다음과 같이 말하고 있다.

> 이러한 문학적 사명을 달성하기 위해 문학인들은 다른 정신적·인문학적 분야와 손을 잡아야 한다. 종교로부터 진리와 사랑을 도덕으로부터 선을, 철학으로부터 인간의 삶과 죽음, 존재의 심오한 본질을, 역사로부터 인간정신의 흐름이나 역사 창조의 근원을, 심리학이나 정신분석학으로부터 인간의 근원적 욕망, 근원적 정신이 어떻게 문화의 틀이나 사회구조에 반응하는가 등 인접분야와 보다 더 적극적으로 관련을 맺고 탐구해야 하지 않을까. 이러한 노력은 실존주의적 경향을 띤 문학의 등장을 전망할 수 있다.

문학의 본질론을 앞세워 다가올 문학의 특징적 징후를 조심스럽게 전망하는 '멀리 보기'의 시력을 확인하게 되는 글이다. 여기서 그는 21C의 새로운 천년의 문학은 멀티미디어나 사이버 영상 등 과학논리에 위축된 인간 존재의 재발견이라는 기치를 높이 들고 출발해야 한다고 주장한다. 이러한 텍스트는 미래의 문학을 예단하고 거기에 부응하여 나아갈 방향을 제시하는 한 예가 될 것이다.

지금까지 이 글은 서익환 문학과의 짧은 만남을 통한 소감을 거칠게 서술했다. 그것은 그의 비평문학이 시인·작가들의 텍스트를 어떠한 눈으로 바라보고 있는지를 살펴본 것이다. 다시 말하면 그것은 텍스트에 대한 서익환의 해석에 관한 태도를 점검해 본 것이다. 그 결과 그는 '넓게 보기'와 '깊이 보기' 그리고 '멀리 보기'의 세 가지 시력을 갖춘 '눈'을 가지고 있는 비평가임을 알게 되었다. 그러니까 그는 비평가로서 바람직한 시력을 구비한 것으로 평가되는 것이다. 그럼에도 불구하고 그가 남긴 글은 과작이다. 이는 본인이게나 한국문학사를 위해서도 아쉬운 일임에 틀림없다. 마침 그는 대학 교수로서의 정년을 맞았고, 건강이 뒷받침되고 있으니 이제부터 여유를 가지고 더욱 좋은 메타언어의 텍스트들을 많이 축조해 나갈 것으로 기대되는 것이다.

서익환의 비평 세계

류 재 엽 *

1

평론가 서익환의 비평 세계를 알아보기 위해서는, 무엇보다 먼저 문학
에 있어 인식이란 무엇인가 하는 문제를 규명하지 않으면 안 될 줄 안다.
그것은 그의 평론집 세 권의 제목이 각각 『한국현대문학과 현실 인식』
(1998), 『문학과 인식의 지평』(2001)과 『문학적 상상력과 인식의 깊이』(2004)
로서 모두 문학과 인식의 문제를 내걸고 있기 때문이다. 저자는 그의 한
평론집 서문에서 "문학이라는 괴물, 기이하게 생긴 괴물은 작자의 상상력
과 인식을 거름으로 배양되고 탄생된다"라고 말한 바 있다. 또한 다른 평
론집의 서문에서는 "문학은 작자의 현실에 대한 예리한 비판정신과 미학
적 인식의 소산" 이라고 하였다. 그렇다면 과연 서익환이 생각하고 있는
인식이란 용어는 어떻게 이해해야 되는가? 그리고 '인식'과 '미학적 인식'
과의 거리는 어떻게 되는가 하는 문제를 먼저 알아보지 않으면 안 되리라
고 생각한다.

---

* 문학평론가, 신구대 교수

인식이란 가장 넓은 의미의 지식을 이르는 말로서 비명제적인 지각과 더불어 기억, 내적 성찰에 의한 이해는 물론 이와 함께 판단을 포함하는 것이다. 리케트H. Rickett에 의하면 인식은 '판단'이며 판단의 본질은 진리 가치에 대한 '시인是認'이나 '부인否認'을 뜻한다.

지식의 본질을 주체를 통한 대상의 지식이라고 한다면, 지식의 주체는 물론 대상마저도 이에서 벗어날 수는 없다고 할 수 있다. 물론 주체의 대상은 실재하는 것이거나, 혹은 관념이거나 혹은 칸트Kant가 말하고 있는 순수오성純粹悟性 등 셋 중의 한 가지이다.

한편 예술에 있어서의 미학은 '형식의 미'와 '내용의 미'가 그 기준이 된다. 그러나 예술의 평가에 있어 이 두 가지 중의 어느 한쪽만 인정하려는 태도는 옳지 않다. 그렇게 본다면 서익환에 있어 문학에 대한 인식이란 문학의 주제에 대한 이해와 가치를 부여하는 판단 기준이며, 동시에 대상 작품의 형식과 내용의 양면에서 그 미적 가치를 찾고자 하는 태도를 지니고 있지 않나 하는 생각이 든다. 바꾸어 말하면 서익환의 비평 활동은 비평의 대상이 되는 작품의 이해와 내용적, 형식적 가치의 부여 행위라고 할 수 있겠다.

그렇다면 여기에서 우리는 이 가설을 전제로 하여 서익환의 비평이 과연 어떤 기준의 척도를 가지고 문학을 바라보고 있으며, 그것을 어떻게 적용하고 있는가를 상세하게 고찰할 필요가 있겠다.

2

서익환은 다양한 방법으로 문학을 해석하고 있는데, 그것은 다음의 언급에서 명확하게 드러난다.

비평은 평론가와 작품 그리고 작가 사이에 형성되는 창작행위이다. 문예작품을 떠난 어떠한 비평이론이나 방법이 존재할 수 없기 때문이다. 그리고 여기서 창작행위는 작품이나 작가세계에 참여하는 것이 아니라 동화identification하는 것을 의미한다. 평론가의 최초의 직관은 비평될 작품의 내부로 그를 침투시킴으로써 실존적 전망 속에 작가의 내면적 작품을 일관하는 창조적 격발력, 창조행위의 근원에 내재하는 심리적, 인간적, 사회적, 미학적인 모든 것들이 하나의 세력을 결합시키는 구심점을 재발견하게 하는 작용을 수행한다. 그 결과 비평가는 작품의 문학적 가치를 평가하게 된다. 그리고 이러한 상황에서 올바른 작품평가는 가능한 것이다.[9]

여기에서 보듯 그는 문학작품을 평가함에 있어 심리적, 인간적, 사회적, 미학적인 여러 방법을 동원하고 있다. 박사학위 논문 이래 줄곧 그의 관심을 끌어온 시인은 조지훈이었는데, 그는 조지훈 연구에서 전기적인 고찰 이외에 형식주의적 방법을 동원하여 그의 시 세계를 파악하고자 노력하였다. 한편 서정주의 시를 연구하기 위하여 정신분석학적인 접근 방법을 원용하였고, 김춘수와 이승훈의 경우는 현상학적인 분석 방법을 사용하였으며, 최인훈은 사회 문화적 접근을, 김문수는 심리주의적 방법을 동원하여 각각 작품세계를 이해하고자 시도하였다.[10] 이는 전술한 바와 같이 문학작품의 내용과 형식이라는 양면에서의 '미학적 인식'을 구하기 위한 시도라고 여겨진다.

그러나 문학작품에 대한 이와 같은 다양한 연구 방법은 자칫 비평가 자신이 선호하는 작품에 대한 긍정적인 평가만이 가능하리라는 약점을 안고 있다. 왜냐하면 비평 대상 작품에 대한 부정적 평가를 도출하기 위해

---

9) 서익환, 「한국문학에 있어서의 비평의 과제」, 『문학과 인식의 지평』, 국학자료원, 2001, p.351.
10) 위의 책, 서문.

다양한 연구 방법의 원용은 한마디로 무의미할 수밖에 없기 때문이다. 비평가의 역할이 문학작품에 대한 가치 부여뿐만 아니라, 독자에 대한 독서의 가이드로서 존재의 필요성을 감안한다면 문학작품에 대한 평가는 한결 냉철할 필요가 있지 않을까?

3

서익환은 '하나의 시도로써 정신분석학적 접근'이라는 부제가 달린 「서정주 시 연구」에서 프로이트 G. Freud의 학설을 빌어 서정주의 시 「마당」, 「어린 집지기」, 「만 십 세」와 「추천사鞦韆詞」에 나타난 오이디푸스 콤플렉스를 찾고자 하였다.[11] 서익환은 「어린 집지기」에서 "중이 와서 어머니를 업어갔으면 어쩔까?" 라는 공포 심리에서 시인이 유년기에 체험한 일차작 성性의 단계를 상징화시킨 것으로 파악하고 있다.[12] 또한 「추천사」를 해석하면서 시인의 자서전을 기초로 하여 열 살의 소년과 열일곱 살의 소녀에게 품은 잠재성욕을 구상화시킨 것으로 보았다.[13] 두 인물을 연결시켜 주는 것이 바로 '그네'이다. "머언 바다로 배를 내어 밀 듯이" 밀어 올려지는 그네는 성행위와 성적 쾌미를 상징하는 이미지로 해석한다.

이밖에 작품 「첫 질투」와 「내 영원은」은 시인이 소학교 시절 유난히도 시인을 귀여워하던 여선생님을 향한 잠재된 성욕의 상징화라고 보았으며, 「국화 옆에서」, 「목화」, 「학」, 「아지랑이」, 「누님의 집」 등의 작품에 나타난 누님 이미지는 우리의 오누이설화와 마찬가지로, 어머니에 대한 오이디푸스 콤플렉스가 누이에게 전이된 것으로 보고 있다.[14]

---

11) 위의 글, pp.138~142.
12) 위의 글, p.139.
13) 위의 책, p.143.
14) 위의 책, p.148.

한편 서익환은 서정주의 시 세계를 파악하기 위해 융C. Jung의 '원형과 집단무의식'의 이론을 차용한다. 작품 「자화상」, 「웅계雄鶏」, 「여수旅愁」에 나타난 '피'의 이미지를 각각 '아침', '생명 창조', '바다'의 원형으로 보고 있다. 그는 이런 이미지 분석의 방법으로 「화사」에서 '피 먹은 고운 입술'과 '배암'은 관능적 욕정, 「대낮」의 '붉은 꽃밭'과 '향기로운 코피'는 성적인 홍투, 「선덕여왕의 말씀」의 '황금팔찌'와 '구름과 비가 터잡는 하늘 속'은 성적 유희와 사랑의 영원성과 서약을 상징하는 원형적 이미지임을 파악해 냈다.15)

이러한 작업 결과 서익환은 서정주의 초기시들을 정신분석학적 비평 방법과 신화비평의 방법을 통해 시인이 유년시절에 지니고 있던 연상의 여인 두 사람 — 남숙과 여선생을 향한 오이디푸스적 잠재의식이 작품의 근저에 깔려 있음을 추리하였다. 그리고 여타의 작품에서 보이는 '피'의 이미지는 창조, 부활, 생명, 사랑, 생식, 성적 충동을 나타낸 것이라는 견해를 보여준다.

또한 서익환은 김문수의 소설 「가출」 분석에도 심리주의 방법론을 동원한다. 김문수는 유난히 순수소설을 고집하는 작가이다. 그의 작품 「증묘」, 「미로학습」, 「성혼」, 「만취당기」 등의 작품을 통해 불확실성의 시대를 사는 인간의 삶과 존재 의미를 진지하고 예리하게 분석한 작가이다. 이 시대를 관통하는 격동기의 사회상이나 정치상황은 애써 외면하였다. 서익환은 김문수의 작품 가운데 1990년대를 전후하여 나타나기 시작한 한국 가정의 해체 모습을 보여준 단편 「가출」을 신화비평의 방법을 통해 분석을 시도하였다.

소설 속에 내가 키우는 똥개 황군은 나의 분신이다. 똥개가 아내의 구박을 받는 것처럼 주인공 역시 아내로부터 괄시와 모멸을 받는 처지이다.

---

15) 위의 책, p.155.

나는 경제적으로 무능력할 뿐더러 성적인 면에서도 무능력한 인물이다. 나의 성적 무능력은 다섯 살 때 어머니를 여읜 데서 비롯된다. 그런 나는 서른의 나이에 사랑하지도 않는 스물아홉 살의 아내와 결혼한다. 아내는 나에게 끊임없이 사랑을 확인하려고 한다. 그러나 나는 사랑하지도 않는 아내를 사랑한다고 대답을 할 수가 없다. 순수와 욕망은 도저히 융합될 수 없는 거리를 유지하기 때문이다. 나와 아내의 갈등은 여기에서 비롯되고, 결국 나와 황군은 아내에게 축출 당한다. 집에서 나온 나는 황군을 분식집 암캐와 교미를 시키고, 자신은 분식집 여자와 관계를 갖는다. 그것은 억압된 순수와 욕망으로부터의 자유를 의미한다. 마지막에 나는 회사에 사표를 제출한다.

서익환은 이런 주인공의 행동을 참된 자아를 찾기 위한 행동으로, 억압된 순수와 욕망에의 자유를 의미한다고 보았다.[16] 그는 이 작품을 분석하면서 주인공의 성적 욕망이 어릴 적 어머니의 타계에 따른 성적 고착에서 비롯되었다고 해석하였다. 즉 사랑이 없는 섹스는 무의미한데, 주인공은 아내에게서 사랑을 느끼지 못하는 이유가 그것이다.

그러나 필자는 이 작품은 프로이트식 해석이 아닌 구조주의적 분석이 타당하지 않은가 하는 의견을 제시한다. '선'의 나와 '악'의 아내, '순수'의 나와 '욕망'의 아내라는 대립적 갈등구조와 더불어, 분식집 여자와의 원만한 섹스가 보여주는 변증법적인 구조를 이루고 있는 하나의 본보기일 수 있다는 생각이다. 어린 시절에서 비롯된 주인공의 성적 고착은 하나의 장치에 불과할 따름이다.

---

16) 위의 책, p.320.

4

다음으로는 서익환이 최인훈의 「광장」을 사회 문화적 접근 방법을 사용하였다고 말한다. 아마도 이 말은 소설이 발표된 1960년을 염두에 두고 한 말이리라. 지금도 그렇지만 한국전쟁이 끝난 지 7년밖에 되지 않던 당시의 우리 사회는 '반공'과 '적화통일'이라는 구호 아래 남과 북은 서로를 적대시하여 첨예하게 대립하던 시기였다. 그리고 남이 아니면 북일 수밖에 없는 철저한 이분법 아래 행동하지 않으면 안 되었다. 이러한 시대 배경 아래 소설의 주인공 이명준은 남에서 생활하다가 월북한다. 그것은 아버지를 찾기 위한 행동이기보다는 '광장'을 찾기 위해서였다. '밀실'만이 존재하는 남에서 볼 때, 북에는 그가 찾는 '광장'이 있을 것이라는 기대가 있었다. 그러나 북에도 진정한 의미의 '광장'은 존재하지 않았다. 한국전쟁에 끌려간 이명준은 포로가 되고, 종전 후에도 남과 북을 모두 버리고 제3국을 향하다가 인도 상륙을 앞두고 바다에 투신한다. 이 때문에 이 소설은 발표 당시 많은 문제를 야기시켰다. 북이 싫은 것은 당연한데, 남마저도 거부한 주인공 이명준의 행동이 일으킨 문제였다. 당시의 경직된 사회에서 볼 때 어쩌면 당연한 사회적 반향일 수 있다.

따라서 이 소설은 분단현실 아래서 보여지는 우리 사회의 단면을 갈파한 작품이라는 수식어가 평가의 필수적 조건처럼 붙어 다녔다. 그리고 '밀실'과 '광장'과 '죽음'이라는 변증법적인 구조 역시 이 작품을 해석하는 데 있어 빠질 수 없는 요소가 되었다. 서익환 역시 이 작품을 분석하는 데 있어 이 두 가지 방법론 — 사회적 문화적인 방법과 구조주의적 방법 — 을 주로 원용하였다. 그러나 어떤 의미에서 이 작품에 나타난 시대 상황은 이 작품의 시간적 공간적 무대 장치라고도 볼 수 있다. 남에 남은 여인 윤애와 북에서 만난 은혜 역시 명준과는 삼각구도를 형성한다. 명준은 윤애와 육체적 관계를 맺지 못한다. 그러나 북에서 만난 은혜와는 육체적 관계를 갖게 되고, 은혜는 임신한다. 그리고 작품의 말미에서 선상에서 보는 갈매기를 통해 은혜와 딸의 환영을 보고는 그네들이 있는 '죽음'의 세계로 이끌려 가듯이 바다에 투신하고 만다. 이로써 명준의 갈등을 해소해주는 것은 여성의 영원한 구원이라는 것을 암시하는 것으로 보아야 한다. 마치 파우스트의 영혼이 여성의 힘에 의해 천상으로 인도되듯이 말이다.

5

이상 간단하나마 서익환의 비평 세계를 살펴보았다. 그의 여러 평론집의 목차만 펼쳐보더라도 그가 얼마나 다양한 방법을 통해 문학작품의 고구考究를 시도하였는지 알 수 있다. 전기주의적 방법, 정신분석학적 방법, 구조주의적 방법, 신화비평의 방법 등을 가지고 문학작품을 해석하고, 분석하고, 그 가치를 찾고자 노력하였다. 이는 텍스트를 해석하는 데 가장 적절한 잣대를 찾아낼 줄 알고 있는 비평가라는 말이기도 하다. 그러기 위해 비평가 서익환은 외국의 문학이론은 물론, 창작인이 가져야 될 감성까지도 지닌 비평가이다. 다시 말해 그는 문학비평을 학술적인 대상만이 아닌 창작의 경지까지 끌어올린 비평가라고 평가할 수 있다. 또한 서익환은 오랜 기간 대학에 재직하면서 연구를 통해 문학을 연구하고 강의해온 강단비평가로서 활약하였을 뿐만 아니라 문학지의 월평 등을 통해서도 날카로운 필봉을 휘둘러온 현장비평에도 강점을 보인 비평가 중의 한 사람이다.

서익환 평론집 『문학적 상상력과 인식의 깊이』를 읽고

박선애*

서익환은 평론집 『문학적 상상력과 인식의 깊이』에서 "문학은 작자의 상상력과 인식을 밑거름으로 배양되고 탄생된다"고 정의한다. 이런 평자의 문학에 대한 견해는 이번 평론집에서 시, 소설, 수필 작품들을 분석하면서 그대로 적용되어 나타났다. 그는 작가의 현실에 대한 인식과 문학적 상상력의 조화야말로 문학성을 가늠하는 중요한 잣대라며 여러 장르의 작품 평을 통해 주장한다.

먼저 평자는 1998년 「조지훈의 시와 자아·자연의 심연」 연구를 통해 조지훈의 시 세계를 평한 바 있지만, 이번 평론집을 통해서는 조지훈의 시 가운데 대표 작품인 「승무」를 비롯해 조지훈의 마지막 시집인 『여운』을 집중적으로 분석하였다. 평자는 「승무」와 같이 불교적 색채가 짙은 작품들에서는 불교적 선 감각을 시적 미학의 세계와 일치시키려 한 시인의 인간적 노력과 구도적 자세를 발견해 낼 수 있다고 평한다. 특히 이들 시에 나타난 '빛'의 이미지는 인간과 초월자를 영적으로 일치시키는 객관적 상관물로서 언어 구조상 핵심적 역할을 하고 있음을 강조하였다.

* 숙명여대 아시아여성연구소 연구교수

또한 평자는 조지훈이 1964년 발표한 마지막 시집『여운』을 평하면서 정치적·사회적 격동기에 그 사회와 역사를 올바르게 인식하려는 시인의 역사의식이 시 정신에 변화를 가져왔다고 지적하였다. 그리하여『여운』에는 조지훈의 초기시에서부터 형상화했던 자연관조와 동양적 서정의 세계, 불교 사상을 바탕으로 한 선적 미학의 세계 또한 정치적·사회적 변혁을 비판한 역사의식의 세계가 총 집결되어 나타났다고 주장한다. 조지훈이 사회, 역사, 문명을 예리한 비판력으로 인식하려 한 자세는 시대의 정치적 상황에 대해 꾸준히 관심을 갖고 있었기 때문이라고 평하였다. 하지만 이러한 시인의 신념이 작품화되는 과정에서 메시지 전달이 직접적 진술로 조급하게 그려져 시적 가치가 반감되었음도 아울러 지적한다. 이는 뒤에서 1930년대 시작 활동을 했던 권환의 초기시를 분석하면서도 시인의 현실 인식의 조급성이 시적 형상화를 실패하게 하는 원인이라고 다시 한 번 강조한다.

「조지훈 시의 상상력 구조 연구」라는 평문에서는 조지훈의 시 세계에 근원적 힘을 불어넣은 시적 인식과 언어적 상상력 및 시적 이미지에 대한 평자의 분석이 자세하게 나타나 있다. 그러면서 평자는 조지훈의 시적 상상력의 근원이 탐미적 언어이든 모더니즘적 언어이든 서정적 언어이든 또는 선적 언어이든 그 근원을 자아의 발견 혹은 인간 탐구에 두고 있다고 보았다. 이렇게 조지훈의 시적 구조가 표상하는 다양한 세계 이면에 심층적으로 인간의 본질적 생명에 근원을 두고 있다고 평한다.

마지막으로 평자는 조지훈 시에 나타난 문체의 성격과 특성 및 유형을 「조지훈 시의 문체고」에서 살펴보았다. 평자는 시의 구조를 형성하고 있는 개개인의 언어에 내재해 있는 시인의 개성이 문체라고 전제하며 문학의 형식 요소인 문체와 표현 기법은 문학작품을 형성하고 거기에 문학성을 부여하는 중요한 요소라고 주장한다.

이렇게 이번 평론집에서 평자는 많은 지면을 할애해 다시 한 번 그간의 연구 성과와 함께 조지훈의 시 세계를 조명하고 있다. 평자는 그동안 시를 평가함에 있어 치열한 시정신만큼이나 시적 상상력을 표현하는 표현 기법이나 문체가 중요함을 계속해서 주장해 왔다. 즉, 시가 예술작품으로서 미적 개념과 진실을 충족시키고 있는지 살펴보려면 시적 내용만큼이나 형식도 상보적 관계 속에서 해석되어야 한다는 것이다.

다음으로는 탄생 100주년을 맞는 박영희, 김상용, 권환의 시들에 대해 평가한다. 「거기 그곳에로의 짧은 여행」은 박영희가 1924년 KAPF 회원으로 활동하기 전인 1920년대 초반 ≪장미촌≫과 ≪백조≫ 동인 시절의 작품들에 대한 평이다. 이 글은 박영희가 1920년대 초반 발표한 시들이 다른 ≪백조≫ 동인들과 같이 서구 지향적 자세로 창작활동을 했다고 평가하는 기존의 평들에 반박한다. 특히 ≪백조≫ 동인 시절 발표한 「월광으로 짠 병실」, 「미소의 허화시」 등은 기존의 평가들처럼 획일적인 잣대로 평가하기에는 다가적多價的 상징들로 구성된 하나의 구조물로 되어 있다고 본다. 평자는 카프 회원이 되기 전인 1920년대의 박영희 시에는 시인의 상상력이 아이러니와 역설의 언어가 구체화되어 드러난다고 평한다.

「시의 서정적 감각과 깊이」라는 글에서는 1930년대 서정 시인으로 평가받는 김상용의 시를 분석하고 있다. 시인 김상용의 서정시적 감각의 깊이는 다만 표면을 스치고 지나가는 것에 불과하고, 서정적 감각과 인식의 깊이를 역설적이고 도피적으로 이미지화시켜 허무적 탄식으로 만드는 한계를 드러냈다고 평한다. 김상용은 경험 세계를 상상력의 깊이 속으로 끌어들이는데 실패한 시인이라 평한다.

또한 1930년대 마르크스 이데올로기를 기반으로 계급주의 시를 주로 썼던 권환을 「시적 리얼리티와 계급의식」에서 평한다. 시인 권환의 현실에 대한 인식, 곧 사회의식이나 상황의식에 대한 인식은 기존 질서의 파괴, 곧 프롤레타리아 혁명을 통한 자본주의의 지배계급을 몰아내고 이상적인 사회주의 국가 건설이라는 마르크스주의적 이데올로기에 맞닿아 있다고 보았다. 그러나 권환의 후기시로 가면 초기시에서 보여준 여과되지 않은 프로파간다적 태도에서 벗어나 마르크스주의 이데올로기를 어느 정도 여과된 언어 감각의 모습으로 시화詩化하는 방향으로 수정했다고 평한다. 즉, 시적 언어와 수사적 기법에서 상당히 세련된 양상으로 나아간다는 것이다. 그리하여 문학작품의 미학적 구조와 정치적 목적들을 융합시킴으로써 서정성과 향토성을 띤 시 세계를 창조하게 되었다는 것이다. 여기에는 평자가 권환의 1930년대 초반시보다 후기시를 문학작품으로서 심미적 가치가 있다고 보는 관점이 깔려 있다.

평자는 해방 이후 시인 중에 자유에의 신념을 형상화하고 있는 김수영과 황지우의 시 세계에 대해서도 평하고 있다. 김수영은 「자유를 향한 시적 모험」이란 글을 통해, 황지우는 「문학적 신념과 자유 의지의 만남」이란 글을 통해 한국적 시간과 공간, 시대적, 역사적 상황 속에서 진실—자유—의 세계를 찾아 온몸을 던졌던 시적 모험들의 실체를 추적해 나갔다.

그는 김수영이 현대적·도시적 감각을 바탕으로 한국의 사회적 현실 상황이 얼마나 부조리하고 비합리적이며 억압적 지배구조인가를 고발했으며, 한편으로는 사회 참여와 저항적 시정신을 통한 자유에의 지향을 시 세계에서 보여주었다고 말한다. 시인 김수영의 자유에 대한 신념은 그의 삶 자체에서 근원하고 있음도 지적한다.

황지우의 경우는 시 형식에 있어 우리 사회가 안고 있는 정직성, 도덕성이 당대의 지배 이데올로기와 담합함으로써 타락했다는 인식 하에 장르 해체의 문체적 특성을 보이는 시인이라고 말한다. 이런 특성은 시인이 삶과 예술을 구분하지 않고 모든 기존의 체계를 해체하는 전략 속에서 형성하게 된 것으로 파악하였다. 그러나 평자는 황지우 시에 나타난 이런 해체 전략이 실험적, 형태 파괴적 시도에 머물고 말 것인지는 지켜봐야 할 것이라고 덧붙인다.

이번 평론집에서 평자 서익환의 비평 태도는 당대 부조리하고 불합리한 현실을 외면하지 않고 다시 말해 굴복하지 않고 시화해 나간 시인들의 창작 태도에 맞춰져 있다. 또한 그는 시인의 현실 인식적 측면이 문학성을 획득하기 위해 어떠한 미학적 구조로 형상화되었는가에 주안점을 두어 평가한다. 이 평론집에서는 당대 다른 시인들과 비교해 볼 때, 시인의 현실 인식의 깊이를 좀 더 느낄 수 있는 시인들을 대상으로 세밀하게 작품의 문학적 가치를 논해갔다는 점에서 의의가 있다고 하겠다.

다음으로 소설에 대한 평론은 「오영수의 문학과 인간」, 「인간 삶의 진실성 투시」, 월평인 「상실된 윤리성과 가치관」이 있다. 평자는 오영수의 문학과 인간을 논하면서도 앞서 시인들의 시 세계를 평하면서 유지했던 관점을 그대로 투영한다. 그는 오영수의 작품세계를 그의 작가 정신이나 시대 정신 및 역사의식과 밀접하게 관련시켜 분석한다. 그러면서 오영수 문학의 한계는 서정성이 강하다 보니 리얼리티 면이 약하다는 지적을 한다.

김문수의 장편 「가지 않은 길」을 통해 작가 자신이 걸어온 인간적 삶이나 문학적 삶에 대해 평한다. 평자는 이 소설의 서문에서 작가 김문수가 '주인공에게 띄우는 저자의 편지'라는 글로 밝히고 있듯이, 이 시대 많은 사람들이 이기와 독선 그리고 편의주의 따위로 외면하고 있는 길을 작가가 외롭고 힘들게 걸어왔다며 계속해서 그 길을 포기하지 않길 바란다고 덧붙인다.

「상실된 윤리성과 가치관」에서는 최병탁의 「딱따구리」, 강용자의 「피해자」, 손숙희의 「전화하는 여자」를 읽고, 이 세 단편에 나타난 작가의 현실 인식의 면모를 평하였다. 또한 단편소설의 특성을 잘 드러낼 수 있는 형식이나 기법·문체 등의 역할과 구성과 인물 설정의 문제도 아울러 거론한다.

수필에 대한 평론은 「상상력과 과거적 공간 미학」, 「작위성과 비작위성」, 「삶에 대한 진지와 응시」이며, 이 글들은 모두 월평 형식이다. 평자는 한편으론 문예지와 동인지에 발표된 수필 작품들 평하고 다른 한편으론 수필 문학에 대한 평자 나름의 견해를 밝힌다. 한 걸음 더 나아가 수필을 창작하는 수필가들에게 평자로서 바라는 기대도 담고 있다.

끝으로 이번 평론집에는 21세기 새 천년을 맞이하며 평자로서의 정리와 전망을 「한국문학의 새 천년과 대응 방안」이란 글 속에서 피력하고 있으며, 비평문학가로서 남북한 통일을 대비해 수행해야 할 역할을 「통일과 비평문학의 역할」에서 주장한다. 즉 남북한 문인들이 정치성, 사회성 등의 이데올로기를 배제하고 순수한 문학인으로서 만나 민족의 정신적 정체성을 찾아 그것을 회복시키고 확립시키는 일이 중요하다는 것이다.

이상과 같이 평론집 『문학적 상상력과 인식의 깊이』에 실린 글들을 살펴볼 때, 평자 서익환이 오랜 기간 동안 문학 연구와 비평에 힘써 오면서 일관된 문학관으로 비평 작업을 해 왔음을 알 수 있었다.

제1부 문학적 비평과 차이

일본 자살문인

신 동 한 *

1. 자살문인 GNP 세계 제1

여러 나라의 근대문학 이후 작가, 시인의 생태를 더듬어 볼 때 유난히
일본에는 자살한 문인이 많다.

다른 나라의 예를 보더라도 이렇게 수많은 문인文人이 자살自殺로 생을
종말 짓는 행위는 쉽게 찾아볼 수 없다.

필자의 기억을 더듬어 보더라도 쉽게 머리에 떠오르는 일본 이외의 자
살문인을 생각해 본다면 영국의 유명한 여류작가 버지니아 울프가 2차대
전 초기에 어수선한 전란의 도가니 속에서 런던을 가로지르는 테임즈 강
에 투신하여 염세 자살을 했고 2차대전 당시 유태계 독일의 유명한 전기
작가 슈테판 만의 장남 크라우스 만이 18세로 독일 문단에 혜성처럼 등장
하여 '문학의 황태자'라는 평을 받은 총아가 되었지만 2차대전 후인 1949
년 5월 22일 프랑스 남부지방 피서지 칸느에서 자살했다. 이런 것이 아마
소문난 자살이 아닌가 싶다. 겨우 이 정도다.

---

* 문학평론가

우리나라만 하더라도 자살문인은 별로 찾아볼 수 없다. 「진달래꽃」의 시인 김소월이 자살을 하지 않았나 하는 풍설도 있지만 이것은 확인되지 않고 있다.

유일한 한국의 자살 문인이라고 할 수 있는 사람은 「빼앗긴 들에도 봄은 오는가」를 읊은 시인 이상화와 비슷한 때에 비슷한 고장에서 시작詩作 활동을 한 고월古月 이장희가 있을 뿐이다.

이런 형편에서 일본 문인은 왜 그렇게 자살이라는 가장 잔인하다고도 할 수 있는 인간 행위를 저지르고 있을까? 이것은 단순한 이웃나라에서 벌어진 일을 구경하고 넘긴다는 태도만으로 지나쳐야 할 일이 아닐 것 같다. 물론 고대 로마의 철학가 세네카도 자살은 인간의 특권이라고 말했을 뿐 아니라 스스로 폭군 네로 밑에서 정치가로 활약하다가 원로원 의원 피소 일파가 네로 타도의 반역사건을 꾀했을 때 그도 이에 관련하여 체포되고 처형 전에 자살을 했다.

이 세네카의 말을 따를 것도 없이 자살행위는 자유스러운 특권일 것이며 일본 문인의 그것이 도덕적으로나 윤리적으로 크게 규탄 받아야 할 대상이 되는 것은 아니다. 다만 여기에서는 왜 그렇게 유난히도 다른 나라에 비해 많은 문인이 자살을 했을까 하는 것을 살펴보려는 것뿐이다.

현해탄 하나를 사이에 두고 문인 기질에 이런 차이가 있다는 것은 퍽 흥미로운 일이 아닐 수 없다.

2. 8·15 전의 자살 계보

근대문학에서 손꼽아야 할 자살문인을 연대순으로 더듬어 나가면 첫 번째가 기다무라 도오코쿠(北村透谷, 1868~1894년)다.

정치, 종교, 철학, 그리고 조혼早婚, 가족적 부담도 무거워 『출세의 사닥

다리에서 떨어져서』 문학으로 왔다고 자조하듯 말한 바 있다. 초현실적인 이상을 추구하고 허무와 염세의 냄새를 짙게 풍기는 시와 산문을 많이 써 냈는데, 자유, 낭만의 미를 추구하며 연애지상주의를 강조하기도 했다.

문학의 자주성과 인간 영성靈性의 존귀함을 주장하며 세속적인 것과 싸 워나가는 가운데 이상과 현실의 너무나 엄청난 모순에 상처를 입고 벽에 부딪치자 25세의 젊은 나이로 자택에서 목매어 죽었다.

다음 가와카미 비상(川上眉山, 1869~1908년)은 천재작가라는 평을 받았지 만 1908년 6월 15일 면도칼로 목의 대동맥을 자르고 죽었다. 문단이 유미 주의唯美主義에서 자연주의로 옮겨가는 시기였다. 그 전환이 뜻대로 이루 어지지 않고 벽에 부딪치자 스스로 목숨을 끊은 것이다. 작품들은 모두가 사회의 이면을 폭로하고 추악성을 비판한 것이었다.

1895년 「하이쿠」(俳句 5·7·5의 3구, 17자로 이루어지는 일본 고유의 짧은 정형 시)의 대가 마사오카 시키(正岡子規)의 제자인 후지노 고하쿠(藤野古白)가 권 총으로 염세 자살, 신경의 선세가 요구되는 「하이꾸」 시인이 권총으로 죽 었다 해서 세상을 놀라게 했다.

그 다음에는 인도주의 문학으로 한때 문단을 떠들썩하게 한 소설가 아 리시마 다케오(有島武郎, 1878~1923년)이다. 아리시마는 넓은 사유지를 개방 하여 농민해방에 앞장서기도 했다.

문학 세계를 윤리와 에고, 이타와 이기, 사회와 개인 등에 초점을 두고 근대지식인의 절실한 문제에 도전했으나 그 해결에 지나치게 괴로워한 나머지 1923년 6월 ≪부인공론婦人公論≫ 지의 여기자로 자택에 드나들던 미모의 유부녀 하다노 아키코(波多秋子)와 함께 輕井澤의 별장에서 목매어 정사하고 구더기가 끓는 시체로 발견되었다.

뒤를 이어 소설의 귀재鬼才라는 아쿠다가와 류노스케(芥川龍之介, 1982~ 1927년)의 죽음이다. 「코」라는 처녀작을 발표하자 선풍적인 인기를 모으게 되고 그 뒤로 「나생문羅生門」 등의 역작을 속속 발표하였다. 그러나 극도로 긴장된 집필 태도는 그를 신경쇠약의 증세로 몰고 가 귀기鬼氣가 서린 창백하고 음울한 빛이 글에도 나타나기 시작하더니 예술에 불안을 느꼈던지 1927년 7월 24일 미완의 작품 「톱니바퀴」를 절필한 채 수면제를 먹고 죽음을 택했다. 그 죽음은 '명한 불안감'이 동기였다고 「어느 옛 벗에게 보내는 수기」에 쓰고 있다. 그것은 발광에의 두려움이었다.

이어서 이쿠다 슌계쓰生田春月, 1892~1930년)의 투신자살이 있다. 독학으로 문학과 외국말을 익힌 그는 하이네, 괴테 등의 시작품을 번역하여 당시의 젊은이, 특히 여학생들의 눈물을 짜내게 했다. 다재 다능한 문인이었는데 다정다감한 성격 탓이었는지 1930년 5월 19일 규우슈우(九州)의 벳푸(別府) 온천장으로 가는 여객선 '제비꽃'호에서 일본의 가장 아름다운 뱃길이라는 세도나이카이(瀨戶內海)에 제비처럼 몸을 던져 감상주의 시인의 일생에 막을 내렸다.

부인에게 보낸 유서에는 "지금부터 4~5시간 뒤면 내 생명은 끊어지리라. 두려움은 거의 없다. 구조되는 창피만이 두렵다"고 적혀 있었다. 다만 그는 자살 직전에 부인이 아닌 다른 여인과 만나고 있었다.

이 밖에 소설가 마키노 성이치(牧野信一, 1896~1936년)가 있다. 어머니에 대한 생리적 혐오에서 출발하여 육친이나 스스로의 어리석음을 가차없이 들추어내어 그 음산한 고뇌 속에 남겨진 낭만적 동경심이 애달픈 유머를 불러일으키는 작품경향을 보였다. 사회적 문제에는 전혀 관심이 없었다. 부인과의 불화로 신경쇠약이 더욱 도져 39세의 한창 나이에 목을 매고 죽었다.

이 밖에 자살했든지, 미쳐 죽었든지 또는 영양실조사營養失調死 등을 한 이상사異常死 문인을 보면 시인 나카니시 바이카(中西梅花)가 정신병원에서 죽었고 「지상地上」의 천재작가 시마다 세이지로오(島田淸次郎)가 젊어서 광사狂死했고 정신병원에서 빠져 나와 도쿄 시바공원에서 얼어죽은 시체로 발견된 문인에 후지자와 세이조오(藤澤淸造)가 있으며 명치대학교가의 작사가인 시인 고다마 가가이(兒玉花外)가 전쟁 중에 동경의 양로원에서 영양실조사했다.

문인은 아니지만 신극 여배우 마쓰이 스마코(松井須磨子)는 그녀의 애인이며 자연주의 문학의 기수이자 신극운동의 지도자인 문인, 시미무라 호오게쓰(島村抱月)가 병으로 죽자 그 뒤를 쫓아서 자살했다. 연인에 의한 사랑이 순사殉死였다. 마쓰이 스마코가 주연한 신극「부활」(톨스토이 원작)의 주제가「카추샤 가련토다」인가 무엇인가 하던 노래는 우리나라 신극운동 초창기에 이 고장에서도 꽤 유명했고 지금도 기억하고 있는 사람이 있을지도 모른다.

3. 8·15 후 자살 계보

패전 직후 제1호는 전지戰地에서 최후까지의 항전抗戰을 주장하여 투항하려는 부대장을 사살하고 자결한 열광적 국문학자 하스다 요시아키(蓮田善明)다.

그러나 화제를 던진 죽음은 우리나라에도 애독자가 많은 소설가 다자이 오사무(太宰治, 19098~1948년)가 여인 야마자키 도미에(山崎富榮)와 정사한 사건이다.

그는 첫 창작집『만년晩年』을 1933년에 내놓은 후 이색적인 시정과 날카로운 풍자의 픽션을 많이 엮어냈다.

전후에는 퇴폐적인 미를 바탕으로 한 스스로의 모럴을 찾아보려는 문학의 세계를 개척해 나간 그는 몰락귀족의 패배해 가는 모습 가운데서 새로운 모럴과 미를 나타낸 작품「사양斜陽」(1947년)을 발표, 인기 작가의 자리를 굳혔다.

그 후에도 「인간 실격人間失格」 「뷔온의 아내」 등의 역작을 써내 문단의 관심을 모았는데 현실 부정의 반속 정신은 드디어 1948년 그를 투신자살의 길로 몰고 가고 말았다.

"이 세상에 태어난 순간부터 죽을 것을 생각해 왔다."(「뷔온의 아내」) 라는 다자이는 자살을 기도하기 무려 5회, 그중 3회는 여성을 동반한 복수 자살기도였다. 한 번은 바 호스티스와의 정사에 실패, 여자는 죽고 자기만 살아남았으며 두 번째는 기생과 함께 자살 미수, 3번째의 복수 자살기도에서 성공했다. 그 사이사이 두 번의 단독 자살미수가 있었다. 대지주의 둘째 아들로 태어나서 좌익운동을 했는가 하면 마약중독에도 걸렸다. "선택되어 있음의 황홀과 불안감, 이 두 가지가 나에게 있다" 라고 말한 자의식의 모순은 죽음의 구현자가 되자 전후 청년의 우상이 되기도 했다.

그의 무덤에는 오늘날까지도 꽃과 향연이 끊이지 않고 그가 여인 동반 자살에 성공한 6월 13일의 제삿날이 되면 그의 문학을 기리는 젊은이들이 무덤 앞에 모여 다자이 문학을 이야기하는 모임이 성대히 열린다.

다자이의 죽음에 마음이 흔들린 제자격인 작가 다나카 히데미쓰(田中英光)가 1949년 11월 다자이의 무덤 앞에서 다자이의 비석에 소주를 퍼붓고 아드롬(수면제) 3백 정을 삼키고 광적狂的 죽음을 결행한 사건은 더욱 화제에 꼬리를 달아놓았다.

다나카는 일제 말에 한국에도 와 있었고 그 무렵 일인문학자와 한국의 친일문인의 단체였던 문인보국회文人報國會에도 관여했으며 당시 열렸던 대동아 문학자대회大東亞 文學者大會의 모습과 한국출신 친일문인의 광태를 그린 소설 「명정선酩酊船」이라는 것을 쓰기도 했다.

다나카도 전형적인 파멸형 작가였다. 와세다(早稻田) 대학시절에는 보트의 선수였고 1929년의 로스앤젤레스 올림픽에 국가대표 선수로 참가, 그

체험을 쓴 청춘소설 「올림포스의 열매」로 1940년에 데뷔했다.

그 뒤로는 좌익운동, 이탈, 군대생활, 다자이에의 사사師事, 다시 공산당 입당, 또 탈당, 애인 자상刺傷 사건, 독주와 여자와 수면제 과용의 데카당 생활을 질주하다가 자살했다.

다나카 히데미쓰의 뒤를 이어 소설가 기무라 소오다(木村莊太)가 자살을 했고 제2차 대전 말기의 廣島·長崎의 원폭투하로 빚어진 참상을 읊은 시인 하라 다미키(原民喜, 1905~1951년)도 철로에서 스스로 목숨을 끊었다.

1945년 8월 6일 廣島에서 원폭을 몸소 겪은 이후 그의 작품활동은 그 이상異常 체험의 추구에 집중하게 되었다.

3부작인 「괴멸壞滅의 서곡序曲」 「여름꽃」 「폐허廢墟에서」와 「진혼가鎭魂歌」나 절필이 된 「심령心靈의 나라」는 심혼心魂의 밑바닥에서 우러나온 침통한 호소였다. 작품집에는 「원폭시집原爆詩集」이 있고 이 밖에도 여러 편의 소설까지 썼다.

그는 1951년 3월 한국 동란의 발발에 깊은 타격을 받고 철도 자살을 하였다. 전쟁의 비극을 廣島의 원폭투하에서 뼈아프게 겪은 그가 한국전쟁에서 동족상잔의 참화를 보고 생의 허무를 느꼈으리라는 것은 짐작하고도 남는 일이다.

유명 문인은 아니지만 자살의 길을 택한 문인으로는 극작가 가토오 미치오(加藤道夫, 음독 자살), 구보 사카에(久保榮, 1958년 3월, 노이로제 자살), 「도미노의 말씀」이라는 시집을 가진 여류시인 구자카 요오코(久坂葉子, 철도 자살)이 있다. 자살한 평론가에는 하토리 다쓰服部達가 있다.

『우리들에게 아름다움은 존재하는가』라는 평론집 한 권을 남겨놓고 전도를 촉망받으면서도 눈 쌓인 하치가다케 산 속으로 1956년 1월 1일에 눈을 밟고 홀로 입산한 뒤 다시 나타나지 않았다. "그 자체로서는 자살의 동기가 될 수는 없지만 언제나 어떤 허무감이 따랐다…… 평론 하나를 다스고 난 뒤마다 자기가 텅 비고 말 듯한 그런 기분이다. 공허감은 자기의 내부를 몽땅 떨어내고 말았다는 어떤 충실함이 따르는 공허감이 아니고 아마도 더 비생산적인 공허감"(최후의 일기)이라고 내부에 있는 절대적 허무를 적어 놓았다. 알려진 문인은 아니지만 일본 메이지 시대의 말엽에 수권의 시집을 내고 많은 독자를 가졌던 시인 미도미 고오요오(三富朽葉)가 그의 친구였던 무명 시인과 함께 千葉의 安島 해안에서 투신 자살한 사건도 있었다.

이상은 시간이 좀 흘러간 전후문인의 자살 사건이지만 정말 일본 문인의 자살 사건이 세계적인 화제가 된 것은 1970년 10월 25일에 자위대본부에 자기가 거느리고 있는 다메노가이(楯の會)의 회원을 대동하고 가서 할복 자살한 소설가 미사마 유키오(三島由紀夫)와 노벨문학상을 탄 작가 가와바다 야스나리(川端康成)가 1972년 4월 6일 자기 집필실에서 가스 자살을 한 사건 때문이었다고도 할 수 있다.

공교롭게도 이들은 떼놓을 수 없는 사제지간이었다.

미사마(1925~1970년)는 전후에 가와바다의 천거로 문단에 데뷔했다. 중요한 작품에는 「가면假面의 고백告白」, 「금색禁色」, 「조소潮騷」 등이 있고, 죽기 바로 전날 집필을 완성한 장전 4부작 「풍요豊饒의 바다」는 국수주의의 냄새를 짙게 풍기고 일본적 죽음을 찬양하여 삼도문학의 진면목을 나타내고 있는 작품이다.

뛰어난 재질의 작가라고 할 수 있는 그는 할복割腹, 참수斬首의 만용을 저지르게 될 무렵에 이르러서는 유별나게 천황제天皇制 옹호에 앞장서고 군국주의를 두둔하며 재무장의 선봉 흉내를 내는 '다테노카이'(楯の會·천황제의 방패가 되는 모임이라는 뜻인 듯)라는 사병 조직私兵組織을 만드는 등 양식을 벗어난 행동을 했었다.

그가 마치 스스로의 할복자살을 미리 생각이나 했던 듯이 1936년에 일본 청년 장교가 주동이 되어 일으켰던 2·26 쿠데타 사건에 가담했던 젊은 군인의 자살을 그린 단편「우국憂國」은 미사마 유키오(三島由紀夫)가 직접 출연하는 연극으로까지 되어 무대에 올려지고 영화로까지 만들어졌다. 광기狂氣의 죽음은「죽음의 미학」등 갖가지 논의를 불러 일으켰다.

제자의 뒤를 쫓아 가스 자살을 한 가와바다 야스나리(川端康成, 1899~1972년)은 大阪에서 태어나 16세에 육친肉親을 모두 잃고 고아가 되었다. 1940년에 집필한「설국雪國」은 결국 노벨상 수상작이 되고 만 것이다.

1972년 가스 자살을 한 데 대해서는 모두가 그 원인을 정확하게 단정하지 못하고 있는 것이다. 그는 죽기 얼마 전에 신축한 호화저택 안에 안락한 서재가 있었고 또 그의 수집 취미로 모은 값비싼 옛 서화書畵와 골동품에 에워싸여 그 명성과 함께 하나 부족한 것이 없는 몸이었다.

어쨌든 그는 노벨상을 탄 후 스스로에게 너무나 무거운 의무감을 느꼈던 것만은 사실인 것 같다. 죽기 얼마 전 일본의 유수한 종합지 ≪중앙공론≫의 1천 호 특집호에 그동안 별로 작품 발표를 하지 않다가 오래간만에 특별 기고한 짤막한 소설「대나무·복숭아꽃」을 보면 거기에는 죽음과의 어떤 영매靈媒를 느끼게 하는 신비감과 으스스한 기분이 절정에서 미련 없이 스스로 추한 늙음을 남기지 않고 진 것이다.

이 밖에 죽었을 당시에는 심근경색心筋硬塞에 의한 병사로 알았던 것이 지난 해 유족들에 의해 발견된 유서로 수면제 자살로 판명된 소설가 히노아 시헤이(火野葦兵, 1907~1960년)의 경우가 있다.

중일전쟁 당시「보리와 병정」,「흙과 병정」,「꽃과 병정」의 3부작을 써냈다.

전후에도 작품활동을 계속하여「청춘靑春과 이재泥滓」,「꽃과 용龍」등의 역작을 써내다가 1960년 자살로 일생을 마친 셈이다. 뒷날 나온 유서에는 "가족에게 폐가 되니 먼저 간다"고 적혀 있었다. 작년에는 소설가

이리마 다메요시(有馬賴義)가 자살미수에 그친 일이 있다.

"자살작가의 계보를 더듬어 보니 역시 그 계보는 병든 일본 근대문학사의 슬픈 자국이라고 말할 수 있지 않을까"라고 평론가 고마쓰 신로쿠(小松伸六)는 자탄하고 있다.

무엇이든 한 문제에 대하여 외곬으로 철저히 파들어 가다가, 물론 생명과의 교환도 두려워하지 않고 이미 되돌아설 수 없는 지경에 이르러서 더 나아갈 수도 없는 벽에 부딪치자 죽음을 택해 버리고 마는 이 기질은 문인만의 것일까.

4. 왜 자살을 택하였는가?

이렇게 엄청나게 많은 문인이 자살을 한 원인은 무엇일까?

물론 그 동기에 있어서는 각 개인에 따라 여러 가지의 사정이 있을 것이다. 또 자살에 얽힌 많은 에피소드도 있다. 그러나 이러한 두드러진 자살현상은 그러한 개개인의 환경이나 사정만으로 설명될 성질의 것이 아니다.

흔히 일본인은 성미가 급하다고 한다. 무슨 일을 당했을 때에 그것을 차분하게 생각하고 처리하기보다는 소위 그들이 말하는 무사도 정신인지 하가쿠레(葉隱) 정신인지를 발동해서 일도양단一刀兩斷 등등의 표현으로 사람의 목숨을 처리하는 경향이 옛날부터 있어 왔고 그 핏줄이 아직도 남아 있는 것처럼 보인다.

우선 이것이 일본 문인의 많은 자살의 큰 원인이 아닐는지?

그들이 사람의 목숨을 가볍게 아는 것은 비단 스스로의 목숨뿐 아니라 남의 생명에 관해서도 마찬가지다.

군국주의의 서슬이 퍼렇게 중국과 동남아 일대에 침략의 마수를 뻗쳤을 때 그들은 민간인 학살행위를 자행하여 국제적인 문제까지 되고 그 진상이 전후에 알려져 세계를 아연케 한 사실도 있다.

그만큼 사람의 목숨을 대수롭지 않게 아는 전래의 생리적 기질이 있는 듯이 보이기도 한다.

이것이 정신작업 가운데서도 가장 뇌신경을 혹사하게 되는 문인에 있어서는 자살이라는 가장 극한적인 자기학대 행위로 나타나는 것이다.

어느 일본 정신과 의사는 말하기를 문인의 작업은 고독한 것으로 밤에 이루어지는 것이며 밤은 작은 것이 아주 크게 돋보이는 현상을 빚는다고 했다.

그런데 자살이라는 것은 갑자기 낮의 세계에 밤이 교착한다는 것이다.

즉 세상 사람들은 자고 있을 때 문인은 밤에 생사의 문제를 생각하게 되니 자연히 죽음에 대해서 이상한 집착을 갖게 되고 그것이 자살로 몰고 가는 원인이 되기도 한다고 말한다.

이 정신과 의사의 설명을 따를 것도 없이 밤에 많은 작업을 하는 일본 문인이 죽음의 환상을 쫓게 되고 더구나 목숨에 대한 이상한 관심을 갖고 있는 그들이 흔히 자살의 길을 걷게 된다는 것은 수긍할 만한 많은 이유가 되어 주기도 한다.

이 밖에도 일본은 서구나 다른 나라와 달라 기독교와 같은 자살을 부정하는 어떤 방파제가 없는 것이 또 하나의 이유가 되는지도 모른다.

일본 문인 가운데에는 정신적인 근대화보다도 오히려 봉건적인 가족관이 더 자리를 잡고 있었던 사람도 많았던 것으로 보이는데 결국 그것은 자살부정의 기독교나 서구 정신과는 반대되는 입장에 있는 것이다.

또 한 일본 비평가는 문인의 자살행위를 이렇게 말하기도 한다. 즉 작가는 언제나 죽음을 신변에 놓고 그 죽음이라는 것을 지나치게 살피고 쳐다보기 때문에 그 유혹에 빠지기 쉽다는 것이다.

그와 동시에 글이 써지지 않거나 쓰는 것이 뼈아프게 어렵다고 느낄 때 문득 고달프게 글을 쓰느니 보다 죽어버리는 것이 낫지 않을까 하는 생각이 들게 되고 문학은 생명보다 길고 걸작 하나만 쓰고 나면 죽어버려도 좋다는 느낌을 갖게 된다고 한다.

이것도 일리는 있는 설명이다. 그러나 무엇보다도 그들이 민족적 기질로서 죽음을 대수롭지 않게 한다는 것, 이것이 아마 대량 자살의 원인의 줄기가 아닐까 하는 생각이 들기도 한다.

김동인의 창작 심리

김 봉 군 *

1. 머리말

리언 이들의 말처럼 한 작가의 전작품은 그 영혼의 자서전이다. 이런 뜻에서 김동인론은 다시 씌어야겠고, 그의 문학 또한 재평가되어야 할 것이다. 평가의 대상은 김동인의 작품 모두여야 하고, 이들 작품의 연대기적 질서 속에서 포착되는 정신사적 곡절과 김동인의 생애와의 상관 관계를 탐색하는 일은 김동인론의 요체라 하겠다. 이는 백철의 『조선신문학사조사』(1948) 이래 춘원 문학의 안티체제로서의 동인 문학을 가늠해 온 평단의 관습으로부터 자유로워지기 위해서도 필요한 작업일 것이다.

지금까지 김동인에 관한 작가, 작품론은 200여 편이나 씌었는 바, 대체로 전기적 역사주의적 탐구, 사조적 특성 규명, 미학적 위상 정립, 작품에의 형식주의적 접근, 비평을 위한 비평들이 그 대종이다.

본고가 시도하는 창작관 방면의 연구는 부분적으로 언급되었거나 문체론을 통하여 조명된 정도다. 김광용의 「김동인의 창작관」은 평론 속에서

---

* 가톨릭대 교수

추출된 의식의 층을 주로 다루고 있다는 점에서 본고와 구별된다. 본고는 작품에 투영된 작가의 잠재 의식의 층과 평론에 표백된 의식의 층과의 합치점들을 포착하려는 노력의 작은 결실이다. 이러한 노력은 작품 분석이 이루어지고, 그 결과로서 드러난 정신적 특질을 작가의 생애가 보여 주는 행적의 특징에 대응시키기를 권고하는 리언, 이들의 작가론에 동의함으로써만 성과를 기대할 수 있으며, 아울러 S. 프로이트 기타 심리학 내지 원형 이론을 원용하되, 사람을 육체적 심리적인 존재로만 보려는 인간관을 극복하려는 열망이 본고의 의도에 잠복해 있다.

김동인의 문학은 그의 개인사와 깊이 관련된다. 특히, 그가 관개 수리 사업에 실패하여 가산이 탕진된 그 이듬해에 부인 김혜인이 출분하게 되는데, 이것은 그의 인생관과 예술뿐 아니라 삶 그 자체에 큰 변화를 가져오게 한다. 즉, 이 같은 파란을 계기로 낭인 김동인이 생활인으로 전환하게 되며, 아울러 그의 문학도 질적인 변화를 겪는다.

김동인은 1900년 10월 2일 평양 하수구리 6번지에서 부호요 기독교 장로인 전주 김대윤의 둘째 아들로 태어나, 재혼한 김경애 부인과 함께 1931년 서울 행촌으로 이사할 때까지 그곳에서 살았다. 18세에 부친을 여의었으나, 동인을 편애한 모친의 지성 속에서 물자의 결핍이란 생각지도 못 하였던 20대 시절에는 방탕과 여행으로 소일하였으니, 이것은 일제 강점기 한국의 궁핍화와는 엄청난 거리에 있었던 것이다. 김동인 생애의 전반기 특히 20대의 저 같은 반역사주의적 행적은 구체적인 상황 속에서도 드러나는데, 이를테면 동경 유학 시절 2·8 독립선언서의 기초起草를 위촉받고 이를 거절하면서, 그런 정치 운동은 그 방면 사람에게 맡기고 문학이나 하겠노라고 말한 것이라든지, 1920년대 한국의 궁핍화를 외면이나 하듯 소비자적 낭인 생활을 서슴지 않은 일 등이 그렇다. 그러면서 김동인은 후일 춘원 이광수를 철저히 타매하여 차라리 자결하기를 권유하였다든지, 문학의 순수성·오락성을 강조하면서도 종내는 「붉은 산」(1932), 「논개의 환생」(1932, 미완) 같은 민족주의적인 작품을 썼으며, 「이 잔을」(1925), 「문명文明」(1925)에서 기독교를 왜곡, 야유하였으면서도 필경에는 '신앙으로'(1930)에 회귀하고 있다는 점 등은 그의 방황이라기보다는 의식의 전환으로 보는 것이 옳겠다.

이제껏 금동인琴童人·금동琴童·금동金童·김시어딤·시어딤이라는 필명을 동원해 가며 단편·장편·수필·사평史評의 터밭을 일구었고, 《창조》 《영대》 등의 문예 동인지를 내어 서구적 기법의 근대 문학, 그 기법의 큰길을 틔운 공로를 누리며, 자연주의·사실주의·유미주의·민족주의라는 다양한 에피소드로써 수식되어 온 것이 김동인과 그의 문학이다.

거듭 말하거니와 본고의 의도는, 이 같은 김동인의 작품이 창작된 동기와 심리적 과정의 줄기를 드잡으려는 데 있다. 따라서, 여기서는 지금까지 산발적으로 지적되어 온 엘리트 의식과 춘원 콤플렉스, 유랑의 기질과 모태 회귀욕, 상반된 여성관, 계급주의에 대한 혐오감, 기독교 강박 관념, 민족주의 수용 등 여섯 가지 심리적 특성이 김동인 문학의 모티브였음을 제시하게 된다.

이를 위하여 제1차적으로 실증주의적 방법이 채택되게 마련이나, 창조적 직관과 상상력이라는 설레는 측면도 몰각될 수는 없을 것이다. 본고는 결국 정신사적 탐구와도 만나야 하겠기 때문이다.

1) 엘리트 의식과 춘원 콤플렉스

김동인의 콩트 「X씨」에는 정상이 아닐 정도로 경쟁적이고 자존심이 강한 주인공이 등장한다. 이 작품의 결말은 남에게 모욕을 당하곤 분함을 못 이긴 X씨가 유서를 남긴 채 강물에 투신 자살하는 것으로 되어 있다.

이는 인간의 보편적 인식이나 정감에 호소하는 작품이라기보다 김동인
자신의 성격을 반영한 소품에 불과하다.

　김동인의 도도한 유아독존적 기질은 널리 알려진 얘기다. 가령, 1912년
에 숭덕소학교를 졸업한 뒤 한 해 묵어 명치학원에 입학하려다가 고우 주
요한이 같은 학교의 상급생이 되는 것을 꺼려서 동경학원으로 간 것이라
든지, 조선일보 학예부장 자리를 40일 만에 물러난 것도 방응모 사장께
인사조차 제대로 하지 않을 정도의 도도함 때문이라는 일화(주요한의 증언)
등이 김동인의 자존심과 기질을 입증한다.

　김동인은 이 같은 유아독존, 즉 에고이즘적인 사고 방식을 자만과 패기
에 찬 천성과 결부시켜, 의식화된 오만으로 새로운 문학을 건설하겠다는
사명감으로써 문단에 나선다. 그의 이런 자세는 그로 하여금 냉정한 사고
와 지성의 자리에 남아 있게 하지 않고 문학가로서는 제1인자, 선구자임
을 자처하는 엘리트 의식에 사로잡히게 했다.

　　　여러분은 이 약한 자의 슬픔이 아직까지 세계상에 이슨 모든 투 니
　　야기(작품)─리알리즘, 로만티씨즘, 썸볼리즘 들의 니야기─와는 묘사법
　　과 작법에 다른 점이 잇는 거슬 알니이다. 여러분이 이 점을 바로만 발
　　견하여 주시면, 작자는 만족의 우슴을 웃겟습니다. (띄어쓰기는 필자가
　　함.)

　이 대목은 《창조》 창간호의 편집 후기의 일부다. 여기서 김동인은
「약한 자의 슬픔」이야말로 동서고금 그 유례가 없는 창조적인 것이라고
호언장담하고 있다. 윤홍로는 김동인의 이러한 발언을 극단적인 자연주의
의 변종을 고안하고자 하는 창조적 의지로 풀이하고 있으나, 그의 의식의
밑바닥에는 영웅주의적 엘리트 의식이 도도히 흐르고 있는 것이다. 그의
초기 작품인 「배따라기」의 발단부에, "유토피아를 생각할 때는 언제든지

그 위대한 인경의 소유자며 사람의 위대함을 끝까지 즐긴 진나라 시황을 생각지 않을 수 없다."는 대목을 곁들여 강조하고 있는 것도 김동인의 만만찮은 협기俠氣와 거리낌없는 영웅 예찬론의 반영이라 할 것이다.

> 지금 소설이나 시를 쓰는 후배들이 어느 누가 이런 방면의 고심을 하는 사람이 있을까? '태고 적부터 우리말에 이런 소설 용어가 있었겠지.'쯤으로 써 나가는 우리의 소설 용어 거기는 남이 헤아리지 못할 고심과 주저가 있었고, 그것을 단행할 과단성과 만용이 있어서 그 만용으로써 건축된 바이다.
> 스무 살의 혈기, 게다가 자기를 선각자노라는 어리석은 만용——이런 것들이 있었기에 조선 소설 중에의 주춧돌은 놓여진 것이었다.

위의 글에서 '선각자'란 김동인 자신을 가리킨다. 당시의 지식 청년층은 대개 선각자임을 자부하였겠으나, 작가 김동인에게는 그러한 자과지심自誇之心이 현저했던 것이다. 구어체 확립, 사투리 사용, he · she를 '그'로 번역한 공로의 허실虛實은 이미 밝혀진 바 있거니와, 이러한 자부심 곧 엘리트 의식이 극한에 달한 것은 다음과 같은 진술이다.

> 여余가 마음을 놓고 뒤를 맡기기에 여余보다 굳세고 우수한 사람이 생겨야 할 것이다. 할아버지만한 손주가 없고, 스승만한 제자가 없다는 속담은 있지만, 자식이 어버이보다 승하고, 후계자가 전인前人보다 승하여야 어버이와 전인前人은 안심하고 뒤를 맡기고 물러날 것이다.[1]

여기서 드러나듯이 김동인의 눈에는 자신을 능가하는 동배同輩와 후배가 보이지 않았다. 이것이 1945년에 쓰인 것임을 감안할 때, 그의 엘리트 의식이 어느 정도였던가를 우리는 실감한다.

---

1) 김동인, 「余의 文學者 三十年」 (전집 11), p.316

그가 서해曙海 최학송崔鶴松을 아꼈지만, 그것도 서해가 김동인 자신의
문학을 이해하여 준 데 대한 보상에 지나지 않았다.[2]

김동인의 경쟁자적 인성은 구체적으로 염상섭의 문단 출현에 대하여
민감한 반응을 보인다.

> 이렇던 상섭이 1992년 말에 ≪개벽≫지상에 「표본실의 청개구리」라
> 는 소설을 발표하였다. '이 사람이 소설을 썼다.'—이러한 마음으로 나
> 는 그의 작품을 보았다. 그러나 연속물의 제1회를 볼 때 벌써 필자의
> 마음에 큰 불안을 느꼈다. 강적이 나타났다는 것을 직각하였다. 이인직
> 의 독무대를 지나서 춘원의 독무대, 그 뒤 2,3년은 또한 필자의 독무대
> 에 다름없었다.[3]

김동인은 춘원을 ≪창조≫ 후기 동인으로 가입시켜 놓고 끝내 원고조
차 쓰게 하지 않은 가학증적 반응을 보인다. 물론, 춘원의 계몽주의를 비
판하고 나선 김동인의 문학관을 허물할 이유를 우리는 마련해 있지 않다.
문제는 춘원이라는 한 자연인에 대한 김동인의 집요한 비난의 저의에 있
는 것이다.

이인직의 「귀의 성」을 한국 근대 소설의 원조라고 극찬하는 그가 춘원
의 「무정」에 관하여는 끈질기게 비난을 퍼붓는 것은 정상으로 보기 어렵
다. 「무정」은 최근의 연구가 증거하듯이 국초菊初의 소설에 비길 수 없을
만큼 훌륭한 작품이다.

> 이광수 주재라는 명색의 춘해春海의 ≪조선문단≫에 단편 몇 편이 있
> 었지만, 춘원 자신도 창작 방면에는 자신이 없었던 듯 ≪영대≫가 폐간
> 되기까지 그 ≪영대≫에 자서전 「인생의 기질」를 연재하다가 중단한 뿐

---

2) 김동인, 「文壇三十年史」 (전집 12, p.329) 참조.
3) 김동인, 「近代小說史」 (전집 12, p.467).

으로 창작 방면에서는 손을 떼었다가, 동아일보와 특수 관계를 맺자 동아일보에 대중 소설을 쓰기 시작하였다. 이 춘원의 재활동은 신생 조선 문학 건전한 발육에 지대한 장애를 주었다.[4]

이상의 발언을 뒷받침하는 것은 그의 소위 '리알'의 논리다. 김동인의 지론에 의하건대, 이인직·이광수의 낡은 투에 젖은 대중에게 맛없는 '리알'을 그가 강요하고 있어 그 맛과 멋에 다소 길들여지고 있었는데, 이광수가 재활약하게 되면서 '리알'의 소화불량이 된 대중에게 다시 통속, 흥미 중심의 소설을 제공하여 우리 문학 발달에 큰 지장을 주었다는 것이다. 그러나 그의 이러한 주장은 후일 자가 반란을 일으킨다.

　　그 혈기 다 사라지고 차차 내성內省이 시작될 때에, 문학의 도道에는 '상아탑象牙塔'을 위한 문학도文學道 외에 건설을 위한 문학도라는 다른 부문이 있다는 점을 통절히 느끼고, 그 건설을 위한 문학도에는 문학과 대중의 결합이 필요하다는 점까지 느끼고, 여기로 전轉하여 노력한 지도 어언 칠, 팔십 년이 지났다.

김광용은 이것을 '상아탑 붕괴의 적신호'라고 지칭하는데, 김동인의 이 같은 변신이야말로 한 단계 인간적 성숙을 의미한다.

김동인이 춘원에게 독설毒舌을 사양하지 않은 것 가운데 춘원이 신문사 기자 생활을 하면서 썼기에 소재나 장면, 사건 처리 등에 무책임하다고 말한 바가 있으나, 그 점은 김동인 자신의 경우에 있어서도 마찬가지였음이 발견된다. 예컨대 그의 작품 「논개의 환생」에서,

　　눈물어린 눈으로써 서 원례를 바라보면서 논개는 자기가 나고, 자라고, 자기의 부모, 조상이 나고, 자란 진주성을 뒤로, 성문 밖으로 났다.

---

4) 김동인, 「文壇三十年史」 (전집, p.305).

의기義妓 논개는 전라도 장수 출신으로 경상도 진주의 기생이 되었던 바, 이상의 오류는 김동인 자신이 사실에 소루하였음을 드러낸 것이다. 역사적 사실을 소재로 취택할 때 작가는 인물은 실재하나 사건이 허구인 것, 사건은 사실에 바탕을 두되 인물이 허구적인 존재인 것의 둘 중 하나를 취택할 수 있다. 이 두 경우 모두 작가의 역사적 도덕적 상상력에 의해 사실史實 자체도 취사선택, 재구성되게 마련이다. 그러나, 분명하고 엄연한 객관적 사실은 결코 왜곡될 수 없다. 작품에서도 논개의 출생지는 어디까지나 진주가 아닌 장수여야 할 것이다.

또 정서죽鄭瑞竹의 회고에 따르면, 김동인이 「왕부의 낙조」를 하룻밤 사이에 탈고했다는데, 그것이 역사 소설인 바에야 사료의 고증에 대한 우리의 기대를 심각히 저버릴 우려가 없지 않다.

이광수와 김동인, 두 사람 모두 평안방언권의 사람인데, 이광수는 조실부모한 천애 고아요 적빈赤貧의 사람으로 육당六堂과 인촌仁村 등 은인의 도움으로 일본물을 적셨고, 김동인은 부호가 귀동으로 성장하여 일본 문물에 접하였다. 둘 다 유학을 중단했는데, 김동인의 천단미술학교 중퇴가 그의 말대로 톨스토이의 경우에 비견되는 문제인지는 알 수 없다. 그러나 이광수는 톨스토이의 정신을, 김동인은 그의 '인격 조종의 기법'을 받아들였기에 대조되지마는, 이 두 사람이 모두 엘리트 의식의 소유자란 점에서는 일치한다. 이광수는 민족의 사상적 선각자로서의 엘리트 의식에 젖어 있었고, 김동인은 예술가로서의 엘리트 의식에 철저했음에도, 두 사람이 다 작가라는 이름으로 불리는 길에 서서 '만남'의 좌표를 마련하지 못한 데에 문제가 있었다.

이런 사정들이 김동인과 이광수의 거리를 만들었으며, 김동인으로 하여금 종생토록 이광수 타도의 강박 의식에 사로잡히게 한 것으로 보인다.

김동인과 이광수의 전기적 비교 연구는 보다 깊이 행하여질 필요가 있겠지만, 위에서 본 바와 같은 춘원 콤플렉스야말로 김동인의 작품을 지나친 사건 전개, 죽음과 광포의 구석에다 몰아넣는 인물 설정 등 극단적인 기교주의에로 치닫게 한 것은 사실일 것이다. 그러기에 그의 문학은 춘원의 '정사情事의 문학'에 대하여 '죽음의 문학'이라는 자기다운 장치로써 대결하였고, 춘원의 밥 같은 일상적인 소재에 맞서 마약처럼 취하게 하는 작품을 쓰려는 콤플렉스에 사로잡혀, 어떻게 해서든지 춘원 소설의 인위적 사건 진행이나 도덕성이 노출된 인물 설정의 방식을 거부하기에 급급하였다. 그가 단편 「태형笞刑」에서 투옥된 독립 운동가들을 환경 결정론적 짐승으로 전락시킨 것이나, '유산'의 1인칭 관찰자가 부정不貞한 여주인공에게 참회의 유서를 쓰게 하곤 목 졸라 죽이는 것, 그리고 병약해진 어머니를 살해함으로써 효도했다고 강변하면서 기독교를 왜곡한 「문명」 등은 김동인류의 자연주의가 빚은 극단이라 하겠다.

2) 유랑 기질 및 모태 회귀욕

김동인은 22세 되던 1921년 ≪창조≫ 제9호에 그의 본격적인 단편 「배따라기(배짜락이)」를 발표한다. 이 작품의 줄거리(겉·속)를 5대목으로 구분하면, '① 1인칭 관찰자와 주인공과의 만남 ② 주인공과 아내 사이의 모순된 사랑 표현(아이러니) ③ 주인공·아내·아우 사이의 오해(반전) ④ 주인공과 아우 사이의 애상과 유랑 ⑤ 1인칭 관찰자(나)와 주인공과의 헤어짐'으로 파악된다.

이 다섯 단계의 이야기 전개 과정story line은 '자연미'에의 감동에서 '예술미'의 추구욕으로 변화, 융합되어 가고 있다. 자세히 말하면, 자연의 아름다움과 배따라기의 예술미에 취해 있는 '나'에게 가슴 아픈 과거사를 다 들려준 다음, '그'는 배따라기 노래를 부르곤 다시 방랑의 길을 떠난다. 그리고 '나'는 그가 남겨 놓은 노래, 그 아름다움을 지속적으로 추적한다. 나는 다음날, 이듬해 봄, 이렇게 끊임없이 그의 자취를 찾지만, '그'의 종적은 가뭇없다. 그러나 '그'의 심미적 이미지, 온 산천에 남아 울려 나는 '그'의 노래 소리에 '나'는 또다시 감동한다.

「배따라기」는 형제간의 오해로 빚어진 갈등(정체 상실)과, 그로부터 다시 사랑을 회복하기 위하여 끝없이 바다를 유랑하는 반생활인의 고백으로서, 원초적 자아와 사회적 자아의 충돌에서 빚어지는 비극적인 상황에서 새로이 꽃핀 창조적 자아에 의해 생산된 작품이다. 이것은 정신적 원형 이론의 입장에서 보면 모태 회귀 사상, 궁극적으로는 낙원 복귀욕에 귀결된다. '그'가 찾는 것이 표면상으로는 '아우'지만, 의식의 심층에는 대모Great Mother 중의 좋은 어머니good mother로서의 '아내'를 찾아 유랑하는 것이다. 까닭에, 꿈결같이 환상적으로 만난 '아우'는 그가 만나고자 하는 궁극의 대상은 아닌 것이다. 오히려 잠재 의식상으로 만나지지 않기를 바라는 '아우'인 것이다. 반면에 그가 바다를 유랑한다 함은, 그것이 단지 생활의 공간인 땅을 상실한, 반시간성·반역사성의 공간으로서의 바다를 뜻할 뿐 아니라 '아내의 죽음과 재생'에 결부된 바다라는 의미와의 연관선상에 놓인다. 바다가 절멸하지 않는 한 아내 곧 모성의 표상 또한 소멸하지 않을 것이기 때문이다.

「배따라기」의 유랑은 김동인의 「역마」, 이효석의 「메밀꽃 필 무렵」 오영수의 「고개」 등이 보여 주듯 '만남→잠적과 유랑(남성), 인종(여성)→환상적인 남, 아슬한 엇갈림 또는 끝없는 유랑'이라는 우리 서사문학의 기본 질서와 관계된다. 이런 서사 구조의 원형은 주몽 신화나 질마재(또는 문경 새재) 설화류로서, 한국 문학에 있어 '기다림과 만남의 문제'에 대한 가장 선명한 해결점을 마련하였다.

다음, 김동인의 유미주의 소설 「광화사」에는 결혼에 두 번이나 실패하고 어머니의 아름다운 영상을 안고 사는 추물 화공 솔거의 비정상적 인성 abnormal personality이 투영되어 있다. 추한 얼굴 때문에 두 번이나 실패한 결혼 경험, 특히 그 때에 보았던 여인들에 향한 상념에서 솔거는 벗어나지 못하고 있다. 그가 세상을 등지고 산 속(자연)에 은둔한 것은 세상과의 부조화로 인한 도피적 심리 기제escaping mechanism 때문이었다. 특히 그가 샘(물)에 애착을 보인 것은 모성에의 회귀욕을 상징한다. 그가 결혼도 세상도 포기하고 그림 공부에 정진하여 미인상을 완성해 보려 하는 것은 승화 sublimation에 의한 보상의 심리적 표현에 갈음된다. 그가 고심 끝에 해후하게 된 눈먼 미인 소녀는 자기 아내의 표상인 동시에 어머니의 영상이다. 이것은 그의 근친 상간적 애욕의 표현인데, 그의 잠재 심리에는 이러한 원초아Id가 꿈틀거리되, 그것은 불륜됨을 질책하는 초자아의 억압으로 인해 그는 몸부림친다. 그러다가 그는 필경 원초아에 끌려 그 소녀를 범하고 만다. 그리고 그런 행위를 저지른 이후 그 소녀의 눈은 용궁을 그리는 듯한 이상적인 눈이 아니라, 단지 애욕에 찬 그런 눈임을 발견하고 목졸라 죽인다. 이것은 전날 범한 행위에 대한 죄악감이 광적으로 폭발한 결과다. 그리고 화상을 안고 간 그의 죽음 그것은 어머니에로의 회귀를 뜻한다.

표면 구조로 보아 오스카 와일드의 작품을 연상시키는 「광염 소나타」도 이 같은 모태회귀욕과 깊이 관련된 작품임을 우리는 어렵지 않게 읽어 낼 수 있다.

3) 상반된 여성관

김동인은 우리 소설사에서 인물 창조의 면에서 전환점을 마련한 공로를 남긴다. 그는 이른바 '복녀형'을 창조했다. '복녀형'은 '석순옥형'과 대립적인, 반전통적 성격 유형이다. 우리 신화의 원형인 '인덕의 모상'으로서의 웅녀형은 도미의 아내, 춘원, 사씨, 인현왕후의 전통에 맥을 이은 신소설의 여주인공들을 거쳐 춘원의 장편 「사랑」의 여주인공 석순옥, 박계주가 지은 「순애보」의 명희 등에 도달하는데, 김동인의 단편 「감자」의 여주인공 '복녀'야말로 우리 문학사에서는 처음 등장하는 반전통적 여성형이다. 이는 김동인의 「약한 자의 슬픔」의 여주인공 강엘리자벳트의, 리얼리즘에 합당한 변신이다.

그런데 문제가 되는 것은 리얼리스트 김동인의 작중 여주인공 중 주류에 속하여 마땅한 '복녀형'이 1930년대 후반기로 접어들면서 몰아인종형의 도전을 받고 있다는 사실이다.

그는 자신의 장편 소설에 부각시킨 여성형을 셋으로 나누었는데, ① 숙녀淑女·교양형敎養型 ② 쾌활快活·광열형狂熱型 ③ 몰아인종형沒我忍從型이 그것이다.5) 숙녀·교양형이란 「태평행」(<중외일보>에 연재, 중단)의 여주인공 '현숙'처럼 고등한 교양으로 남편을 위해 매사에 세심한 배려를 아끼지 않은 타입으로, '가장 현명한 아내야말로 가장 현명한 여성이요, 따라서 가장 현명한 인생의 한 분자'라는 신념 아래 남편의 일거일동을 세밀히 주의, 관찰, 판단하며, 남편을 사랑하는 동시에 존경함으로써 인격적으로 이해하는 여성형이다. 또한 쾌활·광열형은 「젊은 그들」(1929)의 '인화'와 같은 여성형으로서 애인 타입, '현숙' 같은 숙녀 교양형은 남편을 피곤케 하는 아내 부적격형이고, 몰아인종형이야말로 가장 이상적인 여성으로서 아내 적격형이라고 말한다.

김동인이 바라는 이상적인 여성형은 우리 신화의 원형 곧 인덕의 모상

---

5) 김봉군, 「한국현대시의 원형성 연구」, 『국어국문학 논문집』5 (서울대 사대, 1977) 참조.

mother image을 지향하고 있다. 이 점은 두 번째 부인 김경애와 약혼할 당시에 쓴 '약혼자에게'에서 여실히 드러난다. 그는 가정의 착한 지어미, 어린애에게 자애로운 모성을 요구하면서 사회의 투사나 '현대식'의 경박한 여성을 가정에 들여놓고 주권을 맡기고 싶지 않다면서 다음과 같이 여성관을 피력한다.

> 현대의 여자─더구나 학교 출신의 여자치고는 무게가 있는 사람은 사실로 발견키가 힘듭니다. 현대 여자의 대부분은 경박 그것이외다. 그러한 가운데 그대를 발견했다 하는 것은 과연 의외였습니다. 그대는 둔하다고 비평하고 싶을 만치 무거운 사람이었습니다. 거처, 행동, 의복은 커녕 말 한 마디 함에도 속으로 몇 번을 생각한 뒤가 아니면 입 밖에 나지 않느니만치, 가벼운 그림자는 없는 사람이었습니다.

이것으로써 김동인이 이상으로 하는 여성관이 밝혀진 셈이다.

이 같은 그의 실생활의 여성관은 그의 여러 작품, 심지어 리얼리즘 계열 작품의 여주인공에게까지 투영되어 있을 정도다.

그는 처녀작 「약한 자의 슬픔」에서 자연주의적 관점으로 강엘리자벳트를 그린 듯하나, 결말에서 기독교적 이상주의를 지향하게 만들었으며, 단편 「전제자」에서는 남성의 횡포에 죽음으로 맞서는 여성형을, 「배따라기」에서는 근친 상간적 모티프로 발단하여 필경 죽음으로써 결백을 입증하는 인덕忍德의 모상母像에 접근시키며, 「겨우 눈을 뜰 때」에서는 기녀의 박명과 죽음을, 「유서」역시 부정한 여주인공(친구의 아내)을 죽게 함으로써 역시 전통적 여성관을 보여 준다. 특히 「거츠른 터」는 김동인의 이상적인 여성상을 그대로 보이는데, 사랑하는 남편이 죽자 그의 그림자를 좇다가 끝내 자결하고 마는 '열녀 함양 박씨'의 후신을 그린다. 이 밖에 여인의 순정이 현실 앞에서 좌절을 경험하는 「정희」, 고소설과 신소설의 가정비극 「소박데기 설화」를 이은 「딸의 업을 이으려고」의 주인공, 신앙을 잃었다가 개심하는 「신앙으로」, 소녀의 순정을 갈망하는 「수정 비둘기」, 70세가 되도록 불변한 남녀의 애정을 그린 「순정」, 의기 논개를 클로즈업시켜 시대를 비판하려 한 「논개의 환생」, 불우한 환경 속에서도 타락하지 않는 처녀를 그린 「가두」, 억척스런 장부형 「곰네」 등은 김동인이 그리워한 전통적인 여인상이다.

그러나 「감자」, 「발가락이 닮았다」, 「구두」, 「결혼식」, 「사진과 편지」, 「대탕지 아주머니」, 「김연실전」에는 도덕적 Zero 지대의 여주인공이 등장한다. 리얼리즘의 혈통을 잇는 인물들이다.

이제, 이 가운데 「김연실전」의 여주인공을 주시하기로 한다.

> 이튿날 아침 창수가 연실에게, 자기는 고향에 어려서 결혼한 아내가 있노라고 몹시 미안한 듯이 고백할 때에, 연실이는 즉시로 그 사상을 깨뜨려 주었다.
> "그게 무슨 관계가 있어요? 두 사람의 사랑만 굳으면 그만이지, 사랑 없는 본댁이 있으면 어때요?" 명랑히 이렇게 대답할 때는, 연실이는 자기를 완전히 명작 소설의 주인공으로 여기었다.

이 장면만으로도 연실이란 여성, 동경 유학을 하는 신여성이 자유연애에 대하여 얼마나 맹목적이고 경조부박한지를 알 수 있다. 이 다음 장면에는 온갖 추문이 유학생 사이에 자자한데도 오히려 황홀감에 젖은, 도덕적 Zero 지대의 여성, 서구 사조를 맹목적으로 추종하는 희화적戱畵的 신여성이 그려진다.

더욱이 수많은 인명과 재물을 앗아가고 만 제1차 세계 대전이 끝난 일은 물론, 3·1 운동이라는 이 나라 온 민족의 함성 같은 것도 들리지 않는 연실이다. 그런 것은 문학이나 연애와 관계없는 이상, 연실이의 아랑곳할

바가 아니라는 것이다.

전문 학교까지 다닌 선각자 신여성 여류 문인 김연실은 이 땅의 역사적 현실 같은 것은 관심 밖의 일이었고, 오직 '동물 인간'에 불과할 따름이다. 그녀는 수없이 많은 남성 편력으로 아비도 모르는 사생아를 낳아 유기하기까지에 이른다.

우리의 관심은 이 맹랑한 신여성의 종말을 김동인이 어떻게 처리해 줄 것인가에 집중된다. 에밀 졸라, 플로베르 들처럼 주인공을 죽음으로 몰고 갈 것인가? 부도덕한 아버지에 첩의 딸로 태어났다는 환경 결정론과 유전 법칙의 산물인 이 작품을 김동인은 그렇게 끝맺지 않는다. 그의 작품에서 흔한 '죽음의 낭비 현상'도 여기서는 보이지 않는다.

> (가)……시들고 썩어버린 그 육체는 진흙덩이처럼 빛이 가시고, 옛 모습을 찾을 길이 없었다. 형체도 없는 그 살덩이에 벌써 곰팡이가 난 듯했다. (중략) 그녀는 수채 구멍에 내버려 둔 시체에서 병균을 묻혀 온 것 같았고, 숱한 사람을 망친 그 병균이 제 얼굴에 올라와서 썩은 것 같았다.
>
> ― 「나나」의 종말

> (나) "과부, 홀아비 한 쌍이로구먼……."
> "그렇구려!"
> "아주 한 쌍 되면 어떨까?"
> "것두 무방하지요."
> 이리하여 여기서는 한 쌍의 원앙이 생겨났다.
>
> ― 「김연실전」의 종말

(나)의 결말은 (가)의 그것과 판이하다. 한국인의 윤리 의식과 깊은 상관성이 있겠으나, 여기서는 상술詳述을 생략한다.

김연실로 하여금 15세 때의 첫 남성에게로 회귀하게 한 작가의 의도는 이 작품을 고소설의 차원으로 끌고 간다.

김동인은 철저한 자연주의자일 수가 없었다.

김동인은 고소설, 신소설의 보수적인 여성상과 동물 인간으로서의 자연주의적 여성상과의 대립, 모순을 극복하려는 치열한 작가 정신이 없이, 그의 후반기에는 생활을 위해선 닥치는 대로 작품을 쓰게 됨으로써 이제껏 본 바와 같은 상반된 여주인공을 그려 놓은 것이다.

이 점이야말로 일관성 있는 성격 창조characterization에 성공하지 못한 김동인 소설의 비극, 그 요인일 수도 있을 것이다.

4) 계급주의에의 혐오

김동인은 계급주의문학을 혐오했다. 이것은 그의 출신 계층의 문제이기도 하겠지만, 그의 기질이 그랬던 결과로 볼 일이다.

> 주요한도 망치를 찬송하는 시를 쓰고, 염상섭도 현재도 일부 사람에게는 중간파로 인정되어 있느니만치, 소위 '진보적 사상'의 사람이었고, 적색 사상은 진보적 사상이라 하여 온 천하를 풍미하는 시절이었다. (중략) ≪개벽≫도 좌경(左傾)하고, <조선일보> <동아일보>조차도 '진보적 사상'에 기울 동안, 우익 진용을 견지한 자는 오직 신생 문단의 「창조」파뿐이었다. 지주의 자제, 부잣집 도령들로 조성된 ≪창조≫만이 '좌익'을 떠난 인생 예술을 개척하고 있었다.

김동인이 「문단 삼십년사」에서 피력한 내용이다.

문단에서 민족주의와 계급주의가 치열한 논쟁을 전개하고 있을 때, 김동인은 "그러한 시기 동안 나는 고향 평양에서 술과 계집과 낚시질로, 모든 다른 일에서는 떠나서 살고 있었다."고 태연히 고백하고 있다.

김동인은 <조선일보> 학예부장 시절에도 수원 박승극이 심혈을 기울인 '농민문학론'을 거들떠보지도 않은 채 끝내 반환해 버린 것이라든지, 필승 안회남과의 불화에도 표정 하나 까딱 하지 않았던 것으로, 그에 대한 어떤 고뇌도 사변도 보이지 않는 일 등은 그가 계급주의를 감정적 기질적으로 용납하지 않았음을 증거한다. 그는 다만 민촌民村 이기영李箕永의 「서화鼠火」만 <조선일보>에 실었다.

> 나는 그 때 민촌民村이란 이름은 '살인 방화'식의 좌익 작가로 기억하고 있었더니만치, 또 여전히 '살인방화'식의 소설이려니 하여 썩 마음에 내키지 않은 것을 문일평文一平에 대한 대접으로 읽기 시작하였다.

이 글로 보아 김동인도 계급주의 문학에 대해 심정적 기준 정도는 갖고 있은 듯하나, 그 같은 '살인방화'식 소설의 엄연한 존재에 대한 논리적 대안에 무관심했던 것은 김동인 문학의 정신적 고도성과 무관하지 않을 것이다.

공장 근로자 문제를 다룬 김동인의 단편 「배회徘徊」에 이런 대목이 있다.

> ……공장주측에서는 직공측의 요구를 다 승낙하였소. 그러나 직공측에서는 역시 만족해 하지 않았소. 왜? 다름이 아니라, 직공측에서도 '동맹 파업'이라는 것을 일종의 유희적 기분으로 대하고 있었는데, 공장주측에서는 모든 조건을 승낙하니, 동맹 파업을 일으킬 구실이 없어지기 때문이오.

여기서 우리는 김동인의 제도적 부조리에 대한 고민이나 학적 천착의 아쉬움과 따갑게 마주친다.

(가) 민족문학과 무산문학은 모두 다 변변치 않은 문제로 이렇다 저렇다 다투는 점에서 합치점을 발견할 뿐.

그 차이점은 마치 까마귀의 자웅과 같아서 알 수가 없다. 그것은 민족 문학과 프로 문학이 전연 그 방향이 다른 까닭이다. (민족문학과 무산문학의 박약한 차이점과 양 문학의 합치성)

(나) 계급 공기며 계급 음료수라는 것이 존재할 가능성이 없는 것과 마찬가지로, 계급 문학이라는 것도 존재치 못하겠지요.[6] (예술가 자신의 막지 못할 예술욕에서)

김동인이 문학의 오락성을 강조한 것까지는 좋으나, 한국 근대 문학의 선구자로서 계급주의 문학의 정체와 전투적 항의에 대한 통찰력과 응전의 자세는 가위 비난받을 만한 수준이다. 이것은 또한 김동인의 '문학도文學道'가 기법에 편중함으로써 소설의 '형식과 의미라는 것의 불가분리성'이라는 문예 미학의 기본 명제에 대한 몰이해를 드러내기에 이르는 대목이다.

김동인은 계급주의 문학인들의 행동 강령과 생태를 체험하곤 이론의 부당성, 이론과 실제와의 괴리를 깨닫고 KAPF를 탈퇴할 수 있었던 회월懷月과 팔봉八峰을 주시할 수 있어야 했다.

5) 기독교 강박 관념

김동인의 기독교에 대한 반응은 유난히 예민하고 격렬한 경우까지 있다. 우선 그의 처녀작 「약한 자의 슬픔」의 종말 부분을 보아도 그러하다.

---

6) 김동인, 「문학 삼십년사」, 전집 12, p.221.

"내가 너희에게 새 계명을 주노니 '사랑하라'."

그는 기쁨으로 눈에 빛을 내었다. 강함을 배는 태(胎)는 사랑! 강함은 모든 아름다움을 낳는다. 여기 강하여지고 싶은 자는, 아름다움을 보고 싶은 자는, 삶의 진리를 알고 싶은 자는 참 사랑을 알아야 한다.

여주인공 강엘리자벳트의 신분이 주일 학교 교사였고, 그럼에도 계명을 범하여 비참한 지경에 이르렀다. 그의 종말을 자결로 이끌지 않고 이처럼 사랑에의 귀의로 인도해 온 것은 김동인이 이 작품을 자연주의적 의도에서 쓰기 비롯했음에도 그의 내부에 잠재한 기독교 의식이 여기까지 그의 붓끝을 움직여 오도록 만든 때문일 것이다.

유아 세례까지 받은 장로의 자제 김동인은, 적어도 청년기에는 기독교 가정의 자손으로 기독교를 모독한 전형이 되었다. 같은 평양의 장로, 목사 집안 출신인 전영택과 주요한이 신자로서 성실을 다하였던 사실과 대조가 된다.

김동인이 성경 고사 시간에 책을 펴놓고 답안지를 쓰다가 지적을 당하자 그 길로 숭실중학교를 등지게 된 것이 표면상으로는 기독교와 결별한 단서라 하겠다. 그런데도 리얼리즘 계열의 단편 「약한 자의 슬픔」에 요한 복음이 인용되고 있음은 예사로운 일이 아니다.

물론, 그는 의식적으로 기독교를 비난하기 위하여 반기독교적인 작품 「명문」(《개벽》 55호, 1925)을 쓴다. 김동인은 성서를 익히 읽은 바 있어, "나는 너희에게 평화를 주려고 온 것이 아니라 오히려 분쟁을 일으키려 왔느니라."는 성구를 인용하면서도, "네 부모를 공경하라."는 계명을 의도적으로 왜곡하여 병고를 신음하는 모친을 안락사 시키고도 선행을 하였노라 태연해 하는 예수교인 전주사가 죽어 여호와 하나님의 '명문'에 의해 지옥에 떨어지는 회화적인 작품이 「명문」이다. 이는 기독교를 의식적으로 조롱하려는 김동인의 강박 관념이 빚은 바 진리의 중대한 왜곡이다. 선교 초기의 한국 기독교가 아무리 교리에 어두웠다 하여도, 노모를 안락사 시키고도 천국에 모셨다고 자족해 하는 전주사의 행위는 리얼리티가 결여된 로맨스의 주인공의 희롱戱弄에 지나지 않는다. 이것은 또한, 김동인 자신이 비난한 바 「무정」의 주요 인물들이 경부선 열차에서 모두 만나는 춘원의 '우연'보다도 억지다.

이 역시 금기 파괴에 급급한 김동인의 강박 관념이 빚어낸 한 극단으로 볼 수 있다.

아무튼 김동인은 그의 작품 도처에서 기독교에 향한 관심의 족적을 남긴다. 이것은 그가 기독교를 거부하고 일단 '탕자蕩子'의 행로를 택하였음에도, 생장 과정에서 각인된 기독교 지향의 무의식에 끊임없이 견인되고 있음을 시사示唆한다. 노동자들의 태업을 다룬 「배회徘徊」, 통칭 유미주의 소설 「광염 소나타」, 계세징인戒世懲人을 주제로 한 「논개의 환생」 등 기독교와 인연이 멀거나 반기독교적인 작품들에도 기독교는 자주 등장하고 있다.

김동인은 기독교를 편입시키면서도 자연주의적 사실주의의 냉혹한 시선을 견지하려 애썼다.

> 그도 이 때는 가슴이 두근거렸다. 그의 머리에는 도망하는 생각밖에는 아무것도 없었다. 그는 힘을 다하여 달아났다. 이리하여 이 모퉁잇길로 빠지고 저 사잇길로 빠지며 담장을 넘고 지붕을 넘으면서 달아나, 이만하면 되었으리라 하고 정신을 가다듬으면 제사장들의 발 소리는 여전히 이삼 십 보 뒤에서 그를 따랐다. 감람산으로 가는 단 하나의 길인 케드론산 시내 다리에도 횃불 잡은 사람들이 지켰다. 그러니까 그리로는 갈 수가 없다. (「이 잔을」)

마가복음(14:17~42)에 기록된 최후의 만찬날 밤 그리스도를 김동인은 이렇게 격하시켰다. 여기 보이는 예수는 철저히 '사람'일 따름이다. 하나님

아들로서의 어떤 표정, 어떤 초월성도 보이지 않는다.

그러나 「신앙으로」(《조선생활》, 1930)에서 그는 '돌아온 탕자'가 된다. 1930년은, 1926년의 파산과 1927년 조강지처의 출분으로 실의를 딛고 일어나 김경애 신부와 평양 새문안교회에서 재혼을 한 해다. 이때 김동인은 인생의 포괄적인 의미, 인간 존재에의 총체적 인식의 눈이 비로소 띄었던 것으로 보인다. 기독교를 긍정한 「신앙으로」도 물론 리얼하게 쓰려고 노력했다. '신앙→불신→회심→신앙 회복'의 과정을 여실히 그렸다.

> "이 아이를 받아 주시옵소서. 아버님의 뜻대로 지금 아버님께 돌려보내오니, 이 어린 영혼을 아버님의 나라에 받아 주시옵소서." 이러한 기도—은희는 아직껏 많고 많은 기도를 드렸지만, 이만치 경건하고 엄숙한 기도를 드려본 적이 없었다. (「신앙으로」)

이 같은 친기독교적 작품을 쓰게 된 것은 김동인이 기회 있을 때마다 기독교를 야유한 것이 지나친 증오 곧 '사랑의 역설'이라는 잠재 심리의 반영이었음을 증거한다.

이것은 한갓 추단이 아니라 을유 해방을 맞이하면서 쓴 회고록에서 선명히 드러난다.

> 소위 '불령선인'의 고향인 평양, '불령선인'의 소산인 예수교—이것이 여의 생장한 환경이었다. 어렸을 때의 기억으로 아버님이 하나님께 기도를 드릴 때는 반드시, "이 아이들도 하나님께 진실하고 나라에 충성된 인물이 되도록 하여 주시옵소서." 라는 말씀을 잊지 않고 하시던 생각이 어제 같다.

김동인은 결코 철저한 자연주의자일 수가 없었던 것이다. 그의 작품 도처에, 예컨대 「유산」, 「눈을 겨우 뜰 때」, 「배회」 등에도 기독교 강박 관넘이 투영되어 있을 정도다.

거듭 말하거니와 김동인의 반기독교적 행적은 기독교 회귀에 향한 무의식의 역설적 표현이었다.

6) 민족주의의 수용

1922년에 발표된 「태형笞刑」(≪동명≫)에서 옥중의 독립 운동가들을 환경 결정론적 동물로 묘사했던 김동인이 1932년에 인간 긍정의 민족주의 사상이 부각된 「붉은 산」(≪삼천리≫)을 발표하게 된 것은 우연인가?

김동인이 이 작품을 쓴 1932년은, 그가 생장지인 평양 하수구리에서 서울 행촌동으로 이사온 이듬해로서, 불면증에 고통을 당하면서도 생활고의 해결을 위해 닥치는 대로 원고를 쓰던 때다. 김동인이 파산과 가정 파탄을 겪고 1930년 재혼한 뒤부터 그의 생활이나 작품 속에서 향락주의나 무절제의 흔적이 차차 사라지고, 유미주의적 광포성의 고비를 넘어 현실과 역사에 관심을 돌리게 된다. 「붉은 산」은 이 같은 사정 속에서 빚어진 작품이다.

이 작품의 소재는 1931년 7월 2일에 일어난 '만보산 사건'에서 취택된다. 이 사건은 중국 길림성 만보산 지역에서, 한국 농민(소작인)과 중국 지주 사이에 일어난 분쟁 사건을 말한다. 이 사건이 <조선일보>에 대서특필되자, 그 다음날 전북 이리를 비롯, 서울·인천·평양·신의주 등지에서 중국인 박해 사건이 일어날 정도로 파문을 일으켰다. ≪창조≫를 처음 발간할 때 2·8 독립선언 기초起草 의뢰를 거절하며 그런 일은 정치에 관심 있는 자들이나 하라던 김동인이 만보산 사건에 관심을 기울이게 된 것은 획기적인 전환이다.

「붉은 산」은 1인칭 관찰자 '나余'가 의학 연구를 위해 만주를 둘러보던 중 한국 소작인들이 모여 사는 가난한 마을에서 '삵'이란 별명의 정익호란 사나이를 만나는 데서 시작된다. 주인공 정익호는 투전판에서 빠지는 법이 없고, 싸움 잘 하고, 트집잡기 일쑤고, 새색시 괴롭히기에 이력이 난 악당으로 그려진다. 그런데 소작료를 적게 내었다고 중국인에게 송첨지가 타살당한 억울한 일을 보고도 어쩌지 못하는 동포들을 대신하여 싸우다가 죽은 것은 뜻밖에도 파락호 정익호였다.

> "선생님, 노래를 불러 주셔요. 마지막 소원-노래를 해 주셔요. 동해물
> 과 백두산이 마르고 닳도록…"
> 여余는 머리를 끄덕이고 눈을 감았다. 그리고 입을 열었다. 여의 입에
> 서는 창가가 흘러 나왔다.
> 여는 고즈넉이 불렀다.
> "동해물과 백두산이……."
> 고즈넉이 부르는 여의 창가 소리에, 뒤에 둘러섰던 다른 사람의 입에
> 서도 숭엄한 코러스는 울리어 왔다.
> 무궁화 삼천 리
> 화려 강산—
>
> 광막한 겨울의 만주벌 한편 구석에서는 밥버러지 익호의 죽음을 조
> 상하는 숭엄한 노래가 차차 크게, 엄숙하게 울리었다. 그 가운데 익호의
> 몸은 점점 식어 갔다.

이 작품의 종말 장면은 이처럼 장엄하기까지 하다.

경악 종말驚愕終末로 처리된 이 작품의 결구結構가 신파조의 스토리 같은 느낌을 떨치기 어려운 것은 흠이다. 정익호가 만주인 지주를 찾아가 항의하기 전까지 저지른 비인간적인 악행들은 그의 원초적 자아의 현실과는 상반되는 것이었음을 뒷받침할 복선이 마련되어야 했을 것이다.

그러나 「붉은 산」은 다음과 같은 의의를 품는다.

첫째, 작가 김동인의 인간 긍정의 정신이 드러난다. 자연주의적 사실주의 작품들의 부정적인 인간관, 동물 인간의 차원을 극복하는 성격 전환이야말로 주목해야 할 부분이다.

둘째, 민족주의를 주제 의식으로 수용했다.

춘원 콤플렉스 또는 자연주의 강박 관념으로 리얼리즘의 극한을 지향하려 했던 20대의 김동인도 30대에 들면서 「순정」(1930), 「신앙으로」(1930), 「붉은 산」(1932) 등 인간 긍정, 민족주의의 정신에 눈을 뜬 것이다.

인간의 도덕성이나 영성에 대한 환멸의 소산인 자연주의적 인간과에 동요가 일기 시작한 김동인의 면모를 이들 작품이 보여 준다.

다만, 김동인의 수다한 역사 소설이 생활고 타개의 수단으로 씌었는가, 민족주의적 동기에서 비롯된 것인가의 여부는 보다 사려 깊은 통찰을 거쳐서 밝혀질 문제다.

4. 맺는 말

김동인이 20대 시절에 쓴 작품에서 인도주의적 형이상학적인 높이를 발견하려는 노력이야말로 무모한 일인지도 모른다. 뿐만 아니라 자기와 가족, 자기와 사회, 자기와 우주와의 관계에 있어서도 그의 시각은 대체로 피상적이다. 이는 '에로스와 아가페의 조화'를 통해 아가페에 도달하기를 열망한 춘원 문학의 이상주의에 도전하여 일어서서 일생동안 춘원 타도의 콤플렉스에 사로잡혔던 김동인 문학의 동기요 그 실현인 것으로 보인다.

이 부분은 한국근대문학사를 정리하는데 대단한 중요성을 띠는데, 춘원의 톨스토이가 그 인도주의 정신에 치중했음에 반하여 금동의 톨스토이는 인형 조종술이라는 기법에 매달린 것이 그 두드러진 한 예다. 이들의 정신과 기법은 둘이 아닌 하나여야 하는데, 두 사람의 도도한 엘리트 의식은 각기 스스로를 '만남'보다 '분리'의 대극으로 몰아세운다. 여기에 세칭 '춘원의 훼절毀節' 문제가 가세한 데다 국토 분단과 6·25 전쟁이라는 민족적 대분열의 참극은 춘원과 금동을 철저히 결별시키고 만다. 이것은 한국현대문학사에 있어 일대 비극인 것으로 필자는 풀이한다.

김동인과 이광수의 엘리트 의식, 그 대결은 긍정적인 측면에서 평가되어야 옳을 것이다.

다음, 김동인의 작품에 나타나는 유랑 기질은 1920년대 그의 낭인 생활과 대응되며, 이는 또한 여성 편력의 체험과 결부된다. 그가 현실 속에서 찾아 헤맨 여성은 「배따라기」의 유랑과 「광화사」의 미인상, 「광염소나타」의 '어머니' 표상으로 구체화한 것이다. 그의 낭인적 광포성은 「배따라기」에서는 형의 폭력으로, 「광염소나타」, 「광화사」 등에서는 비정상적인 기행奇行과 방화放火 등으로 나타난다. 그러나 그가 찾아 헤맨 것은 E. 노이만식으로 말하여 '좋은 어머니good mother'였다. 이는 그의 20대에 경험한 여인 편력, 부친과 자신의 재혼, 모친 옥씨의 자애, 부덕을 갖춘 김 여사와의 재혼 같은 체험과 깊은 관련성이 있을 것이다. 이 점은 그의 상반된 여성관과도 무관하지 않다.

김동인이 이상으로 하는 실제의 여성관은 몰아인종형으로서의 전통적 양처良妻 타입이며, '복녀형'과 같은 도덕 Zero 지대의 여성을 그려 자연주의의 인간상을 제시하려 했던 그의 초기작에도 드러나는데, 「거츠른 터」(《개벽》 44, 1924)가 보여주듯이 그의 이상적 여주인공은 '인덕의 모상'으로서의 열녀형이다. 그의 수작秀作 「배따라기」(1921)까지도, 그 발단이 근친상간적 모티프로 시작되었으면서도 여주인공이 죽음으로써 그 결백이 드러나도록 종말 처리를 한 것은 이 같은 심리적 계기에서 빚어진 결과다.

또 김동인이 《창조》의 예술주의적 위치를 자찬하면서 고백하였듯이,

부호의 자제였던 그는 궁핍화와 압정의 극한에 몰리고 있던 일제 강점기 한국과 굶주린 이웃의 비참은 절감하지 못하고 개인주의, 예술주의의 극단으로 치닫게 되었고, 따라서 당시의 현실 문제에 대하여 심각한 논쟁을 불러일으킨 계급주의 문학을 심정적 수준에서 야유, 적대시하였다.

그리고 숭실중학교 성경 고사 시간을 끝으로 하여 표면상 기독교와의 결별을 선언한 김동인이 그의 잠재 의식 속에서는 기독교 강박 관념을 떨칠 수 없었음이 작품 여러 곳에서 드러난다. 리얼리즘을 실험한 것으로 볼 수 있는 「약한 자의 슬픔」의 종말 부분을 요한복음 인용으로 채운 것을 비롯하여, 「명문」과 「이 잔을」에서 기독교를 부인하려 했던 그가 「신앙으로」에서는 기독교 신앙에로 회귀하는 주인공을 그린 것은 김동인이 그의 청소년기의 심정에 각인된 기독교 의식으로부터 종내 탈출하지 못하였음을 입증한다.

끝으로, 인간 긍정과 민족주의 정신으로 쓰인 작품 「붉은 산」이 1932년에 발표되는데, 이것은 1922년에 발표된 「태형」에서 애국자들을 한갓 환경결정론적 동물로 묘사했던 사정과는 놀랍도록 대척적인 거리에 놓이는 일대 사건이다.

이상에서 요약한 바와 같이, 금동 김동인은 춘원 이광수에 도전하여, 자연주의적 사실주의 문학의 개척에 공헌했다. 그러나 춘원 타도욕, 기독교 강박관념에 급급했던 김동인은 그의 작품의 결구를 극단으로까지 몰고 가는 경향을 빚었다. 그리고, 「약한 자의 슬픔」, 「태형」, 「발가락이 닮았다」 등 자연주의적인 작품의 종말에 짙은 휴머니티의 여운을 깔고 있는 그가 춘원류의 이상주의, 인도주의와 치열한 싸움을 벌이면서도 그것을 완전히 극복하지 못하고 있음을 보여 준다.

이런 사정은 한 작가의 정신 체계를 결정하는 요인은 ① 민족적 유증 ② 시대상황 ③ 개인의 기질 등이라는 필자의 관견管見에 의해 다소 이해될 수 있을 것이다.

김동인의 이와 같은 정신적 이중률은 그의 작품에 있어 일관성 있는 성격 창조는 물론 일정한 사조적 특성을 고수할 수 없게 만든다. 그의 작품을 자연주의적 사실주의, 낭만적 사실주의, 유미주의, 민족주의 등 다양한 에피세트로써 수식하는 것도 여기서 연유한다고 볼 수 있다.

그리고 이것은 1927년을 전후한 파산과 가정 파탄, 1930년의 재혼을 계기로 하여 김동인의 인생관과 창작 의식이 큰 변화를 겪게 된다는 사실과 함께 주시해야 할 부분이다. 다시 말하면, 1920년대의 귀동이요 낭인으로서의 생활을 청산하고 생활인으로 정착하게 된 김동인이 1930년대에 들어서면서 인간 긍정의 정신과 민족주의의 현실 감각을 수요하게 되면서 종래의 자연주의적 인간관이 동요를 일으킨다.

김동인은 그의 인간관을 지배하는 저 같은 이중률을 지양 극복해야 하였음에도, 불면증을 비롯한 많은 질고, 식민지 말의 민족적 비분, 해방 공간의 혼란과 분열, 동족 학살 등 일련의 충격으로, 그의 문학을 미완의 과제로 남긴 채 1951년 전란의 과중에서 비참한 종언을 고한다.

한국 근대문학사상의 거인 김동인 문학이 남긴 미완성의 과제는 춘원 이광수의 경우와 더불어 한국 문학 자체가 짐진 미완성의 과제에 맥을 잇는 것으로 보아야 할 것이다.

(『국어교육』 46·47 합병호, 1983. 12.)

카프 시인 권환權煥 연구

장백일 *

1. 들어가는 말

여기서의 프로 시詩는 프롤레타리아proletariat 생활을 제재로 하는 계급의식의 자각에 의한 계급 대립에의 현실을 사회주의 리얼리즘의 입장에서 표현한 시를 뜻한다. 그 점에서 시의 최대 목적은 미美이거나 미적 쾌감이 아니라 '계급성'이다. 즉, 인간의 삶, 그것도 굶주려 연명하는 가난한 삶, 대중 편에 서서 그들의 현실을 옹호하고 구제하려는 계급의식에다 시의 뿌리를 심는다. 신경향파인 카프 시인들 시 또한 여기서 예외가 아니다. 한국 현대시사에서 가장 경향적인 시를 쓴 유파는 바로 신경향파요 카프KAPF이다. 그 점에서 카프는 라프RAPP와 나프NAPF와 같은 계열의 명칭이다.

또한 카프는 문학동인 단체인 염군사焰群社(1922.9)와 파스큘라(1923)가 합동해 결성됐다. 프롤레타리아 문학의 전위적 단체로서 종래의 개인적·산발적인 무목적적 신경향파 문학에서 계급의식에의 프로문학과 정치적인

문학평론가·국민대 명예교수

장백일

계급운동을 목적으로 해 1920년대 초에 조직됐다. 이에 경향문학의 기치를 최초로 든 주동 인물은 팔봉 김기진이다. 그 점에서 신경향파는 ≪백조≫파의 뒤를 이어 나온 문학파이다. 이에 그 운동 내용을 살핀다.

2. 1930년대의 프로시

1) 신경향파로서의 카프

김기진은 3·1운동 실패 이후에 나온 ≪폐허≫ ≪백조≫의 병약한 영탄적이고 감상적인 환몽幻夢세계를 일축했다. 즉, 헛되이 울부짖고 감상하고 눈물 흘리는 무력한 자조를 지양 극복하고 그로부터 현실 지향에의 생활상을 시에 심고자 했다. 즉, 현실적 삶의 현장에 뿌리한 대중문학으로서의 '힘의 문학'이고자 했다. 그때 ≪백조≫파 후기 동인이면서 일본에 가있던 김기진은 일본의 <씨뿌리는 사람들>의 초기 프로문학을 소개하면서 국내의 월탄 박종화·회월 박영희에게 다음의 서신을 보냈다.

> ……運命에 대한 抗議, 現實에 대한 叛逆, 여기서 文學이 出發하지 않으면 안 되겠습니다. ……兄의 文學에 대한 信念이 더 한層 굳어지고 힘있게 되기를 비는 바이올시다. 兄의 逃避的 咏嘆詞의 詩가 一轉期를 劃하여 現實의 强硬한 熱歌되기를 바랍니다.[1]

기존 문학이 너무도 무력하고 병상적이었음을 증언해 준다. 힘차고 추진적인 문학이어야 했다. 이에 새 문학운동의 기운이 무르익고 있을 때 온 문학이 곧 신경향파 문학이다. 계급의식의 문학이 아니라 힘찬 힘의

---

1) 이병기·백철, 『국문학전사』, 신구문화사, 1963, p.335.

예술로서의 어떤 문학을 요구했다. 그것이 반항문학이었음은 때마침 일어나고 있었던 사회운동(프로문학) 때문에 거기에 휩쓸린 감이 없지 않다. 그점에서 신경향파 문학은 계급문학이 아니라 빈궁 제재의 막연한 반항의식에의 문학이었다. 그 뒤 프로문학으로 변모했음에 자연 발생적 문학이라 비난받았음도 그 때문이다.

그래서 우리는 카프 이전 자연 발생적으로 압박받은 대중들의 비참한 빈궁 제재의 생활상을 계급의식이 아닌 막연한 반항의식으로 반영한 데서 그친 현실주의적 문학 활동을 신경향파의 문학기라 이른다. 그러나 이런 초기 현상을 거쳐 1925년 카프 결성 이후의 경향문학은 초기와는 그 양상을 달리한다. 계급의식에 뿌리한 눈길로써 현실 변혁에의 투쟁의 자세를 보였다. 그 문학 활동이 본격화되면서 카프는 전위의식을 불사르며 보다 적극적인 입장에서 문학의 개혁을 위한 선동과 조직을 추진해 나갔다.

1930년대로 접어들면서 프로시는 빈궁 제재의 막연한 반항의식에의 자연 발생적 경향시와는 달리 활기를 띠었다. 신경향파 시는 김기진·김형원·이익상·조명희 등에 의해 발표됐다. 그러나 몇몇 시인에 불과했고 시 활동 또한 크게 떨치지 못했다. 그러다 1930년대의 프로시로 접어들면서 양상은 달라졌다. 권환·임화·안막·박세영·박팔양(麗水·金麗水)·이찬 등이 가세했고 유완희·이상화·김창술 등의 시 활동이 왕성했다.

초기 프로시는 시로서의 형상화보다는 계급의식을 축軸으로 심으면서 대중 선동의 구호조에 불과했다. 즉, 목적의식을 강조한 나머지 이데올로기 접착에의 생경한 어휘(문구)를 나열하는 꼴이 돼버렸다. 이를 극복한 시가 1930년대의 프로시다. 임화는 「네거리의 순이」(《조선지광》 1929.1), 「우리 오빠와 화로」(《조선지광》 1929.2), 「요꼬하마 부두」 등을 통해 단편 서사시의 형태를 취하되 프로시가 갖는 이데올로기의 골격을 노래해 성공했다.

또한 박세영은 「용사」(≪비판≫1936.3), 「산제비」(≪낭만≫1936.11), 박팔양은 「나가 흙을」(≪시대공론≫1931.9), 「여명 이전」, 「진달래꽃」과 유완희의 「태양과 지구」(≪신생≫1929.1), 「백성과 마을」(≪삼천리≫1932.12, 33호), 「새해를 맞으며」(≪삼천리≫1936.2, 70호), 「청춘보」(≪삼천리≫1938.5, 96호), 김창술은 「청년동맹에게 보내는 시詩」(≪개벽≫1927), 「끓는 유황」(≪현대공론≫1931.9), 「우리는 어찌해졌는가」(≪문학건설≫1932.5, 1호) 등은 이른바 전투적 이데올로기에의 목적의식이 짙은 프로시에 그 나름의 가락을 빚었다.

그러나 1930년대를 맞으면서 프로문학은 시대적으로 매우 불행한 불운에 처해졌다. 그것은 1931년의 만주사변(일제가 고의적으로 중국과 전쟁을 일으켜 만주를 점령하고 괴뢰 정부인 만주국을 세운 전쟁)이다. 일제는 중국 동북 3성을 장학했고 이어 1937년 중국 침략에의 중일전쟁을 터뜨렸다. 일제는 만주 장악과 아울러 중국 침략에의 야수적인 중일전쟁을 효과적으로 성공시키기 위해 철저한 국내 통제와 병첨기지화가 절대적으로 필요했다. 그 속에서 식민지화한 조선의 탄압을 강화한 일제는 치안 유지를 내세워 프로문학의 탄압과 그 단체의 해체를 또 하나의 과제로써 짓밟았다.

2) 카프 결성과 해체

카프는 '조선프롤레타리아 예술가동맹'의 약칭으로 발족은 1925년 8월 23일이고 해체는 1935년 5월 21일이다. 10년여에 걸친 문학 활동기로 한국문학사에서 결코 외면할 수 없는 문학사적 의의를 갖는다. 앞에서 지적한 바 카프는 염군사와 파스큘라가 합동해 결성했고, 프롤레타리아문학의 전위적 단체로서 계급의식에 투철하게 젖은 조직적인 프로문학파이다. 정치적 계급운동을 목적으로 내세운 김기진·박영희 등이 그 주동 인물이다.

카프 발기인은 김기진·박영희를 비롯해 이호·김영팔·이익상·박용대·이적효·이상화·김온·김복진·안석영·송영 등이다. 발족과 동시에 최승일·조명희·박팔양·최학송·이기영·이양·조중곤·윤기정·한설야·유완희·김창술·홍양명·임화·안막·김남천 등이 가세했다. 이에 카프의 조직과 변모 과정을 살피면 다음과 같다.

처음 김기진의 브 나로드V. Narod운동과 클라르테운동, 박영희의 신경향파 문학운동이 당시의 사회주의운동과 연결돼 ≪개벽≫을 발표지로 삼고 주로 여기다 그 씨앗을 뿌렸다. ≪개벽≫에서 「계급문학 시비론」(≪개벽≫ 1925.2, 56호)의 특집이 발표되자 이에 대해 ≪조선문단≫을 발표지로 활용해 오던 민족문학 진영간에 논쟁의 대립이 처음으로 표면화됐다. 즉, 계급론 시비의 논쟁이다. 그 뒤를 이어 파스큘라파와 ≪생장≫지를 주재한 김형원 등이 개최한 문학 강연회(천도교기념관, 1925.2.28)가 직접적인 계기가 됐다. 여기에 나온 김복진·박영희 등의 연사들이 카프 발기인이 됐으나 결성 단계에 이르러 ≪생장≫파의 김형원 등은 제외됐고 ≪염군≫ 발간을 준비중이던 송영 일파가 합류했다.

이어 결성 후 준기관지 ≪문예운동≫을 발간(1926.1~6)하면서 카프는 사회적인 위치가 분명해졌지만 1927년에 들어와서야 제1차 방향 전환이 이루어졌다. 즉, 100여 명이 모인 맹원 총회를 개최(1927.9.1)해 박영희를 회장으로 선출했고, 이에 따라 문호 개방과 지부 설치에 따른 조직 확대를 추진하게 됐다. 그로써 종래의 자연 발생적 단계에서 벗어나 '계급'이라는 목적의식을 분명하게 밝히게 됐다. 이어 도쿄에서 동인지 ≪제삼전선第三戰線≫을 창간한 조중곤·김두용·한식·홍효민·이북만 등이 서울에서의 하계夏季 강연 개최가 계기가 돼 이들이 도쿄지부를 결성하고 합류했다. 그러나 도쿄에서 기관지 ≪예술운동≫을 발간(1927.12~1928, 2호)했으나 일제에 압수당했다. 그렇지만 과감한 이론 투쟁, 조직운동, 대중 투쟁을 내세운 제1차 방향 전환은 신간회新幹會의 영향을 크게 받았다.

이어 1931년을 전후해 밖으로는 신간회의 해체 안으로는 오락적 요소를 가미한 문학의 대중화를 주창한 김기진과 이에 전투하는 계급의식으로서의 '전위前衛의 눈으로 사물을 보라'와 '당의 문학'이라는 두 명제로 요약되는 극좌파(도쿄에서 귀국한 안막·김남천·임화·권환)와의 대립이 표면화됐다. 그때부터 카프 실권은 임화가 장악했다. 구 카프파(전향축)와 도쿄파(비전향축)의 대립 속에 개성지부에서 ≪군기軍旗≫를 발간한 이른바 군기파, 즉 양창준·이적효·엄흥섭 등의 제3세력이 서로 욕설에 가까운 성명서까지 내면서 카프의 한 세력으로 개입했다. 즉, 구카프파와 극좌파와 군기파가 얽힌 헤게모니 쟁탈전이 전개됐다.

이에 신간회의 해체, 만주사변, 카프의 볼셰비키화, 임화의 전향 논문 「최근 문예이론의 신 전개와 그 경향」(<동아일보>1936.1.2~16)의 발표, 이북만의 도쿄발간 ≪무산자≫의 국내 유포 발각, 박영희가 신간회 경기지부 해소의 원인이 된 점, 「지하촌」이라는 영화사건 등으로 인해 제1차 검거선풍(1931.2~8)이 일어났다. 이때 70여 명이 검거됐으나 김남천 외 전원이 불기소 처분됐다. 또 내외 정세의 긴박과 카프의 연극 단체인 '신건설新建設'의 삐라를 갖고 있었던 학생이 전북 금산錦山에서 발각돼 제2차 검거 선풍(1934.2~12)으로 이어졌다. 그때 80여 명이 검거됐으나 집행 유예로 전원 석방(1935년 겨울)됐다. 이어 카프는 1935년 5월 21일 마침내 해산됐다. 긴박한 내외 정세와 일제의 탄압, 내분 등이 그 주요 원인이다. 그 원인을 좀더 구체적으로 살피면 다음과 같다.

첫째, 김기진과 박영희의 논쟁이 펼친 대립과 반목이다. 즉, 김기진은 평론 「소설은 건축이다」(≪조선지광≫1926.12)에서 박영희의 작품 「철야」에 관해 비평했다. 그로 인해 논쟁이 발단 전개됐고 김기진의 형식 우위론에 박영희는 반박론으로 맞섰다.

둘째, 1931년 소장 극좌파들의 볼세비키화로 주도권이 구카프에서 이들에 게로 넘어갔다. 극좌파는 구카프에서 진일보해 계급의식에 투철한 사회주의 문학화를 전개했다.

셋째, 이갑기가 최초로 카프 해산을 제의한 「예술동맹의 해소를 제의함」 (≪신동아≫1934.7)의 발표와 위에서 지적한 박영희의 전향논문인 「최근 문예이론의 신 전개와 그 경향」 등으로 카프는 사실상 자체 내분으로 인해 반신 불수 상태에 빠져 있었다.

이런 카프의 상황하에서 결국 박영희·신유인은 탈퇴했고 백철이 휴머니즘을 주장하면서 빠져나갔고 김남천은 관념론으로 피했으며 송영·이기영·한설야·윤기정 등은 애매한 태도를 보였다. 여기서 낭패한 입장에 처한 것은 임화이다. 그는 이동구·홍구 등의 아등파我等派를 맞아 재조직을 시도하려 했으나 아등파만으로는 그 조직이 너무 약했고 김승일 중심의 '신건설'이 비전향축이었지만 그들은 그때 옥중에 수감 중이었다.

한편 카프 내부에 펼쳐진 분쟁 이외에 아나키스트와의 논쟁을 비롯해 국민문학파와의 논쟁, 해외문학파와의 논쟁 등을 간과할 수 없다. 국민문학파의 조선주의, 시조 부흥, 민족주의 등에 관해 김기진은 「문예시평」 (≪학지광≫1927.2)에서 조선주의를 비판했고 김동환은 시조를 배격하는 입장을 취했다. 이어 김기진과 양주동 사이에 조선주의와 민족주의에 관한 논쟁이 전개(1927~1930)됐다. 양주동은 ≪문예공론≫을 통해 계급론과 민족주의의 절충론을 제기했다. 또 해외문학파인 정인섭은 「조선문단에 호소함」(<조선일보>1931.1.3~17)에서 카프문학을 '모방적 직역적 국제주의'라 규정짓고 한국적 특수성 무시를 예리하게 비판했다.

여기서 송영·임화 등에 의해 해외문학파의 공격이 시도됐으나 카프는 자체내의 논쟁과 대립, 국민문학파와 해외문학파의 공격에 시달려야만 하는 현실에 직면했다. 거기다 제1차 검거와 제2차 검거 등의 선풍에 시달

렸고 또 언제 불어닥칠지도 모르는 일제 탄압을 의식하지 않을 수 없었다. 그런 일제 치하에서 카프의 프로문학 전개란 결코 쉽지만은 않는 첩첩 산중을 헤매는 고난이 아닐 수 없었다. 그래서 김남천·임화·김기진 등의 협의 하에 김남천이 경기도 경찰부에 해산계를 제출하게 됐고 그로써 카프는 해체됐음이다.

이상에서 살핀 바 카프의 프로문학은 문학의 예술성, 자율성, 인간성 탐구라는 본래의 문학 목적에서 이탈했다. 즉, 문학의 예술성보다는 정치(사회주의)의 시녀로서 선전 수단에의 문학의 계급화에 급급했다. 그 점에서 ① 문학을 정치의 선전 수단으로 타락시켰다. ② 계급운동이라는 목적의식 때문에 인간성의 탐구를 기조로 하는 격조 높은 예술작품을 창작하지 못했다. ③ 정치적 조직운동으로 인해 논쟁과 내분에 휘말려 민족 분열만을 조장시켰다.

3. 계급 이데올로기의 정석定石

1) 요람에서 무덤까지

시인 권환(본명: 景完, 1903.1.6~1954.7.30)은 경남 창원昌原郡 鎭田面 생이다. 일본 야마가타고교(山形高校)를 거쳐 쿄도대학(京都大學) 독문과를 졸업(1927)했다. 대학 재학 중에 사상 불순이라는 혐의로 일경日警에 피검됐다. 일본 유학생 잡지 ≪학조學潮≫에 작품을 발표(1925)했고, ≪학조≫ 필화사건으로 다시 일경에 피검(1929)되기도 했다. 그 점에서 신흥 사회과학 사상인 프롤레타리아 계급사상에 감염됐었다.

귀국 후는 신문 잡지 등에 배일排日 사상 고취와 소인극素人劇 사건으로

3년간 옥고를 치렀다. <中外日報> <中央日報> <朝鮮日報> 등의 기자를 역임했고 '조선여자의학강습소' 강사, 경성제대 부속도서관 사서와 프롤레타리아 작가동맹의 간부를 역임했다. 카프 제1차와 제2차 검거 때는 일경에 연행돼 투옥됐고 제2차 검거 때는 전주형무소에서 복역했다.

그 후 그는 얼마동안 경향문학을 중단하고 탈이데올로기 문학도로 지냈다. 그러다 다시 프로문학에 적극적으로 가담했음은 8·15 직후부터다. 그는 다시 강경 노선의 이데올로기를 표방한 프로 예맹에 가담했다. 그러나 곧 이를 버리고 임화林和 등이 주도한 문학동맹에 가담했다. 이어 미군정에 반기를 들고 인민군정 수립에 동참했다. 그러나 정세는 그의 뜻과는 달리 불리하게만 전개됐다. 거기다 그 무렵 그는 일경에 피검돼 옥고를 치르는 사이에 발병한 지병인 폐환肺患의 계속 악화로 사경을 헤매며 투병했다. 그로 당시의 좌파 문인들과는 달리 3·8선을 넘어 월북하지 못했다. 그러다 고향인 마산에서 사망했다.

첫 시 「가랴거든 가거라」(《조선지광》1930.3), 「정지停止된 기계」, 「우리를 가난한 집 여자이라고」, 「소년공」, 「그대」, 「머리를 땅까지 숙일 때까지」(《음악과 시》1930.8, 1호) 등 계급 투쟁 목적의 시를 발표했다. 이어 「아버지 김첨지 어서 갑시다! 쇠돌아 갓간아 어서 가자!>(《문학건설》1932.12, 1호), 「간판」(<조선일보>193.6.22.)을 비롯해 「동복冬服」(<조선중앙일보>1933.10.25) 그리고 「팔」(<동아일보>1934.6.15)을 비롯해 「원망願望」(<동아일보>1938.12.3), 「보리」(<조선문학>1939.4)와 「곽첨지」(<동아일보>1939.5), 「유언장」(《시학》1939.7)과 「거리」(《신세기》1939.9)와 「환희」(<조선일보>1939.10), 「달」(<조선일보>1939.11.)과 「환몽」(《조광》1940.2.), 「아침의 출발」(《조광》1940.4.), 「등불의 환상」(《춘추》1943.9), 「추야우음秋夜偶吟」(《춘추》1943.12), 「김서방두 박첨지두 잘 사는 主義」(《신세대》1946.7.), 8·15 후의 시 「어서 가거라」 등 전투적 계급의식의 구호조가 짙었다.

세계에 민주주의의 씨를 뿌리고
세계의 민주주의 꽃에 물을 주는
민주주의의 원정(民主主義 園丁)…

위는 광복 후에 발표한 시 「고궁에 보내는 글」(≪문학≫1947.7, 1호)의 한 대목으로 이는 시라고 하기보다는 일종의 선전적 구호조에 불과하다. 여기에 시집으로는 『자화상』(조선출판사, 1943), 『윤리』(성문당 서점, 1944), 광복 이후의 『동결(凍結)』(건설출판사, 1946)과 기타 논문·수필이 있지만 불우한 생애를 마쳤다. 단편소설 「참」(≪비판≫1940.1, 114호)도 있다.

2) 전기시와 후기시

논리 전개의 편의상 권환의 시를 전기시와 후기시로 나눈다. 전기시는 1930년에서 1934년까지의 시를, 후기시는 1935년에서 사망까지의 시를 뜻한다.

(1) 이데올로기 우선의 전기시

권환의 한국 문단 시 발표 시작은 1930년대부터다. 시를 ≪조선지광≫ ≪음악과 시≫에 발표하는 한편 <중외일보>에 「무산예술운동의 별고(瞥顧)와 장래의 전개책」을 비롯해 경향문학의 평론을 적지 않게 발표했다. 이에 초기 활동은 시와 평론 전개의 이데올로기 우선을 앞세웠다.

小부루조아지들아
못나고 비겁한 小부루조아지들아

어서 가거라 너들 나라로
幻滅의 나라로 沒落의 나라로

小부루조아지들아
부루조아의 庶子息 푸로레따리아의 적인 小부루조아지들아
어서 가거라 너 갈데로 가거라
紅燈이 달린 '카페'로

따뜻한 너의 집 안방 구석에로
부드러운 복음자리 녀편네 무릎 위로!

그래서 幻滅의 나라 속에서
달고단 낮잠이나 자거라

가거라 가 어서!
은 새양쥐 같은 小부루조아지들아
늙은 여호 가튼 小부루조아지들아
너의 가면 너의 野慾 너의 모든 지식의 껍질을 질머지고
                              —「가랴거든 가거라」 전문2)

　이 시의 부제는 '우리 진영 안에 있는 小부루조아지에게 주는 노래'다.
부제가 시사하듯 동맹 안의 小부르조아지들에 대한 증오요 질타다. 여기
서 '小부르주아지들'은 곧 카프 속에 잠재한 그들을 가리킨다. 그러니까
이 시는 조직 내부의 계급성의 문제를 취급한 것이 된다.
　그들의 나라는 '환멸의 나라', '몰락의 나라'다. 거기로 어서 나가라고
재촉한다. 그들 나라는 프롤레타리아의 적이기 때문이다. '小부르주아지'
의 나라는 '紅燈이 달린 카페'요 '따뜻한 너의 집 안방 구석'이요 '녀편네

2) 권환, 「가랴거든 가거라」, ≪조선지광≫ 1930. 3, p.103.

무릎 위'다. 그래서 "幻滅의 나라 속에서/ 달고단 낮잠이나 자거라" 고 빈
축댄다. "적은 새양쥐 같은 小부르조아지들아/ 늙은 여호 같은 小부루조아
지들아", "너의 野慾 너의 모든 지식의 껍질을 짊어지고" 어서 나가라고
쏴댄다. 이는 결국 '小부르주아지들'을 증오하는 저주 심리에서의 발로이
다. 이처럼 권환의 시는 프롤레타리아 이데올로기에의 우선주의에서 시를
구호조로 외쳐댔다. 그것은 시의 예술성보다는 프로의식에의 계급성 고취
가 중요 문제였기 때문이다. 그 이념을 카프의 프로시로 추구하고 추적했
음이다.

> 젓다 기어만 지고 말었다
> 기어만 지고 말었다
> 이번 지면 두 번째
> 두 번째나 기어만 지고 말었다.
>
> 하기야 작년 금년 두 번이 모다
> 그 ××자와 마찬가지로 죄만코 미운
> 墮落幹部
> 背反者
> 우리 ××을 妥協로 팔아먹은 그놈들
> 그놈들 때문에 지기야 젓지만
> 그러치만 그놈들은 믿어 일을 맛기고
> 그런 놈들을 진작 안쫓고 둔 것은
> 우리의 책임이다 우리의 허물이다
>
> 젓다 기어만 지고 말었다
> 두 번째나 지고 말었다
> 그러치만 우리는 지고난 ××을 공연히 忿하다만 하지 말고
>
> 다시 일어날 準備나 하자

墮落部落
背反者
그놈들을 모조리 모라내 버리고 쪼차내 버리고
이놈의 ××에나 이기도록 하자
그래서 열번을 지면 열번을
백번을 지면 백번을
일어나고 일어나서
익일 때까지 싸워 보자
××× 머리를 땅까지 숙일 때까지
— 「머리를 땅까지 숙일 때까지」 전문3)

이 시 또한 카프 내의 문제이다. 그 점에서 이 시는 경제 투쟁인 노동
쟁의를 다룬다. '勞'가 '使'에게 '머리를 땅까지 숙일 때까지' 투쟁하자 함
이다. 시에서 노동자는 패배했다. 그 패배의 쓴잔을 들며 다시 승리할 때
까지 싸우자 함이다. 목적의식은 프로예맹의 활동을 곤고히 하자는 데 있
음이다. 그러면서 그 결의를 노동 현장으로까지 확대시킨다. 이른바 유물
변증법적 세계관의 볼셰비키화이다. 그로부터 떨어져나간 배반자들에 대
한 질타이면서 동시에 일제의 질타이기도 하다. 당시 일제의 카프에 대한
박해와 탄압은 갈수록 가속화됐다. 걸핏하면 카프 맹원들을 사상 불순·
치안유지법 위반 등으로 연행·구금·구속했고 사전 검열을 통해 계급성
의 원고를 수색·압수·삭제·판금販禁 등으로 괴롭혔다. 그 박해와 탄압
은 결과적으로 카프 해체를 위한 덫 놓기였다. 카프는 그로써 끊임없이
일제의 시달림을 받았다.

이에 겁먹은 카프 맹원들은 두 현상을 보였다. 하나는 카프에 소극적이
거나 손을 뗀 경우다. 홍양명·홍효민·민병휘·이적효 등이 그런 경우
다. 또 하나는 김기진·박영희 등의 구카프파가 보인 반제 계급문학이다.

---

3) 권환, 「머리를 땅까지 숙일 때까지」, ≪음악과 시≫ 1930. 8, pp.10∼11.

주지한 바 카프는 계급투쟁을 위해 조직된 단체다. 그리고 기층 세력은 노동자·농민이다. 그런데 당시 노동자·농민들은 지식 수준이 낮아 카프 맹원들의 작품에 대한 소화 능력이 부족했다. 그로인해 누구보다도 가까 워야할 카프 맹원과 노동자·농민들 사이에 괴리 현상이 나타났다. 그 점에서 카프는 노동자·농민들에게 배타적인 단체에 불과했다. 1920년대 말에 이 문제가 표면화되면서 그 수습 주동자는 김기진이다.

기실 이 문제는 카프가 진지하게 검토해야 할 문제였다. 이에 김기진은 문학의 '대중화론'을 폈다. 그 결과 김기진은 나름대로 형태론과 문체론에 관해 의견을 제기했다. 일반 대중은 카프 작품의 이해보다는 「춘향전」이나 「심청전」 등을 즐겨 읽는다[4]는 점에 착안했다. 그리고 민요나 대중가요를 즐겨 부른다는 점에도 착안했다. 그로부터 그는 문장과 문체를 수용할 필요가 있다고 여겼다. 김기진의 대중화론이 제기되자 임화 등의 소장파들은 전적으로 이를 비판·공격했다. 그 중에서도 임화는 김기진을 향락주의 도색문학자로까지 몰았다.[5] 그 뿐 아니라 예술주의자·소시민적 명예욕에 불타는 자 또는 개량주의자라고까지 비난했다. 이에 권환이 지적한 예술주의자·소시민적 명예욕에 불탄 자란 곧 '小부르주아지'에 해당된다.

당시 임화 등 소장파가 김기진을 공격한 이유는 임화나 권환이 갖는 이데올로기의 차이가 빚은 결과이다. 소장파 입장에서 보면 '계급문학'이란 국제공산당 노선의 다른 이름에 불과했다. 국제공산당은 1928년 코민테른 제6차 대회에서 12월 테제로 이름하는 행동 지침을 조선에 발송했다. 내용은 "조선공산당은 일제 탄압으로 성공적인 전개를 이룩하지 못했다"고 지적했다. 이어 극복책으로 "계급투쟁은 기층세력인 노동자·농민의 포섭

---

4) 김기진, 「대중소설론」, <동아일보>1929. 4. 14.
5) 임 화, 「김기진 군에게 답함」, 《조선지광》 1929. 11, 제88호, p.67.

과 조직으로 이루어져야 했음에도 조선공산당의 계급운동은 그렇지 못했기 때문이 실패했다"고 지적했다. 이어 "小부르주아지 당파와 분리, 혁명적 노동운동의 완전한 독창성을 확보해야 한다"[6]고 했다.

그러나 이는 당시 국제공산당이 조선공산당의 실정을 구체적으로 파악하지 못한 데서 빚어진 일방적인 결과이다. 당시 조선공산당 운동이란 기층 세력이 될 노동자·농민 계층의 형성이 안 된 상태에서 시작됐다. 그래서 불가피하게 계급의 주체가 될 수 있는 기층은 유물사관 신봉의 소시민 출신인 지식 청년에 부르주아지일 수밖에 없었다. 또한 당시 국제공산당이 세계 각국의 공산당원에게 발하는 코민테른의 지시는 절대적이었다. 이 절대 지시를 신봉하는 소장파들은 공산당 조직에 관해서는 이론적으로 이해했을 뿐 조선공산당의 기층 세력인 노동자·농민의 실정과 그들의 형성 과정을 심도있게 파악하지 못했다. 또한 20대 초반의 소장파가 코민테른의 지시를 비판적으로 비판할 능력이 있을 리 없었다.

기실 카프 맹원들 중에는 노동자·농민 출신이 많지 않았다. 대부분 부르주아지 출신들이다. 그 부르주아지들이 고등교육(대학)을 받는 과정에서 그 대부분은 당시 유행병처럼 전파했던 유물사관의 사상에 물들어 가면서 공산화됐음이다. 소장파 또한 그로부터 예외가 아니다. 그 약점에서 벗어나는 유일한 길은 부르주아지 근성을 철저하게 배제하고 일체의 언행을 프롤레타리화하는 일이었다. 이를 전제하면 소장파 임화가 김기진의 「대중화론」에 대해 날카롭게 비판한 이유가 명백해진다. 그로써 임화는 자신의 볼셰비키화를 증언하고자 했음이다. 권환의 시 「가랴거든 가거라」 또한 자기 방어심리에서 빚어졌음을 짐작하게 한다.

주지한 바 1930년대를 통틀어 권환이 보여준 시는 그 질에 있어 전반적

---

6) 고준석, 「코민테른과 조선공산당」, 『재일조선인민족운동사』, 사회평론사, 1983, p.16 재인용.

으로 수준이 높지 못했다. 시의 예술성은 물론 구호조의 성향에서 벗어나자 못했음이 그 이유다. 또한 시의 양에 있어서도 여타 카프 맹원들에 비해 풍성하지도 못했다. 그럼에도 카프가 그를 우대했음은 그 나름의 이유를 갖는다. 즉, 당시 여타 카프 맹원의 낮은 이력에 비해 권환은 정상적으로 일본 고등학교와 쿄도대학을 졸업했고 외국어(독일어)에 능했다는 그 점 하나만으로도 인정과 대우를 받을 만한 조건을 갖췄기 때문이다.

(2) 볼셰비키화 보류의 후기시

권환은 소장파로 귀국한 후 약 2년을 열성적으로 카프에 활약했다. 당시 권환은 시와 평론을 발표하는 한편 카프 조직에도 깊숙이 관여했다. 또한 당시 유약하게 보인 카프 맹원에게 꾸준히 볼셰비키화의 당파성을 고취시켰다. 볼셰비키화에는 "상황과 여건의 악화를 무릅쓰고 줄기차게 계급 투쟁에 매진해야 한다" 함이 그의 주장이었다. 그러나 그의 활동은 카프 제1차와 제2차 검거에 연루되면서 둔화됐다. 일제의 탄압은 그로서도 어찌할 수 없었다.

제1차 검거 때 최초의 대상은 박영희에 이어 임화였고 1개월 후 안막·김남천·송영·이기영·윤기정·권환 등이 검거 투옥됐다. 그때 검거 투옥의 가장 중요한 이유는 일제가 앞으로 펼칠 제2차 세계대전(대동아전쟁)을 위한 대륙정책이었다. 일제는 그 전주곡으로 만주사변을 일으켰다. 겉으로는 국내 반입 금지 ≪무산자無産者≫를 안막이 반입 배포했기 때문이라 했지만 기실 안으로는 후방 단속 일환으로 당시 한반도에서 활약하는 사회주의 조직인 카프 해체에 있었다. 이때 권환은 소장파이긴 했지만 ≪무산자≫와는 아무 관계가 없었다. 박영희나 임화처럼 카프 조직의 책임자도 아니었다. 그럼에도 권환은 제1차 검거에서 투옥됐다.

그 이유는 1930년 4월의 카프 조직강화 회의에서 권환은 기술부 책임자로 보선(전임자 김기진)됐다. 그 명단에 따른 것이 아닌가 여겨진다. 또한 권환은 카프 참여와 함께 매우 강도 높은 문학 활동을 펴왔다. 이런 언행이 일제 경찰의 사찰망에 포착돼 '요시찰인'이 됐다가 검거시기에 맞춰 투옥됐음이다. 또한 제1차 검거의 투옥자는 총 70명이다. 제1차 검거는 같은 해 10월에 전원 불기소 처분됨으로써 일단락됐다.

이때 제1차 검거 선풍이 권환에 준 충격은 컸던 것으로 여겨진다. 활발히 발표했던 작품활동은 이후부터 상당히 제한되었다. 이 시기에 발표된 시는 「아버지 김천지 어서 갑시다! 쇠돌아 갓간아 어서 가자!」, 「간판」, 「동복」 등 고작 세 편에 불과하다. 평론 또한 「최근 감상의 편린」(<중외일보>1931.11.28)을 비롯해 「사실주의적 창작 메토테의 서론」(≪중앙≫1933.12) 등 두 편에 불과하다. 이들 평론이 갖는 소극성 또한 두드러지게 엿보여진다.

이 무렵의 권환 시는 계급의식에 젖어 있지만 그 심도가 전과 다르다. 시 「간판」의 화자는 계급운동의 조직원으로 여겨진다. 셋집을 전전하며 겨우겨우 유지해 왔던 간판업의 철거를 통탄한다. 시 「동복」은 옥중의 계급운동원인 동지에게 동복인 겨울옷을 보내는 사연이 그 내용을 이룬다. 그는 옥중 동지를 위해 겨울옷(무명옷) 한 벌을 마련한다. 이를 동지의 어머니에게 차입해 줄 것을 부탁한다. 그로써 프롤레타리아의 동지애를 고취한다.

이런 계급의식은 평론에서도 되풀이된다. 평론 「최근 감상의 편린 —톨스토이의 일기 독후감」이나 「사실주의적 창작 메토데의 서론」 또한 모두 계급의식의 시각에서 출발한다. 전자는 톨스토이의 일기에 대한 현실 입각이라기보다는 환상적 측면이 짙다[7]고 비판한다. 후자는 사회주의적 사실주의의 입장을 취하면서 부르주아 리얼리즘을 비판한다. 그러면서 사회

7) 권환, 「최근 감상의 편린—톨스토이 일기 독후감」, <중앙일보>1931.11.28.

주의적 사실주의 주창자들이 그랬듯이 문학 또한 유물변증법에 있음을 고집한다.

여기에 비하면 계급의식의 후퇴는 제2차 카프 검거 이후부터다. 제2차 검거 때도 권환은 투옥됐고 1년여 전주형무소에서 복역했다. 그 무렵 권환은 건강이 악화됐고 그를 사지로 모는 폐결핵과 투병한다. 그때는 제1차 검거와는 달리 임화와 김남천과 동행하지 않았다. 임화는 검거돼 경성 압송 도중 졸도했고 그로 구속을 면한다. 김남천도 당시 다른 사건과 연루돼 집행 유예 중에 있었음에 그 또한 구속을 면했다. 그런 가운데 권환은 외로운 병마의 옥고를 치렀고 출옥 후 그의 문학 활동은 전과 달리 탈이데올로기로 흘렀다. 건강 악화와 상황 악화의 전향 결과가 그를 탈이데올로기로 경도시켰음이다.

바다같은 속으로
박쥐처럼 사라지다

汽車는 鄕愁를 싣고
납같은 눈이 소리없이
외로운 驛을 덮었다

무덤같이 고요한 待合室
벤치 우에 혼자 앉아
조을고 있는 늙은 할머니

왜 그리도 내 어머니와 같은지
귤껍질 두 볼이

젊은 驛夫의 外套 자락에서
툭툭 떨어지는 흰 눈

한 송이 두 송이 식은 난로 우에
　　　그림을 그리고 살아진다.

— 「한역寒驛」 전문8)

　전기시에서 보여준 계급의식은 사라졌다. 겨울 「한역」의 정서가 짙고 그로부터 나름에의 예술의식도 보여준다. 「한역」의 '汽車는 鄕愁'를 싣는 데 "납같은 눈이 소리없이/ 외로운 驛을 덮었다" 함은 무거운 겨울 정서를 불러 깨우면서 외로움의 서정이 가슴에 와 닿는다. '무덤같이 고요한 待合室'에 홀로 졸고 있는 할머니의 모습 또한 향수를 자아낸다. 그 모습은 흡사 내 어머니의 모습이다. "젊은 驛夫의 外套 자락에/ 툭툭 떨어지는 흰 눈"은 "한 송이 두 송이 식은 난로 우에/ 그림을 그리고 살아진다" 하듯 겨울 「한역」에 어린 외로운 정서를 우리 가슴에 심는다. 그 분위기를 바다 같은 공간으로 사라지는 박쥐로까지 전이시킨다. 이렇듯 전에 없는 탈이데올로기 정서를 「한역」의 쓸쓸한 서정으로 색칠한다.

　　　박꽃같이 아름답게 살련다
　　　흰눈같이 깨끗하게 살련다
　　　가을 湖水같이 맑게 살련다.

　　　손톱 발톱 밑에 검은 때 하나 없이
　　　갓 탕건에 먼저 훨훨 털어버리고
　　　축대 뜰에 티끌 살살 쓸어버리고
　　　살련다 박꽃같이 가을 湖水같이

　　　봄에는 종달새
　　　가을에는 귀뚜라미 우는 소리

---

8) 권환, 「한역寒驛」, 시집 『자화상』, 조선출판사, 1943, pp.43~44.

천천히 들어가며
살련다 박꽃같이 가을 湖水같이

비오며는 참새처럼 노래하고
바람 불며는 토끼처럼 잠자고
달 밝으면 나비처럼 춤추며
살련다 박꽃같이 가을 湖水같이

검은 땅 우에 굿굿이 서
푸른 하늘 쳐다보며
웃으련다 별과 함께
앞 못물 속에 흰 고기떼 뛰다
뒷산 숲속에 뭇새 우누나
살련다 박꽃같이 아름답게 湖水같이 맑게

— 「倫理」 전문9)

이 시 또한 시인의 윤리의식에의 시화다. 일제 말기에 계급의식에서 탈
피하고 박꽃처럼 아름답게 흰 눈처럼 깨끗하게 가을 호수처럼 맑게 살겠
다는 시인의 윤리관을 편다. "손톱 발톱 밑에 검은 때 하나 없이" 살겠다
함이요, 종달새, 귀뚜라미 우는 소리 들으며 여유있게 살겠다 함이다. 비
오면 참새처럼 노래하고 토끼처럼 잠자고 나비처럼 춤추며 박꽃으로 깨
끗하게 살겠다 함이다. 순수시 지향에의 예술지상주의적 발상을 접한다.

이런 윤리의식은 다분히 동양적 유교의식에 뿌리한다. 그러나 그의 그
런 윤리의식 또한 일제 식민지 탄압 하에서는 실행이 불가능했다. 계급의
식에 대한 탄압으로부터 전향할 수밖에 없었던 현실 하에서 그의 윤리의
식은 한낱 이상(꿈)에 지나지 않았다. 그런 상황에서 일제를 저항하다 광
복을 맞는다. 시 「어서 가거라」는 시 「가랴거든 가거라」처럼 목적시로서

---

9) 권환, 「윤리」, 시집 『윤리』, 성문당 서점, 1944, pp.7~10.

직설적 표현을 통해 구호적 풍자적으로 '어서 가라고' 일제 배제의 목소
리를 드높인다.

어서 가거라 가거라,
너희들 갈대로 가거라,
동녘 하늘에 태양이 다 오르기 전에
이 날이 어느듯 다 새기 전에,
가거라 거둠의 나라로
머언 지옥으로!

제국주의 품 안에서 살이 찐,
'오야꼬돈부리'에 배가 부른,
'스끼야기', '사시미'에 기름이 끼인,
'마사무내' 속에 醉夢을 너희들아.

얼싸안고 情死하여라 殉死하여라.
눈을 감은 제국주의와 함께
풍덩 빠져라.
태평양의 푸른 물결 속에
일본 재국주의의 애첩들아,
일본 제국주의의 충복들아.

또 어디가 부족하냐,
또 무엇이 소원이냐
이젠 먹고 싶으냐 '피푸덱기'가,
이젠 먹고 싶으냐 '탕수욕'이.
또 누구에게 보내려느냐,
얄미운 그 秋波를.

어서 가거라,

모처럼 닦아논 이 제단에
모처럼 봉지봉지 피어나는 이 화원에
굴지 말고 늙은 구렁이처럼
뛰지 말고 미친 수캐처럼

어서 가거라 가거라,
너희들 갈대로 가거라,
물샐 틈 없이 바위처럼 뭉치려는
우리 민족의 통일을 위하여
맑은 옥같이 티끌 없는
우리나라의 건설을 위하여
성스러운 조선을 위하여

오! 벌써 찬란한 태양이 떠오른다.
동녘 하늘이 밝아온다
요란히 들린다 참새 짖는 소리
어서 가거라 도깨비들아
무서운 마귀들아
어둠의 나라로
머언 지옥으로

— 「어서 가거라」 전문

이 시에는 '민족 반역자, 친일분자들에게'라는 부제가 붙는다. 권환의
일제 저항에의 정신사적 변천에서 새로운 획을 긋는 점에서도 이 시는 주
목된다.

4. 맺는 말

이상에서 프로시 배경의 카프 발족과 해체 과정에서 활약한 카프 시인 권환에 관해 살폈다. 전기 활동은 구카프파를 박차고 임화 일파의 소장 극좌파로 귀국 약 2년을 신카프 맹원의 열성적인 일원으로 활약했다. 시와 평론을 통해 프롤레타리아 우선주의로부터 유물변증법적 세계관의 볼셰비키화 운동에 앞장섰다. 여기서 떨어져 나간 배신자들의 질타를 서슴치 않았고 카프 동맹의 소부르조아지에 대해 '가랴거든 가거라' 공격하며 내몰았음도 그 문이다. 이른바 계급성 고취에의 프로시를 추구하고 추적했음이다. 그래서 그 시는 예술성보다는 목적시로서의 격렬한 구호와 풍자가 강했음이다. 이는 그의 전기시에서 보여준 특징이다.

후기에 오면 카프 자체의 내분과 제2차 세계대전(대동아전쟁)을 향한 대륙 정책으로 일제는 후방 단속의 일환으로 사회주의 조직 와해의 해체를 통감했다. 이에 치안유지법 빙자의 탄압으로 카프는 1·2차 거거 선풍을 겪었고 그로 끝내는 해체의 운명을 접하고 만다.

그때 권환은 두 차례나 검거 구속됐다. 2차 검거 때는 전주형무소에서 복역했다. 그는 무산자도 카프 책임자도 아니었다. 그럼에도 구속 사유의 직접적인 이유는 카프 조직 강화회의에서의 기술부 책임자 선출 명단의 압수에 따른 조치설이 우세하다. 투옥 때부터 투병의 폐결핵은 석방 뒤 더 악화됐고 그 후유증은 탈이데올로기의 생기 없는 목소리로 변해 점차 예술지상주의적 발상에 젖는다. 그런 변모 속에서도 일제 저항에의 일제 추방시 「어서 가거라」의 시정신은 높이 평가받아 마땅하다.

독창적 언어가 번뜩이는 다의적多義的 의미망 구축

조선영의 시 세계

강 영 환 *

1

‘시’와 ‘현실’이라는 두 개의 개념은 서로 상반되며 또한 대칭되면서도 상호 긴밀한 유기적 연결고리를 맺고 있다. 시의 현실이란 사회와 역사 속에서 태어났으면서도 현실이라고 하는 사회와 역사를 뛰어넘어 존재하지 않으면 안 된다는 속성에서 시와 현실 사이의 유착이 성립되는 것이다. 그러나 현실 그 자체가 곧 시로화詩路化되는 것은 아니다.

그것은 나무의 뿌리와 흙의 본질을 관찰해 보면 이해가 된다. 나무의 뿌리는 흙을 비집고 자리하지만 그 열매와 잎새는 흙과 전혀 다른 성분이다. 나무의 뿌리와 그 열매는 이미 화학적 변화를 통하여 이질적인 그 무엇이 되어 있다는 사실에 유념해 볼 필요가 있다. 인간의 먹는 음식 또한 소화기능을 통하여 몸 속에서 작용하지만 나중에는 전혀 다른 성분인 피부와 근육질, 그리고 피로 변화한 것과 같은 생물학적 기능을 생각해 보면 쉽게 이해가 된다. 시가 현실의 산물이라고 할 때, 시는 현실에 종속될 수밖에 없다. 그러나 시는 현실의 산물이면서도 현실을 떠나 있지 않

* 시인, 평론가, 부경대 사회교육원 창작과 교수

으면 안 되는 이율배반적 속성을 지니고 있다. 이것이 시의 초월성이며 여기에 이상과 꿈을 지향하는 시의 유별난 특성이 존재한다.

영국의 고전학자 랭그 Lang Andre는 "시는 역사적 기록의 도서관이 아니라 현실의 상징이요, 환상이다"라는 말을 남겼다. 시가 현실을 표현하는 일에 주력한다면, 존재하는 것만이 진실한 것이라고 하는 사실성은 일체의 상상적인 것을 결과적으로 무력화시키는 근거를 만들 것이다.

리얼리즘은 인생과 생활을 표현하는 데는 강력한 힘을 갖지만 예술적 표현을 하는데는 무력하며, 사물을 생생하게 드러낼 수는 있으나 언어의 아름다움을 강렬하게 드러내지는 못한다.

2

시인은 이러한 시학적 바탕 위에 표층 구조와 내면 구조의 깊은 사고와 넓은 시적 의미망을 넓혀나고자 고뇌한다. 또한 견고하고 탄탄한 시어를 구축하면서 자연과 삶, 사랑과 연민, 일상, 심지어 도시와 시골의 풍광까지도 화폭에 담아 덧칠을 하듯 그림을 그리며 은유와 풍자, 상징과 이미지로, 때로는 시를 숨김과 낯설기를 통하여 시의 미로를 복잡하게 형성화하여 시적 미감을 확대해 나간다.

시인은 유년시절 시골의 자연을 울타리 삼아 한시漢詩에 평생을 바쳐온 아버님의 선비적 문학정신에 영향을 받고, 다른 한편으로는 일제치하 소학교를 졸업하면서 정신대에 끌려가지 않고 항쟁하던 어머님의 굳은 의지에 감화를 많이 받은 것 같다. 화자의 시 속에는 이따금 그러한 에스프리가 시의 행간에 스며있는 것은 우연이 아닐 것이다. 이러한 관점에서 시인의 삶 속에 녹아 있는 화자의 대표작 몇 점을 살펴보기로 하자.

강가 빨래터에
허리 굽은 늙은 뽕나무는
흘러가는 물거울에
빨간 오디씨를 비춰보고

닷남매 걱정 실어 나르던
아버지의 힘겨웠던 자전거는
햇빛 들지 않는 창고 안에서
푸른 들길 그립다

어머니 그림자 따라
철없이 가고 오던
물도랑 길가에
콩꽃들이 자줏빛
입술을 내밀며 살랑대고
옛 여인이 그리운
처마 밑 다듬잇돌은
비에 젖고 외로움에 젖어
옛 소리를 잊어가네

장독대 옆
내 유년의 꽃밭엔
떠나지 않는 국화 순들이
가을 향기를 머금어 가고 있었다

—「고향」 전문

시인은 철 따라 변하는 자연에 매료되어 유년시절을 아름다운 시골에
서 보낸다. 꿈 많은 소녀시절, 자연 속에 자리한 고향은 화자에겐 어머니
같은 존재였다. 짙푸른 산, 굽어 흐르는 맑은 여울물, 느티나무 그늘, 노을

이 타는 하늘, 이런 것들이 어린 소녀에게 영상적映像的인 잠재의식으로 투영되어 후일 아름다운 서정시를 빚어내는 모티브motive가 된다.

위의 시는 고향의 향수를 온몸으로 느끼면서 늙은 뽕나무를 아버지에게 비유한다. 창고 안에 누워 있는 아버지의 힘겨웠던 자전거와 푸른 들길, 물도랑 따라 어머니 그림자 밟던 굽어진 시골길, 비에 젖은 처마 밑 다듬잇돌, 장독대 옆 국화 순들의 향기 이 모든 것을 단순히 자연의 아름다움으로 묘사하지 않고 자연의 인격화하고 인간을 자연에 은유하여 「고향」을 향토적인 아름다움으로 색칠하여 한 폭의 수채화를 그려내고 있다. 또한 아버지와 어머니에 대한 아련한 아픈 삶의 상처는 더욱 고향에 대한 만감萬感을 아리도록 한다.

1부에서는 위의 시 외도 「4월의 풍경」에서, 미나리와 장다리꽃의 탄력적인 언어의 형상화, 눈물로 얼룩진 하얀 그리움의 「들찔레」의 묘사, 그리고 연민과 기다림으로 시들지 못하는 「들꽃 연가」, 내 안의 절대 고독을 태워내는 「가을 모닥불」, 「능소화 핀 고가」의 절실한 묘사, 삼랑진의 호수 「천태호天台湖」를 의인화하여 인간의 성적본능으로 승화시킨 내포적 의미망, 외로운 꿈길 속에 버티고 있는 「느티나무 그 남자」에서의 진솔한 표현, 숨김의 시를 통해 미감을 오랫동안 지속시키는 「박태기 씨」 등 자연에 대한 찬미와 인간과의 관계를 묘하게 설정함으로써 독자의 상상을 다의적으로 이끌어 문장의 내포성을 확대해 간다.

다음의 화자의 삶과 인생에 대한 시를 탐구해 보자.

시장 과일 가게에서 토마토를 사고 거슬러 받은 천 원 퇴계 선생의 눈썹이 없다. 퉤 퉤 침 발라가며 이 손에서 저 손으로 팔랑팔랑 넘어지며 늙어 버린 지폐, 지하철 승차권 투입구에서 찌르륵! 퇴계 선생을 밀어낸다. 인식되지 않은 찰나 엉뚱한 생각이 멈춰서며 아직 여자로 읽어

낼까. 낡은 지폐 같은 나를 우격다짐하듯 밀어 넣어 본다. 찌르륵! 신음
소리와 함께 뚝! 떨어지는 민무늬의 여자 봉지 속 물컹한 토마토가 '뒤
집어 넣어봐도 소용없어' '우리는 더 이상 향기로운 과일이 아냐' 늦은
귀가는 깨진 환상처럼 캄캄하고 희망이 바래진 틈을 타 나는 짙은 립스
틱으로 내 몸에 무늬를 새기고 있었다.
                                            ─ 「인식되지 않는 여자」

시인은 숨김의 시 또는 시의 은유, 낯설기의 표현 등을 즐겨 쓴다. 그만
큼 시의 성숙도를 짐작할 수 있는 대목이다.
이 땅에 서 있는 것은 인간이며 그것은 현실의 바탕 위에서 존재하는
실존이다. 화자는 눈썹이 달아 빠진 늙은 천 원 짜리 화폐를 인간에게 비
유한다. 승차권 투입구에서 밀려나온 낡은 천 원 권 지폐, 20대만 들어가
는 나이트 클럽에 쫓겨 나온 중년 부인처럼 세월은 거짓을 하지 않는다.
인간의 삶과 생애 또한 시공時空과 함께 흘러가는 것이다. 탄탄하고 빛깔
좋은 토마토가 아니라 이젠 빛 바랜 봉지 속 물컹한 토마토가 아니던가.
더 이상 향기로운 과일이 아님을 인식한 화자는 그래도 이 순간 세월의
무게만큼 존재의 가치를 부각시키기 위해 '환상처럼 캄캄하고 희망이 바
래진 틈을 타', 화자의 짙은 립스틱으로 자신의 몸에 희망의 무늬를 새기
고 있는 것이다. 이 시의 특징은 시의 다의적 의미망이 깊고 넓게 구축되
어 신선한 착상과 솔직한 표현이 시의 보편성을 뛰어 넘고 있다.

        비오는 날이면 출근도 안 하고
        당신 닮은 눈 맑은
        아이 하나 더 갖고 싶다던 그이
        사느라 잊고 있던
        오래 전 그 아이를 만들어 본다

(중략)

누구든 필요로 하는 곳이라면
달려가야 할 다리에
풀기 빳빳한 살을 붙이고
딛고 선 땅을 헤아릴
넓은 마당발에
검정종이 고무신을 신겨보는
풀기 다 마른 3일째 되던 날
실눈썹에 달보다 환한
웃음을 그려 넣으니
아이는 금방 낳은 송아지처럼
온 방안을 깔깔거리며 뛰어다니고
당신은 쉰둥이 보았다고
액자 속에서 껄껄걸 웃는다.

　　　　　　　　　　　　— 「아이를 만드는 여자」 일부

　화두話頭에서 언급한 바와 같이 화자는 시를 숨김으로써 시의 재미스러움과 미적 감동을 서서히 불러일으킨다. 변죽邊竹을 치면서, 실은 중앙을 흔들어대는 기법을 즐긴다. 시인은 인생과 삶 속의 시에도 그러한 묘사를 통해 시의 미로迷路를 찾아 미적 여운을 오래 간직하고자 한다.
　위의 시 또한 비오는 날 할 일 없는 부부가 아이나 하나 만드는 일 같이 보이지만 시의 종반부에 들어서면 "누구든 필요로 하는 곳이라면/ 달려가야 할 다리에/ 풀기 빳빳한 살을 붙이고/ 딛고 선 땅을 헤아릴/ 넓은 마당발에/ 검정종이 고무신 신겨보는/ (중략) / 당신은 쉰둥이 보았다고/ 액자 속에서 껄껄걸 웃는다"라고 표현되어 있다. 인형을 만들고 있는 것이다. 이미 작고한 남편은 사진 속에 아내가 인형을 만드는 모습을 지켜보면서 쉰둥이 보았다고 웃고 있다. 화자는 나머지의 여백은 독자의 몫으로 돌리고

124　강영환

있다. 매우 기발한 아이디어와 시적 매력이 독자를 끌어드리고, 숨긴 시를 풀어내면서 독자들에게 참신한 기쁨과 슬픔을 함께 던져주고 있다.

2부에서는 이 시 외에도 헛된 욕망을 모두 비워내는 「일몰을 보러 간다면」, 삶의 진실을 느낄 수 있는 「책 읽어주는 여자」, 일흔의 어머니와 아흔 셋의 할머니와의 정으로 엮어진 세월의 강물 「섬진강에서」, 화자가 꿀벌이 되어 위트 넘치는 우화를 쏟아내는 「꿀벌 이야기」, 야성을 잃어버린 「정원수」, 나의 광장을 모두 떠나버리고 홀로 남은 「허수아비」, 내 안의 나를 감당치 못하는 「그리운 바보」 등 화자의 삶과 인생은 끝없이 흐르는 강물처럼 파란빛으로 굽이쳐 흐른다.

시는 삶의 노래요, 인생의 표현이라 했듯이 화자 또한 사랑과 연민의 노래로 산문시를 다음과 같이 은유적으로 풀어나고 있다.

> 내가 시퍼런 물이었다면 까닭 없이 뜨고 싶은 저항을 꿈꾸지 않을 걸새 무색, 무미, 무취로 찰방찰방 차 올라 그대들의 눈금으로 나를 조절하려든다면 기어이 범람하고 싶은 끈질긴 유혹에 시달리지 그대 욕망의 손아귀를 유유히 빠지는 것도 나뿐이지 사람들은 사고뭉치인 내가 가야할 곳이 바다라고 길을 터줄 때고 있지만 구속을 즐기는 사랑에 식상한 나는 얼룩하나 남기지 않는 증발을 꿈꾸며 지하로 스미는 탈주로 즐긴다네 알코올도 내 몸의 일부라고 말하고 싶네 사람들이 출렁거리는 걸 보면 꼭 나를 닮았거든.
>
> 가령
> 그대와 내가 두 물 머리에서
> 만나고 싶은 것도
> 섞어 흐르고 싶은 몸 속
> 물의 아우성일까?
>
> ― 「물의 노래」 전문

인간은 누구나 자유로워지고 싶어하고, 사랑하고 싶어한다. 구속을 하면 할수록 족쇄의 끈을 끊고 싶어하는 것이 인간의 본능이다. 물 또한 자유스러워하는 속성을 가지고 있기 때문에 항상 자유를 위해 저항하고 싶어 한다. 「물의 노래」는 그러한 속성을 잘 표현한 산문시다. 물은 사랑과 자유를 위해 지하로 스미는 탈주도 마다하지 않을 것이요, 증발로 꿈꾸는 모험도 감히 두려워하지 않을 것이다. 인간 또한 물과 같이 자유와 사랑을 위해 존재하고 그것을 위해 역사를 만들어 나가며, 사랑하고 죽어감을 두려워하지 않는다. 물을 의인화하여 인간과의 유사함을 물에 비유하여 그 속성을 탄탄한 언어로 잘 묘사하고 있다.

3부에서 위의 시외, 눈꽃 만발한 백야白夜의 밤을 홀로 고독할 줄 아는 「폭설」, 이상과 자유를 조율하는 「춤추는 나무」, 수직의 산성 잔혹한 「봄비의 역설」, 이상의 별을 추구하는 「떠나가는 바다」, 칼의 다의적 표현을 한 「칼의 노래」, 생의 극점을 불태우는 '오로라' 「사랑의 빛깔」 등 사랑과 연민, 자유와 고독을 은유와 함축을 통하여 잘 묘사해 내고 있다.

뿐만 아니라 화자는 그 필력을 인정받은 장래가 촉망되는 시인이다.

이미 화두에서 밝힌 바와 같이 화자는 한 시인인 아버지의 영향을 받은 바 크며 시작에 임할 때는 광기가 흐른다.

시인은 1974년 8월 19일 부산일보에서 시 「봉선화」를 발표했으며 박재호 시인은 군말이 적고 차분하게 시정詩情을 뽑아낸 솜씨를 높이 평가한다고 했고 <국제신보>에서는 1976년 6월 19일 「꽃방석」에서 「또 하나의 공해」를 발표하여 좋은 평을 받은 바 있다.

그 외도 서예, 하모니카 연주, 수묵화 등 다양한 기능이 있음을 덤으로

밝혀둔다. 그리고 화자는 전통적인 형식보다 현대시의 흐름에 강한 집념
을 가지고 있는 듯하다.

소설가 문신수의 세대론적 삶과 작품의 궤적

김 강 호 *

1. 머리말

작가 문신수(1928~2002)는 1961년 7월 단편소설 「백타원白橢圓」으로 ≪자유문학≫을 통해 등단한 이후 1977년 첫 창작집 『부부 합창』에 이어 『2인 수상집』(시문학사, 1987), 『아름다운 음악소리』(1988), 『단방귀 이야기』(1991), 『꿈꾸는 겨울나무』(1991), 『바통지팡이』(1994), 『석새 베에 열새 바느질』(1997)에 이르기까지 7권의 작품집을 냈다.

이들 작품집들을 살펴보면 수상집, 동화집, 그리고 소설집 등인데, 이 가운데 소설집으로는 첫 창작집인 『부부 합창』과 마지막 창작집인 『석새 베에 열새 바느질』 2권이다. 이 자리에서는 그의 소설세계에 한정하여 고찰하고자 하기 때문에, 그의 첫 창작집인 『부부 합창』(범우사, 1977)에 실린 10편의 작품과 마지막 창작집인 『석새 베에 열새 바느질』(범우사, 1997)에 실린 소설 작품 11편 등 총 21편의 소설작품들만을 논의 대상으로 했다. 물론 마지막 창작집인 『석새 베에 열새 바느질』에는 11편의 소설 외에도

---

* 창신대학 문예창작과 교수

6편의 콩트 작품도 실려 있으나 이 글의 논의에서는 제외했다.

　문신수의 마지막 창작집이 된『석새 베에 열새 바느질』의 권두에 적힌 '작가의 말'에 자신의 작품 경향에 대한 다음과 같은 언급이 실려 있다.

　　　"나는 문단에 나온 지가 오래되지만 글을 많이 못 썼다. 교직을 받들고 있었기 때문에 항상 시간에 쫓겼고, 직업적인 특수성 때문에 작품 세계에 많은 제약을 받아 마음껏 쓰지를 못했다. 재주가 없었음은 더 말할 나위도 없지만……
　　　교육자로서 후세를 가르치고 있는 사람이 잡스럽고 구질구질한 소리를 쓸 수는 없었다. 마음도 내키질 않았거니와 제자나 자식들의 눈도 무서웠다. 이런 사연으로 당초부터 통속적이거나 선정적인 흥미 오락 위주의 세계에는 눈을 돌릴 수가 없었다.
　　　자연히 붓끝은 순수하고 아름답고 그립고 안타까운 인간 심연의 본바탕을 파고드는 쪽으로 움직이게 되었다. (중략)
　　　아들 딸 며느리 제자에게 거리낌없이 읽힐 수 있는 글을 써야 한다. 인생을 가르치는 교재가 되고 지혜에 눈을 뜨게 하는 작품, 읽어서 위안을 받고 삶의 보람을 느끼게 하는 내용, 시대를 증언하고 인도하며 후세에도 오래 읽힐 수 있는 글을 써야 한다. 이와 같은 포부와 욕망이 늘 나를 채찍질했다."[1]

　'순수하고 아름답고 그립고 안타까운 인간 심연의 본바탕을 파고드는' 소설이란 대체 어떠한 소설들일까?

　우리는 소설을 통하여 단순한 재미 때문에 등장인물들의 심리와 운명과 모험에 관심을 갖고 있는 것이 아니라 현실의 삶 속에서는 우리의 심리와 우리의 운명과 우리의 행동의 의미를 우리가 잘 알 수 없기 때문에 상상적인 작품 속에서 그 의미를 발견함으로써 우리 자신의 삶의 보다 나

---

1) 문신수,『석새 베에 열새 바느질』(범우사, 1997), 작가의 말 참조.

은 이해에 도달하고자 하는 것이다.

그러한 점에서 소설의 존재 이유는 한편으로 우리에게 재미를 제공하고, 다른 한편으로 우리의 삶에 대해서 보다 깊은 앎의 세계에 이를 수 있게 한다는 데 있다.[2]

이런 관점에서 문신수의 작품세계를 고찰할 때, 그의 작품세계는 작가 자신이 언급한 상기의 말에서도 짐작되듯이 재미를 추구하는 쪽이라기보다는 우리의 삶에 대해서 보다 깊은 앎의 세계 즉, 현실의 삶 속에서 우리의 심리와 운명 그리고 행동의 의미를 작품 속에서 발견함으로써 우리 자신의 삶을 보다 잘 이해하고자 하는 의도가 더욱 두드러지게 드러나는 작품들일 것이라고 짐작할 수 있다.

이러한 작품들의 경향을 몇 가지로 나누어 살펴봄으로써 그의 작품 세계에 더욱 접근할 수 있을 것이다.

2. 가족 공동체의 파괴와 전쟁의 후유증

먼저 문신수 작품의 한 경향으로 지적할 수 있는 것은 가족 구성원의 일원이 전쟁 중 사망하거나 신체의 일부가 결손됨으로 인해 남아 있는 가족들이 고통스런 삶을 영위할 수밖에 없는 상황을 설정한 작품군이 있다.

작품에 따라서는 부친, 남편, 아내 가운데 누군가가 전쟁 중 사망하거나 또는 사고 등의 이유로, 가족의 구성원이 결원됨으로써 신산스런 삶을 살아야 하는 파괴된 가족 공동체의 모습이 전경화되는 경우다.

이런 작품들에는 「白檮圓」(남편·아내, 1961), 「탱자나무 가시와 자동차」(부친, 1962), 「고향땅」(부친, 1972) 등이 그러한 범주에 드는 작품들이다.

---

2) 권영민 엮음, 『한국현대작가연구』, 문학사상사, 1988, p.425.

이들 작품들은 작가가 대개 1960, 70년대에 발표한 작품들인 반면 1980, 90년대에 발표된 작품들에 이르면 전쟁으로 인한 가족 상실의 상황 설정이 사라진다. 이와 같은 상황 설정의 변화는 사회의 변화와 함께 작가가 사회를 바라보는 시선을 달리하는 것과 관련된 것으로써, 이는 문신수의 소설작품들을 1960, 70년대를 중심한 전기 소설작품군과 1980, 90년대를 중심한 후기 소설작품군으로 나누는 분수령이 될 수 있는 가능성을 말해 준다.

「백타원」의 주인공인 남편과 그의 아내, 「탱자나무 가시와 자동차」의 주인공의 부친, 「고향땅」의 주인공들의 부친들은 대동아전쟁이나 6·25 전쟁 중 부상당하거나 사망함으로써 가족공동체의 신산스런 삶이 시작되었다. 그런데 이들 주인공들이 작중의 현실 속에서 느끼는 반응은 조금씩 차이가 있다.

「백타원」의 주인공 필수와 그의 아내는 각각 대동아전쟁과 6·25 전쟁 중 상처를 입거나 죽음을 당했다. 남편은 대동아전쟁에서 다리병신이 되었고, 아내는 6·25 전쟁 중에 사망함으로써 시대를 달리하는 두 전쟁이 한 가정의 불행을 배가시켰다. 따라서 필수와 그의 아내는 전쟁체험세대들이다.[3]

이와 유사한 상황은 1950년대 후반의 작품인 하근찬의 「수난이대」(1957)에서도 볼 수 있다. 군에 갔다가 한쪽 다리를 잃고 귀가하는 아들이 한쪽 팔을 잃은 아버지의 등에 업혀 외나무다리를 건너는 장면이 압권인 하근찬의 「수난이대」에서는 대동아전쟁과 6·25 전쟁으로 부자간에 각기 팔과 다리를 부상당함으로써 부자 2대가 겪은 전쟁의 비인간적인 폭력성을 고발하고, 전쟁이 준 고통을 정신적으로 극복하려는 의지를 보여 준다면, 문

---

3) 김윤식은 6·25를 가운데 두고 세대를 문제삼는 경우 체험세대, 유년기 체험세대, 미체험세대로 분류한다(문학사와 비평연구회편, 『1950년대 문학연구』, 도서출판 예하, 1991, p.15).

신수의 「백타원」에서는 남편과 아내가 각기 다리병신이 되거나 사망함으로써 가정의 공동체가 파괴되고 신산한 삶을 살지 않을 수 없는 상황을 보여준다.

주인공 필수는 아내를 잃은 이후 절름발이라는 이유로 후처가 생기지 않아 애를 태우고 있으며, 초등학교 3년생인 아들 명오도 같은 또래의 아이들로부터 따돌림과 조롱을 당하고 있다.

그런 필수는 아들 명오의 운동회 날에 부자달리기 경기를 하다가 6·25 전쟁 때 '아내가 콩밭에서 쓰러지듯이' 성한 한 발마저 삐어 쓰러진다. 이러한 광경을 구경하던 사람들의 웃음과 폭소가 터진 운동장에서 필수는 심한 부끄러움을 느끼고 있다.

> "팍 주저앉은 그는 아픈 발목을 쥔 채, 하얀 금 위로 점을 찍어 멀어져 가는 아들의 발꿈치를 뚫어져라 바라보았다. (중략)
> 아무래도 이 자리에서 일어설 도리가 없었다. 아파서 그런 게 아니었다. 여기에 그냥 있을 수도 없고, 빠져나갈 수도 없는 것이었다. 주먹으로 눈물을 문질러 보니 세상이 너무 밝았다. 쥐구멍에나 숨어버리고 싶었다. 필수에겐 단 한 가지 소원이 생겼다. 제발 좀 저 놈의 태양이 꺼져 줬으면……."(p.46)

필수가 다리병신이 된 것은 제 탓이 아니라 전쟁이 가져온 폭력성 때문이다. 다시 말하면 필수의 병신다리는 강제로 일본으로 끌려가서 폭격을 당한 때문이었기에 '분하고 억울한' 일이지만, 현실 속에서는 오히려 사람들로부터 비웃음거리가 됨으로써 자신의 모습에 대해 심한 부끄러움을 느끼고 있다.

「탱자나무가시와 자동차」의 주인공 길호는 네 살 무렵 그의 아버지가 6·25 전쟁에 참가했다가 포탄에 맞아 사망한 경우이므로 유년기 체험세대에 속한다.

길호네 가족이 키우는 송아지는 전사자 가족에게 나오는 위로금으로 구입한 것으로 전사한 아버지의 등가물이다. 모자간 어렵게 살아가는 길호네의 소 엉덩이에 마당쇠가 중심이 된 동네 아이들이 가시를 박히게 하자 그 고통으로 날뛰던 소가 결국 버스에 부딪쳐 죽게 된다. 이에 분노가 극에 달한 주인공 길호는 다음과 같은 행동으로 작품의 끝을 맺고 있다.

　　　벌겋게 핏발선 눈에 눈물이 핑그르르 돌더니 울먹울먹한 소리로 "어머니, 우리 그만 이 차 밑에 깔려서 죽어버립시다" 하더니 목을 놓아 울기 시작했다.
　　　못 견디게 아픈 듯이 몸을 비틀면서 길호는 땅바닥을 두드리며, 서 있는 자동차 밑으로 기어들어 가고 있었다."(pp.75~76)

　가족공동체의 붕괴로 인한 주인공이 겪는 고통의 중압감만도 엄청난 지경인데, 게다가 이웃들마저 자신을 괴롭히는 존재들이니 극단적인 죽음을 택하지 않을 수 없는 비관적 상황이 된 것이다. 주인공의 이러한 비관적 행동은 궁극적으로 현실 혹은 삶에 대한 즉자적 반응이면서 실존적 절망의 모습이다.

　「고향땅」의 박기영·김순애 부부는 둘 다 6·25 전쟁으로 부친이 사망하자 고아의 길을 걸을 수밖에 없는 가족공통체의 해체를 경험한다. 따라서 이들도 역시 6·25 전쟁의 유년기 체험세대에 해당한다. 부친의 사망으로 가족공통체는 파괴되고 전쟁 후 서울에서 고아로 만나 두 사람이 결혼하여 아들까지 두었다.

　이들 부부는 기억 속에 어렴풋이 남아 있는 아내의 고향 '세저리'를 찾아 나섰으나 결국 찾지 못하고 만다. 남편은 아내의 얼굴 자체가 고향이 아니겠느냐고 위로하면서 귀가하고 있지만 고향을 상실한 아픔은 고통으로 간직되거나 체념할 수밖에 다른 방도가 없다.

이상의 세 작품에 공통적으로 나타난 대동아전쟁 혹은 6·25라는 전쟁은 인간의 힘으로는 어찌해 볼 수 없는 절대적 타자로 존재한다. 따라서 주체와의 상호작용이란 불가능할 수밖에 없다. 그런 점에서 상기 작품들에서 나타나는 전쟁은 환경이라기보다는 배경으로 한 발 물러나 있다. 주체와 상호작용이 없는 환경은 배경일 따름이기 때문이다.[4] 절대적 타자로서의 전쟁이 남긴 재앙으로서 가족 공동체의 파괴는 주인공으로서는 고스란히 당할 수밖에 없는 고통들이다.

그리하여 상기 세 작품에 나타난 주인공들은 전쟁이 남긴 상처나 후유증에 대해 부끄러움을 느끼거나 극단적인 죽음을 생각하거나 아니면 체념하는 등의 반응을 보이고 있다. 이러한 주인공들의 반응은 궁극적으로 현실 혹은 삶에 대한 합리적 인식의 가능성을 포기한 행위들이다. 이는 1950년대 문학에서 삶에 대한 즉자적 반응이나 실존적 절망이 난무하던 것과의 연장선에 위치함을 말해주는 요소들이다.

달리 말하자면 문신수의 상기의 초기 작품들은 1950년대 소설들의 주조인 허무주의나 비관주의의 상황인식에서 크게 탈피하지 못하고 있다는 증거이며, 작품 속의 주인공들이 현실 주체로서의 자각이 미미하거나 결여된 상황임을 드러낸 것이다.

아울러 문신수의 전쟁 후유증을 드러낸 소설에서는 전쟁의 피해와 상처라는 현상적 차원에서가 아니라 그 원인과 의미를 역사적이고 이념적인 차원에서 조명하는 시각이 결여되었다고 말할 수 있다.

---

4) 민족문학사연구소 현대문학분과, 『1960년대 문학 연구』, 깊은샘, 1998, pp.17~18.

3. 자본주의적 근대화 과정에 나타난 소시민성에 대한 반성적 태도

1960년대는 전쟁의 비극적 여운이 여전히 영향을 미치고, 4·19를 통해 자유와 민권의 의식이 성장하고 있었으며, 군사정권의 개발독재가 본격적으로 나타나기 시작했던 시기였다. 농촌은 붕괴되고 도시 빈민층이 증가하고 있었으며, 근대화에 따른 생활 여건의 변화도 심각한 것이었다.[5] 그리하여 1960년대 중반부터 본격화되는 자본주의적 근대화는 작가들이 원하든 원하지 않던 간에 상관없이 근대성에 대한 사유를 강요했다. 그리고 그 과정에서 나타나는 자본주의적 근대의 문제점에 대한 비판적 사고와 대안적 근대에 대한 탐색이 이루어진다.[6]

이러한 1960년대가 갖는 시대적 변화를 작가 문신수도 1960년대 중반을 넘어서면서부터 시작하여 늦게는 1980년대 후반에 이르기까지 자본주의적 근대화 과정에서 나타난 소시민성에 관심을 집중시킨다. 여기서 소시민성이란 한마디로 자본주의적 근대화 과정에 나타나는 사적 욕망에 종속된 삶을 가리킨다.

이러한 경향성을 지닌 문신수의 작품으로는 「미성년자」(1967), 「일편단심」(1972), 「투석」(1975), 「고객」(1976), 「권력」(1976), 「목신제」(1988), 「책 안 보는 세상」(1987) 등을 들 수 있다.

「미성년자未成年者」는 대중적 인기에 연연해하는 정치적이고 권력 지향적 인물인 박준걸을 초점화자로 내세워 자본주의적 근대화 과정의 소시민적 근성을 반성하도록 하고 있다. 그는 내실內實보다는 외화外華에 길들여진 인물이다. 이러한 그의 태도는 자신의 맹장염 수술을 기화로 반성의

---

5) 민족문화사연구소 현대문학분과, 위의 책, p.72.
6) 민족문학사연구소 현대문학분과, 위의 책, p.16.

계기가 되고 있다. 즉, 자신의 담당의사인 김성 박사를 외모로 보아 보잘 것없는 인물로 여겼었는데, 겉보기와는 달리 훌륭한 의술을 지닌 사람임을 뒤늦게 깨닫게 된 것이다.

이를 계기로 박준걸은 인간관리연구소를 찾아 자신의 내면성을 진단받은 결과 "사실상의 성장은 이십 세로서 멈추어졌고, 쓸데없는 자부심과 과욕 그리고 가식적인 행동 및 안이한 편의주의의 채택과 중상모략의 처세술"로 살아온 사람임이 드러났다. 주인공 박준걸이 지닌 이러한 '쓸데없는 자부심', '과욕', '가식적인 행동', '안이한 편의주의', '중상모략의 처세술' 등의 속성들이야말로 바로 사적 욕망에 근거한 근대 자본주의 사회의 소시민적 근성들이다. 사적 욕망에 종속된 삶을 살아온 박준걸을 내세워 위와 같은 근대화 과정에 나타난 소시민적 근성을 반성케 하고 있다.

「일편단심一片丹心」은 같은 학교에 근무하던 김지영 선생에게 그녀가 결혼할 당시 내가 무심코 일러준 '一片丹心'이란 글귀가 그녀의 운명을 좌우하는 결과가 되었다는 것이다. 즉, 그녀의 남편이 결혼 당시 학력이나 직업 등을 허위로 말했으며, 폐결핵 환자요 군대 기피자라는 사실을 숨겼다는 것을 결혼한 후에 알게 되었지만 '一片丹心'이란 글귀 때문에 양심상 이혼을 할 수 없었다는 것이다. 남편은 결국 폐결핵으로 사망하고 그녀가 낳은 딸과는 현재 어려운 살림살이 때문에 헤어져서 살아가고 있다.

그 후 나는 내가 있는 학교에서 개최된 군 학예발표장에서 대회에 참가한 김지영의 딸을 발견하고, 그녀의 순진무구한 동심의 세계를 보게 됨으로써 안타까운 모녀 2대의 일편단심이 빛날 때가 오기를 소원한다.

> "나는 눈을 감으며 약간 고개를 숙였다. 나의 말로 인해서 불행해졌다고 할 수 있는 이 모녀 2대에 어서 행복이 오소서. 모녀 2대의 그 일편단심이 어서 빛날 때가 오소서 하고 빌었다. (중략) 이렇게 빌어도 내 가슴속에 맺혀진 안타까움은 풀어지질 않았다."(p.182)

근대화 과정 속에서 배태된 불신과 허위의식이 지배하는 세계 속에서는 '一片丹心'이라는 고전적 가치가 오히려 거추장스런 짐이 될 수도 있음을 드러낸 것이지만, 작품 속의 서술적 화자인 '나'는 끝내 그런 가치가 인정받는 시대가 오기를 희망하고 있다. 하지만 아직은 안타까움을 떨쳐 버리지 못하고 있다.

「투석投石」의 주인공인 박찬수는 교직에 종사하는 교사임에도 불구하고 잘못된 결혼 때문에 황폐한 삶을 맞이하고 있다. 일본 유학시절 일시 귀국하여 맞선을 보고는 결혼을 했는데, 막상 결혼식에 나타난 신부는 당시 결혼을 못하고 있던 신부의 언니가 나타남으로써 사기결혼을 당했던 것이다. 뒤늦게 이 사실을 주인공이 알게 되자 장인과 장모는 사위인 주인공을 달래보려고 돈으로 회유하는 등 갖은 노력을 다했지만 주인공은 낭비벽에 빠지고 말았다.

주인공 박찬수는 초임지 학교 시절에는 유부남임에도 불구하고 총각 행세를 하면서 하숙집 딸 순이를 유린했는가 하면, 여관집 과부 모녀를 사모하기도 했고, 시집간 처제도 그녀의 남편이 죽게 되자 박찬수를 연모하기도 했다.

그런 중 주인공은 '여관집 모녀를 동시에 유린한 불륜교사'로 신문에 보도됨으로써 교직의 파면은 겨우 면했지만 낙도로 밀려오게 되고, 낙도에 와서는 또 어부의 처와 간통을 하다 발각되어 어부의 일행들이 던진 돌멩이에 맞아 상처투성이가 되기도 했다. 현재는 교직에 사표마저 제출한 상태이며 아내와도 이혼한 상태이다.

이혼한 아내와 남편인 주인공은 내일이면 함께 이곳 낙도마을을 떠나기로 결심을 하고 있다.

이 소설이 지향하는 근원적인 의미는 무거운 사명감이 요구되는 교직에 종사하는 주인공인 '나'의 잘못된 결혼으로 인한 부도덕의 극치를 보여주고자 하는 데 있다.

낭비벽, 하숙집 딸의 유린, 과부 모녀와의 사랑, 간통 등 교직자로서의 본분을 크게 벗어난 행위 등은 자본주의적 근대화가 낳은 속물성을 단적으로 드러내는 것들이다. 교직자가 보여준 속물성의 극치는 당대 사회가 지닌 가치 훼손의 심각성을 드러내는 일이다. 사회의 도덕성의 보루로서 인식되는 교직사회마저 심각히 훼손된 사회임을 고발하고 있다.

「고객顧客」은 물질적인 부를 절대시하고 정신적 요소는 백안시하는 가치관을 신봉하고 있던 유신시대의 시대적 상황을[7] 암묵적으로 비판하는 것으로 읽혀질 수 있는 작품이다.

표구사를 운영하는 조상건 씨는 가난하나마 직업에 대한 사명감을 지니고 있다. 그는 화가인 노정 이경윤 선생이 필생의 작품으로 그린 그림을 표구하여 제값을 받아 선생의 건강을 유지하는데 도움을 주려고 했지만 좀처럼 임자가 나타나지 않던 중 표구사에 자주 들리는 김교장이 자기의 제자인 박전무에게 연락하여 그림을 사주도록 주선을 했다. 물질적으로는 성공한 박전무이지만 그는 매우 인색한 사람이었다. 박전무가 그림값을 두고 신경질적인 반응을 보이자 조상건 씨는 보물을 억지로 뺏기는 기분이 들기도 했다. 정신적 가치를 알아보지 못하는 인물의 중심에 박전무가 위치하고 있다.

그 후 노정 선생이 죽고, 박전무 회사가 부정식품을 만들어 판 악덕회사로 보도되자 박전무는 자기 집 비밀실에 숨어 있다가 뇌일혈로 쓰러져 끝내 죽고 말았다.

몇 년 뒤 가계가 빈곤해진 박전무의 부인이 그림을 도로 갖고 와서 조상건 씨에게 되팔아 달라고 부탁을 한다. 예술을 이해하던 김교장마저 일

---

7) 문학사와 비평연구회편, 『1970년대 문학 연구』, 예하, 1994, p.19.

년 전에 세상을 떠나자 조상건 씨는 어려운 경제사정임에도 불구하고 노정 선생의 명예를 생각하면서 자신이 노정 선생의 서화를 다시 사기로 결심하고 다음과 같이 말하고 있다.

> "세상사람들의 마음은 내 살림살이만큼 가난한 것이다. 예술을 사랑하고 예술인을 존경하는 마음의 아름다움이나 여유를 지니고 있는 사람이 드물다. 권력과 금력만 숭상했지, 예술가나 그 주변에서 일하는 사람들은 거들떠보지도 않는다."(p.228)

1961년 이래 약 30년 동안 지속된 군부 중심의 관료주의적 체제는 사람들의 자유롭고 평등하고 가치 있는 삶을 저해하는 방향으로 강력한 힘을 행사했던 것이다. 그 결과 권력과 금력만 숭상하게 되었고, 예술적 가치와 같은 정신적 가치는 무시되었던 것이다. 「고객」(1976)은 이러한 군부 중심의 관료주의적 체제에 대한 암묵적 비판의 목소리로 받아들여진다. 이런 점에서는 「권력」도 마찬가지다.

「권력」은 전기회사 영업소장인 박소장이 어느 날 공식모임에 나갔었는데, 자신이 앉을 자리가 마련되어 있지 않아 무시와 멸시를 받은 기분이 들어 매우 당황한 적이 있었다. 그 앙갚음으로 저녁에 도시 전체의 전기를 켰다 껐다를 반복함으로써 그 결과 여러 사람들이 피해를 입었으며, 교통사고가 나기도 했고 수술환자들이 죽는 일까지 일어났었다.

하지만 박소장은 이러한 불행한 사고도 아랑곳하지 않은 채, 다만 "이놈들, 간밤엔 욕봤지, 내가 어떤 사람인가를 몰라주면 다음엔 더 뜨거운 맛을 본다는 걸 알아야 해!"라고 중얼거리고 있다.

권위주의적이고 관료주의적인 태도에 얽매인 박소장의 행위는 사적인 감정을 억제하지 못하고 공적인 책임감마저 내팽개치는 소시민적 태도에 다름 아니다.

「목신제」는 큰골 마을의 이장이자 새마을 지도자가 된 이길성에게 마을까지 오는 버스의 회차 공간을 확보하기 위해서 목신이 든 느티나무 거목의 가지를 잘라야 할 일이 생겼다. 하지만 목신이 든 나무에 대해서는 오래전부터 절대로 연장을 써서 훼손시켜서는 안 된다는 금기사항이 있어 왔다. 그래서 누구도 앞장서서 목신나무를 자르려는 사람이 없었다.

느티나무가 있는 공터 부근에는 마을의 유력자인 김천옥이란 사람의 넓은 논이 있었는데, 그의 논 몇 평을 매입하면 느티나무를 자르지 않고도 해결할 수 있었지만 이를 사전에 눈치를 챈 김천옥은 자신의 논을 훼손하지 않으려고 그릇된 인습을 깨뜨려야 한다면서 느티나무 가지를 자를 것을 강력히 주장한다.

시월 보름 동제 겸 목신제를 지내는 날이 되자 이길성은 제상 위에 새톱을 올려놓고 목신에게 동민 모두가 느티나무가지를 연장으로 쳐내야 한다고 선고하자, 이 자리에 모인 동민들이 한결같이 목신나무의 가지를 칠 수 없다고 성토를 하기에 이르렀다. 이에 김천옥은 동민들의 성토가 자신에게로 이어질 위기에 봉착하자 기겁하여 결국 토지를 내주기로 할 수밖에 없었다. 그러자 동네는 삽시간에 축제의 분위기로 반전된다. 그리하여 작품은 다음과 같은 묘사로 끝맺는다.

"말없는 느티나무는 병아리를 품은 어미 닭처럼 큰 활개로 동민을 감싸안은 채 즐거이 농악소리를 듣고 있는 것같이 보였다."(pp.118~119)

마을의 유력자 김천옥이 동민들의 성토에 겁먹고는 결국 자신의 토지 일부를 양보하는 행위는 작가가 머리말에서 밝혔듯이 "시대를 증언하고 인도하"려는 작가의 의도가 개입된 것으로 볼 수 있다.

마지막 장면에서 마을의 상징인 느티나무가 마치 어미 닭이 새끼들을 감싸는 것처럼 동민을 감싼 가운데 한마당 즐거운 축제의 분위기로 변하는 것은 소시민적 태도를 벗어나야 진정한 농촌 공동체를 이룩할 수 있음을 보여주고 있다.

「책 안 보는 세상」의 사장 박기섭은 해방이 되자 젊은 나이에 동생 박준섭과 함께 서울 변두리에 조그만 제약공장을 세웠다. 회사가 성장하자 사보편집을 김항기가 담당하게 되었다.

박사장에게는 인텔리 첩이 둘 있었는데, 소실들이 재주를 부리는 바람에 간부진에도 파가 생기고 분화운동이 싹트고 있었다. 김항기는 박사장이 읽으면 따끔할 내용의 글 — 권력과 금력은 끈끈이처럼 밀착하여 하늘 높은 줄 모르고 부귀영화를 누리며 그 부귀영화 속에는 꼭 여자라는 꽃이 따른다 — 을 사보에 실었다.

그런 중 부사장 박준섭 씨가 뇌졸중으로 쓰러져 입원을 하게 된 가운데, 박사장이 두 번째 소실집을 갔을 때 사보를 본 소실이 사보에 실린 비판적인 내용의 글을 지적하자 이 사실을 뒤늦게 소실로부터 알게 된 박사장은 그때서야 노발대발한다. 물론 김항기는 다음날 짐을 싸 회사를 떠나야 했다는 내용이다.

'권력과 금력의 밀착' 그리고 '부귀영화 속에는 꼭 여자라는 꽃'이 따르는 현실을 비판하고 게다가 '책 안 보는 세상'의 세태를 빗대어 비판적으로 풍자하고 있다.

이상에서 살펴보았듯이 작가 문신수는 우리 사회가 근대화하는 과정에서 나타난 갖가지 사적인 욕망의 양상들을 작가의 다양한 시선으로 바라보면서 비판하거나 고발하고 있다.

4. 새로운 세대에의 기대감

작가 문신수는 1980년대 중반을 넘어서면서 소설작품의 주인공들로 하여금 자신이 속한 세대의 소임을 마무리하고 새로운 세대에 기대를 거는 주제의 작품들을 창작한다. 이러한 주제는 한 평생 교육자로서 지내온 작가 자신의 삶의 방식을 드러내는 작품으로도 읽혀지는 것들이며, 나아가 비관적이고 허무주의적인 1950년대적 전쟁의 후유증과 1960, 70년대적 소시민적 태도에 대한 반성적 의미를 극복하고 새로운 삶을 기대하는 '새로운 세대에의 기대'라는 모티프를 등장시키고 있다.

여기에는 「고향은 사형장」(1985), 「시골 미술가」(1989), 「지는 해 돋는 해」(1990) 등의 작품을 들 수 있다.

「고향은 사형장」은 중앙관서 고위직에 근무하는 입지전적 인물인 주인공 정상환이 아내와 함께 고향의 모교에 장학금 지급문제를 논의하고 또한 부모님 산소도 들릴 겸해서 고향을 방문하는 길에 만원버스 속에서 술취한 박봉운이라는 사람과의 우연한 조우와 그가 만원인 차 안에서 주정을 떨면서 녹음된 고정관념을 털어놓는 등 위신이고 체면이고 아무것도 차릴 수 없었던 고통으로 말미암아 '고향은 사형장'이라 느꼈던 것이다.

그런 일이 있은 후 어느 날 모교에서 부쳐온 편지에 장학생 박준섭이라 적힌 학생의 보호자란에 박봉운이란 이름을 발견하고 고향 가던 길의 그 고통을 생각하고는 장학금 지급문제로 고민하다가 어린 박준섭이라는 학생과 정상환 자신의 어린 시절이 오버랩 됨으로써 고심 끝에 기꺼이 박봉운의 아들인 박준섭 학생에게 장학금을 지급하기로 결정한다.

"고향은 사형장! 그리로 가는 길은 하나의 저승길이었다. 그러나 이젠 그 길이 얼마나 환하고 좋은 길이 되었는가. 이제부터는 케케묵은 사람을 만나러 가는 것이 아니라 새 사람을 만나러 간다. 그는 새로 태어나는 장학생을 어서 만나보고 싶은 꿈을 꾸면서 오래간 만에 깊이 잠을 들일 수가 있었다."(p.243)

'케케묵은 사람'이 아니라 '새 사람'에 대한 기대감은 새로운 세대에 거는 작가 자신의 기대감이며, 이는 주인공 정상환을 통해 작가가 말하고 싶은 주제의식을 드러내고 있다.

「시골 미술가」는 작중 화자인 내가 모 문예지를 통해 등단한 후 읍내에서 문예작품발표회를 가지게 되었는데, 그 장소에 그 지역 출신 화가인 김인선의 미술작품들도 함께 전시하기로 했다. 발표회가 끝나고 들린 소문에 의하면 김인선이 축하회를 마친 뒤 20여 점의 작품을 길거리에 꺼내 놓고 모조리 불태워 버렸다는 것이었다.

그것은 자신의 작품이 추상화로 그린 그림이었기에 관람자들의 무지나 무관심에 대한 반발 그리고 고독이라는 운명에 대한 저항의 몸짓이었으며, 그 후 김인선은 중증 결핵을 앓다가 요양을 위해 서울로 가버렸던 것이다.

신문사에서 금년에 나의 수필집을 발간할 때 향토 화가의 그림도 삽화를 곁들여 달라는 부탁을 받고는 30여 년 전 김인선 선생을 생각하면서 모 사립중학교 미술담당인 신성호 선생에게 부탁한 바 있는데, 신성호 선생의 말에 의하면 화가 김인선은 신성호 선생 자신의 미술 은사와 같은 분이라 것이었다. 어렸을 때 김인선 선생으로부터 배운 기능으로 인해 사생대회 때마다 입상을 했었으며, 현재의 자신이 되었다는 것이다.

"그가 지금까지 이곳에 함께 살고 있다면 얼마나 훌륭한 미술가가 되어 있을까? 그리고 이 향토는 얼마나 큰 빛이 날까? 이런 생각을 하니 애석하기만 했다. 백년만에 핀 백년초의 꽃, 그것은 피다가 지고 말았다. 그러니 그 꽃이 대를 이어 이 신성호 선생을 통해 활짝 피었다는 것은 신선생 자신도 미처 모르는 일이라는 생각이 들었다."(p.260)

대를 이어 새로 태어나는 지역 예술가로서의 화가 신성호 선생에 대한 기대감에 부풀어 있는 주인공 '나'는 문인으로 활동하고 있던 작가 자신의 모습에 비견된다. 이는 비단 이 작품에서뿐만 아니라 대부분의 작품이 작가 자신의 체험적 사실에 근거하고 있다.

「지는 해 돋는 해」는 '바닷가', '태풍', '산 고기', '캐터 필러', '마지막 잔치' 등의 소제목으로 나뉘어 전개됨으로써 연작소설의 형태를 취하고 있다. 이러한 소제목들을 꿰뚫는 스토리 라인에는 어부 박석기의 삶이 회고담 형식으로 중심에 놓여 있다.

'바닷가'에서는 멸치잡이를 하면서 근근이 살아가는 박석기 가족의 고달팠던 삶이 오히려 행복한 모습으로 소개된다. 근대화 과정에서 소외된 농어촌 정책으로 농·어민들의 삶의 질이라는 것은 척박하기 그지없었지만 함께 그것을 인내하고 받아들이는 사람들의 순박한 삶이 오히려 행복해 보이기까지 한 것이다. 농·어촌과 대비되는 근대화 과정의 도회지는 '검은 연기'로 대변되는 '공장지대'였으며, "박석기가 도시와 첫 접촉을 가지게 된 매개체는 똥"이었다는 서술은 근대화 과정에 놓인 도회지에 대한 작가의 반응을 암시한다.

'태풍'은 박석기의 개인적 과거 체험만을 전달하는 부분으로써 그가 겪은 큰 사건 중 "무덤 속까지도 기억하고 싶은 사건"이었다. 즉, 1959년 9월 16일 사라 호 태풍 때 사투를 벌이면서 끈질긴 집념으로 살아난 인간 승리의 기록이다. 사라 호 태풍 가운데서 살아난 체험적인 이야기의 묘사는 작가 문신수의 전체 소설 작품 가운데서도 가장 역동적이고 섬세한 묘사의 능력을 유감없이 보여주는 부분이다.

'산 고기'에서는 주인공 박석기 자신이 태풍 속에서 살아온 그날로부터 30년이 지난 1988년 9월 17일은 제 24회 세계올림픽이 서울에서 치러지는 날이자 그의 아들 박태신이 김진석 선생의 딸과 선을 보는 날이다. 여기서 '산 고기'란 주인공 박석기를 일컫는 말로 살아있는 고기가 물길을 거슬러 오르듯이 올곧은 삶을 지향하는 굳은 의지와 집념의 표징이다.

'캐터필러'는 박석기의 아들과 같은 마을에 사는 김진석 선생의 딸 김양희가 남해 금산을 오르면서 선을 보는 장면이다. 포크레인 기사이기도 한 박태신은 제 길을 제가 닦아가면서 어디나 갈 수 있는 무한궤도인 캐터필러를 설명하는 가운데 자신의 직업에 대한 자신감을 드러내고 있다. 그의 아버지 박석기는 '산 고기'로서 삶에 대한 굳은 의지와 집념을 드러냈다면, 아들 박태신은 '캐터필러'로써 삶에 대한 자신감을 드러내고 있다.

'마지막 잔치'에서는 김진석의 제자이기도 한 박태신이 은사의 딸 김양희와 결혼하는 과정이 이야기의 중심에 놓여 있다. 신혼부부들이 신혼여행에서 돌아온 날 박석기의 집에서는 신혼부부의 동창들이 모여 새로운 삶을 시작하는 축하모임을 하고 있고, 또 한켠에서는 부친 박석기도 33년간 지속된 동갑계의 마지막 모임을 하고 있다. 자식세대와 부모세대의 두 모임의 사람들이 함께 합석한 자리에서 교직에 있는 박진석이 신랑신부와 그들의 동창들에게 하는 당부의 말이 이 작품 전체의 주제의식과 연결된다.

> "우리는 지는 해다. 느그는 돋는 해다. 돋는 해는 지는 해보다 밝아야 한다. 우리는 우리 나름으로 우리 시대를 밝히며 살아왔다. 기껏 이렇게밖에 못 살았지만 그래도 대견하다고 생각한다. 세상에는 구름도 많다. 느그가 중천에 뜬 해가 됐을 때 우리는 가고 없으리라. 그러나 그 때는 구름도 느그 힘으로 사라지리라. 내가 하고 싶은 말은 이것뿐이다. 모두 희망을 가지고 열심히, 응? 잘 알겠지?"(p.209)

작가 문신수는 작가의 말에서도 밝혔듯이 "인생을 가르치는 교재가 되고 지혜에 눈을 뜨게 하는" 말을 교사인 김진석의 입을 통해 제시하고 있

다. 인생을 시작하는 새로운 세대들을 '돋는 해'에 그리고 인생을 마무리
짓는 구세대들을 '지는 해'에 비유하면서 새로운 세대들에게 커다란 기대
를 걸고 있다.

　이상에서 살펴본 대로 작가는 몇몇 작품들을 통해 새로운 세대들에 거
는 기대감의 모티프로 새로운 삶의 실천을 기대하고 있다. 이는 또 다른
의미에서는 과거와 현재를 뒤돌아봄으로써 미래에 대한 전망을 내다보고
자 하는 작가의 역사의식의 발로로도 볼 수 있다.

5. 교육자적 사명감과 교훈적 가치 지향성

　문신수 작품세계의 또 하나의 특성은 교육자적 사명감과 교훈적 가치
를 지향하는 작품세계가 한 영역을 차지하고 있다는 점이다. 대부분의 작
품에서 작중인물 중 누군가가 학교와 관련된 인물들 — 교장, 교감, 교사,
학생 등 — 이 등장하는 것을 보면 교직에 종사한 작가의 체험적 사실이
밑바탕이 되고 있음을 알 수 있다. 여기서는 작가 자신이 작가의 말에서
도 언급했듯이 "인생을 가르치는 교재가 되고 지혜에 눈을 뜨게 하는" 교
훈적 가치를 지향하는 작품들을 중심으로 살펴보고자 한다.

　이러한 경향을 띤 작품으로는 「부부 합창」(1964), 「석새 베에 열새 바느
질」(1988), 「우리만 아는 비밀」(1990), 「손」(1991) 등을 들 수 있다. 「부부 합
창」을 제외하면 나머지 작품들은 작가 자신의 나이가 60세 이후의 작품들
이다.

　「부부 합창」은 S국민학교 연구주임인 이대로 선생의 교육에 대한 헌신
적 노력과 함께 동시에 닥친 불운의 이야기다.

　일곱 식구의 생계를 책임지고 있는 이대로 선생은 연구시범 발표를 앞
두고 혼자서 시범보고서를 쓰기 위해 노력하고 있다. 그러던 중 아버지의

제삿날 자신이 뱉은 가래침에서 혈담을 발견하게 된다. 그 날의 숙직 당번인 최선생은 일찍부터 동료 교사들과 술자리를 한 결과 나에게 숙직을 부탁하고는 곤드레가 되어 가고 있었고, 사환 귀덕이도 애인을 만나기 위해 외출했다가 늦게 들어와 코를 골고 자고 있었다. 그 사이 이대로 선생은 집에 잠시 들러 아버지의 제사를 지냈다. 밤중이 넘은 시각 학교에서 종소리가 계속 울리면서 불기둥이 솟아올랐다. 숙직실이 불에 타고 있었던 것이다. 그 광경을 본 이대로 선생 부부는 부부 합창으로 깊이 잠든 동네사람들을 향해 "불이야아!"라고 외치고 있다.

> "이대로 선생도 아버지를 많이 닮았다고 생각했다. 내가 너무 아프기 때문에 남의 아픈 것을 방관할 수 없는 생리, 고의로라도 잔인해져 볼 수 없는 약점 — 이것이 바로 선善의 바탕이 아닐까? (중략)
> 그래서 그는 선이란 게 도대체 무엇인가를 생각해 보았다. '선이란 행복에의 약속이요, 코오스요, 상태다.' 오래 생각한 끝에 이런 해석을 내렸다. 그러나 이게 참말일까? 착한 사람이 잘 살아야 할 텐데 현실은 어디 그렇던가? 어떤 모로 보면 비극을 예방해 주는 데에 선의 본래의 존재 가치가 있다고 하겠다. 그러나 현실에 있어서는 착한 사람이 도리어 비극을 짊어지고 만다. 선의 숙명적 비극성 — 딴은 큰 발견이었다. 이 발견을 토대로 하여 제 처지를 보니 자신도 분명히 비극 속을 걷고 있다는 생각이 들었다." (p.107)

착하고 성실한 사람이 잘 사는 사회가 되지 못하고 오히려 현실 속에서는 비극을 짊어진다는 것은 삶의 아이러니가 아닐 수 없다. 가난한 교직 생활을 하면서도 성실하고 선하게 살려고 노력한 이대로 선생이 선친의 제삿날 각혈을 하게 되고 잠시 학교를 비운 사이 학교 숙직실에 화재가 난 것은 '선의 숙명적 비극성'을 보여주는 예다.

「석새 베에 열새 바느질」은 제목에서부터 교훈적인 의미를 감지할 수 있는 작품이다. 양복점을 운영하는 김상균 사장은 현재 내가 교장으로 근무하는 학교에서 어릴 때 '나'에게서 배운 제자이다. 김사장은 나에게 부탁하여 받은 '석새 베에 열새 바느질'이란 글을 그의 양복점 안 현판에 걸어두고 있다. 그 뜻인 즉, 좋지 못한 재료라도 손질만 잘 하면 최상의 것이 된다는 뜻이다.

석새 베는 길쌈 축에도 안 드는, 마대같이 조악한 베지만 이것을 열새 베를 짜는 것과 같은 정성으로 공들여 바느질을 하면 열새 고급 베를 가지고 옷을 지어 입는 것과 거의 같아진다는 뜻이 담겨진 말이었다.

김상균 사장은 이와 같은 정신으로 직업에 종사해 왔으며, 이는 곧 그의 경영철학이었던 셈이다. 어느 날 나는 김사장으로부터 늦은 밤 안부전화를 받고는 지난 40년 간의 스승의 길이란 걸 깊이 반성해 보고 많은 제자들을 점검해 보아야 한다는 생각을 절실히 하게 되었다.

'석새 베에 열새 바느질'이란 김상균 사장의 경영철학일 뿐만 아니라 교육에 종사하고 있는 '나' 자신에게도 절실히 해당되는 말로써 교육자적 자세를 다시 한 번 더 생각하게 하는 경구로 쓰였다.

「우리만 아는 비밀」은 학교에서 받는 교육과 가정에서의 교육이 상치되는 현실을 비판적으로 바라보는 작품이다.

고등학생인 최준만은 아버지로부터 가정의 내력에 대한 이야기를 들은 바, 조상이 부도덕한 방법으로 재산을 모았는데, 그로 인해 현재 잘 사는 밑바탕이 되었으며, 이러한 사실은 비밀로 되어 있다는 내용이었다.

학교에서는 희생과 봉사정신이 강조되는 반면 가정에서는 생존과 방호, 가정의 집단 이익, 개인주의와 이기주의, 사리사욕 등이 강조되었던 것이다. 어느 날 최준만 군의 아버지의 이름이 신문에 크게 보도되었는 바, 뇌물 먹고 부동산 투기, 아들 명의로도 수천 평의 내용들이었다. 가정철학이 여지없이 무너지던 날 최준만 군은 일기장에다 고등학교 자퇴서를 수십 번이나 고쳐 썼지만 아무리 고쳐 써도 합리적이며 당당한 자퇴 이유를 서술할 수가 없었다.

학교교육과 가정교육이 상치되는 현실을 비판적으로 바라보면서 경제적 이해관계에 치중한 가정을 비롯한 사회전반의 소시민성에 대한 비판의 목소리도 함께 내재된 이야기다.

「손」에서 김교장이 교실을 순시하던 중 정선생이 어느 학생의 손가락의 등을 때리는 것을 보고는 당장 정선생을 불러다가 주의를 주고 싶었으나 직접적으로 관여하지 않고 참기로 한다.

방과후 버스 정류장에서 차를 기다리고 있는 중 낮의 그 어린 학생과 어머니, 그리고 할아버지를 만났는데, 학생의 어머니가 사료 절단기에 손가락이 잘려서 병원을 다녀온다는 것이었다.

다음날 수업 후 김교장은 정선생더러 손을 맞은 그 학생을 데리고 오게 하여 그 학생과 그의 어머니의 상처를 위로하고 학생이 나간 뒤에는 정선생에게 학생 어머니의 사고를 알리고 학생의 손을 때리지 말자고 말하고는 정선생의 손을 꼭 쥐어 주면서 격려한다는 내용이다. 남의 처지를 진정으로 이해하고 격려하는 것이 진정한 교육자의 자세와 태도임을 일깨우는 작품이다.

이상에서 드러나듯이 작가 문신수는 교육자로서의 자신의 체험적 사실에 바탕을 두고 "인생을 가르치는 교재가 되고 지혜에 눈을 뜨게 하는" 교훈적 가치를 지향하는 주제의식을 그의 나이가 60이 넘은 시기인 1980, 90년대의 작품에서 강조하고 있다.

그 밖에도 선善 의지에 대한 믿음을 드러내는 작품으로 「고추가루와 깨소금」(1965), 「금반지」(1984), 「돈보다 더 소중한 돈」(1996) 등과 취미생활을 통해 삶의 의미를 발견하는 「서석당瑞石堂 애석기愛石記」(1977) 등의 작품들도 생활 체험적 사실에 바탕을 두고 있다. 이는 결과적으로 그의 작품이

문학의 창조적인 측면에 치중한 소설미학에 대한 관심을 크게 보이지 못한 이유가 되었다.

6. 맺는 말

작가 문신수가 약관의 나이를 넘어선 20대 초반의 나이에 6·25 전쟁을 경험했고, 30대 초반인 1961년 《자유문학》에 단편소설 「백타원」으로 등단하면서부터 전쟁이 남긴 고통들을 작품 속에 형상화하기 시작하여 늦게는 1970년대 초반 「고향땅」에 이르기까지 이러한 관심이 나타났다.

1950년대 후반부터 시작된 소위 전후문학이 1960, 70년대에 이르기까지 그 파장이 지속되고 있던 문단의 상황을 감안할 때 작중 인물들을 통해 전쟁이 남긴 후유증을 형상화한 문신수의 문학도 그러한 흐름의 반영이라 할 수 있다.

이러한 작품들은 그의 초기 작품군에 속하는 것들로써, 인간의 힘으로써는 어찌해 볼 수 없는 절대적 타자로 존재하는 전쟁은 주체와 상호작용이 없는 배경으로 나타나 있을 뿐이다.

이처럼 전쟁이 배경으로 나타나는 문신수의 초기작품들의 주인공은 전쟁이 남긴 상처나 후유증에 대해 부끄러움을 느끼거나 극단적인 죽음을 생각하거나 아니면 체념 등의 반응을 나타내고 있다. 이러한 주인공들의 반응은 궁극적으로는 현실 또는 삶에 대한 합리적인 인식을 포기한 행위들이다. 이는 1950년대 전후문학에서 삶에 대한 즉자적 반응이나 실존적 절망이 난무하던 현상의 연장선에 위치함을 말해주는 요소들이다.

달리 말하자면 문신수의 전쟁을 배경으로 하는 초기작품들은 1950년대 당대의 전후소설들이 갖던 허무주의나 비관주의의 상황인식에서 크게 탈피하지 못하고 있다는 증거이다. 또한 그의 작품은 전쟁의 피해와 상처라는 현상적 차원에서 나아가 그 원인과 의미를 역사적이고 이념적 차원에서 조명하는 시각이 결여되었다는 것을 지적할 수 있다.

작가 문신수가 속물적인 소시민성이 드러나는 사회의 제 문제들에 대해 작품 속에서 비판적이고 반성적인 태도를 드러내기 시작한 것은 이르게는 1960년대 후반기부터 시작하여 늦게는 1980년대 후반에 이르기까지 지속되지만 1970년대가 중심이 되고 있다.

이 시기의 초기에는 전쟁의 비극적 여운이 여전히 영향을 미치고, 4·19를 통해 자유와 민권의식이 성장하고 있었으며, 군사정권의 개발독재가 본격적으로 나타나기 시작했던 시기였다. 그것과 더불어 그 과정에서 나타나는 자본주의적 근대의 문제점에 대한 비판적 사고와 대안적 근대에 대한 탐색이 이루어지기 시작했다.

이 시기의 작가 문신수는 40, 50대의 연령으로 작가의 창작의욕이 왕성한 시기에 해당된다.

우리 사회가 근대화하는 과정, 그것도 군부 중심의 권위주의적이고 관료주의적 사회 속에서 나타난 갖가지 사적인 욕망의 양상들을 다양한 시선으로 투시하면서 비판하거나 고발하고 있다. 이 시기의 작품들이 작가 문신수의 작품세계의 중심에 위치한다고 할 수 있다.

한편 작가 문신수는 60대의 연령에 이르는 1980년대 후반기 이후가 되면 '새로운 세대에 대한 기대'라는 모티프나 교훈적 가치를 지향하는 주제의식으로 나아감으로써 이전의 작품들과는 변별되는 회고적이거나 가르치는 교육자적 태도를 작품의 표면에 강하게 노출시킨다.

이러한 태도는 한 평생 교육자로서 지내온 작가 자신의 삶의 방식을 그대로 드러내는 것이며, 나아가 비판적이고 허무주의적인 1950년대적 전쟁의 후유증과 1960, 70년대적 소시민적 태도에 대한 반성적 의미와는 다른 경향의 작품들을 낳는다. 이들 작품들은 대개 문신수의 후기 작품군에 속한다고 볼 수 있다.

인생을 시작하는 새로운 세대들을 '돋는 해'에, 인생을 정리하고 마무리짓는 구세대들을 '지는 해'에 비유하면서 새로운 세대들에게 커다란 기대를 걸고 있다.

이것은 또 다른 의미에서는 과거와 현재를 연결지음으로써 미래에 대한 전망을 내다보고자 하는 작가의 역사의식의 발로로 볼 수 있다.

또한 작가 문신수의 60대의 연령이 규정짓는 또 하나의 세계는 교훈적 가치를 지향하는 주제의식의 형상화라는 점이다. 대부분의 작품에서 작중 인물 중 누군가가 학교와 관련된 인물들 — 교장, 교감, 교사, 학생 등 — 이 등장하는 것을 보면 전 작품에서 이런 교훈적인 메시지를 전달하는 경향이 확산되어 있다고도 볼 수 있다. 이는 '작가의 말'에서도 언급했듯이 "인생을 가르치는 교재가 되고 지혜에 눈을 뜨게 하는" 교훈적 가치를 지향하는 작품들의 세계를 일컫는다.

이상에서 드러나듯이 작가 문신수는 30대 초반에 등단한 이래 초창기에는 전쟁이 남긴 후유증에 관심을 가졌었고, 1970년대가 중심이 되는 40, 50대 때에는 군부 중심의 권위주의적이고 관료주의적 사회가 이끄는 근대화 과정에서 나타난 소시민적 특성들, 특히 사적인 욕망에 종속된 삶의 양태들을 비판적으로 고발함으로써 시대를 증언하고 인도하려 했다. 이 시기는 왕성한 창작의욕을 보인 시기로 전기 작품군에 해당된다.

후기 작품들을 창작하기 시작한 작가의 60대의 연령에 해당되는 1980년대 후반기에 이르면 인생을 가르치는 교재가 되고 지혜에 눈을 뜨게 하는 작품들을 주로 창작한다. 이는 교육자로서 작가 자신의 체험적 사실에 근거한 새로운 세대에 대한 기대감의 모티프나 교훈적 가치를 지향하는 주제의식으로 나아감으로써 이전의 전기 작품들과는 변별된다.

후기 작품들로 올수록 체험적 사실에 지나치게 기댐으로써 결과적으로는 소설미학적 측면이 약화되는 결과를 초래했다고 볼 수 있다.

이상의 고찰을 통해 보면 작가 문신수의 소설 세계는 1970년대를 중심한 군부 중심의 권위주의적이고 관료주의적 사회가 이끄는 근대화 과정에 나타난 소시민적 근성들을 드러낸 전기 작품군에 작가의 진면목이 있다고 볼 수 있다.

끝으로 문신수의 문학 세계에 대한 총체적인 평가는 이 글에서는 제외된 동화작품의 분석이 아울러 이루어져야만 더욱 정확한 실체에 도달할수 있을 것으로 기대된다.

참고문헌

문신수, 『부부 합창』, 범우사, 1977.
문신수, 『석새 베에 열새 바느질』, 범우사, 1997.
권영민 엮음, 『한국현대작가연구』, 도서출판 예하, 1991.
문학사와 비평연구회 편, 『1950년대 문학 연구』, 도서출판 예하, 1991.
민족문학연구소 현대문학분과, 『1960년대 문학 연구』, 깊은샘, 1988.
문학사와 비평연구회, 『1970년대 문학 연구』, 도서출판 예하, 1994.

부산 시문학 비평의 현황과 과제*

김지숙**

1. 서 론

본 연구는 부산 시문학 비평의 현주소를 확인하는 작업에서부터 시작된다. 그간의 문학비평은 호악好惡에 치우친 논의, 비평적 잣대에 끼워 맞춰진 논리, 학벌, 지연에 얽힌 나머지 지나치게 '내 것, 내 사람이 옳고 네 것, 네 사람은 그르다는 식의 수준 미달, 함량 미달의 편견된 논의, 그리고 인상 비평 위주로 이루어져 왔던 것도 사실이다.

21세기를 살아가는 우리들에게는 유파, 학연, 지연을 초월한 새로운 비평적 관점을 갖는 인식에의 전환이 필요하다. 부산 신항만 건설로 부산이 국제도시로 부상되는 현 시점에서 부산 시문학 평단을 재점검하고 이를 통해 부산 이미지를 재창출하는 계기를 마련한다면, 이로써 문학 작품 생산자와 향유자 간의 거리는 좁혀질 것이고 부산의 이미지 또한 변화될 수 있다.

이를 위해 본 연구를 통해 문학 향수자들이 부산을 친근하게 느낄 수

* 본고는 2003년 부산발전연구원 공모과제연구입니다.
** 문학박사, 시인, 동아대 강사

있는 접근할 수 있는 방법을 찾고자 하였으며 부산 사람으로서의 자긍심 향상 및 부산문화의 질적 향상, 부산 사람으로서의 정체성의 회복을 위해서도 부산문학에 관한 비평은 제 몫을 찾아야 한다고 본다. 하지만 이 모든 것에 앞서 기존의 부산시문학 비평 연구의 편향성을 고찰하는 계기를 마련하고자 한다. 또한 지역공동체 의식을 기르고 문학을 향유하는 독자에게 작품을 이해시키는가 하면 작품에 대한 해설을 통해 보다 쉽게 작품에 다가가는 문예비평의 새로운 기능까지 수행되어야 한다.

현금의 경제적·문화적·사회적 부분에 있어 지역분권에 대한 관심이 지대한 추세 속에서 부산 시문학 평단에서 타 지역과 차별화된 지역적 특성, 그리고 당대의 시문학 비평 속의 지역적 현장성이 있으리라 보기에 본 연구의 의의는 적지 않다고 사려된다.

본 연구는 연구의 범주가 대단히 광범위하기 때문에 시간을 두고 세부적인 내용에 관한 상세 논의를 필요로 하는 부분들 또한 없지 않다. 또한 연구자료 수집 면에서 볼 때, 전란 후 지금까지 전국에서 출간된 문예지에 실린 부산 시문학과 관련된 비평들을 빠짐없이 파악할 수는 없었던 한 계점을 안고 출발한다.

본 연구는 다음 범위와 방법으로 고찰된다.

첫째 시·공간적 기준에서 해방 후부터 오늘에 이르기까지 부산에서 활동한 비평가들의 비평서를 비롯하여 부산에서 발간된 출판물 가운데 부산 시문학 비평에 관련된 내용을 연구대상으로 삼았다. 해방 이후로 잡은 이유는 일제강점기의 문단활동은 주로 서울 중심으로 이루어지는 편향성을 지녔던 바, 부산에서의 시문학 비평에 대한 활동은 지극히 미미하였을 뿐만 아니라, 그 자료를 구하기도 쉽지 않다. 그리고 한시적이나마 부산이 한국의 수도가 되었고, 한국 문단의 중심이 되었던 6·25 전후, 부산이 한국문학, 한국문화의 중심이었기에, 이를 계기로 부산문단에도 비평의 새바람이 불었으므로 기존의 비평적 상황과는 다른 특징이 나타나리라고 보아 이 시기를 연구 기점으로 삼았다.

둘째, 부산 시인의 시와 평론, 부산에서 발행되는 계간지, 월간지 등 문학잡지 관련매체에 나타나는 계간평, 월평 및 부산 관련 주제비평, 그리고 동인지 단평, 개인시집 단평, 부산 작고 시인론을 연구대상으로 삼았다. 비평의 중요 역할 가운데 하나가 작품을 독자와 연결시켜 독자에게 작품을 이해할 수 있도록 돕는 매개가 된다는 점을 인정한다면, 작품의 소재, 풍물 등으로 부산의 지역적 특성이 취해진 경우, 부산의 정체성이 담겼는지, 부산 시인의 시를 향유하는 사람이 주로 부산사람이라는 점을 염두에 두어 연구대상을 고려하였다.

셋째, 문학작품을 대상으로 삼지 않은 이론 비평과 작품을 대상으로 하는 논의를 연구대상에 포함시켰다. 본 연구의 목적은 학문적 완성에서 오는 우월감보다는 부산 문화, 부산 이미지에 대한 고찰을 통하여 부산문화에 대한 관심을 이끌어내는데 있으며, 아울러 문학인구의 저변 확대와 문학과 독자의 거리를 좁혀나가는 데 논의의 비중을 두었음을 명시한다. 또한 이를 통해 부산지역인의 자긍심을 확고히 다지는 계기가 될 것이다.

부산시문학 비평이란 그 범주가 일단은 부산 지역을 중심으로 정치적·사회적·경제적·문화적 메커니즘으로 가치가 부여된 것이기에 부산 지역민의 문학 향유를 배려함으로써 현금에 도래한 문학적 위기 타개의 장을 여는 것이 순서이다. 이는 창작자 중심시각보다는 향유자 중심시각, 독자 중심시각으로 전환된 비평가의 역할로서 문학의 저변화, 부산지역인의 문화 향유에 그 범주를 확대시키고자 한 논의이다.

본 연구는 21세기에 즈음하여 특히 부산 평단에서 녹색의 시학, 지역주의 문학에 대한 논의의 차별성을 점검한다.

부산 시문학비평에 대해 시사적인 흐름을 고려하여 자료를 정리하고 검토한 전반적인 연구는 지금까지 그 예가 쉽지 않다. 하지만 유사한 검토로는 박태일, 구모룡, 남송우 등의 고찰 정도가 있다. 박태일은 「지역시 발견과 연구—경남, 부산지역의 경험을 중심으로」에서는 '지역시'를 '지연시'로 본다. 특정 지역의 지연, 인문적 동일성과 지역 가치를 공유하는 시의 창작 행위가 작품, 그리고 그 향유의 제도적 과정과 심성을 포괄하는 상위 개념으로 본다. 남송우는 동인지와 문예지 중심으로 부산문학의 매체의 흐름을 고찰한다. 그에 따르면 ≪신흥시단≫(1934)의 1~4집 발간에서부터 ≪생리≫(1935) 2집 발간이 실질적인 동인지 활동의 토대로 보고 이후 해방까지의 동인지 문예지의 활동은 찾기 쉽지 않다.

구모룡의 「근대성의 경험」(『부산문학사』, 1997)에서는 조향의 초현실주의 시학을 이상李箱의 초현실주의 시에서 수정조차 되지 못한 답습으로 받아들인다. 그러나 이 점은 재고의 여지를 남긴다. 조향은 이상의 시와는 달리 전위적 시 작법을 써온 시인이며 나아가 초현실주의의 영매적 시도의 노력까지 보여 온 시인으로 익혀온 바이다. 조향의 시 세계가 데빼이즈망 기법, 전위예술 등을 제외한 일부에서 이상의 시에서와 다소 유사한 초현실주의적 기법을 보인 것도 같다. 하지만 이상과 조향의 시에 대한 각오가 다르다. 특히 조향의 시 쓰기는 무엇보다도 현대성과 전위성에 특징을 둔다. 기존의 것에 대한 초토화, 그리고 그들이 초현실주의 기법으로 시를 창작하였더라도 창작방법에 대한 입장은 크게 다르다. 또한 '이상은 자신의 창작법에 대해 함구한 데 비해 조향은 현대적 풍토인 국제적 지평으로 폭넓어지면서 국어에 대한 새로운 자극을 지닌 채'[1] 시를 썼다. 이처럼 이상은 초현실주의 시 이론을 누구에게도 알리지 않았지만 조향은 이론에 대한 다양한 방면의 시도와 함께 이를 전국적으로 확산시켜 간 선구자적 역할을 담당해 왔으며, 이는 당대의 문학비평이론이 중앙에서 지방으

---

1) 김춘수, 『시론』, 대구 송원문화사, 1977. p.104.

로 흘러내려 온 것과 비교해 볼 때, 초현실주의에 관한 조향의 노력은 부산의 위상을 한층 높여준다.

2. 근대적 흐름과 부산 시 평단

본 연구는 한국 문단의 비평적 흐름 속에서 부산 시문학 평단을 파악한다. 왜냐하면 이들은 서로 영향관계 속에 놓이며 부산평단만이 독보적으로 존재할 수 없기 때문이다. 1950년대 비평은 '한국비평사의 휴지기'에 해당된다. 우리 민족과 국토는 삼팔선을 중심으로 양분되었으며 우리는 스스로를 검열하고 조절하는 숙명 속에 놓인다.

이 시기의 문학적 배경에 나타나는 삶은 아픔, 질병, 굶주림, 고뇌 등에 차 있고 그것이 이 시기를 대표하는 정서이다. 전쟁을 치른 후의 한국 평단은 세 가지 정도로, 형식주의, 휴머니즘 및 철학적 실존주의 사상, 전통론이 그것이다. 형식주의 비평이 심화된 것으로는 1930년대의 주지적 문학 비평의 한계를 극복한 점, 흔히 빠지기 쉬운 문학 지식의 공허한 나열과 관념적인 전시를 잘 극복한 점 등을 들 수 있다. 부산에 초석을 두었다고 해도 과언이 아닌 1950년대 초현실주의는 부산에 한정되지 않고 서울로 향해 전국적인 확산되어 간 이례적인 문화운동이다. 그 시초가 중앙이 아니라 부산이며, 이를 기점으로 전국에 확산된 운동[2]이라는 점은 초현실주의 문학운동의 본령이 조향의 시와 시론에 있음을 다시 한 번 확인하는 계기가 된다. 그는 초현실주의 이론과 시를 시단에 정식으로 소개하는가 하면 자신이 소개한 초현실주의 이론에 적용시킨 시를 써 온 시인이다.

---

2) 물론 1930년대 '삼사문학' 동인의 한 사람인 이시우가 절연하는 논리에서 초현실주의의 이론에 관한 운을 뗀 바 있다.

1950년대 한국 초현실주의 문학론은 조향에 의해서 시작된다. 왜냐하면 그가 한국 초현실주의 문학이론을 최초로 소개, 정립, 완성하였기 때문이다. 조향은 '노만파'를 주재하면서 한국 현대시의 새 영역을 구축해 왔다. 「시의 감각성」(1950), 「20세기 문예사조론」(1952), 「네오슐레알리즘 시론」(1956), 「DADA 운동의 회고」 등을 발표함으로써 현대시의 이론적 토대를 마련하였다.3)

김규동은 그의 시론에서 후반기 동인의 입장을 "오늘날 한국 시단의 신진적 주류를 형성하여 나가는 계층을 새로운 시인 즉, 모더니스트의 활약이라고 본다면 이와 정반대로 현실의 암흑을 피하여 지나간 과거의 전통 속에서 쇠잔한 회상의 울타리 안으로만 움츠려 들려는 유파들이 또 하나 다른 흐름을 형성한다는 사실은 한국 시단만이 가지는 슬픈 숙명인 동시에 참을 수 없는 비극이 아닐 수 없다."4)

초현실주의적 관점에서 보면 전쟁 이전부터 새로운 시를 모색하려던 그들에게 전후의 폐허는 정말 새롭게 시작할 수 있는 공백의 지대로 인식된다. 또한 그들의 시는 새롭고 현대적인 도시문명의 모든 것들을 앞서 시도하는 전위적 느낌을 강하게 표출하면서도 내면에는 일그러진 언어와 형식, 전후의 허무주의, 서구 모더니즘에 대한 관념적인 편향 등도 자리 잡고 있다. 1950년대 비평은 실존주의에서 찾을 수 있다. 이는 물론 세계사적 흐름에서 볼 때는 2차 대전, 6·25와 같은 전쟁에서 비롯된 불안의식과 죽음의식이 시대적 흐름 속에서 상호 호응된 지적 움직임이다. 프랑스의 파스칼, 사르트르, 카뮈를 위시하여 니체, 야스퍼스, 하이데거 등의 독일 철학의 도입과 키에르케고르 등의 인문학이 애호되는 지적 분위기가 자극적인 요소가 된다. 이 시기의 실존주의 의식은 직·간접으로 연결

---

3) 신진, 「무연의 순수어와 전위적 병치구조」, 《문학지평》, 1996. 3.
4) 최동호, 「1950년대의 시적 흐름과 정신사적 의의」, 감태준 외, 『한국현대문학사』(1989)에서 재인용.

된 시대사적 의식에 의한다. 부산 시 평단의 실존주의는 조향과 고석규의 것이 있다.

부산 평단에서 실존주의의 소개는 조향의 「이십세기 문예사조」(《사상》 1952.9)에서 읽혀진다. 그에 의하면 참담한 전야戰野, 폐허에서 부서진 현실, 짓밟힌 정신 속에서도 불사신처럼 다시 살아나며 인간의 영위와 함께 문학도 살아나야 한다. 이는 1940~50년대 모더니즘을 실존주의 Existentialisme 라 하고, 게오르규의 『25시』에서의 '즉자 en-soi와 대자 pour-soi'의 사이에 영원히 되풀이되는 처참한 비극과 절망에 대해 깨닫는가 하면, 까뮈가 인생의 근원적인 부조리성 곧 허망 absurdité을 있는 그대로 받아들여, 거기를 생生의 출발점으로 삼는 데서, 절망적인 상황을 승인하고 들어가는 사르트르의 실존주의와 인접한다.

고석규(高錫珪 : 1932~1958)는 '작가와 독자, 특수와 보편 간의 매개에 불과하며 그만큼 이들 간의 조화를 위하여 노력함으로써 비평적 가치판단은 저절로 완숙해진다고 보고 이러한 매개로서의 자각과 조화의식이 바로 비평의 기능을 조장하는 것'[5]이다. 그의 비평은 주지주의의 이론에 그 지반을 굳히면서 존재론적인 해명에도 열의를 기울였다.

1970년대 부산 시문학 평단에 김준오의 『시론』이 있다. '동일성 identity' 이란 용어가 그의 시론에서는 주로 통시적인 면에서 '변화'를 통하여, 공시적인 면에서 '갈등을 통하여' 가치 개념이 충격된다. 그런데 이 변화와 갈등은 현대인이 겪는 보편적인 체험 양상으로 현대인은 나와 세계의 변화를 체험하고 동시에 나와 세계와의 관계, 자신과의 관계 속에서 갈등이 체험된다.

1980년대의 비평은 시대적인 분위기 속에서 자유롭지는 못했지만 비교적 풍성하게 펼쳐진다. 정치적인 폭력이 문학에 대해 위해가 되었던 이

---

5) 고석규, 「비평적 모랄과 방법」, 앞의 책, pp.137~143쪽 참조

시기의 비평은 우선 문학 자체의 양상도 그랬듯이 현실과의 긴장력이라는 것을 불변의 항수로 정착시키고자 했던 리얼리즘 비평을 들 수 있고 또 하나 문학적 변용이라는 미학적 관념에 의존한 비평의 세계로 이분되었다. 그 각각의 것이 자체의 이론적 범주 내에서 성취되었음에도 불구하고 이론 자체에도 충실하지 못했다. 이 시기의 비평은 우선 이 시기의 당대적 현실 상황과 유관하다. 1980년대의 문학은 민족문학으로 대표되며 민족문학이라 하면 많은 사람들은 소시민적 민족문학, 민중적 민족문학, 민주주의 문학, 민족해방문학, 노동해방문학 등을 떠올릴 수 있고 정치시대 혹은 비평시대라고 해도 무리 없는 문학의 특수지형을 보인다. '무크'라는 매체를 싹 틔웠으며, 10·26부터 1980년의 짧은 봄, 그리고 광주 5월 항쟁과 이를 전면으로 뒤엎은 신군부 독재정권의 등장으로 인해 1970년대 문학운동을 주도해 왔던 ≪창작과 비평≫ ≪문학과 지성≫ 등이 폐간되고 대신 새로운 세대의 소집단들이 등장하여 동인지 시대를 개척한다.

한편 사회적으로는 학생 운동을 중심으로 조직적 사회운동 세력이 확장되고 변혁론에 대한 다양한 모색이 나타난다.

민병욱은 1980년대 시문학 운동을 부산 지역 문학운동과 관련지어 지방문학으로서의 한국문학, 한국문학으로서의 세계문학이라는 관점으로 본다. 그에 따르면 1980년대 시운동은 지역성의 문학의식과 정신화, 운동명제와 그 실천방법의 선언, 운동명제와 그 실천방법의 선언에 의한 문학이념의 선택과 전개이다. 이는 소집단 운동에 의미를 두는 지방 시문학운동으로 이해된다. 그는 지방문학운동으로서의 이 시기의 시운동의 명제와 문학 이념과 그 전개 과정을 적절히 이해하기 위해, 형성 동인을 살피는 과정에서 그는 시와 삶에 대한 '부정의식'과 '지방문학주의'로 이를 이해한다. 그에 따르면 부산 지방의 문학운동을 소비성과 상업성의 시와 삶에 대한 비판, 극복의식으로 보고, 특히 1970년대 한국문학의 이념과 실천방법을 경직시키고 획일화시키는데, 특히 《창작과 비평》《문학과 지성》의 폐쇄성과 편향성에 대한 비판과 극복의식이 이 가운데 하나이다. 그것은 서울이라는 특별한 현실적 여건의 수혜 대상인 서울지방문학에 대한 비판의식과 그 밖의 지방문학의 자생의지와 주인의식이며 지방이란 공간의 문학의식과 정신화를 형성요인으로 본다. 그는 이 시기의 시운동 가운데 공통적으로 드러나는 운동명제는 '시와 삶의 절대 의식'으로 본다.6) 이 시기의 비평은 이 시기의 시대적 과제에 적합한가 아닌가를 판정하는 즉, 적합성과 비평가의 상관관계를 밝히는 작업이었으며, 비평의 경직, 고착, 유행화 되는 경향 그 자체도 하나의 현상으로 보고 그 현상에 담긴 그 이면적 의미나 이데올로기가 있다고 본다.

남송우는 부산문학에 대해 '지방'이라는 지역적 조건 때문에 작가로서 활동하기에 좋은 문화적 공간이 형성되지 못한 점, 즉 문화의 불모지라는 불명예스러운 별칭을 씻어버리지 못하기에 이러한 문화적 풍토 속에서 문학의 활성화는 기대하기 어렵다는 점을 든다. 또 작가가 작품을 발표할 수 있는 지면이 없다는 점, 부산이 상업도시이고 유동인구가 많기 때문에 문화를 향수하는 수용층의 문학에 대한 이해와 수용 능력에도 문제가 있는데, 이는 부산이 문화의 불모지이기에 문학 또한 불모지의 상황을 면치 못한다는 논리에 귀결된다. 이들의 논의들은 지역적 특수성을 통하여 지역문학의 활성을 이루어야 하며 이를 위해서는 문학 의식의 정신화를 추구함으로써 비로소 문화의 불모지라는 과거의 부산 이미지에서 벗어나야 한다는 데 의견을 모은다.

---

6) 민병욱, 「민주주의 지향의 문학」, 『문학과 삶의 지평을 위하여』, 시로, 1985. 5. 28 참고.

3. 녹색의 시학

지구 환경의 오염과 이에 대한 관심이 열기를 더하면서 새롭게 펼쳐진 논의가 바로 생태와 관련된 논의이다. 이는 질적 양적으로 단연 강세를 띠며 대표적인 논의자로 신진, 강남주, 고현철 등을 들 수 있고, 이들 논의는 생태, 환경 등을 중심으로 하는 문명 비판적 시각에서 시를 다루는가 하면 원론적인 입장에서 비평하는 등 다양한 시각을 나타난다. 이는 지형적 특성상 바다나 강의 생태 파괴 및 환경오염을 접할 기회가 타 지역보다 많기 때문이 아닐까.

신진의 「녹색시와 그 가설적 유형」(≪시문학≫1995.5)에 따르면 녹색시란 자연의 파괴와 환경오염으로부터 자연 생태계 또는 인간의 환경을 가급적 원래의 상태대로 복원하려는 내용을 담은 시라 정의 내리고 자연 복원의 문제는 개인적인 동시에 사회 현실적인 문제로 도래된다. 그리고 우리나라에서 본격적인 의미의 녹색시 출현은 1960년대의 근대화가 추진되고 이후 1970년대 과다한 개발로 환경생태계 파괴로부터 시작된다.

강남주는 「D.M.Z.와 생태주의 시 문제」(『중심과 주변의 시학』, 전망, 1997)에서는 환경 문제가 21세기의 숙제로 눈앞에 도래했으며, 환경 파괴가 원인이 되어 인간과 공존 관계에 있는 생태계에 큰 변화가 온다는 것은 분명하다. 파괴된 환경은 생태계에 결정적인 영향을 미치고 그것은 인간으로부터 이탈, 분리되면서 생태 공동체 개념이 무너질 것이며, 우리의 삶 자체가 무화된다. 이들의 논의는 자연환경의 복원문제와 관련된 시적 출현과 이에 대한 반성적 논의 및 예견을 담았다.

그간 우리나라는 지역간의 문화 불균형이 심각한 양상을 띠었다. 중앙에만 독점되다시피 한 중앙과 지방의 철저한 종속 관계를 형성해 왔던 지금까지의 문화 산출 방식에서 벗어나 서울문화 포만 상태에서 지역문화

산출이라는 새로운 패러다임을 창출해야 하고 이와 관련된 제반 사항들도 새로운 문화의 창출과 관련 형성, 개편 재조정하려는 시각적 변화가 전제되어야 할 때이다. 문화의 지역 불균형은 국민 모두가 지역에 상관없이 질 높은 문화를 향수해야 하며 이를 통해 삶의 수준을 높이려는 독립적 자발적 행위가 뒷받침 될 때 비로소 최소화된다. 지역이란 일정한 범위를 일컫는 중립적인 용어이다.[7] 오랜 세월 중앙집권체제에 익숙해 온 우리나라는 문화, 정치에서와 마찬가지로 문화 예술 부분에서도 중앙 집중화에 치중되어 왔다. 지역 중심 시대를 열어 가는 현 시점에서 부산 지역 문화에 대한 관심이 고조되는 일은 당연한 일이다. 하지만 지금까지 부산 지역의 시문학 비평에 대한 관심은 주로 강단 비평가들을 위주로 하는 몇몇 문인들에 국한되어 온 점은 인정할 수밖에 없다.

구모룡은 「시적 욕망들의 질서」(『신생의 문학』, 전망, 1994)에서 시인의 욕망을 모방의 욕망으로 본다. 이는 타인의 작품에 대한 인정을 꺼리는 것으로 낭만적 허위로 본다. 부산 지역 시인들을 각 연령별로 나누고 지역 시단의 성과를 정리한다. 최갑진은 그의 평론집 『삶의 혼돈과 비평의 미혹』(세종출판사, 2001)에서는 부산 시인의 시집 평과 부산의 시문학 비평에 관해 언급한다. 「해양문학, 넓혀진 지평」에서는 해양 문학상과 관련지어 오염된 낙동강을 각인시키려는 의도와 향후 부산 시문학의 방향을 제시한다. 「지역에서 지역으로」에서는 대학 동문 출신의 문인들로 만들어진 순수 문학지인 《동아문학》을 위시하여 부산에서 출간되는 계간지 《시와 사상》 《게릴라》 《오늘의 문예비평》 《신생》 등에 대하여 언급한다.

조갑상, 박태일, 민병욱 등은 「오늘의 비평과 지역문학의 전망」(《오늘의 문예비평》1991,창간호)에서 부산문학비평을 거론한다. 조갑상은 비평이 전문

---

7) 염무웅, 「지역문학의 적극적 의의」, 《시의 나라》, 2000. 겨울.

성에 국한된 비평의 기능과 역할, 현실적 삶과 관련된 비평의 기능은 독자와의 영향 관계 속에서 생각할 때 차이가 있는 게 오늘의 현상이라 했고, 박태일은 1980년대의 비평적 흐름을 살피는 과정에서 시 비평이 이론 추수 현상을 보였다고 하고 이는 매스컴 추수현상의 득세를 대표적인 예로 들었다. 상업성과 속도감으로 상업적 문학 소영웅 양산에 대해 반성을 든다. 또 비평의 직능화 현상을 들고 이는 1990년대의 다양한 전문비평, 부문비평의 예고로 본다. 남송우는 부산지역의 시문학의 발전전략으로 부산의 지역성을 내세우는 이유를 체험의 희귀성에 둔다. 그리고 부산 지역이 다른 지역과 변별되는 요소로 해양성을 든다. 그리고 부산 지역 문학이 나아가야 할 방향성에 대해 해양성을 제안한다. 이유는 부산 정도의 규모를 지닌 항구도시는 흔하지 않기 때문이며, 또 하나의 이유는 이미 많은 부산 시인들이 바다를 시의 제재로 택하기 때문이다. 따라서 대상은 바다 체험을 기반으로 삼는 작품으로 확인한다.

여성문학론에 관한 부산의 논의에는 정영자, 김정자, 송명희의 것을 들 수 있다. 정영자는 국문학 비평의 경우, 페미니즘 문학을 여성문학의 하위 문학으로 설정하고, 문학의 모성성을 강조하며 여성작가에 주력하여 연구한 바 있다. 또 김정자는 실어증 천착으로 문학사에서 매몰된 여성 작가의 작품을 발굴하여 페미니스트의 시각으로 연구한다. 그리고 송명희[8]는 페미니즘의 이념적 선명성과 변혁 지향성을 보다 중시하는 페미니즘 실천 비평집 『여성 해방과 문학』을 발간하였으며, 정치적 이데올로기적 비평의 입장 등 페미니즘 비평 분야도 다양성과 개방성을 띤다. 그는 ≪여성과 문학≫ ≪여성 운동과 문학≫ 등을 통해 여성과 문학을 특별히 관련 짓고 이들의 작품을 분석하면서 강은교, 신달자는 지식인 중심의 온건성과 중산층의 시각을 보여주며 인식론적 차원에서 여성의 모순을 시적으

---

8) 송명자, 「탈식민주의 페미니즘이란 무엇인가」, 『부산 펜문학』, 2002. 창간호.

로 형상화한다. 정영자9)의 경우, 「부산 여류시의 특성과 문제점」을 논하는 가운데 1950년대 조향의 영향하에 놓였던 노영란, 김춘방 등을 부산 여류시의 출발로 본다. 1970년대 후반 박송죽, 진경옥, 황양미 등의 시작 활동이 가세되고 조남순, 김수정 등은 여류의 전형성을 극복한 시로 평가한다. 그는 부산 여류시의 전통적 특성을 초현실주의에 두고, 따라서 여성 특유의 정한과 감상이 배제된 채 여류시의 범주를 초월한다.

1980년대 동인지 문학은 부산이 전국 동인지 문학의 집결지로 보아도 무리가 없을 만큼 활발하게 활동을 해 온 곳이다. 그만큼 부산의 동인지 문학은 전국을 주도하는 순수한 열정과 문학에 대한 사랑으로 이어져 왔다. 이윤택은 「시와 독자의 만남」(『우리 시대의 동인지 문학』, 1983)에서 《목마》 동인에 대하여 '가장 오랜 시력詩歷을 지닌 부산의 대표적인 동인지'라 한다. 생활과 밀착된 시를 쉬운 시를 쓰자는 시적 태도를 지닌 만큼 난해시 거부로 파악한다. 그만큼 문학 인구의 저변 확대를 위한 끊임없는 노력의 일환으로 <시와 독자와의 만남> <해변시인교실> 등을 개최하는가 하면 꾸준하고도 활기찬 문학행사를 전개해 왔다.

강우식10)은 '조직 내에서의 조화'라는 주제를 갖고 《목마》를 언급한 바, 강남주의 시는 즉흥의 리듬이 짙고 '인간과 자연' 사이를 왕래하는 '간間의 구조 문학적인 관계소'를 지니고, 신진의 시는 '대상의 역전'을 보여준다. 그는 사물을 바라봄에 있어 시인의 입장에서 보느냐, 아니면 시인의 입장에서 보되 시인을 보느냐에 따라 달라지는 이러한 현상을 '대상의 역전'이라 하고 이에 그치는 것이 아니라 대상의 역전, 대상의 동질 속에서 인간 존재를 구명한다. 원광圓光의 시는 현 존재로서의 한 인간의 모습을 보여주며 좌절에서 벗어나 새로운 미래를 향해 걸음을 내딛고자 하는

---

9) 정영자, 「부산문단의 활성화 방안」, 『부산문화의 새로운 구심점 등의 논문과 현대문학의 모성적 탐색』, 제일출판사, 1986. pp.23~36.
10) 강우식, 「현존재의 실상, 목마시선」 (서울 : 문장사, 1984.5.) pp.160~180.

욕망이 나타난다.

이문걸의 시는 "인간의 심연을 조용히 울리는 하나의 선율"이라 하고 내면에 중심을 둔 환상에 젖게 한다. 임명수의 시에는 '피터팬 증후군'이 나타나며, '피터팬'이 되어 '대인사회大人社會'를 꿈꾸는 심리가 내재되어 있고, 조남순은 '인간의 생명존재로서의 신비성'을 그의 시에 투사하고 있다. 이러한 동인지 문학론은 개개시인의 특성을 파악하는가 하면 성격 또한 분명하게 규정되어 있다.

Ⅳ. 다원주의 시대와 부산 시 평단

1990년대는 산업사회의 물질주의와 소외 등으로 혼란의 시대가 초래하고, 민중문학·민족문학론의 준거의 틀이 되었던 사회주의 국가들의 붕괴로 그들의 이념은 퇴조되고 각종 이론은 해체된다. 또한 원론적 비평이 사라진 가운데 문학의 정치성이나 운동성이 사라지고 문학작품 자체의 관심으로 회기回期되며, 자아를 인식하는 새로운 비평 세대가 등장한다. 또한 각종 매체를 통해 쏟아져 나온 엄청난 작품 양으로 비평가가 실천 비평을 수행하기가 불가능한 상태에 이른다.

이러한 당대의 상황 속에서 부산의 작고시인 연구는 목마 시문학 동인지인 『시와 삶은 어디서 만나는가?』(1986)에서 출발한다. 이석[11] 시인은 청마의 삶과 시에 대하여 언급한다. 하지만 작고시인에 관한 본격적인 논의는 『재부 작고시인 연구在釜作故詩人研究』(아성출판사, 1988)을 중심으로 이루어졌다. 강성애는 「김민부 연구」를, 구연식은 「조향 연구」를, 최진송은 「홍두균 연구」를, 박홍배는 「고석규 연구」를, 배영주는 「임하수 연구」

---

11) 목마시문학동인지, 「시와 삶은 어디서 만나는가?」, 1986. pp.110~113

를, 손영부는 「손중행 연구」를, 오정환은 「이동섭 연구」를, 정영호는 「김태홍 연구」를, 주태섭은 「청마 유치환 연구」를 시도한 바 있다.

신진의 「무연의 순수어와 전위적 병치구조」에서 조향의 시에 나타나는 미학적 구조에 관하여 연구한다.[12] 그에 따르면 조향의 논의는 구연식, 서범석 등에 의해 이루어졌으며, 생전에 조향은 현대 문예 사조상의 기법과 가치관을 자신의 시작법에 적용시켰고, 이에 대한 확인작업은 마무리되었다고 본다. 조향의 초기시 즉 데뷔 시절부터 1950년까지의 모색기에는 전통적 서정성이 떨쳐지지 않은 채 새로운 모더니즘에 대한 모색을 시도하는 가운데 시어의 국제화, 현대 문예 미학을 수용하고 있다. 그리고 본격적인 초현실주의 시를 쓰면서부터 그의 시를 지탱하는 기본적인 구조가 데뷔 당시의 치환구조에서 병치구조로의 전환에 주목한다. 그의 시가 후기시로 갈수록 의식적인 언어유희 현상을 사용한 점을 들어 조향의 시를 문체적인 측면에서 고찰한다.

정영자는 「부산에서 살다간 작고 시인 5인선」[13]에는 최계락, 김태홍, 조순, 박노석의 시에 대하여 논의한다. 최계락의 시는 식물성 이미지와 밝음에의 지향이 나타나며 식물성 이미지, 전원적 향토적 시골풍경의 수채화로 꽃씨의 세계에서 우주를 꿰뚫어 보는 예지를 보여준다, 그런가 하면 단순한 표현과 구도 속에 응축의 미학을 보이는데, 그 식물성은 천진한 어린이 세계에 대한 흠모이며 그 세계의 지향으로 본다.

고현철은 「일제강점기 부산, 경남지역시인 발굴 및 재조명 연구」 작업[14]을 통하여 서울 편중주의로 한국문학사에서 누락된 정당한 평가를 받지 못한 작고시인 김대봉의 시를 서지학적 연구 및 역사주의 비평방법을 활용하였다. 특히 시작품의 연보 오류에 대한 정정 및 재작성에 관심

---

12) 이는 앞서 초현실주의 이론에서 언급된 바 있다.
13) ≪시의 나라≫ 2001. 12.
14) 『한국문학논총』, 2003. 4. pp.63~89 참조.

을 둔다. 역량 있는 문인의 발굴 및 재조명한 그에 따르면 김대봉의 전기 시는 현실 인식이 두드러지며 이는 '고향' 또는 '가족 상실 체험'과 '현실 극복의 문학적 방안'으로 나타난다.[15] 발표된 김대봉 시작품에 대한 연보적 오류를 지적하고 이를 재작성하는가 하면 그의 시에 올바로 접근하기 위한 기초 작업을 끝냈다.

부산의 지형학적 특성을 들어 부산 시인의 시 세계를 논의한 경우에는 우선 소재적, 주제적 요소와 관련된 바다, 강 등에 관한 것을 들 수 있다. 이들 가운데 박태일은 허만하, 노자영의 시를 중심으로 고찰[16]한 바, 그의 시의 물 이미지는 '동래 온천'이라는 특정 지역과 연계되고 그 지역만의 특별한 울림이 시에 표현되며 지역성과 문학의 비평적 시각을 일치시키는 시문학 비평의 방향을 나타낸다. 박태일은[17] 부산의 온천이 지니는 중요성을 『삼국유사』에서 찾는가 하면 1609년 왜인들이 부산포를 드나들면서 왜인들이 늘 탐하는 표적으로 부산의 '동래 온천'을 들어 노자영의 시와 연관지어 논의한 바, 자영의 시를 '이성애'라는 한 가지 내용을 중심으로 과거에 대한 회상(뜨겁던 경험을 되살리려는 구체적인 회상), 과거의 현재화(그 경험을 다시 겪으려는 구체적 회상), 미래에 대한 선취(즐거움의 순산을 미리 겪어보는)의 틀로 읽어낸다. 남송우, 진창영, 이지엽, 변종태 등은 「남부 시인들의 지형도」(《시와 사상》 2000.여름)에서 부산 시인 시의 '바다'에 관심을 가지고 논의한다.

남송우는 바다시의 방향성에 관하여 논하면서 바다가 삶의 공간, 삶의 터전으로 인식되고 있음을 밝혔고, 진창영은 언어와 시정신의 탈근대성에 관하여, 이지엽은 민중시에서 생명시로, 변종태는 시의 이상국가 건설을

---

15) 한정호, 「포백 김대봉의 삶과 문학」, 『경남어문논집』7·8합집, 경남대 국문학과, 1995. 12.
16) 박태일, 《시와 사상》, 1999. 겨울.
17) 박태일, 《시와 사상》, 1999 겨울, pp.251~167.

위한다는 내용들을 통하여 한국시의 바다와 시정신을 결부시켜 논의한다.

문선영은 「부산 詩에 나타난 선술집의 미학」(≪시와 사상≫1999.봄)에서 부산 시인 시의 '선술집' 이미지를 중심으로 구연식, 강영환 등의 부산시인의 시의 서민적인 요소들과 결부된 부산 시민들의 애환과 삶터를 중심으로 펼쳐지는 리얼리티에 비평의 관심을 둔다. 술의 상징체계를 중심으로 부산시의 지형도를 그린 이 글에서 '술'은 우정의 상징이며 불안, 고독, 분노, 무상함을 없애고 추억을 회생으로 표현된다. 1950년대의 애환의 공간으로 부산 주점(주막, 양산박, 한길) 선술집에서 오늘날의 단란주점에 이르기까지 자갈치, 구포, 초량 뒷길, 안창 마을, 완월동 등의 술집과 관련된 시를 언급한다.

V. 부산 시문학 비평의 전망

지금까지 부산 시문학 비평의 현황에 관하여 연구하였다. 이를 요약하자면 부산 시문학 평단은 1950년 이후 주로 이론적 비평에 해당하는 원론 비평들이 주류를 이루어왔다. 하지만 이들 가운데 조향의 초현실주의 관한 이론 연구와 그 여파는 당시의 평단과는 다소 이질적인 것으로 외곽의 취급을 받아왔으나 한국문단의 많은 시인들에게도 큰 영향을 미쳤던 점은 인정해야 한다. 이후 구연식, 소한진, 송상욱, 신진, 김지숙 등에 의해 그 명맥을 유지해 오고 있는 초현실주의 시는 사실상 부산지역이 메카임을 부정할 수 없고 또한 부산평단의 위상을 올려놓았다. 그밖에도 실존주의, 동일성, 지방주의 비평 등을 들 수 있고 특히 당대적 문단의 흐름 속에서 ≪목마≫ ≪절대시≫ 등으로 이어지는 부산의 동인지 문학은 문학의 질적 수준을 상당 부분 끌어올림으로써 전국의 동인지 문학을 오히려 주도하는 입장에 놓여 있다.

1990년대 이후는 다원주의적 평단이 열리면서 강단 비평가들의 활동은 꾸준히 이어져 왔다. 하지만 이전의 이론 위주의 원론적 비평과 더불어 해설적 해석적 논의의 장을 엶으로써 독자에게 다가가는가 하면 창작가와 향수자 간의 간격이 좁혀드는 독자와의 영향관계를 고려한 비평 활동이 활기를 띠었던 점도 사실이다. 부산평단이 중심이 된 녹색시학과 관련지은 논의로 신진, 강남주, 남송우, 고현철 등이 주가 된 원론적인 비평은 자연오염에 관한 비판적 시각과 반성적 시각 그리고 예견 제시가 아울러 펼친 논의로 부산 시 평단의 주도를 이룬 논의라 할 수 있다.

특히 작고시인에 관한 논의, 부산의 이미지를 다룬 논의 등이 활발하게 이어져 온 점들은 부산의 문화를 좀더 상세히 이해하는 계기가 되었으며, 장소적 이미지, 삶의 장소로서 혹은 전기적인 고찰들은 변화된 상업성과 결부된 부산사람들의 삶에 대한 보다 폭넓은 이해를 가져다준 논의로 볼 수 있다. 비평이라는 장르가 본질적으로 타 장르에 비해 문학 향수자가 거리를 느끼게 되며, 이는 시나 소설보다는 대중성 확보에는 어려움이 많다는 말이다. 그렇지만 이 점은 비평의 특성상 어쩔 수 없는 본질로 본다. 그렇다고 하더라도 문학 향수자에게 부산의 지역문학에 대한 저변 확대를 위해 보다 다양한 비평적 방법을 시도한다. 예를 들어 문학 강연이나 독자와의 대화를 통한 문학의 비평으로 독자층과의 관계를 돈독히 해 나갈 수 있다.

그러기 위해서는 지나친 이론, 이념 위주의 전문적 비평보다는 무엇을 어떻게 읽힐 것인가에 대한 방향 제시와 작품 해설적 비평기능의 수행에 대한 고려가 필요하다. 또한 작품 창작자들의 작품을 이해하려는 배려 어린 비평적 활동과 향수자간의 유대를 위해 창작과 비평을 겸한 비평가라면 그 역할을 더 잘해 낼 수 있을 것으로 본다. 이를 위해 매스컴을 활용하는가 하면 비평의 대중성을 잘 인식하고 문학에 대한 안내자 역할을 하면서 생산자와 향유자 간의 보다 원활한 연결을 촉진하는 일이 가능하다. 그리고 부산의 정신적 문화적 지리적 환경이 타 지역과 다른 점을 들어 독자에게 접근하기 위한 다양한 시도도 생각해 볼만하다. 또한 해양성에 대한 시적 다양한 논의들을 통해 부산 시문학 평단의 새로운 방향제시가 가능하다고 본다. 그리고 부산 문학잡지들이 전국을 대상으로 지속적인 판매망을 확보해야 하며 문인의 작품수준 또한 질 높은 작품들을 실을 수 있도록 해야 하며 그러기 위해서는 부산의 지역성을 토대로 한 문인들의 창작 활동을 펼치는 다양한 문학의 장이 필요한 때이다.

비평의 발전은 시의 발전과 변천을 예고하며 또한 시의 발전은 그 자체에 있어서 사회 변천을 예고하는 것이라는 T.S. 엘리어트의 말18)처럼 비평가는 작가와 독자 사이를 잇는 매개로서 이들 간의 조화를 위해 노력해야 하며 이를 자각함으로써 지역 시단의 발전에 한몫을 하는 것이 비평가의 임무 중 하나이다. 따라서 부산 시문학 비평에 관한 연구는 지역문화의 가치를 발견하는 작업으로 이어져야 하며 이는 나아가 지역문화를 다양한 방면으로 심화, 발전시키는데 이바지해야 한다. 그리고 한국문학사 속에 묻혀 있는 부산 시단의 다양성과 진실을 찾아내기 위한 부단한 노력 또한 있어야 하며, 이러한 연구 자세는 부산을 사랑하고 부산에 대한 친밀함으로 문학 향유자에게 다가감으로써 부산사랑의 실천으로까지 이어져야 한다.

둘째, 부산 시문학 비평과 관련된 정리 작업은 그 중요성을 충분히 인식하고는 있지만 그 비평적 성과는 상당히 흡족하지 못한 상황이다. 본 연구를 수행하는 과정에서 아쉬웠던 점은 수집했던 자료의 양이 방대하여 개인시집 단평에 이르러서는 지역적 특성과 관련지어 언급할 수 없었다.

---

18) 고석규, 『존재의 여백성』, 지평, 1990, p.31 참고.

셋째, 지금까지 부산 시문학 비평의 현황을 고찰하고 그 전망을 제시해 보는 과정에서 부산의 지형적 특성 속에 나타나는 특유의 정서를 고찰하고 이를 통해 지역민과 연계시켜 상호 간의 거리를 좁힐 수 있는 학문적 접근이 있어야 한다. 그리고 이를 향유할 수 있는 '교수-학습의 장' 마련 또한 현실적 과제이다.

넷째, 지역 문학이 중요 관건으로는 중앙의 힘으로부터 탈피하는 것과 다원화된 지역 중심주의로 나아가야 하는 점 그리고 동시에 지역과 문화 지역과 문학을 중심으로 하는 문학 매체의 발간 및 이에 대한 재정적인 지원에 대해 재고해야 한다.

부산 시문학 비평의 현황은 다음의 몇 가지로 정리된다.

첫째, 간혹 잡지에서 부산 지역 문학의 비평과 관련된 특집을 다루지만 부산 시문학 비평에 있어 특별히 지역적 특성을 다루는 경우는 질적으로나 양적인 면에서도 아쉬움을 남긴다.

둘째, 해방 이후의 부산에서 발간된 시집, 평론집, 잡지 등의 부산 시문학 비평에 대한 자료 발굴 및 보관 작업이 시급하다. 향토민, 문학 향수자의 의견을 모아 지역적 특성을 고려한 지방 문학관, 미술관, 지역 박물관 등을 건립하여야 하며, 지역민의 축제, 향토 사료관 건립, 출향인사의 귀향 활동 영역을 위한 재정 지원해야 하는 제도적 장치가 필요하다.

셋째, 지역문화 연구에 대한 전문 인력은 절대부족하고 이에 관한 기초 분야별 교육 등이 체계적으로 이루어지지 않고 있다. 이에 대해서는 정부 차원에서 취약한 재정 기반을 보완하여 지역 문화의 활성화의 장애를 극복해야 한다. 넷째, 부산 시단에 나타나는 논의의 내용들을 세분화하여 부산 사람들의 보이지 않는 특성, 기질, 언어 사용 등과 관련지은 문학적 논의도 향후 연구해 볼 만하다는 점이며 이에 대한 지역 단체의 후원 또한 절실히 필요하다.

부산 시문학 평단은 첫째, 부산 시문학 평단은 부산 시문학을 대표하는 비평적 안목을 지닌 개인적인 역량을 더한 비평가의 노력이 더해진다면 지역의 문화적·문학적 풍토 조성 및 일반인들의 문학적 관심을 더욱 쉽게 이끌어낼 수 있다.

둘째, 지역성을 토대로 지역 문학을 활성화시키고 문학 향수자에게 작품을 소개함으로써 작품과의 거리감을 줄이는 작업과 부산문학이 중앙에 비해 저급하지 않다는 비평적 자세를 지녀야 한다. 그러기 위해서는 향후의 시문학 비평에 있어서 작품에 나타나는 부산이라는 지역적 특성을 인식하고 중앙과 비교하기보다는 지역성을 인정하는 비평적 자세가 필요하다. 또한 부산에서 발간되는 시 전문지 혹은 비평 전문지들은 부산에 대한 다양한 각도의 깊은 관심과 사랑이 있어야 한다. 비평가들은 철저한 자기의식을 가지고 또 부산 시인의 시에 더 많은 관심을 가져야 하고, 부산 지역의 시문학 비평가로서의 자긍심을 갖고 스스로 노력하는 자세로 지역 중심의 비평활동을 해 나가야 한다.

셋째, 부산의 지역성을 제대로 인정하고 역할과 중앙에 견주어 경쟁력 있는 문인 발굴에도 기여하는 문학적 풍토를 자리 잡아야 한다. 부산 시문학에 나타나는 주요 시적 소재가 부산과 관련된 이미지를 포함하는가, 부산의 지형적 특성, 지리적 특성 등에 관심을 갖고 지정학적인 면과 결부시킨 논의를 지속적으로 펼쳐나가야 한다.

넷째, 부산이라는 지역적 특성으로 부산 사람, 부산 지역과 문화라는 큰 틀 속에 문학과의 화합적인 면이 고려되어야 한다. 이와 관련된 시의 언어 표현, 화자의 심리는 어떻게 표출되며, 또한 부산 지역 시문학에서 공통적으로 표출되는 지역 특유의 정서, 부산 지역의 독특한 시어적 특징은 무엇인지에 관심을 두는 비평적 안목을 여는 것이 중요하다고 본다. 특정한 장소, 예를 들면 온천장, 구포 장터, 달맞이 고개, 송림공원, 을숙도, 해운대, 송정, 금정산, 사상공단, 하구언, 하단 등을 삶의 터전, 성장 배경, 작품 배태 과정 등과 결부시켜 논의하는가 하면 이들을 문화의 볼거리로 재현해 내는 비평적 방법을 통해 문학작품 생산자와 향수자 간의 거리를 한층 좁혀 가는 역할에 대해 재고해 볼 필요가 있다. 부산 시문학의 비평의 현황과 과제를 살피는 중요 목적의 하나가 부산시문학인들의 문학적 뿌리, 형성과정 등을 재고함으로써 부산 지역민이 지니는 정신적 문화적 문학적 유산을 밝혀내는 데 있다면 이를 체계화시키고 활성화시키기 위한 방안의 하나로 지역 문학 연구에 대한 인적 자원의 확보 및 이와 관련된 비평 지면의 할애, 그리고 교육 일선에서의 홍보의 장에 해당하는 지역 문화교육도 고려해야 한다.

이상의 부산 시문학 비평에 관한 논의는 부산 시평단의 문학적 관심과 위상을 더 높이는 작은 계기가 되었다고 본다. 지역문화의 구심점은 지역적 특성이 고려된 향토 문화의 지속적인 발굴 및 자생적 문화예술과 관련된 모임, 유기적 협력 체제, 문화시설 확충에 대한 노력부터 시작되어야 하지 않을까.

참고 문헌

강남주, 「D.M.Z.와 생태주의 시 문제」, 『중심과 주변의 시학』, 도서출판 전망, 1997.

강현국 외, 「내 시 속의 낙동강」, 《문학지평》, 1998. 여름.

고석규, 「모더니티에 관하여」, 『여백의 존재성』, 지평, 1990.

_____, 「실존주의는 휴머니즘이다」, <국제신보>, 1956. 3. 24.

_____, 『존재의 여백성』, 지평, 1990.

고현철, 「지역문학의 현황과 전망」, 『비평의 줏대와 잣대』, 새미, 2001.

_____, 「97년 부산지역 문학의 성과와 전망」, 『현대시의 쟁점과 시각』, 1998.

구모룡, 「지역문학운동의 과제와 방향」, 『앓는 세대의 문학』, 시로, 1986. 6

_____, 「시적 욕망들의 질서—부산 지역의 시인들」, 『신생의 문학』, 전망, 1994.

구연식, 「조향 연구」, 『한국시의 고현학적 연구』, 시문학사, 1979.

권영민, 『한국현대문학사』, 민음사, 2004.

김강호, 「경남지역문학의 현황과 전망」연재1/,2, ≪시와 현장≫, 2002, 창간호.
       2003 봄

김경복, 「생태사회주의로의 전진을 생각하며」, ≪작가사회≫, 2001, 겨울.

김동리, 「민족문학에 대하여」, ≪월간문학≫, 1972. 10.

김태만, 「반주변부문학의 세계문학적 가능성을 읽고」, ≪작가사회≫, 2001, 겨울.

김용규, 「반주변부지역 문화의 전망」, ≪작가사회≫, 2001, 겨울.

김준오, 『시론』, 문장, 1982.

김지숙, 「조향 시의 상징성 연구」, 동아대 대학원 석사학위논문, 1996

_____, 「조향 시의 현실수용」, 동아대 국어국문학논문집 15, 1996.

_____, 「원광 시의 죽음상징」, 동아대 국어국문학논문집 18, 1999.

_____, 「조향 평전」, ≪동아문학≫제1집, 2000. 4.

_____, 「신진 론—생태시의 메타유토피아성 연구」, ≪시문학≫, 2001. 7.

_____, 「신진 론—욕망인가 초월인가」, ≪예술부산≫, 2002. 여름.

_____, 「김수돈 론—고독한 황제」, ≪숨은 자연≫, 시와 생명사, 2001. 여름.

_____, 「김시월 론—그 눈부신 쓸쓸함의 바깥풍경」, ≪주변인의 시≫, 2001. 여
       름.

_____, 「소한진 론—교란의 메카니즘, 퓨전성」, ≪동아문학≫ 제3집, 2002. 4.

_____, 「이몽희 론—바다의 은유, 파도」, ≪예술부산≫, 2003. 여름.

김 현, 「민족문학 그 문자와 언어」, ≪월간문학≫, 1970. 10.

남송우, 「지역성을 중심으로」, ≪열린시≫, 1997.12.

남송우, 「생명과 정신의 시학」, 『문학의 해에 떠올리는 부산문학의 발전방향』,
       1996.

민병욱, 「민주주의 지향의 문학」, 『문학과 삶의 지평을 위하여』, 시로, 1985. 5.

28.

박태일, 「지역시의 발견과 연구」, 『한국시학연구』, 제6호. 2002.

박태일, 「지역문학 연구의 방향」, 『지역문학연구』, 제2집, 1998.

백낙청, 「민족문학이념의 신 전개」, ≪월간중앙≫, 1974. 7.

서영인, 「삶의 구체적 조건으로서의 지역, 그리고 지역문학」, ≪내일을 여는 작가≫,
　　　2003. 봄.

성민엽 편, 『민중문학론』, 문학과 지성사, 1984.

송명희, 「탈중심의 시학」, 『생태 환경시와 녹색 꿈』, 도서출판 새미, 1998.

신경림, 「문학과 민중」, ≪창작과 비평≫, 1973. 봄.

신　진, 「지역시문학의 발전과 정체성 확립 방안」, 시의 날 기념식사에서, 1995.

_____ 외, 『20세기 한국문학사』, 1·2. 동아대학교 출판부, 1999.

_____, 「무연의 순수어와 전위적 병치구조」, ≪문학지평≫, 1996. 3.

_____, 「녹색시와 그 가설적 유형」, ≪시문학≫, 1995. 5.

_____, 「D.M.Z의 황무지성」, ≪시문학≫, 1995. 5.

_____, 『현대시 감상의 길』, 동아대학교출판부, 1996.

_____, 『현대시의 맥락』, 동아대출판부, 2001.

염무웅, 「지역문학의 적극적 의의」, ≪시의 나라≫, 2000, 겨울.

염무웅, 「민족문학 이 어둠의 행진」, ≪월간중앙≫, 1972. 3.

윤병로, 「민족문학의 재검토」, ≪월간문학≫, 1972. 10.

이동순, 「영남 지역 현대문학의 형성과 성리학의 영향」, ≪작가사회≫, 2002 겨울.

이성모, 「경남지역문학의 원심력과 구심력」, ≪시와 비평≫, 2000. 상반기.

이승하, 「현대성과 지역성으로 중앙에 도전하라」, ≪다층≫, 1998 여름.

이어령, 『자기확대의 상상력』, 삼성출판사, 1981.

이윤택, 「장터의 시- 부산을 중심으로 한 해안 문학권」

임규찬, 「90년대 젊은 민족 문학의 현실」, ≪창작과 비평≫, 1994.

임종성, 「부산지역 문단의 현황과 전망」, ≪문학도시≫, 2002, 겨울

임헌영, 「민족문학의 명칭에 대하여」, ≪한국문학≫, 1973.11.

_____, 「작가와 비평가」, 한국비평문학가협회, 1995.

조갑상 외, 「오늘의 비평과 지역문학의 전망」, ≪오늘의 문예비평≫, 1991, 창간호.

정영자, 「부산에서 살다간 작고시인 5인의 시 세계」, ≪시의 나라≫, 2001. 12.

_____, 「부산 여류시의 특성과 그 문제점」, 『현대문학의 모성적 탐색』, 제일문화사, 1986.

_____, 「부산 정신과 '바다' 그리고 문학」, ≪부산 펜문학≫, 2002. 창간호.

정한모, 『한국현대시문학사』, 일지사, 1974.

조동일, 「가면극과 민중의식의 성장」, ≪창작과 비평≫, 1972. 3.

조 향, 『조향 전집』, 열음사, 1994.

조 향, 「데뻬이즈망의 미학」, 『한국전후문제시집』, 신구문화사, 1961.

최갑진, 「반주변부문학의 세계문학적 가능성에 대하여」, ≪작가사회≫, 2001, 겨울.

최동호, 「1950년대의 시적 흐름과 정신사적 의의」, 『한국현대문학사』, 1989.

최원식, 「70년대 비평의 향방」, ≪창작과 비평≫, 1979. 겨울.

하상일, 「현대시와 바다의 공간성」, ≪시와 사상≫, 2000. 봄.

한기욱, 「반주변부 문학의 세계문학적 가능성」, ≪작가사회≫, 2001, 겨울.

한정호, 「포백 김대봉의 삶과 문학」, 『경남어문논집』7·8 합집, 경남대 국문학과, 1995. 12.

외서

Jim Wayne Miller, 한정호 역, 「지역 연구의 전망과 과제」, 『지역문학연구』, 1998. 9.

N. 프라이, 임철규 역, 『비평의 해부』, 한길사, 1982.

Yi-fu Tuan, 최지원 역, 『문학과 지리학』, 『지역문학 연구』, 1999. 가을.

신문 및 잡지

『경남문학사』, 경남문인협회 / 경남지역문학회, 『지역연구』, 제7호, 2001 / 목마시문학동인지, ≪시와 삶은 어디서 만나는가?≫ 1986. / ≪부산문화≫ 통권5호, 1986. 3 /『부산문학사』, 부산문인협회, 1997. / <부산여대학보>, 1985.4. / ≪사상계≫ 1963. 3. / ≪시문학≫ 1981. 5. / ≪시와 사상≫, 1999. 겨울. / ≪시의 나라≫, 2001. 12. / <서울신문>, 1960. 11. 14. / ≪창조≫, 제6호. /『한국문학논총』, 2003. 4. / ≪현대시학≫, 1980. 12, 1985. 7.

한국 현대시에 투영된 전통문화와 모국어의식*

김효중**

1. 들어가는 말

가장 세계적인 것은 가장 민족적인 것이라는 괴테의 말은 작품의 소재 채택에 있어서 보편적인 일반의 것보다는 민족이나 사회 혹은 개인에게 다같이 독자적인 세계를 이루었을 때 작품의 가치를 발휘할 수 있다는 뜻을 내포한다. 그렇다면, 가장 한국적인 정서, 한국 고유의 전통의식은 무엇인가 혹은 한층 더 나아가 한국시의 주류를 이루고 있는 정신과 역사의식은 무엇인가라는 중요한 물음이 제기된다. 따라서 우리 시 가운데 민족적 고유의 색채가 짙은 에토스ethos가 담긴 시편들은 어떤 것들인가, 그리고 그것은 왜 오늘 이 시대에 논의되어야 하는가를 진지하게 문제삼고자 하는 것이 본고의 목표이다. 그리고 이러한 물음은 오늘날 자주 논의되고 있는 문화 연구1)와 같은 맥락을 이루고 있음을 강조하고자 한다.

---

* 이 논문은 대구가톨릭대학교 일반교비에 의하여 작성된 것이다.
** 대구 가톨릭대 교수
1) 프랑스의 이브 미쇼Yves Michaud 외 다수의 학자들이 저술한 『문화란 무엇인가 Qu'est-ce que la culture』(강주헌 역, 시공사, 2003)는 이 시대가 문화에 대한 관심

최근 들어 문화 혹은 문화학이나 문화 연구는 인문학 전반에 걸쳐 새로운 연구 패러다임으로 부상하고 있다. 그래서 인문학 연구가 지향해야 할 대안의 하나로 지목되기도 한다. 이 연구는 워낙 방법론이나 관점이 다양하여 접근방법이 쉽지 않으나, 크게 문화학과 문화 연구로 구분된다. 문화학은 넓게는 전통적인 정신과학의 연구분야를 총칭하는 문화학과 전통적인 문헌학과 문학을 개혁하려는 측에서 사용하는 문화학으로, 좁게는 개별문헌학 내의 특정분야 혹은 연구 방향과 민속학, 유럽인종학, 인류학을 총칭한다. 근래 활발히 논의되는 아스만Assmann 부부의 기억과 회상에 관한 연구는 독일문화학의 독보적인 업적에 속한다.

세계화와 다원화로 요약되는 새 밀레니엄 시대에는 일반적이고 추상적인 문화가 아니라 현대적 개념의 문화 즉 인간활동 전반의 흐름을 주도한 방향을 살펴봄과 아울러 미래문화를 예측할 수 있어야 한다. 문화의 개념은 "인성, 신화, 문학, 종교, 예술, 무속, 오락, 윤리의식 등"[2]을 포괄하는 개념으로 이해되는 것이 보편적이다.

그리고 문화에 대한 논의는 전통에 관한 문제와 모국어의식과도 깊은 연관을 맺고 있으므로 본고는 한국 시인들의 시 세계를 이와 같은 관점에서 논의하되 T. S. 엘리엇의 초기비평과 단테의 모국어의식을 논거로 삼아 이들의 시가 지닌 현재적 의미와 가치를 규명하고자 한다. 이와 같은 각도에서 조명될 만한 시인들은 수없이 많지만 지면의 제한으로 본고에서는 신석초, 구자운, 김현승, 백석의 작품 예시를 통해 논제에 접근하고자 한다.

이 얼마나 깊은가를 단적으로 보여주는데, 문화연구는 대체로 영국학, 미국학, 사회학 중 청소년 연구분야 혹은 문화학의 방법론 예컨대, 매체이론, 페미니즘이론 등에서 수용되었다.
2) 위의 책, p.19.

2. T. S. 엘리엇의 초기 비평과 한국 현대시

엘리엇의 초기비평을 읽는 의미는 전통과 탈근대의 결합을 통하여 미래에 대한 비전을 얻어낸다는 데에 있다. 그의 「전통과 개인의 재능」(1919)이 20세기 전반기의 가장 중요한 문학비평으로서 전통의 가치를 재인식하도록 하였음은 새삼스러운 일이 아니며 오늘날에도 영미비평계는 물론 세계 각국의 문학계에서 여전히 논의되는 이유가 여기에 있다.

앞에서 이미 밝힌 바와 같이 엘리엇의 주장은 본고의 논의 전개과정에서 설득력이 있는 논거로 제시될 수 있으므로, 그의 주장 가운데 본고와 관련이 될 만한 내용을 간략히 살펴보고자 한다. 우선 널리 알려진 그의 전통에 관한 견해를 살펴보자.

> 전통은 전수될 수 없으며 만일 우리가 전통을 가지기를 원한다면, 우리는 치열한 노력에 의하여 전통을 획득하여야만 한다, 전통은 무엇보다도 먼저 25세가 지나서도 계속 시인이 되고자 하는 어떤 사람에게도 필수적이라 부를 수 있는 역사감각이다. 그리고 이러한 역사감각은 과거의 과거성뿐만 아니라 현재의 과거성에 대한 지각력이다. 역사 감각은 우리에게 자신의 세대를 깊이 숙고할 뿐 아니라 호머 이래의 유럽문학 전체와 자신의 문학 전체와 자신의 세대를 동시적으로 존재하고 동시적인 질서를 구성한다는 느낌을 가지고 글을 쓰게 만든다. 시간성의 의식뿐만 아니라 무시간성의 의식인 이러한 역사감각은 한 작가를 전통적으로 만드는 어떤 것이다.[3]

엘리엇이 의미하는 전통은 역사감각과 연결되며 이것은 유럽문학에서 호머와 동시대에 이르는 동시적 질서를 인식하는 능력이다. 전통이 무너

---

3) T. S, Eliot, *The Sacred Wood*, Methuen, London, 1920, p.14.

지는 이 시대에 과거와 현재를 연결하여 새로운 차원에서 시인이 시를 쓰게 하는 요인이라고 인식한 것은 실로 놀라운 통찰력이다. 개인의 재능은 전통과 분리되는 것이 아니다. 재능과 전통이 역동적인 대화적 관계를 유지할 때 살아있는 역사를 창조한다. 그러므로 역사는 현재를 위해 언제나 열려있는 것이다.

엘리엇의 전통에 관한 견해는 결국 과거의 전통이 미래의 탈근대와 만나는 지점이라는 점에서 의미가 있는 것이다. 환언하면, 전통은 탈근대의 새로운 가능성을 담보해 줄 수 있다는 것이다. 그러므로 엘리엇의 생각을 정리하면, 과거의 생명력은 현재의 삶을 윤택하게 만든다는 것으로 요약될 수 있는데, 아래에 인용하는 글 속에서 이것이 확인된다.

> 전통은 직접적인 목표가 아니라 올바른 삶의 부산물로 간주될 수 있다. 전통은 말하자면 피와 관계가 있다. 전통은 과거의 활력이 현재의 삶을 풍요롭게 만드는 수단이다. 피와 두뇌가 협동해야 사상과 감정이 화합된다.[4]

이와 같은 엘리엇의 견해와 주장은 엘리엇 당대의 유럽에서만 유용한 것이 아니라 시공을 초월하여 역사적 가치가 있으며, 우리 시인들의 작품을 새롭게 조명해 볼 수 있는 잣대가 되기도 한다. 요약하건대, 시의 주목적은 독자들을 적절히 즐겁게 만들고 도덕적 중요성을 가지는 것이며, 생생한 이미지와 감미로운 운율을 통해 인간의 사상과 감정을 보여줌으로써 독자와 청자들을 교화시키고 세련되게 만드는 것[5]이라는 엘리엇의 주장은 현재에도 유효하다는 전제 아래 신석초와 구자운의 작품을 살펴보자.

---

4) T. S. Eliot, *After Strange Gods, A Primer of Modern Heresy*, Faber, London, 1934, p.30 참조.
5) T. S. Eliot, *Selected Essays*, Faber, London, 1932, pp.199~200 참조.

1) 신석초의 경우

위에서 서술한 엘리엇의 초기비평 내용은 신석초의 시 세계와 상당량 유사성이 있다. 특히 한국적인 것의 상실에 대한 비애가 시에 표출된 것으로서 그가 민족 고유의 전통에 대한 애착을 가지고 있음은 그의 수상록이 대체로 우리 민족 고유의 문화와 관습, 전통에 관한 내용을 소재로 하고 있는 점에서도 확인된다.

신석초의 이와 같은 시세계는 그의 자전적 편력과 무관하지 않다. 그는 「비취단장」을 ≪문장≫(1940.10)에 발표하면서 문단의 주목을 받았는데, 그가 시인으로 데뷔하는 과정에서 정인보, 이육사와의 교분을 중시하면서 특히 이육사와 함께 경주, 부여, 남원 등 우리 고유의 전통이 살아 숨쉬는 지역을 여행하면서 시의 소재를 얻어낸 것은 주목할 만하다.

그가 전통적, 역사적 의식을 시에 반영한 것은 개인의 취향에도 관계가 있지만 1930년대라는 시대적 배경과도 무관하지 않다. 주지하다시피 이 시기는 일제의 학정에 극도로 시달리던 때여서 그런 숨막히는 절박한 현실에서 숨을 돌릴 수 있는 탈출구가 필요했다. 그래서 뜻이 있는 작가라면 자신의 작품 속에 우리의 민족정서를 살리고자 하였고 자연스럽게 향토적인 것, 전통적인 것, 고전적인 미에 애착을 가지게 되었다.

1939년 ≪시학≫에 발표된 그의 시 「파초」, 「묘지」, 「멸하지 않는 것」은 이와 무관하지 않으며, 「비취단장」, 「서라벌단장」, 「처용은 말한다」, 「사비수」, 「검무랑」, 「바라춤」, 「궁실」, 「불국사탑(1)(2)」 등은 이 무렵 창작된 시편들이다.

우리의 전통사상은 유교, 불교, 노장 및 무속사상을 근간으로 이루어졌다고 보는 것이 보편적이다.[6] 신석초가 한국적, 전통적인 것에 지대한 관

---

6) 오세영, 『20세기 한국시 연구』, 새문사, 1989, p.290.

심을 가진 것은 그의 「시문학잡고」[7]에서 "가장 민족적인 것은 가장 세계적인 것"이라고 한 괴테의 언급을 인용하면서 토착성을 주장한 견해에서 뚜렷이 드러난다. 이 말은 보편화된 일반적인 소재나 주제보다 민족, 사회, 개인에게 독자적인 세계를 이루어 놓았을 때 그것이 가장 빛나고 값진 것이 될 수 있다는 말이다.

그의 시에서 전통의식이 가장 두드러지게 드러난 예는 고시가의 율격 특히 향가, 여요, 예컨대, 「정과정」, 송강의 「사미인곡」, 고시조의 율격적 분위기를 느끼게 하는 작품들을 통해서이다. 자주 논의되는 「바라춤」의 가락은 그 좋은 예이다. 「바라춤」의 창작 동기가 된 작품은 「청산별곡」, 고시조로서 실제 시의 형식적 측면을 보면 향가, 여요, 시조의 리듬을 답습하고 있다. 서사序詞는 청산에 묻히고 싶다는 시적 화자의 독백으로 요약되며, 시간적 배경은 밤, 공간적 배경은 절寺, 주제는 속세의 고뇌를 벗어나 진정한 삶의 행복을 찾게 되는 내면적 과정이다.

> 묻히리란다. 청산에 묻히리란다.
> 청산이야 변할 리 없어라.
> 내 몸 언제나 꺾이지 않을 무구한
> 꽃이언만
> 깊은 절 속에 덧없이 시들어지느니
> 생각하면 갈갈이 찢어지는 내 맘
> 서러 어찌하리라.
>
> — 신석초, 「바라춤 서사」 일부

이 시에서 "묻히리란다. 청산에 묻히리란다"는 구절은 고려가요 「청산별곡」의 분위기를 유발하는데, 이것은 물론 신석초가 전통의 미를 살리기

---

7) 신석초, 「시문학잡고」, 『시는 늙지 않는다』, 음성출판사, 1985, p.317.

위한 의도에서였음이 분명하다. 시집 『서라벌 단장』의 「신라고도부」, 「반월성지」, 「안압지」, 「불국사탑(1)(2)」, 「석굴암관세음」, 「첨성대」, 『수유동운』의 「무열왕릉소감」, 「동해의 달」, 『처용은 말한다』의 「처용은 말한다」, 「처용 무가」, 「천마령」, 「천마도」 등은 신라시대 문화에 강한 애착을 가지고 전통 가치를 재인식하고자 한 의도에서 시의 소재를 취한 작품들이다. 그가 「처용의 노래」와 「처용 무가」의 창작 비밀을 밝힌8) 것만 보더라도 과거 문화적 전통의 현대적 계승에 관하여 상당히 진지한 모색을 한 것을 알 수 있다.

이 가운데 「신라고도부」의 일부만을 예시하면 다음과 같다.

멀리 달려온
구름 벌판
발틀에 구르는
낡은 기왓장
십팔만호
옛 서울은
가뭇없는 꿈일레라

소슬한 가을 바람
호젓한 길가에
묻힌
신라 왕궁의 화초와

---

8) "「처용의 노래」란 신라 사람의 행동규범을 어느 정도 규정해왔던 것으로 나는 한국 사람이 처용처럼 비합리적이고 비현실적인 그런 사고 방식으로 과연 행복했던가를 추구하고 싶었고 「처용무가」는 무당에서 나온 것이 厄을 물리친다 해서 군중의식으로까지 발전한 것을 시로 써 본 것이었어"(『신석초 전집』1권, p.303)라고 석초는 언급하였다.

삼한 의관들

— 신석초, 「신라고도부」 일부

이 시는 신라 천년의 고도였던 경주를 회고하면서 연작시의 형태로 지은 작품으로서 "꿈일레라, 우니노라, 오지 않느니" 등은 고시가에서 쓰인 어미를 활용하고 있는 예이다. 그가 작품의 소재나 주제를 이와 같이 신라시대의 역사, 문화에 비중을 두어 창작한 것은 신라정신의 발전적인 계승이라는 측면에서 서정주와 맥을 같이 한다고 할 수 있는데, 박두진은 서정주와의 비교를 통하여 아래와 같이 언급한 바 있다.

> "같은 신라의 하늘을 노래하면서도 정주가 미리 신선처럼 신라로 날아가 앉아서 신라의 감정을 지어 그것을 차근차근 형상화한다면 석초는 그대로 멀리로 신라를 회고하면서 영탄하고 회모하는 것이 특징이다."[9]

그가 작품 속에서 추구한 전통지향성의 경향은 우리 민족의 특성을 알고 우리의 감정과 생활을 느끼고 체험하게 하는 데 크게 기여한다. 이것은 마치 독일의 헤르더Herder가 민요수집을 통하여 독일 민족에게 그와 같은 방식으로 기여한 것이나 괴테가 민요의 자유로운 모방을 통하여 다양한 종류의 작품을 공감하고 향유하도록 한 것과 같은 맥락이다.

한국적인 것의 상실에 대한 비애가 시로서 표출된 시는 다음에 인용하는 「신흥주택가」이다.

골패짝 같은 것들, 물감 들인
종이 조각 같은 것들

---

9) 박두진, 『현대시론』, 일지사, 1979, p.302.

입춘날 액맥이로 뿌려 논
종이 돈 같은 것들
　　　(중략)
달을 바라보며 임을 기다릴
숲이 없구나
조용히 기대설 정자도 없고
아침 이슬을 길을 연못도 없고
비밀한 몸짓을 가리울
완자창도 없구나
　　　(중략)
오오 낯이 부끄러운
다락같은 산수의 둘레여
한국의 푸른 하늘 밑이여

남의 집 같은 이 뜨락에서
우리는 아들 딸들을 길러야 한다
뒷날 나라가 번영하여
이곳에 소슬대문이 서고
꽃밭이 우거질 것을 꿈꾸며
우리는 살아가야 한다

　　　　　　　　　　— 신석초, 「신흥주택가」 일부

　그가 민족 고유의 전통에 대한 애착을 가지고 있음은 그의 수상록을 대
체로 우리 민족 고유의 문화와 관습, 전통에 관한 것을 소재로 하고 있는
점에서도 확인된다.[10]

---

10) 그의 수상록 가운데 「우리, 우리들의 것」(『시는 늙지 않는다』)이라는 제목 아래
　　쓰인 「우리 문학의 유머와 멋」, 「한국인의 민예」, 「부채」, 「추석놀이」, 「칼국수」

「한국의 꽃」에서는 진달래, 개나리, 할미꽃 등 한국의 특징을 상징하는 꽃들을 소재로 했는가 하면, 「무열왕릉 소감」에서도 한국의 역사, 문화에 깊은 관심을 보여 신라시대로 회귀하여 깊은 상념에 잠기고 있다. 무엇보다도 한국적 전통을 작품에서 선명히 드러내고자 한 의도가 부각된 것은 「古風」이다. 회장저고리, 치마, 외씨버선, 화관몽두리, 화관족두리 등 격식에 맞추어 입은, 가장 한국적 전통에 어울리는 전통의상을 세밀히 관찰하여 묘사하였다.

> 분홍색 회장저고리
> 남끝동 자주 고름
> 긴 치맛자락을
> 살며시 치켜들고
> 치마 밑으로 하얀
> 외씨버선이 고와라.
> 멋들어진 어여머리
> 화관 몽두리
> 화관 족두리에
> 황금 용잠 고와라.
> 은은한 장지 그리메
> 새 치장하고 다소곳이
> 아침 난간에 섰다.
>
> ─ 신석초, 「고풍」 전문

2) 구자운의 경우

한국의 청자를 소재로 한 구자운의 「청자수병」은 일품에 속한다. 겉으

등 18편의 작은 에세이들은 모두 우리의 전통에 관한 것들이다.

로 드러난 표현만으로도 가히 한국적 전통을 여실히 그려 독자들의 감동
을 얻어내는 일에 성공하고 있지만 그보다도 절차탁마된 언어의 조화로
움이 타의 추종을 불허한다.

아련히 번져 내려
구슬을 이루었네.
벌레들 살며시
풀포기를 헤치듯
어머니의 젖빛
아롱진 이 수병으로
이윽고 이르렀네.

눈물인들
또 머흐는 하늘의 구름인들
오롯한 이 자리
어이 따를손가?
서려서 슴슴히
희맑게 엉긴 것이랑
여민 입
은은히 구을른 부풀음이랑
궁글르는 바다의
둥긋이 웃음지은 달이랇거니.

아롱아롱
맑게 무늬지어 어우러진 운학
엷고 아스라하여라
있음이여!

오, 적이 죽음과 이웃하여
꽃다움으로 애설푸레 시름을
어루만지어라.

오늘
뉘 사랑 이렇듯 아늑하리야?
꽃잎이 팔랑거려
손으로 새는 달빛을 주우려는 듯
나는 왔다.

오, 수병이여!
나의 목마름을 다스려
어릿광대
바람도 선선히 오는데
안타까움이야
호젓이 우로에 젖는 양
가슴에 번져내려
아렴풋 옥을 이루었네.

　　　　　　　　　　　　　　　— 구자운, 「청자수병」 전문

　이 시는 형식미도 다듬어지고 시의 말솜씨 또한 유려하다. 특히 항아리,
병 등 우리의 고기古器에 관한 깊은 관찰력을 통해 얻어낸 표현이 시의 품
격을 높이고 있다. 이러한 시의 소재들은 자칫 단순한 정감의 유로에 의
한 시각적인 묘사에만 그칠 가능성이 큼에도 불구하고 대상이 지니고 있
는 내면에 꽂히는 시인의 서정을 아름다운 이미지로 형상화하여 그 빛을
발한다. 이와 같은 그의 시적 기법은 "꽃은/ 멀리서 바라는 것이러니/ 허
나/ 섭섭함이 다하기 전에/ 너 설매 한다발/ 늙은 가지에 피어도 좋으리."

(「매梅」의 일부)에서도 유감 없이 드러나 동양적인 사상事象의 그윽한 정절미를 세련된 언어로 표출하고 있다.

3. 시인의 모국어의식과 시세계

1) 모국어의식의 중요성

모국어의식을 강조하는 경향은 특히 서양의 경우 중세의 문학자들에게서 강하게 나타난다. 예컨대, 단테는 자국어인 이탈리아어의 우수성과 이탈리아어에 대한 애정을 강조하였다. 그는 라틴어로 논문 「모국어De vulgari eloquentia」을 씀으로써 자신의 모국어인 이탈리아어를 문학어로서의 위상을 정립하였다.11)

중세의 문학자들은 다음과 같이 자국어에 대한 자긍심을 강조하였다. 즉 수많은 국가와 민족은 이탈리아인들이 이탈리아를 사용하는 것보다도 더 합리적이고 편리하게 자신들의 언어를 사용하는데, 이탈리아에서 가장 모범이 되고 훌륭하고 세련되고 표준이 되는 언어는 이탈리아 모든 지역에 공통적이어야 하며, 그 언어에 의해서 이탈리아어의 모든 방언을 추정하고 저울질하고 비교할 수 있어야 한다12)는 것이다.

위와 같이 주장하는 것은 라틴어의 범람 때문이었는데, 라틴어는 중세뿐만 아니라 18세기 말까지 가장 세련된 의사소통의 방편으로 활용되었고 로마제국이 멸망한 후에도 문학을 비롯한 모든 학문 분야에서 그 위세를 떨쳤다.

---

11) Charles Eliot Norton, *The Devine Comedy of Dante Alighieri*, Encyclopedia Britannica, Inc., London, 1978, p. vi.
12) Paolo Milano, *The Portable Dante*, Penguin Books, New York, 1979, pp.634~636.

페트라르카와 보카치오는 라틴어로 걸작을 남겼는데, 이 둘은 단테와 함께 이탈리아의 3대 문호임은 알려진 바와 같다. 페트라르카는 이탈리아어에 대한 자긍심이 없었고 자신의 작품조차도 이탈리아어로 쓴 것보다는 라틴어로 쓴 것을 중시하였다. 보카치오는 나폴리에서 페트라르카를 만난 이래 오랫동안 우정을 지속해 온 한편, 단테를 흠모하여 단테의 일대기를 작성하였고 말년에 플로렌스에 살면서 단테의 신곡에 관한 이야기를 사람들에게 전했다.

에셴바흐Wolfram von Eschenbach나 초서Geoffrey Chaucer는 이들의 모국어인 독일어나 영어만을 사용했다. 그리고 프랑스의 뒤 벨레이Joahim Du Bellay는 「프랑스어에 대한 옹호와 선양Defense et illustration de la langue française」[13]에서 '조국에 대한 자연스런 애정에 의해서만 작가는 집필할 수 있을 뿐' 이라는 태도를 견지했다. 파스키에Etienne Pasquier 역시 프랑스어의 우수성을 강조함과 아울러 프랑스문학이 지니고 있는 과거 유산의 찬란함과 현재의 영광을 강조하였다.

한편, 독일의 발터 폰 데르 포겔바이트Walter von der Vogelweide는 자신의 시에서 독일 영토의 경계를 폭넓게 설정하였는데, 그의 이런 정신은 『독일 국민에게 고함Reden an die deutsche Nation』을 집필한 피히테의 정신으로 이어진다. 독일의 '국어정화운동'은 16세기부터 독일에 유입되기 시작한 프랑스문학과 이탈리아 중심의 남유럽문학의 범람 때문에 독일어의 순수성이 위협받게 되면서부터 형성된 운동이다. 실제로 이 운동의 실천 모임으로 '결실회Fruchtbringende Gesellschaft'를 들 수 있는데, 이들은 독일어의 순수

---

13) 이 글은 상성파의 견해를 표명한 것으로 뒤 벨레이가 작성한 것이고 내용을 요약하면 다음과 같다. 즉 제1부에서 고어, 신어, 전문어의 활용에 의해서 프랑스어의 용례와 용법을 확대함으로써 어휘를 풍부히 할 것을 강조하였고 제2부에서 전통적인 시 형식과의 결별을 선언하였으며 송가, 목가, 만가, 서사시, 극시 형식을 계발할 것을 강조함과 아울러 시 문체의 고유성과 음악성을 강조하였다.

성을 강조함으로써 철자법과 문법을 규정하고 비속어를 비롯한 외래어를 철저히 배격하였다. 이 그룹의 핵심 멤버인 오피츠Martin Opitz는 소포클레스의 「안티고네Antigone」를 독역하였고 전형적인 독일시의 규범이 된 『독일시론Buch von der deutschen Poetrey』(1624)을 썼는데, 이것은 18세기까지 독일문학에 강한 영향을 끼쳤다.

17세기부터 18세기 중엽에 이르는 시기는 민족의식의 고양에 힘입어 독일어 문학권의 우월성을 입증하려고 노력한 시기이며 보드머J.J. Bodmer와 브라이팅거J.J. Bretinger는 특히 그 활동이 눈부시었다.

중세기 후반에 비롯되어 문예부흥 시기를 거쳐 17세기까지 이어지는 유럽문학에서 공통적으로 드러나는 위와 같은 특징인 모국어 실천과 이를 통한 애국정신의 고양을 프랑수아 조스트는 다음과 같이 요약하였다.

> 모국어로 쓰여진 문학작품의 범람은 결과적으로……자국문학에 대한 일종의 문학적 자존심을 야기하게 되었다. 따라서 자국인이 사용하는 언어로 시를 쓰는 시인은 애국정신을 간접적으로 고양시키게 되었고 또 정치적인 역할도 수양하게 되었다.[14]

위의 내용이 시사하는 것은 자국어와 자국문학을 외국어와 외국문학에 비교해 볼 때 우월한 점은 무엇이고 열등한 점은 무엇인가를 파악하여 우월한 점은 계속 발전시키고 열등한 것은 보완하여 계발시키는 것이다.

시가 시로서 완성되는 것은 시의 내용과 유기적으로 연결된 언어라는 매개체와 방법론에 의한 것이다. 각 나라의 언어는 그 민족의 얼을 담는 그릇이다. 따라서 각 민족이 자기 나라말과 글을 살리고 지켜나가는 일처럼 소중한 일은 없다. 셰익스피어가 훌륭한 이유는 동서고금을 막론하고

---

14) Francois Jost, *Introduction to Comparative Literature*, Bobbs Merrill Company, Inc., Indianapolis, 1974. p.8.

심금을 울릴 수 있는 빼어난 작품을 썼기 때문이기도 하지만, 그보다 더욱 중요한 것은 그의 모국어인 영어를 갈고 닦는 데 누구보다 큰 몫을 했기 때문이다. 그래서 영국에서는 "인도와 셰익스피어는 바꿀 수 없다"고까지 이야기되지 않았는가? 그러므로 시인의 궁극적인 사명은 곧 민족어의 완성이라는 값진 뜻을 세워 민족혼을 지키고 민족의 삶과 정서를 고양시켜 나가야 하는 일이다.

우리나라의 경우, 국어는 삼국시대에서 통일신라시대, 고려, 조선조 초기에 이르기까지 상당한 기간 동안 민족의 얼을 담는 그릇으로서의 말과 이 말을 담는 그릇으로서의 글이 서로 분리되어 사용되어옴으로써 이른바 언문불일치생활을 해왔다. 그래서 말은 그대로인 채 글은 한자 혹은 이두를 사용했다. 그러다가 세종대왕이 "백성을 어여삐 여겨 새로 스물여덟 자를 만드는 일," 즉 훈민정음 창제를 계기로 일대 혁신이 이루어질 수 있었다. 그러나 전통적인 중화사상으로 한문이 숭상되고 우리의 한글은 아녀자의 글로 인식되고 비공식적인 표현수단으로만 활용되어 여전히 우리의 말과 글은 불일치의 길을 걸을 수밖에 없었다.

일제강점기의 와중에서 우리 시인들은 우리말과 글을 닦고 지켜 나감으로써 우리 민족혼과 민족정신을 살려 나아가고자 혼신을 다했었다. 1920년대의 김소월, 한용운 같은 시인들은 우리말에 담긴 고운 결과 민족혼을 깊이 있게 살려냄으로써 우리말을 예술적 차원에까지 고양시켰다. 김영랑이나 백석도 제외될 수 없는 시인들이다. 이들은 우리말이 지닌 아름다움을 최대한 살려내기 위하여 온 힘을 기울였다.

이런 측면에서 우리말과 글의 역사를 보면 진정으로 민족어로서 대접받고 우리 민족의 역사, 생활사, 정신사, 예술사와 맥을 같이 한 것은 겨우 8·15 해방 이후가 아닌가 한다. 돌이켜보면, 일제강점기에 주권 상실과 더불어 우리의 말과 글도 수난을 겪었기 때문이다.

이미 서술한 바와 같이 우리 현대시의 전통을 되돌아보면, 우리 시에 대한 자각과 성찰이 없이 외국시 번역을 통해 어설프게 받아들인 상태에서 이상증세를 보인 것으로 인식되어 왔고 그러한 면이 다분히 있음을 솔직히 인정하지 않을 수 없다. 그러나 자세히 살펴보면 면면히 흐르는 우리의 전통시가에서 조상들의 얼과 생활감정이 시어로써 영롱히 빛나고 있음을 쉽게 알 수 있다.

해방 이후 우리말을 갈고 닦는 데 지대한 공을 쌓은 시인들을 예로 들면, 미당 서정주와 청록파 시인들이다. 서정주는 『화사집』(1941)을 내놓은 이후 『80소년 떠돌이의 시』(1997)를 낸 현재에 이르기까지 천부적인 재능을 가지고 우리말을 발굴해내고 심화, 확대시킨 시인이다. 그는 우리말의 섬세한 의미와 소리의 가치에 귀를 기울일 줄 안 시인이다. 청록파의 공적은 새삼 재론할 여지가 없지만 특히 이들의 시어에 대한 절차탁마切磋琢磨의 노력은 높이 사야 할 것이다.

현대시 창작을 위하여 보다 풍요롭고 새로운 시어를 우리 모국어인 한국어에서 발굴해 내야 하는 일이 시급하다. 우리말 사전에 보면 아직도 우리가 알지 못하는 아름다운 낱말들이 얼마나 많은가?

2) 김현승의 경우

모국어의식이 투철하게 반영된 시는 아래와 같은 김현승의 시에서이다.

반세기 하고도
10년을 더 지나고서
서울 아가씨의 밍크 종아리는
한결 곧아졌는데

한국시의 허리는
철사처럼 가늘어졌다.

서릿발 치운 이 겨울
언어와 침묵의 가지 끝에는
피가 흐르지 않는다.

아아 어설픈 날,
시청광장에 불이라도 피우자.
모닥불이라도 활활 피우자.

그리운 차운 하늘에 뿔뿔이 떠돌던
갈가마귀같은 시인의 영혼들
검은 울음 울며
모여들어,

차가운 손들을 문지르며
볼이라도 부비자
서로 서로 껴안고
수염 까칠한 볼들이라도
부벼보자.

— 김현승, 「시의 겨울」

위의 시는 한국 현대시의 진면목을 가장 잘 진단한 시의 한 예에 속하
며 우리 현대시가 지니고 있는 문제점을 지적한 부분은 3연이다. 즉 시적
언어에 대한 철저한 자각과 모국어인 한국어에 대한 애정이 없다는 것을
통탄한 내용이다. 이 시가 지닌 장점은 단순히 문제점을 지적하는 것으로

그치지 않고 이에 대한 극복 방안(4연부터 6연까지)을 제시한 점이다. 즉 시
를 짓고 읽는 이들이 공동으로 연대의식을 갖고 시의 언어를 갈고 닦아
세련되게 만들어 보자는 것이다.

3) 백석의 경우

백석은 토속어를 즐겨 사용한 시인으로서 그의 시에서는 토속이 수단
으로서가 아니라 토속 그 자체가 목적이 되고 있다. 그래서 김춘수[15]가
이 시에서 "토속이 미적인 가치는 물론 도덕적 가치를 설정하고" 있으며
시에 활용된 사투리가 "살아있는 문화재로서 사회적 의미를 부여하고" 있
는 것으로 평가한 것도 결국은 모국어의 가치를 살려낸 시인임을 드러내
고자 한 것이다. 다음에 인용하는 「외가집」에서 이를 확인할 수 있다.

> 내가 언제나 무서운 외가집은
> 초저녁이면 안팎마당이 그득하니 하이얀 나비 수염을 물은 보득지근
> 한 북쪽제비들이 씨굴씨굴 모여서는 짱짱 짱짱 쇳스럽게 울어대고
> 밤이면 무엇이 기왓골에 무리돌을 던지고 뒤울 안 배낡에 쩨듯하니
> 줄등을 해여달고 부뚜막의 큰솥 작은 솥을 모조리 뽑아놓고 재통에 간
> 가람의 목덜미를 그냥그냥 나려 눌러선 갯다리 아래로 처박고
> 그리고 새벽녘이며 고방 시렁에 채국채국 얹어둔 모랭이 목판 시루
> 며 함지가 땅바닥에 넘너른히 널리는 집이다.
> — 백석, 「외가집」 전문

위의 시에서 쓰인 토속적인 어휘 외에도 그의 「추야일경」에서 쓰인 '홰
줓하니, 오가리, 석박디, 시레기, 토방, 햇콩두부' 등의 다양한 어휘는 우

---

15) 김춘수, 『김춘수 사색 사화집』, ≪현대문학≫, 2002, p.48.

리 민족문화의 전통을 고스란히 간직한 시이다. 그만큼 민족의 특수성을 보존하고 있다 할 수 있다.

백석 이외에도 모국어의식을 두드러지게 반영하고 있는 시인들은 신경림, 박용수, 송수권, 고은 등 다수가 있으며 고은은 특히 민족 고유어와 방언, 속어, 비어 등을 다양하게 활용하고 있어 그의 시집 전체가 하나의 민족어 사전, 민중어 사전이라고 평가받을[16] 정도이다. 따라서 이들의 작품은 앞으로도 끊임없이 고구考究될 필요가 있다.

4. 나가는 말

세계화와 다원화로 요약되는 새 밀레니엄시대에는 일반적이고 추상적인 문화가 아니라 현대적 개념의 문화 즉 인간활동 전반의 흐름을 주도한 방향을 살펴봄과 아울러 미래문화를 예측할 수 있어야 하는 것이 당연한 일로 간주된다. 그래서 최근 문화 연구는 인문학 전반에 걸쳐 새로운 연구 패러다임으로 부상하고 있고 인문학 연구가 지향해야 할 대안의 하나로 지목되기도 한다. 그리고 진정한 문학 연구는 엘리엇이 주장한 전통론을 전폭적으로 지지하면서 본고의 논지를 집약하였다.

본고는 위와 같은 문화 연구의 맥락에서 우리 시에 담긴 민족문화와 민족의 정체성을 문학 속에서 찾아내고자 하는 데 역점을 두고 한국의 전통문화와의 연관성 아래에서는 신석초와 구자운을, 모국어의식을 반영한 시인으로서는 김현승과 백석을 중심으로 논의를 전개하였다. 그것은 이들의 작품이 지닌 시공을 초월한 가치와 창조성을 재발견하여 우리의 새로운 전통과 패러다임을 만들기 위함이다.

---

16) 김재홍, 『한국현대시의 사적 탐구』, 일지사, 1998, p.39.

그리고 본고의 논의를 통하여 위의 시인들의 작품이 지닌 미학성과 전통적 가치는 입증되었다. 이들 외의 다른 시인들의 작품도 이와 같은 맥락에서 지속적으로 논의되어야 할 과제로 남아있다. 이와 같은 생각은 비단 필자만의 생각은 아니며 조남현17)이 이미 오래 전에 전통문화론에 관한 재검토를 제기한 바 있다.

결국 질적인 면과 양적인 면에서 전통의 실체는 계속 확대되어야 하고 보다 많은 문화재의 발굴과 보존이 시급한데, 이것은 문화의 다양한 측면에서 이루어져야 한다.

참고문헌

구중서, 『분단시대의 문학』, 전예원, 1981.

권영민, 『한국현대문학대계』 1, 민음사, 1994.

김재홍, 『한국현대시의 사적 탐구』, 일지사, 1998.

김춘수, 『김춘수 사색 사화집』, 현대문학, 2002.

박두진, 『현대시론』, 일지사, 1979.

신석초, 「시문학잡고」, 『시는 늙지 않는다』, 융성출판사, 1985.

──, 『신석초전집』 1권, 융성출판사, 1985.

오세영, 『20세기 한국시연구』, 새문사, 1989.

이브 미쇼 외, 『문화란 무엇인가』 강주헌 역, 시공사, 2003.

정한모, 『한국현대시현장』, 박영사, 1983.

조남현, 『문학과 정신사적 자취』, 이우출판사, 1984.

---

17) 조남현, 『문학과 정신사적 자취』, 이우출판사, 1984, pp.6~14 참조.

최원규, 『한국 현대시의 성찰과 비평』, 국학자료원, 1993.

최윤영, 「문화연구와 이방인」, 『비교문학』 27집, 2001.

Assmann. J. *Das Kulturelle Gedächtnis*, München. 1999.

Böhme, H. und Scherpe, K. R.(hg). *Literatur und Kul;turwissenschaften. Positionen, Theorien*, Reinbek bei Hamburg, 1996.

Eliot, T. S, *The Sacred Wood*, Methuen, London, 1920.

————, *Selected Essays*, Faber, London, 1932.

————, *After Strange Gods, A Primer of Modern Heresy*, Faber, London, 1934.

Milano, P., *The Portable Dante*, Penguin Books, New York, 1979.

Ninning, A. *Metzler Lexikon. Literatur - und Kulturtheorie*, Stuttgart 1998.

Norton, C. E. *The Devine Comedy of Dante Alighieri*, Encyclopedia Britannica, Inc., London, 1978.

로버트 프로스트의 사랑의 신념

Belief in Love of Robert Frost

박 성 철 *

1. 서론

로버트 프로스트Robert Frost는 「오늘의 교훈The Lesson for Today」이라는 시詩
에서 다음과 같이 노래하고 있다.

> 나는 유언에 대하여 여러분의 주장을 인정한다.
> 그래서 나의 내력을 비문에 새긴다면
> 나는 짧은 것으로 하리라.
> 나는 나의 비석에다가 다음과 같이 쓰고 싶다.
> 즉, 나는 이 세상과 사랑의 싸움을 한 사람이라고

> I hold your doctrine of Momento Mori.
> And were an epitaph to be my story
> I'd have a short one ready for my own.
> I would have written of me on my stone :

---

* 시인

I had a lover's quarrel with the world.[1]

위의 시에서 진술한 바와 같이 그는 "이 세상과 사랑싸움"을 한 시인이 었다.

그만큼 Frost는 세상을 사랑했고 인생에 애착을 가지고 사람들과 자연을 사랑했고 생업과 노동의 의미를 깨닫고, 고통과 고뇌의 삶이지만 이 세상을 극진히 사랑하고 자연과 사람과 일, 그리고 신神의 섭리와 자비를 믿으며 이 모든 것들을 깊이 사유하며 시작詩作에 충실하였다.

그의 시들이 극시 Dramatic Poetry가 많고 또한 대부분이 대립의 구조로 작품을 전개해 나간 점은 그가 인생의 추구자 Pursuer for life로서 인생을 철저히 적극적으로 생활하는데 진정한 삶의 의미와 맛을 발견하고 있다는 증거이다.

대화의 시간

한 친구가 길에서 나를 부르며
그가 타고 있는 말의 속도를 늦춰 걸을 때
나는 그 자리에 선체로
내가 다 갈지 못한 언덕바지를 둘러보면서
어쩐 일인가? 하고 묻지 않는다.
말을 나눌 시간은 있으니
나는 땅에다 날을 위로 세워
5피트 길이의 괭이를 찔러 두고
터벅 걸음으로 돌담으로 올라간다
다정한 친구를 만나 대화를 나누고.

---

1) Robert Frost, *The Poetry of Robert Frost*, By E. C. Lathem, Jonathan Cape, London, 1977, p.355.

A TIME TO TALK

When a friend calls to from the road
And slows his horse to a meaning walk,
I don't stand still and look around
On all the hills I haven't hoed,
And shout from where I am, "What is it?"
No, not as there is a time to talk.
I thrust my hoe in the mellow ground,
Blade-end up and five feet tall,
For a friendly visit.[2]

못다 간 언덕에서 날이 선 괭이를 꽂으며 친구와 이야기 나누러 가는 농부 프로스트의 모습을 볼 수 있다. 터벅 걸음으로 돌담 쪽으로 가는 시인의 삶의 무대 뉴잉글랜드의 산골이다.

프로스트는 이러한 자신의 생업의 현장에서 일어나는 소리들을 즐겨 건져 올린다. 그의 시에 온갖 자연의 소리와 사람들의 대화가 많이 등장하는 것을 보면 이 점을 알 수 있다.

인생에서 우리가 취하는 것과 문학에서는 흔히 간과하는 것이 바른 말(단어)에 따르는 문장의 음율 즉 낱낱이 낱말이 우리 귀에 들려오느냐 아니냐, 또 각 낱말의 뜻이 특별한 음색을 가지고 있느냐 아니냐가 프로스트의 의도한 바였다. 귀가 생활 회화에 익숙한 청자는 각 의미에 감각이 표현하는 특별한 음율에 본능적으로 친숙해 있다.

랭귀지란 다만 사람들의 입에만 실재로 존재하기 때문에 시인은 소리로 향하는 자신의 귀로서(詩를) 쓰지 않으면 안 된다.

It was Frost's contention that what we get in life and miss so often in

---

2) 위의 책, p.124.

literature is the "sentence sounds that underlie the words. Whether the individual words carry to our ears or not, every meaning has a particular soundposture. The listener whose ear is attuned to the spoken language is "instinctively familiar" with the particular sound which goes with "sense of every meaning." Since language only really exists in the mouths of men, the poet must write with his ear to the voice.[3]

그는 시인은 "시인은 그의 귀로 들은 것을 소리로 써야한다 The poet must write his ear to voice."라고 주장하고 있으며 그것은 "그래서 언어는 유일하게 인간의 입에 실재로 존재한다 Since language only really exists in the mouth of men" 이기 때문이라고 말하고 있는 것이다.

이렇게 그의 시는 삶과 노동의 현장에서 취재한 생생한 소리의 기록들로서 고통과 갈등과 대립의 변증법적 진화를 거듭하면서 어떤 신념에 도달한다. 그리고 그 신념은 결코 대립의 어느 한편을 선택하거나 편을 드는 것이 아니라 전혀 새로운 인식으로 우리의 눈을 집중하게 한다. 그것은 신과 자연과 인간과 인생의 의미에 대하여 Frontier Optimism的 인식에서 출발하고 체험으로 얻은 지혜의 길이었다. 그리하여 Frost는 대조 또는 대립의 시학을 확립하면서 그의 신념을 추구하고 구축해 나간다. 그리고 그 확신에 찬 목소리를 특유의 시적 방법으로 형상화하는 데 성공하고 있다. 본 논문을 시인으로서 생활인으로서 진리 추구자로서의 프로스트의 시가 담고 있는 사상적 신념의 본령을 그의 작품들을 통하여 규명해 보고자 한다. 연구방법은 그의 작품과 비평논문을 분석·종합하여 귀납법으로 정리하였다.

2. 본론

---

3) Robert E. Spiller, etc., *Literary History of United States*, 4th edition : Revised, Macmillan Publi-shing Co., Inc., New Youk, 1978, p.1195.

1) 사실주의적 자연관

(1) 노동

프로스트의 시의 출발은 자연과 만남의 기쁨으로 시작한다. 인간의 삶은 자연 속에서 영위되고 자연 속에서 탄생하고 또 죽어서 자연으로 돌아간다. 그러나 프로스트가 자연을 노래하고 인생을 찬미하면서 한때 깊은 회의에 빠지기도 하였다. 그것은 한때 그의 양계업의 실패와 그로 인한 좌절에서 기인하기도 하였으나, 그는 좌절과 회의도 그의 시작詩作 속에 용해시켜 새로운 자각과 희망으로 극복하면서 폭넓은 인격과 따뜻한 인간미로서 그의 삶과 사색을 시로서 형상화시키고 있다.

> 그는 앞만 보고 달린다. 그는 추구자였다.
> 자신은 남이 아직 멀찍한 거리에 처져 있을 때
> 탐구자로서의 길을 추구한다.
> 자신을 탐색하는 자는 자기 안에 탐구자를 찾게 된다.
> 그의 생애는 영원의 추구자였다.
> 자신의 현존을 창조하는 것은 미래이다.
> 모든 것은 하나의 무한한 동경의 고리이다.

> He runs face forward.
> He is a pursuer.
> He seeks a seeker who in his turn seeks
> Another still, lost far into the distance.
> Any who seek him seek in him the seeker.
> His life is a pursuit of a pursuit forever.
> It is the future that creates his present.
> All is an interminable chain of longing.[4]

이 시에서 보듯이 그는 "He is a Pursuer."이었다. 그것이 곧 시인이 사명이기도 했으며 추구자로서 사는 일에 충실함으로서 뜻하는 바 인간과 인생의 보편적 진리와 지혜를 추구해 나갔다.

장은명 씨는 프로스트 시의 특징들을 다음과 같이 지적하고 있다.

첫째 그의 詩는 감각적이거나 날카롭기보다는 강건하며 인간의 근원적인 문제에 자주 눈을 돌리고 있다는 점이다. 그는 소박한 詩語와 평이한 文體로 항상 근원적인 문제에 대해 질문을 던지고 대답하기를 그치지 않았다. 둘째로 그의 詩의 素材는 당연히 그가 생활하였던 New England의 자연이라든지 New Englander들의 생활상이 많지만……

자연 속의 인간, 인간의 생활, 자연과 함께 사는, 또는 자연과 대립하는 인간의 생활을 통해서 그는 생의 본질적인 문제를 추구하였다. 그의 관심의 초점은 항상 인간이었으므로 그는 어디까지나 인간의 관점에서 모든 것을 해석하였다. 그런 면에서 그를 매우 인간적인 詩人이라고 할 수 있을 것이다.[5]

본 논자는 프로스트 시에 대한 이러한 지적에 대해 전적으로 동감하는 바이다. 그것을 전술한 바와 같이 "His life is a pursuit of pursuit forever." 라는 표현을 주목해 보면 알 수 있는 것이다.

「풀베기」

숲가에서 들려오는 소리는 단 한 가지.

---

4) Robert Frost, *The Poertry of Robert Frost*, p.421.
5) 장은명, 「Robert Frost의 종교적 신앙」, 『영어영문학』75호, 가을호, 1980, 한국영어영문학회, p77.

그것은 땅위에 속삭이는 나의 긴 낫이었다.
그것은 무엇을 속삭였을까? 나는 잘 모르지만,
아마도 태양열에 대한 어떤 것이지도 모르고
또는 소리의 결핍에 대한 무엇인지도 모른다.
하여 그것은 속삭일 뿐 말을 하지 않았다.
그건 한가로운 時間이 주는 꿈도 아니었고
혹은 요정의 손길로 쉽게 얻는 황금도 아니었다.
진실 이상의 것은 무엇이든 너무 연해 약 보였으리.
줄줄이 풀을 베어 뉘는 가장 진지한 사랑에 대하여,
가끔 끝이 뾰족한 가려면 난초꽃도 있고
밝은 초록색 뱀도 질겁해 달아났다.
사실은 노동만이 아는 가장 달콤한 꿈이다.
하여 나의 긴 낫은 속삭이며 풀을 베어 나갔다.

「MOWING」

There was never a sound beside the wood but one.

And that was my long scythe whispering to the ground.

What was it whispered? I know not well myself;

Perhaps it was something about the heat of the sun,

Something perhaps, about the lack of sound -

And that was why it whispered and did not speak.

It was no dream of the gift of idle hours,

Or easy gold at the hand of fay or elf:

Anything more than the truth would have seemed too weak

To the earnest love that laid the swale in rows,

Not without feeble - pointed spikes of flowers

(Pale orchesis), and scared a bright green snake.

The fact is the sweetest dream that labor knows.

My long scythe whispered and left the hay to make.6)

풀을 벨 때 땅위에 속삭이는 소리는 노동만이 알고있는 가장 아름답고 달콤한 꿈이며 그리하여 긴 낫은, 속삭이며 삭삭 풀을 베어 나가는 모습을 연출하고 있다. 프로스트는 인생살이에서 힘든 노동이 오히려 인생을 살찌게 하고 즐겁게 하고 살만 한 가치가 있는 것으로 만든다는 진실을 터득한 기쁨을 읊고 있는 것이다. 이렇게 프로스트는 생업에 충실하므로써 인생人生의 참된 의미와 자신의 신념을 구축해 가고 있는 것이다.

「그때 단 한 번 본 것」

남들은 내가 꿇어앉아 빛을 등진 채
우물가에 있는 것을 보고 조롱한다.
우물 깊이 보이는 건 여름 하늘의 신과 같이
고사리 밭을 두르고 구름 밖을 내다보는 반짝이는 수면 뒤에 반사되는
나와 신의 모습뿐이기 때문이다.
한 번은 우물터에 턱을 괴고 내려다보았을 때
내 모습 너무 내 모습을 관통하는 뭔가 흰 것이
뭔가 깊숙이 감기는 것이 보이는 듯했다.
곧 그 모습은 놓치고 말았다.
물은 너무 맑은 것을 꾸짖었다.
물 한 방울이 양치 잎에서 떨어져 흘러 물결이 되어
바닥의 무엇이든 그것을 훑어 내린다.
그걸 적시고, 얼룩지게 한다. 그건 무엇을 증명할까?
진리일까? 자갈일까? 그때 딱 한 번 본 그것이?

「FOR ONCE, THEN, SOMETHING」

Others taunt me with having knelt at well - curbs

---

6) Robert Frost, *The Poetry of Robert Frost*, p.17.

Always wrong to the light so never seeing
Deeper down in the well than where the water
Gives me back in a shining surface picture
Me myself in the summer heaven, godlike.
Looking out of a wreath of fern and cloud puffs.
Once, when trying with chin against a well - curb,
I discerned, as I thought, beyond the picture,
Through the picture, a something white, uncertain,
Something more of the depths - and then I lost it.
Water came to rebuke the too clear water.
One drop fell from a fern, and lo, a ripple
Shook whatever it was lay there at bottom,
Blurred it, blotted it out. What was that whiteness?
Truth? A pebble of quartz? For once, then, something.[7]

이 시는 프로스트의 시의 방법과 그가 시를 통해 무엇을 추구하고 있는 가를 보여주는 작품이다. 이 시에 대해 로렌스 톰슨Laurance Thompson은 이 렇게 언급한다.

비록 독자는 이 교묘한 이미지의 형이상학적 전개에 약간 괴롭힘을 겪지만 마지막 행의 서두의 질문, 즉 진리였을까? 라는 명백한 표현을 바로 형이상학적 관심을 지적하고 있는 것이다.

Although the reader is being gently teased by this ingeniously "metaphysical" development of images the overt appearance of the question "Truth?" at the beginning of the last line points up the metaphorical concern.[8]

---

7) 위의 책, p.225.
8) Lawrance Thompson, *Robert Frost*, univ. of Minnesota, Minneapolis, p.18.

라고 말하면서 프로스트가 시를 통하여, 진리를 추구하고 있음을 설명하고 있으며 그의 시의 방법은 상반된 이미지의 대립을 통해 교묘하게 형이상학적 변증을 시도하고 있음을 말해 준다고 볼 수 있다. 이러한 톰슨의 진술은 프로스트가 진리를 추구하되 자신의 삶을 통한 인간정신의 보편적 사유의 논리와 예리한 감성의 촉각으로 추구하고 있음을 지적한 것이다. 프로스트의 「예언자 *The prophet*」의 일부를 살펴보자.

> 그들은 진리가 당신을 자유롭게 한다고 말한다.
> 나의 진리는 당신들을 나의 노예로 속박시킬 것이다.

> They say truth will make you free.
> My truth will bind you slave to me.[9]

톰슨은 이 시에 대하여, 요한John 8장 32절의 예수Jesus의 진리에 대한 언급; "그러면 너희는 진리를 알게 될 것이며 진리가 너희를 자유롭게 하리라."는 기독교적 진리truth에 대하여 프로스트는 비판을 가한 것이라고 지적하고 있다.

톰슨은,

> 그(프로스트)는 기독교 신앙의 독단적 교리를 적용하는 그러한 종류의 진리를 찾기를 거부하고 있다.

> He(Frost) refuses to find that kind of truth subsumed within the dogma of Christian belief.[10]

---

9) 위의 책, p.19.
10) 위의 책, p.19.

독단적 교리dogma가 된 진리의 우상화를 거부하고 개개인의 자유로운 인생의 경험과 사색을 통하여 도달한 깨달음의 보편적 진리를 피력하고 있는 것이다.

프로스트는 기독교 신자이거나 신학 연구가는 아니었던 것이다. 그는 순수한 인간과 인생과 자연 속의 생생한 사실을 사랑하며 그 속의 보편적 진리를 추구하고 있는 것이다. 그래서 미국의 비평가들은 당시 문단의 풍조도 그랬지만 시를 위해선 이단을 제시하는 자세로 일종의 예술적 효용성을 찾기도 했으나, 프로스트는 순수한 자연인으로서의 보통 인간의 편에서 어떤 사상이나 종파에 물들지 않은 진리와 신념을 추구하고 있는 것이다. 그리하여 그의 시작詩作은 진부한 사상의 굴레나 종교적 신앙 행위의 형식적 타성으로부터 인간의 맑은 심성과 정신을 해방시키는 진리의 추구작업이기도 한 것이다.

2) 회의와 탐색

「음 모」

나는 흰 약초 풀 위에 빵빵하고 움푹한 하얀 거미가
질긴 하얀 공단천 조각 같은 나방을
덮쳐 잡는 것을 보았다.
마녀가 끓이는 솥에 들은 물건처럼
죽음과 말라붙음이 묘하게 겹쳐서
금방 아침을 재촉한 듯한 것이
흰색 점박이 거미줄 같은 거품
그리고 종이 연처럼 끌려가는 죽은 날개
저 꽃은 무엇 때문에 색같이 하얄까?
저 길섶의 푸르고 순수한 약초 풀은

무엇이 같은 색깔의 거미를 저렇게 높이 올려놓고
밤에 흰 나방을 그리고 날아오게 했을까?
공포를 가져다주는 음산한 의도 외에 무엇이 있을까?
이렇게 자그만 것에도 자연의 음모가 지배하고 있다면…….

「DESIGN」

I found a dimpled spider, fat and white,
On a white heal - all, holding up a moth
Like a white piece of rigid satin cloth —
Assorted characters of death and blight
Mixed ready to begin the morning right,
Like the ingredients of a witches' broth —
A snow - drop spider, a flower like a froth,
And dead wigs carried like a paper kite.
What had that flower to do with being white,
The wayside blue and innocent heal — all?
What brought the kindred spider to that height,
Then steered the white moth thither in the night?
What but design of darkness to appall? —
If design govern in thing so small.[11]

　자연 속에는 이렇게 음흉한 음모가 있다. 이러한 설계design도 결국 神
의 계획이요 음모가 아닌가, 아니면 신의 계획은 여기가지 미치지 못하거
나 간여하지 않는다는 사실을 말해주고 있는 것인가, 만상에 그저 자유만
이 있으며 자기방식의 생존투쟁이 전개되고 있을 뿐인 자연세계인가 하
는 회의의 물음을 던지고 있는 작품이다. 이러한 의문과 회의에 빠진 프
로스트는 오랫동안의 고뇌를 거치며 회의에 대한 극복의 길을 걷는다.

---

11) Robert Frost, *The Poetry of Robert Frost*, p.302.

소로우의 'Walden'은 동일한 매력을 가지고 있다. 대포의 작품 '로빈
슨 크루소'는 타의에 의해 무인도에 내몰렸다. 반면 소로우는 스스로 자
연 속으로 몸을 던졌다. 그리하여 둘 다 충분히 자신을 탐색하게 된다.

Walden has something of the same fascination. Crusoe was cast away ;
Thoreau was self-cast away. Both found themselves sufficient. No prose writer
has ever been more fortunate in subject than these two.[12]

프로스트는 그의 시에 있어서 유한한 인간이 어떻게 하면 무한자 속에
안주할 수 있을까 하는 철학적인 명제를 내걸고 있음을 시사해 주고 있
다. 회의와 탐색의 과정에서 프로스트는 전통적 사상과 종교적 교리를 의
식하지 않은 순수한 자연인의 입장에서 로빈슨 작품 크루소나 소로우처
럼 무한한 현상계 속에 유한한 자신과 인생을 내던져 인간(생명)과 인생과
노동, 자연, 그리고 유한과 무한 등의 실체와 가치와 진실들을 실험적 자
세로 캐고 있는 것이다.
　프로스트는 「강에 대한 지나친 걱정 Too Anxious for Rivers」에서도 강이 흐
르다가 산에 막히는 걸 걱정하는 질문자를 나무라는데 강은 곧 산의 낮은
데로 굽이굽이 돌아 바다로 가게 마련이다. 따라서 "모든 계시는 우리의
것으로 되어 있다."고 하는 자신이 도달한 신념을 토론하기 시작한다. 프
로스트는 이제 자연과 생명과 삶의 명제들을 지금까지의 사상이나 인습
에서 형성되어 온 관념철학, 여기다가 종교사상까지도 포함해서 인간의
삶을 지배하고 있는 그릇된 인식들을 벗기려고 모색하고 있는 것이다. 그
러므로 프로스트는 결코 어느 종파의 종교인은 되지 못했던 것이다. 그러
나 프로스트는 전통적 사상과 종교 관습들이 지니고 있는 가치들은 결코

---

12) Lawrance Thompson, *Robert Frost*, p.22.

부정하지는 않는다. 다만 그것들 내부나 외부에 붙어있는 잘못된 인식이나 편견, 맹신 같은 것들을 일깨우고 있는 것이다. 올바른 지식인이란 올바른 진리를 에워싸고 있는 그릇된 지식이나 역사 안에서 종교의 신앙교리에 덧붙어 있는 미신적 요소를 지적해 내서 생활인들에게 올바른 지혜의길 진리의 길로 나아가도록 하는데 이는 것이다.

「황량한 들판」

숲은 주인이기나 한 듯 눈 가운데 서있다
모든 짐승들은 굴속에 숨어들어 있다.
나는 (너무도) 무한한 공허감에 잠기고
남모를 고독이 나는 휩싼다.
지금도 고독 하지만 이 고독이
사그라지기까지 한참 진하게 이어지리
백지처럼 하얀 밤눈은

아무런 일도 없고, 또 표현할 것도 없다.
별과 별 사이의 허공을 나를 두려워하지 않는다.
거기 별들 위에 사람이 살지 않으니까
그런데 내 마음은 황량한 공간은 두렵네
나의 황량한 들판에는 가까이 사람들이 살고 있기 때문이다.

「DESERT PLACES」

The woods around it have it - it is theirs.
All animals are smothered in their lairs.
I am too absent - spirited to count ;
The loneliness includes me unawares,
And lonely as it is, that loneliness

Will be more lonely ere it will be less-
A blanker whiteness of benighted snow
With no expression, nothing to express.

They cannot scare me with their empty spaces
Between stars - on stars where no human race is.
I have it in me so much nearer home
To scare myself with my own desert places.[13]

지나가는 들에 눈이 내리는 광경을 보면서 시인은 순간적인 두려움과 외로움, 고독에 휩싸인다. 위의 시에서,

"내 마음 너무 외로움 헤아릴 길 없어/ 어느 샌가 나는 외로움 속에 휩싸이네" 하고 읊으나 다음 순간 이러한 사실적 표현은 이내 詩人의 순수한 감성이 교섭에 들어간다.

"별 사이의 빈 공간을 나는 두려워하지 않는다./ 그곳엔 인간이 살지 않기 때문이다./ 하지만 내 마음속의 황량한 공간은 두렵다./ 그 안에선 가까이 인간이 살고 있기 때문이다."

이와 같이 적수공권으로 인생과 대치하는 인간의 외로움과 고독을 프로스트도 고백하고 있는 것이다. 회의와 탐색 그리고 진리의 추구자로서 시인 프로스트의 고독은 사람들이 서로 사랑이 필요한 줄 알면서 사랑할 줄 모르고 있는데서 느끼는 고독이다. 사랑을 실천하고 사는 사람이 참 인간이고 사람이다. 그러나 사랑할 줄 모르거나 이기주의에 빠진 사람들은 인간 사회 속에서 참다운 사람과 구별되며 이들이 시인을 외롭고 고독하게 만들고 있는 것이다. 사람과 사람사이의 간격을 "황량한 공간"처럼

---

13) Robert Frost, *The Poetry of Robert Frost*, p.296.

벌려놓고 있는 것이다. 이러한 시인 프로스트의 사색은 철저한 현실에 부딪치며 생생한 인생의 의미를 건져 올리려는 그의 노력과 그의 관심은 인간과 인간 내부의 문제로 눈을 돌리고 있으며 마침내 신과 인간의 문제를 캐기 시작한다.

3) 종교적 성찰과 신념

(1) 직관, 이성과 감성의 조화

프로스트는 어떤 종교도 신앙하지는 않았지만 어느 종교를 부인한 적도 없다. 그러나 그의 시작품에 나타나는 그의 생각이나 사상은 전술한바 종교에 대한 비판적인 요소가 다분하다. 그리고 그러한 종교에 대한 비판은 결코 신을 부정하거나 신의 진리와 사랑과 창조에 대한 비판이 아니라 사람들이 세우고 예배하고 지켜오고 있는 신앙사상과 신앙 방법에 대한 정시적 자세이다. 즉 사람들은 너무 인습에 얽매인다는 것이다. 또 지나치게 관점적으로 신의 세계를 구성해서 교리를 만들어 놓고 오히려 그 굴레에 얽매인다는 점이다. 그것은 예수가 율법보다 사랑이 우선함을 지적하고 몸소 실천한 것과 차이가 난다. 구약의 율법주의는 형식에 얽매이게 하여 진정한 알맹이는 못 보게 될 가능성이 큰 것이다.

율법이나 형식은 알맹이를 보호하는 껍질과 같아야 하는 것이다. 그러나 신과 교섭하는데 어쩌면 형식과 율법은 소용이 없는지도 모른다. 우리의 이성과 감성은 삶의 현장에서 시시각각 신을 만나기 때문이다.

프로스트는 이러한 생각들을 자연을 바라보며, 회의와 두려움을 거쳐서 이원론적 상황의 상반된 이미지들과 보수사상과 진보주의의 갈등을 변증법적 방법으로 혼용하여 새로운 인식의 문을 여는 방법을 터득함으로써 에머슨Emerson의 독립적 자아의 용기와 Frontier optimism의 영향과 함께 신비주의적인 사상의 깊이에까지 명상에 젖으며 순수한 자비의 신을 만나고 그의 인생의 주제를 사랑이라는 신념으로 찾아가기에 이르고 있다고 하겠다.

"강에 대한 지나친 걱정"이라는 詩에서 事物에 대한 인식에 있어서 科學과 宗敎的의 시도를 한꺼번에 무시하는 태도를 나타내고 있다.
'강에 대한 지나친 걱정'이라는 詩는 연속성에 대한 프로스트의 詩的 진술 즉 '서쪽으로 흐르는 강'과도 연관이 있다. 즉 땅의 죽음은 생명에게 불을 주고 불의 죽음은 생명에게 공기를 주고 공기의 죽음은 생명에게 물을 주고 물의 죽음은 생명에게 흙을 준다. 끝없는 순환을 상징적으로 말을 하고 있는 것이다.

"Too Anxious for Rivers" is related to Frost's most revealing poetic statement of continuity : "West-running Brook." There he implicitly invokes images drawn from Lucretius and would seem to blend them with Heraclitan metaphors such as these : the death of the earth gives life to fire, the death of fire gives life to air, the death of air gives life to water, and the death of water gives to earth, thus figuratively suggesting the endless cycle of birth and death and rebirth and continuity, in nature, in 'Westrunning Brook'.14)

이렇게 톰슨이 지적하고 있는 바 프로스트는 기존의 과학지식이나 종교적인 인식보다는 사물과 진리에 대한 보다 자연 속에 생명의 순환을 관조하면서 이를 "창조적이고 詩的인" 접근을 위해 직관의 노력, 즉 개인의 감성과 이성이 사물과 사유와 체험에 대한 순수반응의 정보를 받아들이고 있음을 시사해 주고 있다.
이렇게 프로스트는 유물적 실존주의적 인식도 가지고 있는데서 그는 직관(감성과 이성)의 더듬이로 사물의 진실을 캐고 있음을 볼 수 있다. 그러

---

14) Lawrance Thompson, *Robert Frost*, p.29.

므로 그의 사실주의 속에는 낭만주의적 바탕이 깔려 있으며 따라서 니체 적 철학의 태도도 깔려 있다고 볼 수 있는 것이다.

(2) 기독교 사상의 해명

프로스트의 대립적 시학이 결국에 가서 연합적인 이미지와 병치시키는 데 그것이 가장 오묘하게 역설적으로 표현하고 있는 것을 두 편의 가면극 에서 엿볼 수 있다. 프로스트의 진리 추구는 마침내 종교사상에 대한 탐 색에 몰두한다.

그의 두 편의 가면극시 중 「이성의 가면*A Masque of Reason*」이라는 극시에 서 구약성서의 욥과 그의 아내와 신이 신의 의도를 이해하려는 노력 속 에서 드러난 인간의 이성의 약점과 약점에 대한 면밀한 '검시'를 하는 내용이다.

신과 가까운 자신의 예언자 욥의 처지를 믿고서 진지함과 대담함으로 심지어는 부부싸움에 참견하는 사람 같은 당돌하고 무엄한 태도로 이것 저것 묻는다. 전통적인 모범 기독교인이 이러한 불경에 대한 불쾌와 분개 를 느끼거나 신이 기존의 개념에 상반되는 방식으로 그려지고 있다고 느 낀다면 그러한 기존의 개념이 은연중에 조롱받고 있는 것은 결코 프로스 트 시의 방법으로 봐서 우연이 아닌 것이다.

톰슨은 이 시극 「이성의 가면」을 이렇게 지적하고 있다.

'이성의 가면'에서 프로스트는 아키발드 맥레이쉬가 아주 최근에 성 서의 욥 이야기로부터 한편의 현대적 철학 드라마를 아주 예술적으로 구축해 냈다. 그 해답들은 맥레이쉬가 연극의 결말에 인간은 최상의 정 의와 보호를 요구하고 기본적으로 인간주의적 가치들을 강조하므로서 제시해 주었다. 대조를 통하여 프로스트가 제시한 해답들은 신이 인간 에 대한 태도를 정당화하려는 의도가 있었다. 이렇게 하여 프로스트는 궁극적으로 형이상학적, 신인격론적(유신론) 입장을 강조한 것이 되게 하였다.

In 'A Masque of Reason', Frost anticipated what Archibald MacLeish[15] has more recently and more artistically done in building a modern philosophical drama out of the Biblical story of Job for purposed of exploring possible meanings within and behind man's agony. The answers offered by Macleish, in J.B., primarily emphasize humanistic values, in that the conclusion of the action finds human love the best justification and the best defense. By contrast, the answers offered by Frost are attempts to justify the ways of God to men, thus making Frost's emphasis ultimately metaphysical and theistic.[16]

그러나 우리는 여기 Frost가 신에 대한 정당한 인식의 문제로서, 구약시대의 정의Justice와, 심판의 신이냐 아니면 자비Mercy의 신이냐, 하는 관점을 계속 토의해 볼 필요가 있다.

또한 '마스크'를 통하여 반향된 것은 벨그송의 우주를 발전시키는 끊임없는 창조적 진행 과정의 개념과 관련을 맺는다. 그러나 프로스트는 이러한 확신들을 그의 동정심 어린 용도에 적용하듯이, 그것들을 자신에게 친숙한 청교도 정신의 강조를, 그것이 인간과 신 사이의 관계에 영향을 미치는 것처럼 이성의 한계에다 결합시킨다.

Also echoed throughout the masque is the related Bergsonian concept of a continuously creative process which develops the universe. But as Frost adapts these assumptions to his own sympathetic uses, he combines them with his favorite puritanic emphasis on the limitations of reason as it affects the relationship between man and God.[17]

---

15) Archibad Maclish(1892), 미국 시인. 비평가.
16) Lawrance Thompson, *Robert Frost*, p.33.

톰슨과 숲과 베르그송Bergson과의 관련은 우주현상의 진화론적 발전과
정을 들어 우리의 고정관념을 문제삼는다. 프로스트는 최초의 자유의사를
지닌 인간의 선악의 인식을 함께 가지고 있는 사랑과 창조신의 소유자인
인간의 신이 짜놓은 각본인, 정의와 상, 죄와 벌이라는 교리만으로 신과
종교를 그리고 인간을 바로 이해했다고 할 수 없음을 지적하고 있는 것이
다.

(3) 휴머니즘의 구현

나는 틀림없이
이제는 그대가 맡은 역할을 깨달았을 것이네.
즉 신명기 작가를 무색하게 하고
종교 사상의 향방을 바꾼 역할 말일세.

And it came out all right I have no doubt
You realize by now the part you played
To stultify the Deuteronomist
And change the tenor of religious thoght[18]

위의 시는 「이성의 가면」의 일부이다. 여기에 프로스트는 전통적 신앙
관에 과감하게 자신의 철학으로 도전하고 있음을 볼 수 있다. 즉 프로스
트의 신념은 신을 인정하는데 「신명기神命記」를 통한 모세의 율법에 선행
자에게는 상을, 악행자에게는 벌을 줄 의무가 있다는데 대해 잘못이 있다
는 견해를 강조하고 있는 점이다.

---

17) 위의 책, p.34.
18) Robert Frost, *The Poetry of Robert Frost*, p.475.

부연하여 인간이 십계명을 지키면 성하고 파계하면 망한다는 생각은
옳지 않다는 말이며 욥이 이러한 오해를 바로잡는데 이바지했기 때문에
신은 심술궂게 욥에게 감사해 하고 있음을 표현하고 있다.

> 그대에게 네가 감사하는 것으로 나를 해방시켜준 것이네
> 인류에게 가한 도덕적인 속박으로부터 말일세.
> 유일한 자유가 처음에 인간에게 있었겠지
> 선 혹은 악을 마음대로 선택할 수 있는 인간 말일세.
> 나는 인간을 따르는 길을 선택할 수밖에 없었지.
> 인간이 알아낸 죄업이나 보상들을 함께 짊어지고
> 그대가 신앙의 상실을 괴로워하지 않는 한
> 나는 상식을 쌓고 악을 징벌해야 했었는데
> 그런데 그대가 모든 걸 바꿔 놓았네
> 그대는 날 지배로부터 해방 시켰네
> 그런 만큼 나는 그대를 성인으로 승진시키는 바일세

> My thanks are to you for releasing me.
> From moral bondage to the human race.
> The only free will there at first was man's
> Who could do good or evil as he chose
> I had no choice but I must follow him.
> With forfeits and rewards he understood-
> Unless I liked to suffer loss of worship.
> I had to prosper good and punish evil.
> You changed all that. you set me free to reign.
> You are the Emancipator of your God
> And as such I promote you to a saint.[19]

---

19) 위의 책, pp.475~476.

「이성의 가면」 중에서 프로스트의 이러한 진술은 '신명기'의 모세의 신관神觀에 정면 배치되는 것이다. 신은 욥을 일러 인류의 도덕적 구속에서 자기 신을 구해 주었기에 감사한다는 것이다. 프로스트는 이처럼 절대적 신앙교리로 되어 있는 십계명마저도 비판하고 있는데 이는 위대한 신앙의 지도자 신의 예언자들도 신의 계율이라는 예언에 오류가 있었음을 지적하는 것이 된다. 즉 모세의 예언과 그 신앙적 가르침 속에서 모세 자신의 인간적 판단과 인간 이성의 가면이 진정한 신의 뜻을 가로막고 있음을 지적하고 있는 것이다. "그대는 신의 해방자일세"라는 진술은 이를 한층 확실하게 뒷받침하면서 신의 의도가 악을 벌하고 선을 상주는 단순한 도덕적 장치로 생각하는 것은 틀렸음을 지적하는 것이고, 그래서 욥이 선한 예언자이며 순종하는 하나님의 종이었지만 그 대가는 고사하고 점점 비참한 운명에 처해지는 사실에 대하여 권선징악의 차원을 넘는 자비로운 신의 존재와 신의 섭리를 발견케 하고 있는 것이다.

톰슨은 또 이렇게 지적한다.

> 욥의 아내는 사탄을 '신의 최상의 영감'으로 묘사하는데 노력하고 있다. 다른 말로 선은 선을 보조하기 위해 악이 필요하고, 그 밖에는 무의미하다는 것이다.

> Job's wife helps by describing Satan as "God's best inspiration." In other words, good needs evil to complement it, else each would be meaningless.[20]

이렇게 프로스트는 더 깊이 근본까지 거슬러 철저히 전통적 고교古敎의 교리를 뒤집는 점을 지적하고 있다. 그러나

---

20) Lawrance Thompson, *Robert Frost*, p.36.

아마도 그가 그것을 인식하지 않고 라도, 프로스트는 자신의 청교도 유산이 하여금 콜리지. 워즈워드 그리고 에디슨 등에 연관된 이론들과 그 자신이 상통하고 있음을, 특히 詩작품의 유기적 성숙과 관련된 문제와 이미지와 상징 사이의 유기적 관계의 문제에 있어서 그 자신의 상통하고 있음을 발견하게 했을 것이다. "나는 자작나무 가지들이 좌우로 굽어 늘어져 있는 것을 볼 때, 나는 어떤 소년이 그 가지에 매달려 그네 뛰는 것을 생각하기를 좋아한다"고 프로스트는 말하고 있다.

Perhaps without his realizing it, Frost's own puritan heritage has made him find congenial the related theories of coleridge, Wordsworth, and Emerson, particularly in matter related to the organic growth of a poem and the organic relationship between imagery and symbol. "When I see birches bend to left and right," says Frost, "I like to think…"21)

자작나무Birches와 같은 자연현상을 바라보며 사색에 잠기기를 좋아했던 프로스트가 고전적 종교사상에 반기를 들고 청교도적 신앙 관에 일치하더라도 결코 신학적인 교리적인 차원이 아니라 그의 순수한 진리추구 과정의 한 단면에서 한 시인의 입장에서 신의 문제를 다룬 것임을 설명해 주는 것이다. 콜리지나 워즈워드가 누구인가, 이들이야말로 권위주의적 고전의 온갖 전통과 규범rule으로부터 탈출하여 얽매인 이성을 해방시키고 자연 속에서 마음껏 감동과 기쁨을 통해 신과 만나는 낭만주의자들이었다.

프로스트는 이렇게 '신명기' 등 구약의 가르침과 거기에 드러나 있는 신명들을 과감하게 파 해치는데는 다분히 에머슨의 "자아의 통찰력"을 판단의 기준으로 삼고 있으며 자아의 통찰력에 대한 신뢰가 곧 인간의 진정한 해방과 자유(사상적 전통적 인습이나 종교로부터의 개인의 해방 등)을 가져다주

---

21) Lawrence Thompson, *Robert Frost*, p.41.

는 신념이라고 믿어지기 때문이라 보겠다. 이런 태도가 곧 프로스트의 확고한 신념이다. 자연과 인간, 인간과 삶, 신과 인생에 대한 그의 적나라한 신념이다.

장은명은 「Robert Frost의 종교적 신앙」 이란 논문에서 이렇게 설명하고 있다.

「요나」는 구약성서에서 죄인에 대한 신의 자비가 나타난 최초의 뚜렷한 예이다.

요나가,

> 난 수행하리라는 신에 대한 믿음을 잃었네
> 신이 도시의 악에 대항하는 경고 위협을.
> 나는 神이 무자비할 수 있다는 것을 믿을 수 없다.

> I've lost my faith in God to carry out.
> The treats He makes against the city evil.
> I can't trust God to be unmerciful.[22]

이라고 말한 이유는 그가 신이 정의롭지 않고 자비로울까 봐 두려워하였기 때문이다. 이에 대해 바울Paul은 자비와 정의는 서로 모순되지만 자비와 비교할 때 정리할 justice는 문제가 되지 않는다고 말한다(How relatively little justice matters). Paul은 '신이 무자비하리라는 것을 믿을 수가 없다.'는 요나의 말이 바로 '모든 지혜의 시작'이라고 말한다.

여기서 프로스트가 신약 적인 사랑과 자비의 신을 지향하고 있다는 것을 알게 된다.[23]

이어서 장은명은 아래와 같이 지적해 낸다.

---

22) Robert Frost, *The Poety of Robert Frost*, p.497.
23) 장은명, 「Robert Frost의 종교적 신앙」, p.86.

Christ가 가르친 교훈은 mercy이며 이것은 인간의 논리나 이성으로는 이해할 수 없다고 Frost는 다시 한 번 단언한다. 그 mercy의 근원은 사랑이라는 것을 Frost는 또 다시 확인한다.[24]

이와 같이 구약의 신관에 대한 비판과 함께 신약성서의 바울을 통한 그리스도교의 사랑의 교리를 대비시켜 구약정신인 권선 장악의 정의의 신보다는, 구약의 요나의 이야기에도 나타나고 있는, 신약의 자비의 교리를 받아들이는 신념을 갖게 된 것이다.

신약성서의 요한 복음에 보면 예수가 직접 제자들에게 새 계명을 주고 있다.

> 나는 너희에게 새 계명을 준다. 서로 사랑하라 : 내가 너희를 지금까지 사랑을 해온 것처럼 그렇게 너희들도 서로 사랑하라. 이러한 사랑이 만일 너희들 가운데 있으면, 그러면 모든 이들은 너희가 내 제라는 것을 알 것이다.

> I give you a new commandment : love one another : as I have loved you so you are to love one another. If there is love among you, then all will know that you are my disciples.[25]

예수는 신앙사상과 신앙행위에 대한 구약의 시대의 청산과 새 시대에 종교를 가르친 것이다. 장은명은 프로스트의 신관에 대한 견해를 이렇게 적고 있다.

---

24) 위의 책, p.86.
25) Rep.of Baptist union of Great Britian And Lreland, "The Gospel", The New Bible, Oxford univ. press, 1970, p.132.

나아가서 "A Masque of Mercy"에서는 God의 자비와 사랑에 대한 자신의 신념을 확인하고 인간은 God 앞에서 자신이 보잘것없음을 깨닫고 겸손하게, 용기를 가지고, 최선을 다하여 살아가야만 한다고 주장하였다.

Frost의 이런 한 신앙은 구약성서의 God의 justice와 신약성서의 God의 mercy를 조화시키고 Hebraism와 Christianity를 화해시킨 것이라고 볼 수 있다.[26]

그러나 위의 장은명의 언급에서 '신앙'이라는 표현을 신념이라고 편이 적합하다고 보겠다. 왜냐하면 프로스트는 언제까지나 기독교에 대한 그의 탐구로부터 보편진리의 발견인 것이지 종교인으로서의 신앙적 행위를 한 것이 아니기 때문이다. 그러나 프로스트는 그가 발견한 보편적 진리와 지혜를 순수하게 믿으며 인생철학으로 삼고 살아갔다는 것은 분명한 것이라고 하겠다.

나는 '이성의 가면' 이라는 작품의 스토리는 프로스트의 전통과 대립되는 해설을 하고 있는데 대하여 같은 방식을 유지하고 있음을 느끼지 않을 수가 없다. 비록 정의가 구약의 복수와 신약의 자비라는 걸 맞는 대조로 관심과 가치성을 애써 획득한다. 할만 하드라도 압도적으로 여전히 폭로성 목소리가 우세하다.

I cannot but feel much the same way about Frost's modernist commentary on the Jonah story, 'A masque of Mercy'. Too much of the same debunking tone prevails, although justice compels the observation that it obtains interest and worth from counterpoising New Testament mercy and Old Testament vengefulness.[27]

---

26) 장은명, Robert Frost의 종교적 신앙, p.89.
27) Ratcliffe Squire, *The Major Themes of Frost*, The univ. of Michigan Press, 1969, p.82.

이와 같은 Ratcliffe Squires의 지적으로부터 다음과 같은 추출이 가능하다. 즉 장은명 씨도 정확히 지적한 바와 같이 Frost는 "이성의 가면"과 "자비의 가면"을 대비 시켜서 신·구약의 두 개의 성서 속에 상반되는 점들; reason의 justice와 mercy의 love이 상충하여 투쟁과 파멸을 낳는다는 가면을 지적하고, justice와 mercy가 서로 조화하므로 온전한 것이 된다는 확신이다.

미국문학의 르네상스Renaissance는 프로스트에게 와서 전성기를 구가하지만 프로스트의 휴머니즘 사상은 서구에 있어서 14세기 문예부흥기에 나타난, 인간이 신의 세계로부터 독립을 선언하는 이라면, 그는(Frost) 에머슨, 소로우 등이 자연과 자아의 통찰력으로 발견하는 영원한 사랑의 신을 포함하는 초절주의적 과정을 거친 Humanism이라고 말할 수 있다.

(4) 중용주의적 승화

「달의 자유」

나는 안개낀 나무와 농가가 어울린 공중에다
머리에 보석편을 달 듯 초승달을 비슥히 달아보았다.
좀 좁기는 했지만 광채 나를 부분만으로도 훌륭했고
또한 아주 밝을 일급별의 아름다운 장식이었습니다.

나는 달을 내가 원하는 어디든 비추어서
어느 저녁 느즈막에 슬슬 걸으며
구부려 만든 나무 바구니에서 달 내어
반짝이는 수면 위에 떨어뜨렸습니다.
그러자 너울대는 모습과, 빛나는 색갈들이
온갖 신비한 변화가 일어나는 것이었어요.

THE FREEDOM OF TH MOON

I've tried the new moon tilted in the air
Above a hazy tree-and- farmhouse cluster
As you might try a jewel in your hair.
I've tried in fine with little breadth of luster,
Alone, or in one ornament combing
With one first-water star almost as shining.

I put shining anywhere I please.
By walking slowly on some evening later
I've pulled it from a crate of crooked trees,
And brought it over glossy water, greater,
And dropped it in, and seen the image wallow,
The color run, all sorts wonder follow.[28]

제1연에, "나무와 농기가 어울러진 마을이 하얀 하늘에/ 머리에 보석을 달아보듯이 초승달을 비슥히 달아보았지요" 라든가 제2연에, "나는 달을 내가 원하는 어디든 비추어서 …… 굽은 나무로 만든 바구니에서 달을 꺼내어/ 매끈한 수면 위에 떨어뜨렸지요./ 그러자 너울대는 모습과 빛나는 색깔들이 온갖 신비한 변화가 일어나는 것이었어요." 라는 표현은 Frost자신이 마치 조화용이라도 된 듯 마음껏 자연을 요리하고 있다. 그렇게 자연은 들러나는 현상을 바라보고 그 진상을 발견하는 자의 것이며 자연은 이미 무소유의 소유라는 인식에 도달하지 않더라도 모든 이의 소유였다. 공유이면서 개인적으로 소유도 가능한 참으로 놀라운 선물이고 누구나 이러한 지혜를 깨닫기만 하면 인생은 사랑 자체의 삶이라는 것을 알게 되

---

28) Robert Frost, *The poetry of Robert Frost*, p.245.

며 구태여 종교적으로 너무 관념화에서 고정적인 예찬 형식에 메이지 않
더라도 신을 느끼고 영원과 순간 삶과 죽음을 느끼며 그것이 사랑의 능동
적이고 창조적인 자유의 삶이라는 걸 깨닫도록 하고 있다.

　　前述한 바 있는 'Mowing'의 Mowing(풀베는 소리)에 귀기울여 보면
Frost는 여기서 人生과 노동을 병치하여 대비시킴으로 신비주의적인 세
계를 열어 보이고 있는 것이다. 이 詩를 통해 모두가 귀찮아하고 힘들
어하고 그래서 고역이라고 생각하는 풀베기(노동)를 통하여, 그는 신비
스런 음악을 창출하는데 성공한 것이다. 그것은 노동과 인생, 미움과 사
랑, 고뇌와 행동 등의 상극의 이미지 병치로 만들어 낸 음계로부터 승
화되는 교향악이다. 그것은 곧 중요의 지혜이다. 낫Scythe과 풀의 대비는
노동과 자연이고 땅Ground위에서 이 둘의 상호관계는 Whispering sound
를 流出시키며 이이 流出이 人間의 삶이라는 image를 떠올리고 있는데
그 속삭이는 소리가 勞動 과 그 일속에 그 인생이 일치되어 있을 때 더
욱 아름다운 노래가 되는 것이고 '진지한 사랑'에의 참가가 되는데, 진
지한 사랑은 진술 이상의 무엇으로 표현해도 안 된다는 것이다. 이렇게
해서 인생의 기쁨과 시적 정열은 마침내 'Simple and propound truth'인
'The fact is the sweetest dream that labor knows.'라는 智慧로 끝난다."[29]

　이와 같이 Frost는 어떠한 종교적 신조에서가 아니라 순수한 인간의 입장
에서 치우침이나 편견 없는 지혜와 진리에 접근에 가고있는 것이다. 그것은
전술한바 프로스트가 미국의 초기 초절주의자의 한 사람이 에머슨의 사상
과 일치하는 점에 있었다. "Trust thyself"[30] 라고 외친 에머슨은 직접 자연과
신과 교섭하는 자아는 믿을 수 있다고 했다. 즉 그런 자아는 진실을 접할
수 있고 체험하게 되고 자아의 신념을 확립할 수 있다는 뜻이 되는 것이다.

---

29) 박성철, 「Robert Frost시의 이원성에 관한 연구」, 경희대학교 교육대학원, 1977,
　　p.26.
30) Lawrance Thompson, *Robert Frost*, p.56.

또한 Emerson은 "What I Must do is this concerns me, not what other people think[31]라고 역설하고 사람은 자아의 내적 목소리에 따라서 각각 독립해야 한다고 말하여 미국의 종교계와 사상계의 혁명을 일으켰던 것이다. 이런 한 사조에 공감하여 Frost는 앞에서 다루었던 「풀베기Mowing」에서 노동과 삶의 의미에 고심할 때, 낫과 풀이 내는 픕의 소리에서 상반된 이미지의 조화를 발견하고 그의 신비주의적 면모는 일과 목적이 하나가 되어 인생과 노동을 이원론적으로 병치·대조시켜 그 대립의 균형이 떠올리는 화음인 보편적 진리에 도달한 폼이 과히 중용의 지혜를 터득한 시인이라 할 수 있는 것이다.

즉 당시 미국의 Frontier Optimism의 성격도 다소 강한 색채가 들어 있으나 프로스트의 시인정신이 찾아낸 보편진리는 "너와 나 사이에 담을 헐고 살자"는 주장과 "담아 좋아야 좋은 이웃이 된다"는 주장 사이의 차이처럼, 서로 상반되는 것들의 관계 속에서 하나의 등식을 찾아낸 것이다. 즉 물과 불은 상극이고 원수지간으로 인식되지만 서로 사랑함으로서 서로에게 좋은 것을 만들어 줄 수 있는 것이다. 즉 음과 양의 양의兩儀가 교합상충하면서 창출해 내는 태극太極의 이치와 같은 원리를 그는 발견하면서 회의→자아의 신뢰→중용사상으로 진화하고, 그리고 마침내 휴머니티에 도달하게 된 것이다.

3. 결론 : 프로스트의 신념

프로스트는 어느 종교의 신봉자는 아니었다. 그리고 개인적으로 종교를

---

31) 위의 책, p.56.

지지하거나 반대도 하지 않았다. 그의 시에서 볼 수 있는 바 그는 인생을 살아가면서 그가 추구하고 모색해 온 진리와 지혜는 생명과 삶과 자연, 그리고 이를 축복처럼 찬미해 온 주제는 사랑이었다. 즉, 자비로운 神의 섭리 속의 자연과 인생에 대한 사랑과 찬미였다. 비록 그가 어떤 사상을 그의 시에 내포하거나 특정 종교인 기독교를 시의 소재로 삼았다 하더라도 그것이 그 사조나 그 종교를 위해서 나타내는 지는 것이 아니라 그러한 사상과 종교적 색채가 그의 인생에서 터득한 진리와 지혜에 부합되고, 인간과 사랑의 삶을 위한 보편진리 이기 때문에 그의 작품 속에 즐거이 표출되는 것이고, 한편으로 Frost는 이러한 보편진리와 지혜를 캐는 맛으로 詩를 써 왔다고 볼 수 있다.

「자작나무」

그렇게 나도 한때 자작나무를 휘어잡고 그네 뛰는 소년이었다.
그래서 그 시절로 되돌아 가고파 한다.
이것저것 걱정에 시달릴 때 삶이 꼭 길 없는 숲과 같고
거미줄에 얼굴이 닿아 뜨끔하고 간지러울 때면
잠시 그 시절로 돌아가고 싶어진다.
나는 이 세상을 잠시 떠났다가 다시 와서 새출발을 하고 싶어진다.
그러다가 운명이 나를 오해하여 고의로
내 소원을 반만 허락하여
나를 이 세상에 다시 돌아오지 못하게 아주 데리고 가지는 않으리라.
이 세상은 사랑하기에 알맞은 곳
나는 이 세상보다 더 낳은 곳이 어딘지 알지 못하네.
나 자작나무를 기어오르려 가고 싶어라.

So was I once myself a swinger of birches.
And so I dream of going back to be.
It's when I'm weary of consideration,

And life is too much like a pathless wood
Where your face burns and tickles with the cobwebs
Broken across it, and one eye is weeping
From a twig's having lashed across it open.
I'd like to get away from earth awhile
And then come back to it and begin over.
May no fate willfully misunderstand me
And half grant what I wish and snatch me away
Not to return, Earth's the right place for love:
I don't know where it's likely to go better.
I'd like to go by climbing a birch tree.[32]

위의 시는 「자작나무Birches」라는 작품의 일부이다.

"작은 가지가 눈을 때려 한쪽 눈에서 눈물이 날 때는/ 더욱 그 시절로 돌아가고 싶어진다. 이 세상을 잠시 떠났다가 다시 와서 새 출발하고 싶어진다." 라든가, "이 세상은 사랑하기 알맞은 곳/ 나는 이 세상보다 더 나은 곳이 어딘지 알지 못하네./ 나 자작나무를 기어올라 가고 싶어라." 등등. 이와 같은 진술은 프로스트의 이 세상과 인생에 대한 사랑의 고백이자 그의 인생과 시에 대한 결론이기도 하다. 즉 그의 대립과 대조의 시학에서 추구하여 온 것은 인생의 지혜와 보편적 진리였던 것이다. 삶의 종류가 다양하듯이 어느 한편에 치우침 없이 보편적 진실과 지혜는 다 수용하는 것이다.

다시 또 다시 프로스트는 경쟁자들이 항상 서로 도울 수 없는 한, 사랑은 모든 것에 으뜸가는 것이란 그의 만족감을 되풀이 언급하고있다. 그것이 야생의 포도라는 詩의 결론이다.

---

32) Robert Frost, *The Poetry of Pobert Frost*, p.122.

그래서 사랑이 人生에 대한 프로스트가 으뜸으로 관심을 갖는 명제이다. 그러한 진부한 듯한 진술이 만일 우리가 인간적 경험의 점점더 깊은 수준까지 들어가 적용해 본다면 값진 의미의 모든 것을 이해하게될 것이다. '내 모든 詩는 사랑의 詩들' 이라고 프로스트는 여태껏 언급해 왔다.

Again and again Frost reiterates his satisfaction that Love should predominate. so long as these rivals cannot alway assist each other. Such is the conclusion of "wild Grapes".

Love, then is the theme that dominates Frost' s attitude toward life. Such a seemingly banal statement may be understood in all richness of manning if we apply it at deeper and deeper levels of human experience "All of my poems are love poems", Frost has said" [33)]

사랑Love이 "the theme that dominates Frost's attitude toward life"라고 하고있듯이 톰슨도 「야생 포도Wild Grapes」에 Frost의 인생과 시의 주요 테마manin theme이 사랑임을 확실하게 들어내고 있다고 말하고 있다.

다음에 「불과 얼음Fire and Ice」를 살펴보자.

「불과 얼음」

어떤 이들은 세상이 불로 끝날 거라 말하고
또 어떤 이들은 얼음으로 끝날 거라 한다.
그러나 내가 세상의 욕망을 경험한 바로는
나는 세상이 불로 망할 거라는 사람들의 지지한다.
그러나 만약 세상이 두 번이나 멸망해야 한다면
증오를 잘 알고 있는 나로서 말하건데
파괴력에 있어서 얼음도 위력이 대단하고

---

33) Lawrance Thompson, *Fire and Ice*, Russel and Russell, New york, 1970, pp.184~185.

그리고 세상을 멸망시키기에 충분하다.

「FIRE and ICE」

Some say the world will end in fire,
Some say in ice.
Frost what I've tasted of desire
I hold with those who favor fire.
But if had to perish twice,
I think I know enough of hate
To say that for destruction ice
Is also great
And would suffice.[34]

「불과 얼음」는 그의 종말론에 대한 사상을 나타내고 있다. 이른바 기독교적인 종말론에 대한 프로스트 자신의 신념을 토로한 주요한 작품이다.

로보트 프로스트는 둘 중 어느 하나를(단독으로) 취했더라도 인생(생명체)을 파괴할 충분히 강한 양극단주의 의 합류점에서 위험스레 생존하고 있는 메타포(은유)를 즐겨 다루고 있다. 우리가 살펴본바, 그는 인류 활동의 오랜 드라마에서 가장 큰 요소로서 상반되는 극단주의는 욕망과 이성, 마음과 정신이라고 믿고 있다. 그러한 믿음(신념)이 그의 警句的 작품인 "Fire and ice"라는 작품으로 형상화 된 것이다. 이러한 양극단(주의)의 끝없는 투쟁의 축도는 인류에게서 인격의 힘을 박탈하게 하거나 아니면 인격(인간성)을 파괴한다는 경구적 사실을 도출해 내고 있는 것이다.

Robert Frost likes the metaphor of life dangerously surviving at the

---

34) Robert Frost, *The Poetry of Robert Frost*, p.220.

confluence of two extremes, either one of which(taken singly)is strong enough
to destroy life itself. As we have seen, however, he believes that the opposed
extrems most elemental in the long drama of human activity are desire and
reason. heart and mind. Such a belief crystallizes into his epigrammatic "Fire
and Ice". From this epitome of endless struggle is derived the strength of
character, or the destruction of character, in human beings.[35]

톰슨은 위의 "불과 얼음Fire and Ice"을 분석하면서, Frost는 이미 인류종말
의 요소를 인간 내부의 struggle에 있음을 확신하고 있다는 것을 지적하고
있다. 즉 human activity의 desire and reason, 그리고 heart and mind의 투쟁을
지적하고 있다.

인간 삶의 역설은 이런 두 가지 활성적인 양면 즉 인생의 건설자 와
인생의 파괴자들로 구성되어져 있는데 있다. 자기 내부에 이 양 극단을
안고 있는 인간은 이 근본적 과오의 生과 死라는 상징적 존재가 되어있
는 것이다. 이러한 유추를 해명하는 프로스트의 많은 詩의 메타포(은유)
에는 이 양극단의 세력간을 가장 두드러지게 표현한 것으로, 바로 heath
(가슴→감정→욕망)으로부터 발생하는 비이성적인 사랑이라는 지속적인
암시가 들어있는 것이다.

The paradox of human life is that it should be created with these two
active halves : life-builders and life-destroyers. Containing these in himself, the
individual becomes a living-dying symbol of the elemental conflict. In many of
Frost's metaphors which clarify this analogy there is the persistent suggestion
that the strongest expression of these two forces is that irrational love which
springs from the heart.[36]

---

35) Lawrance Thompson, *Fire and Ice*, p.183.
36) 위의 책, p.183.

프로스트는 인간 삶human life의 이러한 패러독스Paradox, 즉 인간 내부의 irrational love 가 발생하여 삶의 파괴자life-destroyer로 작용하여 파멸을 초래할 수 있다는 확신을 가지고 있음을 톰슨은 지적하고 있는 것이다.

프로스트는 "Fire and Ice"에서 성서의 예언대로 앞으로 인류의 종말은 불Fire로 끝날 것이라는 끔찍한 예언을 인정하고 있다. 그런데 그는 여기서 그 불과 상극인 Ice(얼음)에 대비시킨다. 얼음도 파괴력에 있어 증오만큼 위력이 있고 세상을 멸망시키기에 충분하다는 경고이다. 즉 인류의 종말은 인간의 욕망의 불뿐만 아니라 증오(=냉정=얼음)도 Fire 못지 않게 인류의 파멸을 초래하게 된다는 교훈과 지혜를 일러줌과 동시에 불과 얼음으로 마비되어 가는 인간서의 세상의 인식이라는 지혜의 빛을 비춰주고 있는 것이다. 그리하여 이러한 지혜의 빛을 통해 인류는 삶의 건축가 Life-builder로서의 사랑love 곧, rational loves를 실천하며 살아가야 한다는 진리이자 교훈을 던져주고 있는 것이다.

즉 불과 얼음은 둘 다 필요한데 인간의 irrational한 Love가 이를 잘 조화시키지 못하기 때문에 Conflict가 일어나고 struggle과 파멸로 간다는 것이다. 이러한 생각은 바로 동양의 중용사상의 지혜인 것이다. 태극은 음양의 조화로운 상호작용으로 만물을 화생和生시키며 사랑의 건축가love-builder로서 끊임없이 창조를 계속하고 있다는 논리와 같은 방법을 프로스트는 대립의 시학으로서 그 신념을 토론하고 있는 것이다. 이렇게 볼 때 프로스트의 종말론은 선이 결코 정의를 내세워 인류에게 무서운 파멸을 내리는 것이 아니라 인간의 역사의 문제로서 인간성의 문제에 달린 것이라는 확신이다. 神은 생명과 창조적 삶 곧 사랑을 원하지 죽음과 파멸을 원하지 않기 때문이다.

예전에 인간이 그것을 올바로 불기 전에
바람이 처음에 알지 못한 곳에서 스스로 불어왔네,
바람은 최극의 굉음으로 밤낮을 불어댔다
어느 거치른 곳에서 바람은 멈추이리.

인간은 그것을 나쁜 것으로 말해왔다.
바람이 불어오는 곳을 알지 못했으니,
바람은 세차게 불어댔고
사실 그 목표는 노래였다.
들어 보라 — 그 노래가 어떠한지를!
        (중략)
목표는 노래였으니 — 바람은 알 수 있었나니.

「THE AIM WAS SONG」

Before man came to blow it right
The wind once blew itself untaught,
And did its loudest day and night.
In any rough place where it caught.

Man came to tell it what was wrong :
It hadn't found the place to blow;
It blew too hard-the aim was song.
And listen-how it ought to go!
        (……)
The aim was song-the wind could see.[37]

    결국 프로스트는 생명과 자연과 신생의 사실과 삶 속에 적나라하게 들어 혹은 내재 되어있는 보편성을 발견하여 그 보편성이 진실과 진리를 찾

---

37) Robert Frost, *The Poetry of Robert Frost*, pp.223~224.

아내는 방법으로서 서로 상대적인 사물이나 관계들을 병치해 놓고 바라 보고 사색하게 함으로서 어떠한 새로운 중용의 지혜를 이끌어 내고 그렇 게 해서 그의 이원론 극복되고 "all in one"으로서 진리추구와 생명과 삶의 진정한 가치에 대한 프로스트 자신의 삶의 철학이자 신념을 확립하게 된 것이다. 그리하여 이러한 그의 신념에서 그의 농부 인생과 시를 통한 보 편적 진리추구와 지혜를 발견해 나가는 기쁨을 통해 "세상과의 사랑싸움" 을 하는 그의 목표는 곧, "목표는 노래−Aim was song"이었던 것이다.

참고문헌

이창배, 『이십세기 영미시의 형성』, 서울:민중서관, 1975.

장은명, 「로버트 프로스트의 종교적 신앙」, ≪영어영문학≫, No.75. Autumn 1980, 한국 영어영문학회, 서울:형설출판사, 1980.

한국영어영문학회, 『미국문학사』, 서울:신규문화사, 1967.

『영미작가론』, 서울:신규문화사, 1967.

『영시 개론』, 서울:신규문화사, 1967.

한철모, 「North of Boston」, 서울대 석사학위논문, 1965.

Cox James, *Robert Frost*, A Collection of

Critical Essays, Prentice-Hall, Inc., Englewood Cliffs, N, T., 1965.

Emerson, Ralph W., *Selected writings of Ralph waldo Emerson*, New york : the New American Library, 1965.

Evades, Ifor, *A short History of English literature*, penguin Books, New york, 1979.

F.O.Matthiessen, *American Renaissance*, Oxford univ. press, London Oxford, 1979.

Garbler, Philip, *Robert Frost*, Tawyne Publishing, Inc., New york, Cnn., 1066.

Graves, Robert, *Selected Poems of Robert Frost*, New york : Holt, Reinhardt and Winston,

INC., 1963.

Hamilton, Ian, *Robert Frost Selected Poems*, New york : Penguin Bonds LTD., 1976.

Jump, John, *Naturalism*, Meature & Co .Ltd., 1971.

Realism, Methane & Co .Ltd., 1971.

Kermode, Frank, Hollanden, Hohn, *The oxford Anthony of English Literature*, vol. 1, Oxford
    Univ, Press, London, 1975.

Lodge, David, *20th Century Literary Criticism*, Longman Group Limited, London, 1972.

M. H. Abrams, *Natural Supernaturalism*, Norton & Company, Inc., 1973.

Modern Language Association of America, The MLA Style Sheet, New york : Modern
    Language Association, 1970.

Moore, Godfrey, *The Penguin Book if Modern American Verse*, Middlesex : penguin Book
    LTD., 1959.

Morrison, KA *Thleen, Robert Frost : A pictorial chronicle*, New york :
    Holt, Reinhardt and winston, 1974.

Representatives of the Baptist Union of Great Britain and Ireland, The New Bible, Oxford
    Cambridge Univ. Press, London, 1970.

Sanders. Nelson, Rosenthol, *Chief Modern Poets of Britain and America*, London : The
    Macmillan company Collier-Mac Mellon Limited 1970.

Scully, James, *Modern Poetics : Essays on Poetry*, New york : Mcgraw-Hill Book Company.
    1965.

Shepard, Odell, T*he Heart of Thoreau's Journals*, New york : Dover publicarion, Inc,. 1961.

Spiller, Robert E., The Cycle of American Literature, New york : American Library Inc.,
    1956.

Spiller, Robert, etc., *Literary History of the united states, 4th edition*, Macmillan publishing
    co., New york, 1978.

Squires, Ratcliffe, t*he Major Themes of Robert Frost*, Ann Arbor Paperbacks : The University
    of Michigan Press, 1969.

of Michigan Press, 1969.

Thompson, Laurance, *Robert Frost, Minneapolis* : university of Michigan press, 1969., Fire and Ice : The Art and Though of Robert Frost, New york : Russell and Russell, 1970.

Thoreau, Henry D., Walden and *Civil Devil Disobedience*, New york : The New American Library Ice. n 1960

Vickery, John, *Myth and Literature*, Univ. of Nebrasca press, 1973.

사이코 드라마, 이오네스코 연극에 있어서 삶과 죽음의 변증법

양영식 *

1. 서 론

이오네스코 Eugene Ionesco(1912~1994. 3)의 연극에서 흔히 나타나는 현상 가운데 삶과 죽음의 양상은 Aneantissement(소멸, 상실-실망-죽음)과 Desarror(혼란), Derision(조롱, 우롱)의 테마를 독특한 시각 위에서 숭고화 시킴으로써 그의 독창적인 몽상적 연극 및 사이코 드라마 Psychodrama를 구축해 나가는 것이다. 그러므로 이오네스코의 연극 추구는 단순히 역사적으로 있음직한 가공의 주인공을 통해서 그의 심리변화의 굴곡을 독백이나 대화로서 관객에게 전달하려는 전통적 의미의 기존의 연극과는 아주 구분되어진다는 사실이다.

이제 본고에서 다루고자 하는 바는 20세기 프랑스 극작가인 이오네스코 그의 연극이 지닌 삶과 죽음의 측면들을 바슐라르 Bachelard 철학이나 불교 철학과의 공유 관계를 규명해 보고, 그의 이러한 독창적 기법들이 그의 사이코드라마에 삶과 죽음의 문제로서 어떻게 생명력이 불어넣어졌는

---

* 문학박사, 평론가, 군산 회현중학교 교장

지 여부를 비교적 상세하게 분석함으로써, 이오네스코 연극의 의지인 무의식의 직관이 어떻게 심리극으로써 자리 잡고 있으며, 나아가서는 상하좌우의 원운동이 되어 연극 전체에 살아 움직이는 현상을 조명해 보고자 한다.

2. 4원소의 철학적 이미지

4원소란 이것에 대해 살펴볼 때(le feu : 불, l`au : 물, l`air : 공기, la terre : 흙) 상징적인 어떤 형태들로서 물질세계에 속해 있는 형태를 지닌 다양한 묘사들로 나타나고, 이 묘사들은 언제나 원초적인 상징들의 묘사에 의존한다는 점을 주목해야 한다.

그러니까 인간은 사실 불완전한 존재이나 정신적 존재이기 때문에 단순한 구조의 삶 형태에서도 상징의 의미는 상존한다 할 수 있는 것이며, 이때 우리들은 융 Jung의 원형 archetype란 이미지를 제일 먼저 떠올리게 되는 것이다. 왜냐하면 상징 그것이란 인간의 정신에 내재하는 선험적이며 근원적인 인간정신의 핵의 구실을 하기 때문이다.

따라서 실체적인 상징의 자료들이란 언제나 인간의 영혼 속에 영감을 불어넣는 형세를 이루고 있다 하겠으며, 언제나 상상력에 호소케 함으로써 농축된 4원소가 물질적 분류는 뚜렷하게 이루어지는 것이며 언제나 그곳의 영역은 꿈에서 이루어진 실존의 환상과 같은 것이라고 할 수 있겠다.

결과적으로 이러한 문제는 바슐라르의 철학에서 도출된 위상들로 구성된다고 유추하는 바이다. 본고에서는 이오네스코 연극에 있어서 죽음의 문제란 4원소가 지닌 철학적 이미지의 원천과 깊은 관계를 공유하고 있다는 전제에서부터 연구를 시작하고자 한다.

이것과의 유추를 통해서 접근시켜 본다면 '물'에 대한 이미지는 변하기 쉬운 유동적 존재로서 신체의 혈액처럼 순환하기도 하며 언제나 "흐르는 존재"라는 상상력으로써, 자연 가운데에서 하나의 존재물을 생성케도 하며, 존재의 근원을 파헤치게도 한다는 사실을 이해케 될 것이다.

바슐라르는 평범한 죽음이란 상징이 지닌 지침처럼 천국을 예견하는 '불'의 의미로써 충만 된 죽음이 아니라고 하였으나, 한편으론 범상한 죽음이란 곧 '물'이 지닌 의미의 죽음이라고 말한 바 있다. 일상적인 우리들의 현상에서도 '물'은 언제나 흐르고, 떨어지고 있으며, '물'의 의미는 언제나 종적인 죽음의 의미로서 종결된다는 생각이 든다. 그러므로 우리들은 무수한 실례를 통해서도 '물'의 죽음이 집중화된 상상력 때문에 '흙'의 죽음보다 더 몽상적이라는 사실을 관측할 수 있게 되는 것이다.

따라서 '물'의 의미가 주는 고뇌란 참으로 무한하다는 사실로써 대치할 수가 있겠다. 불교철학에 있어서 존재론적 의미의 生의 종말관이란 즉 일체의 존재는 生生과 멸滅의 불연속적 연속이라 할 수 있으며, 이 생성의 불연속적 연속에서 滅은 언제나 생의 종말과 같음이다. 이는 곧 무한과 신비의 만다라(Mandala: sanscrite어로 원이란 단순한 뜻을 나타냄, 대극의 합일을 포함하는 특징)와 같은 일반적인 집단적 결말이 아니고, 현재의 찰나, 아마도 실제적으로 저마다 제각기 당하고 있는 무념무상(無念無想, amitia)인 '나'의 죽음에로의 전진이며, 나의 죽음 바로 그것이라고 생각한다.[1] 이의 사실들은 이오네스코의 극작품 「코뿔소Rhinoceros」를 통해서 우리들은 알 수 있는 것이다. 그러니까 군중심리에 의해 자아의식이나 개성을 잃고 점차 획일화되어 가는 심리 변화를 정신과 의사의 임상일지 형식 또는 불교의 선禪 문답식 형식을 취함으로써 자아의 심리변화를 분석하는 사이코드라마와 같은 기법을 원용하고 있으며, 이는 어떤 역사적 사실로부터 추출된

---

1) 원의범, 『인도철학사상』, 원의범, 집문당, 1985. pp.350~359 참고.

감정이나 심리변화의 파악을 통하여 인간 근본의 원형을 부각시키며 집단적 무의식의 표현인 이를테면 무대 위의 정적을 깨고 불협화음, 부조화(극중인물의 고함, 웃음, 흐느낌 등 심리극의 대사가 주는 공포와 전율)를 그대로 반향한 후 순수하고 정화된 무(無, rien)와 공(空, vide)의 형태로 귀의하고자 하는 실험적 무대요소의 독창성을 지닌 극작품의 면면을 찾아볼 수 있다 하겠다.

◇ 4원소의 신화와 작품현상(동화와 전이의 세계)

　그의 독창적 기법으로 창조된 이오네스코의 극작품 중 특히 죽음의 문제가 잘 부상되어 있는 「의자 Les Chaises」엔 의사소통의 불가능, 생의 무의미 등은 'aneantissement(소멸 - 절망)'의 이미지가 잘 표출되고 있다. 예컨대 투시 화된 효과의 원(圓)이 그려진 벽과 찰랑거리는 '물'소리만이 들리는 무대장치, 벙어리이며 귀머거리인 연사의 도착, 절망감에 눌려 자살한 노부부의 죽음, 당혹한 웃음소리와 기침소리 그리고 중얼거림으로 종료된, 극의 구성 등 詩的 기교가 드러난 'humour noir'(검은 해학 : 관객을 어리둥절하게 하고 불안하게 하는 유모어의 의미)을 통해서 드러난 '물 L'eau'이 지닌 몽상적 이미지를 확인할 필요가 있겠다.
　그렇다면 전술한 '물'의 문제에서 '물'은 언제나 흐르고, 떨어지며 죽음으로 끝난다는 것도 말한 바 있다. 물론 '물'이 주는 의미는 죽음이나 그와는 반대로 정액처럼 생명력 있는 '물'은 생명의 근원이 되어, 화합의 원소로서 화해의 방향으로도 나타날 수 있다. 또 한편으로는 '물'은 아니무스(Animus, 의식 속에 있는 내적 인격의 특성, 여성에서의 무의식, 남성성의 원형임)[2] 여성적 요소로 비약, 분노, 원한 등의 이미지를 가지고도 있지만, 본고에

2) 이부영, 『분석심리학』, 일조각, 1984, p.71 참고.

서는 대체로 죽음의 문제만을 추적하기로 한다. 「의자」의 서두에서 시작되는 "썩은 물 냄새가 나오", "당신 물에 떨어지겠 소" 등의 구절 phrase에선 삶의 의미성과 "물의 운명 La destine de l`eau"이라는 구절을 통해선 죽음을 실제화 함이란 생각을 하게 한다. 또한 '배, 물, 흑점, 태양 등등 barque l`eau taches soleil etc'의 의미상에선 소멸의 존재란 다양한 의미의 총화로서 '물' 위에 배가 스스로 태양 속으로 빨려 들어간 작은 존재로의 관계는 '물'과 '불'의 대위법을 통한 죽음으로의 시적 표현을 나타내었다고 생각한다.

이때의 배, 물, 흑점, 태양 등은 물질이 아니라 형체로 나타나나 바슐라르에게 있어서 물질이란 새로운 창조적 이미지를 만들어 낸다는 생각이 든다. 이 창조적 이미지들은 합리적 표현(물질적 상상력)을 통해서 인간과 우주의 갈등을 해소해 나간다는 사실을 바슐라르가 거론했음을 다시 한번 밝혀 두고자 한다. 대체적으로 "밤이다, 노인은 아쉬움 쪽으로 이끌리어 가도록 자신을 내 맡긴다 il fait nuit, le vieux se laisse trainer a regret"라는 연에선 밤의 이미지로써 고뇌와 공포를 초극하려는 운명과 존재들로 나타나며, "나는 보고 싶습니다. 나는 이와 같이 물을 보기를 좋아 합니다 Je voulais voir, j`aime tellement voir l`eau"에선 죽음을 조용히 기다리는 '공(vide ,空)'의 상태인 무념무상의 이원적 표현들이 나타난다 하겠다.

> 낙관주의, 희망 그것들이란 죽음에 대한 불안의 필수적인 전제들이다. 슬로건, 상투적인 사실, 그 본질로부터 텅 빈 언어에서 나오는 우스꽝스런 그것들을 부조리라고 한다. 이를테면 사물이란 그것은 이미 죽은 것이나 다름없으며, 그 실체란 오직 그 삼투를 넘어서서 존재하는 것이다. 일종에 존재한다고 거론되어지는 것은 단순히 인정되어 있다거나 강요에 의한 것일 따름이다.[3]

---

3) Eugene Ionesco, *Note et Contre-Note*, Ed. Gallimard, 1962, p.31 참조.

노파(메아리 됨) : 놀라운 꿈…알 수 없는 꿈… 노인, 보이지 않는 관객에
    게 : 신사숙녀 여러분 일어서십시오. 우리들의 영주 폐하께서 우리
    들 가운데에 있습니다. 만세, 만세, 그는 연단에 올라서서 폐하를
    보려고 발끝을 들어올린다.[4]

  그러나 이오네스코는 실존적 인간의 고뇌를 시간과 공간으로 충만된
용광로 안에서 진실한 존재를 창조하는(연금술사=연출자) 연금술의 기법으
로 검은 해학humour noir와 혼란desarroi를 이용하기도 하며, 일종의 원형을
충돌(꿈과 현실)시킴에 따라 극의 긴박감을 고조시킨다. 이 결과는 이오네
스코 연극에 있어서 일차적인 의미의 텍스트text는 사실상 2차적 의미의
희곡과 상연의 풍자적 의미에 기초가 되고 있다고 본다.
  그런데 프로이트는 인간의 의식생활이란 감추어진 그 상징의 무의식작
용에서 해독할 수 있다고 서술한 점을 유추해 봄도 중요한 것이다. 사실
인간은 태어나면 반드시 죽게 마련이다. 다시 말해서 욕망은 이와 같이
만족을 모르는 그 자체이기 때문에 많은 것은 축적해 온 인간에게도 죽음
앞에서는 허무(Rien : 無의 세계)를 느끼는 결핍, 그 자체가 곧 삶이었음을 깨
달을 때 '空의 세계-절대의 세계' 비로소 인간은 죽음을 조금은 평화롭
게 맞이할 수가 있기 때문이리라. 그렇다면 욕망(삶의 속성)은 은유와 환유
의 연결임이 분명한 것이다.
  프로이트는 인간의 욕망을 만족시키는 유일한 대상은 죽음뿐이고 우리
의 삶은 이 마지막 충족인 죽음을 연기시키는 과정에 지나지 않는다고 말
한 바 있다. 여기에서 우리는 잠깐 국제 정신치료 학회에서 이미 발표된
이동직 박사의 논술 요지를 살펴보고자 한다. "인격이 인격을 치료한다는
말처럼 정신질환자를 치료하는 의사의 가장 중요한 덕목은 어떤 기술이

4) Eugene Ionesco, Theatre Tome I, *Les chaises*, 1954, p.167.

나 지식의 습득보다 자신의 마음을 먼저 비워서 환자 그 자체를 바라볼 수 있는 마음가짐이라고 말한 바 있다." 이와 같은 점에 관심을 가질 때 공의 세계를 통해 절대의 세계를 추구하고자 하는 작가 이오네스코는 이 와 마찬가지로 언제나 구도자적 자세를 갖고자 했으므로 역설의 한 형태 로써 비극적 존재인 우리들 인간의 풍자를 통해서 참 존재라고 하는 모순 을 행동화하며, 환상적 부조리를 극화해 나아간다. 다시 말해서 무대 위의 등장인물은 우롱의 희생물로, 관객은 우롱의 관찰자로 역설적 공감을 통 해 희극은 비극으로 비극은 희극으로 우리들에게 제시하고 있음을 알 수 있다.

연극 작품 「자크와 복종*Jacque ou la soumission*」, 「의무의 희생자*Victime de devoir*」, 「빈자와 목마른 자*Amedee, La soif et la faim*」 등에서 나타난 죽음의 문제도 무대장치, 의상, 조명, 등장인물들과 동일하게 하나의 상징과 개념 을 전달하는 연극 언어(=죽음)이며, 이러한 연극언어에 생명력을 불어넣 는 작업이 곧 이오네스코 연극의 의지라 하겠다.

이오네스코의 무의식적인 직관은(형이상학적인 4차원의 세계인 꿈과 망상, 자 연과 동일화하기 위함-주객 합일의 단일성을 유인키 위함. 예: 외디프스콤프렉스) 정 신분석학과 혼합되어, 개체가 본질의 무*rien* 속에 용해되어 드디어 개체의 본질을 벗어나 본질이 지닌 절대의 세계인 영생을 공유하려고 무질서하 고 불완전하나 상하좌우의 원운동은 마침내 무대 지시인 무대장치로 형 상화되어 연극 전체에 살아 움직이고 있는 것이다.

> 노인 : 나는 어머님을 도랑에서 홀로 돌아가시도록 방치하였다. 어머니께
> 는 저를 신음하시듯이 부르시곤 했다. 애야, 사랑하는 내 아들
> 아…… 나와 함께 있어다오, 저는 그렇게 오래 있을 수 없어요.
> 잠시 후에 돌아오겠어요……저는 눈코 뜰 새 없이 바빠 있었고,
> 정말 무도회에도 갔었어야 했지요. 잠시 후에 다시 돌아오겠어요.

얼마 후 돌아왔을 때 이미 어머니께서는 세상을 뜨셨고 땅속 깊이 묻히셨어요. 나는 땅을 깊이 파헤쳐 찾았지만 그분을 뵐 수는 없었지요……이 세상의 자식들은 언제나 어머님을 그렇게 저버렸으며 그들의 아버님은 여러 번 살해하는 것이다. 인생이란 게 그런 것인지도 모를 일이다. 다른 사람은 그렇지 않을지 모르지만 나는 그것 때문에 크게 고통을 받았다.[5]

「의자」에서 형상화되어 살아 움직이는 무대에서 지시는 연사의 우롱적인 무의미한 낙서, 그리고 텅 빈 의자만이 높여 있는 무대와는 대조적으로 의미 없는 웃음과 술렁거림의 여운으로 종료되지만, 죽음의 전달을 위한 낙서로 된 메시지, 이것은 개체로서의 삶은 끝나지만 본질 깊숙이 내재하므로, 개체는 재탄생의 힘을 얻을 수 있고, 보다 새롭게 완전한 변신을 꾀할 수 있기에 곧 삶에 의지라 할 수 있으며, 절대로 향하는 이오네스코의 연극에 있어서 중요한 점은 연극의 시각화를 통해 언어로 표현할 수 없는 세계를 뛰어넘으려고 하고 있다는 사실이다. 이러한 몽상적 표현들인 우롱과 검은 해학의 방법으로 언어를 해체하였음은 물론, 나아가서는 물질이 증식이나 가속 등으로 무대공간은 카오스적이고 난잡한 미궁(迷宮, Agnostique)으로 변하게 하고 있는 것이다.

그렇지만 이오네스코 작품의 근원에는 인간 조건의 비극을 앞에 둔 형이상학적인 고뇌를 내포하고 있다는 사실을 들추어 낼 수 있으며 이러한 현상이란 곧 현실에서 해체된 이미지가 되어 하나의 꿈 에서 벗어나고자 한 호소로써 나타나는 것이다. 이제 「의사」의 한 대사를 다시 한 번 생각해 보자. "l`eau coule, l`eau tombe"에서 정녕 '물'이란 흐르는 것이며 우주에 존재하는 모든 생물은 수분으로 구성되어 있음과 같다.

예컨대 아폴리네르Guillaume Apollinaire의 「미라보 다리le pont de Mirabeau」라

5) Ibid., pp.153~154.

는 시에서 제1연의 시구를 연상해 보기로 한다. "세월은 빨리 흐른다. Ce tempt passe vite"의 구절이 주는 의미적 구조에서 '흐른다'는 감각적 표현은 다음과 같은 문장으로 전환하였을 때도, 감각작용에는 어떠한 의미의 변화도 없는 것이다. "연인들은 파리에서 행복한 생활을 보낸다. Les amants coule une vie heureuse a Paris" 따라서 우리말에 '흐른다'는 의미가 'passer, couler'라는 프랑스어와의 공통적 의미가 관계가 다시 말해서 흘러서 (aneantissement=소멸, deces=죽음 등) 다시 돌아온다는 변증법적인 철학 체험의 알레고리로써 증명되는 점들이다.

이오네스코의 최초의 극작품 「대머리 여가수La Cantatrice Chauve」에서 중요한 요소인 두 상반된 힘의 충동(생과 사)은 시간을 공간화시킴으로써 비논리, 상투어, 조롱 등으로 언어의 분절만이 존재할 뿐임이 증명된다. 그러므로 우리들은 자신을 떠난 형이상학적 언어와 오직 상투적 구조에 의한 사회언어의 사용으로 인해 혼란과 조롱이라고 하는 몽상적 연극(감정의 공간화 - 삶의 시각화)으로 표출되고 있다는 결론에 귀결시킬 수 있겠다.

> 스미스 : 아아, 신문지상엔 보비왓슨이 사망했다고 쓰여 있군
> 스미스 : 맙소사, 가련한 사람 그가 언제 죽었다고?
> 스미스 : 당신 어째서 놀란 표정이요? (……)
> 스미스 : 우리 대영제국에서 가장 아름다운 시체였다오! 그 시체에는 속세적인 연륜은 드러나지는 않았소. 그런데 보비왓슨이 죽은 지가 4년 전이었지만 실물과 같이 아직도 뜨거운 온기를 느낄 수 있소……6)

이오네스코 연극에 있어서 드러난 비개성적인 등장인물들은 '불'이란 어휘의 이미지를 가지고 무대 위에서 실연하고 있는 존재물임은 분명한

---

6) Ibid., p.22.

사실이나, 무의미하게 분절된 말을 기계화, 물질화시킴으로 이때관객은 공의 세계를 보는 것이다. 그러니까 空의 세계란 곧 "전무일 뿐이며, 덧없는 환영 같은 것으로[7]" 이것이 주는 이미지는 인간의 죽음에 관한 강박관념이 집중적으로 반복하고 있음을 이오네스코는 이미지의 연극이라는 사실로써 『주해와 반주해 Notes et Contre-Notes』라는 그의 저서에서 밝히고 있다. "불씨라고 하는 그것은 '재' 중간 그 속에서 보다는 '재' 아래 그 밑에서 은근히 더 잘 타는 것이다 Le feu couve dans plus surement que sous la cendre."

이를테면 노변에서의 몽상이 더 심오한 철학성을 지닌다는 가설을 해볼 때, 이러한 사실을 통해서 우리들은 그 '불'을 돌연 발생의 경우로, 또는 지엽적 발생의 경우로 바라볼 수 있기 때문일 것이다. 그러한 그 '불'에 대한 몽상은 흐르는 '물'보다는 덜 추상적이고, 단조로운 게 사실이란 생각이 든다. 몽상이란 참으로 매혹적인 것이며, 극적인 것이라 할 수 있다. 또한 그것은 인간의 운명을 증폭시키며, 예를 들어 '소'를 '대'에 '아궁이'를 '화산'이라 하는 비약으로 또는 상상력의 생성요소로서 인간의 호소를 이해시키기 때문일 것이다.

다시 말해서 '몽상'의 파괴란 하나의 변화를 뛰어넘는 바로 다른 것으로는 거듭남이다. 일반적이고 특별한 이 몽상이란 그것은 실질적으로 강박관념을 야기 시키기도 하며, 나아가서는 '불'에 대한 중시와 애착, 생과 사의 충동을 연결케 할 수도 있다는 사실을 우리들은 중대시하여야 한다.[8] 그러면 이제 이오네스코의 작품 「대머리 여가수 La Cantatrice Chauve」에서 마리 Mary가 암송한 '불'의 시에선 '불'에 대한 기하학적인 "조롱의 가속과 증식"들이 집중되어 있는데, 그 원형이란 무엇인가 고찰해 보고자 한다.

---

7) Ionesco, *Journal en Miette*, Gallimard, 1967, p.71.
8) Ibid., pp.34~35.

불

뽀리깐드르 숲엔 햇빛이 비친다.
돌에 불이 붙고
성에 불이 붙고
숲에 불이 붙고
남자에 불이 붙고
여자에 불이 붙고
새들에 불이 붙고
물고기에 불이 붙고
하늘에 불이 붙고
재에 불이 붙고
연기에 불이 붙고
불에도 불이 붙고
모든 것에 불이 붙고
불에 불이 붙는다. 불에 불이 붙는다.

그런데 바슐라르에 대한 비평에서 4요소는 곧 죽음의 이미지를 내포하고 있음이 분명하다는 사실을 서술한 바 있다. 즉 물, 흙, 공기, 불 등 4요소의 각각에는 생과 사의 관계에 의해서 모든 것이 나타나나, 그 중에서도 죽음의 문제를 가장 잘 나타내는 것은 흙이며, 생과 사의 관계는 오직 4요소 각 내부에서만 이루어지는 것이 아님은 물론 다른 쪽에서도 똑같은 현상은 나타나는 것이다. 여하튼 이러한 다양성은 이오네스코의 모든 작품에 널리 퍼져있음을 알 수 있겠다. 정녕 '불'이란 '물'과 똑같이 다양성을 지니며, 언제나 '불'은 붉은 빛을 나타내고 있다는 사실이다.

그러니까 '불'은 소진되고 마침내 파괴되며, 한편으론 그것이 주는 의미란 행복과 기쁨, 정열적인 일면을 주는 반면에 두려움과 파괴와 죽음을

부여하기도 하는 것이다. '물'과 '불'의 결합은 부정적 요소로 나타나 그
것은 곧 죽음을 이루나, 흙도 죽음을 영접하고 그것과 함께 한 무리가 되
는 것이다. 그러므로 흙 자체가 죽음이며, 4원소 중에서 가장 뚜렷하게 죽
음을 특징짓는 것도 흙이라고 생각한다. 왜냐하면 흙에 있는 모든 곳은
죽음을 반향하기 때문이며, 그러하기 때문에 흙은 죽음, 바로 그 자체일
뿐이다. 반면에 다른 요소에서 생명의 근원을 발견한다는 것은 어렵다. 하
겠으며, 그렇지만 최소한 이 특징을 나타내는 것은 공기일 것이라고 생각
한다.

왜냐하면 바람의 형태 하에서는 생명의 근원을 직접적으로 가져올 수
있기 때문일 것이다. 이와 같은 맥락에서 생명과 가장 접근된 요소의 구
조는 공기임이 확실하다는 결론을 내릴 수 있겠다.

이오네스코는 의식과 무의식의 세계에서 사실의 세계를 비사실의 세계
로 증식시키거나 파괴시킬 때는 변증법적 기법을 이용하였으며, 특히 몇
몇의 작품에서는 '불'의 이미지를 통해서 분절의 효과를 증폭시키려고 노
력했으며 또한 극적 리듬을 고조시켜 나아가는 것임이 분명하다.

> 마르텡 : 검은 구두약으로 안경을 반짝반짝하게 할 수는 없겠지.
> 스미스 : 그렇소, 그러나 돈을 가지고서는 우리가 원하는 모든 것을 살
> 　　　　수는 있다오.
> 마르텡 : 정원에서 소리를 지르며 노는 토끼를 죽이기를 더 좋아한다오.
> 스미스 : '앵무새들Kakatoes…'
> 스미스 : '어떤 실패quelle cacade…'
> 마스텡 : '개들이란 벼룩이 자고 있오…'
> 마르텡 : '선인장cactus, 꽁무니뼈chard occy, 간부coccu!, 돼지cocoon!'[9]

우리들은 상기 인용문을 고찰할 때 '불'의 이미지를 통해서 언어의 분

---

9) Ibid., pp.53~54.

절이 시작됨을 알 수 있으며, 특히 파열음 [k]는 폭발의 음을 지칭하는 의미론적인 결과로 연상된다고 할 수 있다. 따라서 이 형상은 마치 불 속에서 타오르는 '불'의 모습 그것이며, '불'의 상징일 뿐이란 생각이 든다.

사실 이오네스코는 이미 'Chapelle' 마을에서의 생활은 곧 천국에서의 보람이었으며, "방앗간이 있는 그 낙원, 그 성에 불이 붙어 모든 것이 불이 붙어 불에 붙이 붙는다[10]" 고 기록하고 있었다. 이는 에덴의 동산에서 실낙원의 아담과 이브가 타 죽어 분리됨으로써 근원적 고민으로 인해 고통을 받는다는 사실로 귀결되는 것이다. 따라서 본체를 찾으려는 의욕, 그리고 그 욕구가 좌절될 때 파괴의 행위는 곧 죽음이 엄습함을 의미하는 것이며, 이오네스코는 인간의 죽음을 연극화로 증식, 증폭시켜 드러나게 하였다.

모든 곳에서 불이 타올라 계속되는 '불'의 증식 속에서 이루어지는 가속과 파괴의 리듬이란 곧 죽음을 향한 가속이며, 전진인 것이다. 아무쪼록 모든 등장인물들의 증오심을 증폭시키는 파괴 본능에서 '불'이 주는 의미는 정녕 모든 것을 태워버릴 때까지 태워버린다는 사실에서 결과적으로 모든 등장인물들이 자신을 잃고 사용하면서 붕괴하는 언어의 기계적인 상투성은 전락된 타오르는 '불'의 이미지로 간주할 수 있다고 생각한다.

불의 이미지가 육체적 욕구로 표현됨은 물의 이미지가 타나토스Thanatos 로 나타나듯이 에로스Eros로 표현되며, 이는 마치 꿈을 통하여 나타나는 무의식적 욕구의 표현임이 확실하다. 이와 같은 에로스로서의 '불'의 이미지는 칼이라는 소도구를 사용하여 상징적으로 표현하기도 하였다.

작품 「수업La Lecon」에서 교수가 여학생을 칼로써 살해하는 이 사실은 심리학적 측면에서 칼이 남성을 상징한다는 점에서 이 장면은 성행위의 표현으로 해석할 수도 있으며, 이와 같은 불의 이미지가 성적 요구의 표

---

10) Ionesco, *Le Paradis Perdu*

현으로 타나나는 것은 '불'이 '가시'나 뾰족한 것으로 직접 표현되고 은유적으로 우리의 무의식을 밝혀주는 거울과 동일시되어지기도 한다는 사실이다.

성적 욕구가 억제된 무의식의 꿈을 통하여 표출되듯이 인간이 가지고 있는 이러한 요구를 이오네스코는 불의 이미지를 시각화시킴으로써 인간을 정화시키려 하고 있다고 생각한다. 따라서 이 정화작용은 다른 각도에서 보면 욕망의 소멸, 즉 욕망의 죽음이라고 볼 수 있다. 이와 같이 이오네스코는 역설적으로 '불'의 이미지를 통하여 죽음의 주제를 부각하면서 죽음으로부터의 공포나 두려움을 소멸시키고자 하였다.

> 나에게 대지 그것은 유모는 될 수는 없으며 진흙창이 되어 해체된 모습으로서 언제나 나를 감동시키는 그것이란 죽음이라 할 수 있다오. 그러니까 집의 내부에 있는 지하실은 무덤들이 되었으며, 보금자리나, 피난처를 연상할 때엔 대지란 그것은 흠뻑 젖은 땅속으로 나를 빠져들게 하며 언제나 반대하고자 하는 그것의 해체라 할 수 있었소.[11]

물이란 그것은 풍요함이나 고요함, 순박함도 제공치는 못했다. 다시 말해서 대지란 대체로 더러운 것으로 비추었고, 고뇌의 이미지로 나타날 뿐이다. 반면에 물은 삼키는 것으로 더럽혀지는 것이며, 더럽혀진다는 것은 죽음을 위협하는 것일 터이다. 고로 물은 해체된 모습으로 재연된다.

3. 삶과 죽음의 의미와 미학

이오네스코는 죽음과의 관계에서 참된 의미를 그의 연극세계에 드러냈

---

11) Ionesco, 「단편일기」, mercure, 1967, p.225.

으며, 일찍이 그는 형이상학적 죽음의 문제를 동양철학에서 발견하였다고 『주해와 반주해』에서 고백한 바 있다. 따라서 노자, 선, 인도철학 등을 음미하면서 죽음의 문제를 점진적으로 검토하기로 한다.

노자철학에서 도란 형이상학적 무로써 대라고도 하는 현지우현이라 하였으며, 선에선 무란 자기 존재를 통찰하는 기술이며, 곧 도는 자유에로 향하는 길로 인도함을 의미했으며, 개오의 체험 곧 전인의 세계라 했는데, 인도철학에선 죽는 존재는 죽지 않는 존재로 개조함으로써 죽음에서 재생을 고에서 낙을 창조하여 고유에서 낙존樂存으로 해탈의 경지, 곧 그것을 공空의 세계라고 하였다.

그러므로 애욕 번뇌가 자아에 대한 집착으로부터 생기는 것임을 깨쳐 이 미망의 근원인 몰아공沒我空-유공비공有空非空-중도中道-비비유非非有의 세계-진공묘유眞空妙有-색즉시공色卽是空, 공즉시색空卽是色의 경지를 생生의 목표로 하여 생사의 갈등과 체험 양상을 내면적 생활의 참모습으로 나타내었다.[12]

잠시 여기에서 고대 중국인의 생사관[13], 그 구조를 재조명해 봄도 의의가 있다고 생각한다.

동시대의 중국인들은 변증법적 논리의 전개로써 음양 이원적 변화에 의해 음양은 항상 바뀌면서 상호작용하며, 이러한 모든 상황은 새로운 다른 상황을 낳는다고 주장하였다. 따라서 그들은 인간의 생명이란 당연히 다시 탄생할 수 있다고 생각했으며, 한편으론 그들은 죽음의 의미를 인간의 혼백魂魄이란 하늘에서 받은 능동적 넋, 백은 땅에서 받은 수동적 넋, 이는 융의 무의식적 인간의 내적 원형인 아니마와 아니무스 등과 연관된

---

12) 이성범 역, The TAO of Physics, Friti of Copra, 범양사, 1979, 제18장, p.335, 이하 참고, 원의범, 『인도철학사상』, 집문당, 1971, pp.273~295.
13) Michael Ioewe, Chines Ideas of an Death, London, 1982, 이성규 역, 지식산업사, p.41, 제3, 4, 6장 참고. 남효성 역, 『주역』, 현암사, 1970, pp.20~30.

관계가 분리된다는 것에서부터 출발하였다는 점이다. 따라서 그들의 내세관은 사뭇 유기적 구조의 우주 속에서 인간이 모든 것을 초월하여 지속하는 모형을 알아낼 수 있다면 미미한 인간은 커다란 전체 속에서 자신들이란 그 보편적인 변화의 일부라는 것을 느끼는 것이며, 또한 마음의 평정을 얻을 수 있다고 이해하였던 것이다.

이오네스코가 말하는 죽음의 주제는 생에 대한 반대어로 사용되기도 하지만은 2원적 소멸의 의미로써 사용하기도 한다. 결국 '물'이나 '불'의 이미지는 그 자신의 내부에 존재하는 갈등이나 상반적 충동심 및 다양한 의지들 사이에서 생성되는 수직선상의 양극화 현상으로 나타나는 것이다. 다시 말해서 이는 삶에 대한 욕구와 죽음에 대한 욕구로서 에로스나 타나토스로 구분될 수 있으며, 주제로서는 이를테면 사랑과 증오의 상반된 감정의 표현으로 나타난다 하겠다.

이제 생과 사의 구조에 대한 이오네스코 문학이 지닌 그 내밀성에서부터 출발 생과 사의 의미를 분석 설명한다면 그 상징적 언어들이 문학적으로 어떻게 형성되었는가를 알 수 있는 것이라고 확신한다. '이중 Le double'이란 연극형태에서 발견된 내밀성의 요소인 고독, 허무, 공포, 망상, 혼란, 불안 등 삶의 집중현상과 불확실한 [무의 세계와 공의 요소]인 죽음은 인간세계에서 고뇌의 이미지가 되었으며, 그의 연극세계는 곧 천국 Le paradis과 잃어버린 천국 Le paradis perdu이란 이중의 연극 창조로써 재구성되었음이 확실하다. 이오네스코는 연극 창작에 있어서 연극의 운동을 마치 생명체가 지닌 호흡의 흐름처럼 생각하고 이와 같은 연극적 운동의 부각을 바로 연극의 건축으로 하고 있다는 사실이다.

따라서 이오네스코는 빛과 물이 주는 상징의 의미를 통해서 삶과 죽음의 의미를 증폭시키어, 마침내는 변증법적인 상상력을 관객에게 환기시키어 나아가는 것이다. 따라서 전술한 중국인의 생사관에서와 같이 이오네스코의 죽음과 삶의 문제인 인간생활의 본질이란 존재자와 비존재자의 역동적 상호작용의 한계인 형이상학적이며, 실존적인 의미를 갖는다.

이를테면 어린 시절과 성인의 관계에서 오는 질서의 파괴를 고조시킨 후 공포와 갈등의 극복이 뒤따르고 있다는 사실로써 설명할 수 있겠다. 이오네스코는 시공의 개념을 떠나서 피할 수 없는 원의 개념을 반복과 축적을 수행하는 끝없는 원운동으로 죽음과 삶을 구체화한다. 그러므로 이 구체성은 삶과 죽음의 구체인 미학으로 구체화시켜 나아감이 확연히 드러나는 것이다.

함정에 걸린 공포나 허위라고 하는 그것은 이오네스코에게 있어서는 몽상적인 근거로서 이루어진다 하겠다. 이탈리아식 연극의 틀에서 재구성된 끈덕진 하나의 악몽이란 원의 개념에서 근거한 연극술로 나타나는 것이다. 예컨대 기하학적 극 형태는 일련의 복잡한 상황의 수직적 집중 현상으로 타나난다는 사실이다. (…). 초기작품에서부터 encerclement(포위)라고 극적 개념은 다양한 형태로 재창조되는 양상을 보이고 있다. 14)

◇ 삶과 죽음의 내밀성과 역동적 상상력

이오네스코는 그의 작품에서 태초의 우주 창조를 통해서 신비적 등장 인물들인 남녀를 창조하고 있으며, 연극의 주제와 관계된 이오네스코의 정신과 사상에 영감을 불러일으킨 근원적 관념이란 '무상의 원운동'에서 비롯함의 의미이다.

Ionesco는 빛이 참으로 훌륭했다고 느끼었으며, 어두운 빛을 분리한다. 그는 그 빛을 낮이라고 명명하며, 어두움을 밤이라고 하였다. 그는 이러

---

14) Paul Vemois le Dynamlque Theatrale, Klinsieck, 1973. p.56.

한 솜씨를 지니고도 있었다. 그 후부터 그날을 최초의 날로 정한다. 15)

결론적으로 이오네스코 그는 자신과 유사한 등장인물을 창조하였다. 다시 말해서, 자크Jacque, 슈베르Choubert, 베렝거Berenger, 진Jean, 마들렌느Madelaine, 데이지Daisy, 죠세핀Josephine 등으로 성서에 의해서 창조된 최초의 인간의 이름을 그의 작품상에 등장인물로 재창조하였으나, 그의 작품에서 등장인물들이 주는 이미지의 느낌이란 예컨대 영원한 절대 신은 동쪽에 있는 에덴의 동산에 오직 나무를 심을 뿐이며, 선과 악을 인식케 하는 나무열매를 먹을 수는 없게 하였다는 사실로 드러나는 것이다. 따라서 그러한 시기는 곧 황금의 시기가 되었으며, 다시 말해서 죽음을 모르는 시기가 되었다고 느끼는 바이다. 그러니까 죽음을 알게 된 그때부터 어린 시절은 끝나는 것이라고 할 수 있겠다.

그 어린 시절이야말로 최초의 놀람의 시기이었으며, 이오네스코에게 있어서 시골 생활 속 그 어린 시절의 경험은 하나의 찬란한 위성으로 나타났음이 사실이며, 이러한 상징의 세계가 천국이 되었고, 정녕 이 곳이야말로 언제나, 이오네스코에게는 잃어버린 천국으로 연극에 나타났음을 재삼 부연하는 바이다.

> 황금의 시기란 무지의 어린 시절인 것이며, 그러니까 죽으리라는 그 사실을 알 때부터 어린 시절은 끝난다는 것, 그리곤 나에게 있어선 황금의 시기가 매우 빨리 끝났다는 것과, 7세쯤에 이미 성인이 되어 있음도 알았으며, 다시 말해서 전 생애를 통해서 나는 영원히 간직할 수 있는 어린 시절을 재발견하고 있다는 점이다. 물론 진정한 의미의 어린 시절은 아니지만 그것이란 일종의 망각이란 것을 일컫는다. 그러니까 욕망과 의혹이란 근원적인 진리에 접근함을 방해하는 요인이라 할 수

---

15) Ionesco, *Le Paradis Perdu*, Gallimard, 1973, p.31.

있겠다.[16]

　이러한 그의 연극 추구는 프로이트와 융의 연구에 많은 관심을 표명하며 이들과의 동질성을 스스로 지적하고 있었다. 이오네스코 그는 환희에 가득 찬 낙원을 마치 동심의 세계와 동일하다고 간주했기에, 그는 어린 시절의 추억에 대한 향수를 무대 위에 묘사할 뿐만 아니라 우리들 내부에 새겨진 추억이나 삶 자체를 꿈처럼 공간화 하여 무대를 밝혀 볼 수 있는 힘을 부여하고자 하였다.

　특히 초기 작품에 있어서 존재에 대한 놀라움의 발견은 어린 시절에서 온 첫 번째 역학이 되었으며, 이오네스코 그는 그의 천국 가운데에서 깨어나, 자신을 발견하면서 자아의 비자아를 구별하기 위해서 어떤 의식에 이르게 된다고 하였다.

　고로 우주 앞에 존재하는 '무상성'이란 놀라움에서 이미 형이상학은 발견되는 것이다. 이오네스코는 그의 젊은 시절부터 죄의 문제에 대해서 집념을 갖고 있었음이 확실하다. 「빈자와 목마른 자」에서 진Jean의 죄는 에덴의 동산에서 도피하는 것이기도 하나, 한편으로 그 동산을 찾는 길도 되는 이치와 같다. 한 걸음 더 나아가 「의무의 희생자Victime du devoir」에서 쇼버트의 잘못은 멜로트Mallot에 대한 망각으로부터 시작되며, 그러니까 정녕 이 세상에서 찾아야 할 멜로트는 누구인지는 모른다. 그렇지만 그는 맬로트를 반드시 찾아야 한다. 다시 말해서 그것은 곧 '생과 사'라 할 수 있겠다. 이것이란 그렇게 불가지不可知한 사실이 아닌 멜로트의 의무이며, 만일에 우리들이 심사숙고하면 모든 것은 새롭게 느낄 수 있는 평범한 사실일 수도 있다.

　사실, 이오네스코 연극 속에 멜로트는 고도Godot(Samuel Beguette의 작품 「고

---

16) Ionesco, 단편일기, Mercure, 1967, p.31.

도를 기다리며」의 등장인물)과는 다른 바로 우리들 자신들임이 확실했다. 따라서 멜로트는 곧 그곳이란 '신'의 표상이나 이미지라 할 수 있겠으며, 참으로 덧없는 존재인 것이다. 이러한 빛 속에선 모든 것은 허무할 뿐이란 생각이 든다. 그러므로 그것이란 무서운 인간의 회개일 수도 있으며, 그러니까 존재한다는 그것은 오직 인간들에 의해서 휩쓸어 버린 것이라 할 수 있겠다.

이를테면 신화 속의 사투르느Saturne (그리스 신화의 크로노스에 해당함. 우라노스 여신 가이아에게 태어난 거인)나, 프로메테우스(불을 훔쳐서 인간에게 불을 준 죄 때문에 독수리에게 간을 뜯어 먹히지만 헤라클레스에 의해서 구조됨)의 간장을 삼키는 독수리는 시간 속에 두 개의 표상일 뿐이며, 다시 말해서 시간이란 곧 '악'들이라고 할 수도 있겠다. 따라서 시간의 무리들이란 옛날의 악마처럼 인간을 고통스럽게 하는 그 고통에 의해서 구성되는 것임이 확실하다.

따라서 이오네스코는 연극에 있어서 시간이라는 왕국은 지옥이 되는 것이며, 그러하기 때문에 고통이 증대된 그 속에 우리들이 있을 때 그것이 곧 지옥이 되는 것이며, 모든 것들 속에서 시간이란 이오네스코의 신화공간(창조, 생성, 카오스의 우주적 관념을 표출하는 것)에서는 지옥의 '아홉 개의 원'에 일치한 아홉 개의 어린이를 잉태한다고 「잃어버린 천국」에서 기록하고 있다는 사실로써 알 수 있겠다.[17]

그러므로 이오네스코의 연극은 큰 테두리에서는 지옥의 연극이라고 할 수도 있겠다. 왜냐하면 지옥의 중심에는 언제나 죽음이 도사리고 있으므로 그것은 곧 죽음의 연극이 되었다는 생각을 해 본다. 우리들이 아주 깊숙이 지옥의 중심에는 언제나 죽음이 도사리고 있으므로 그것은 곧 죽음의 연극이 되었다는 생각을 해 본다. 우리들이 아주 깊숙이 지옥에 내려

---

17) Ionesco, *Le Paradis Perdu*, Gallimard,

감에 따라서 이오네스코 연극의 톤은 조금씩 이 원에서 저 원으로 변화되어 비소극(farce-tragique, 非 笑劇), 반희극anti-qiece, 해학극drame-comique, 의극 pseudo-comique 등 여러 모습으로 변모되어 나가는 양상이 나타남도 발견되는 것이다.

분명히 이오네스코 연극에서 희열을 오히려 비극의 형태에 속해 있으며, 희열 그것이란 참으로 우스운 비극이 되어 비극적 소극들로 나타났다고 생각한다. 그러니까 실질적으로 지옥에 대한 첫 번째 원은 어린 시절부터 죽음으로 나타났음을 알 수 있다. 예컨대 어린 시절은 조금씩 성인으로 변화되며, 인형극의 꼭두각시로 변신되어 나아갔다.

아동은 조금씩 성인으로 변형되어 차츰차츰 꼭두각시로 변신되어 간다. 그러니까 그것이 첫 번째의 죽음이 되는 것이며, 생물학적 죽음에 선행한 정신적 죽음이라 할 수 있다. 아동에게 있어서 죽음에 대한 상실의 문제는 '경악'이라고 하는 것이 없어지는 데서 온다고 생각한다.[18] 비록 조롱과 우롱 속에서 이루어지는 극 과정에서 우스꽝스러움은 변모된 커뮤니케이션으로써 정신착란과 과대망상 등이 나타난 뒤에 이어오는 사실과 몽환, 죽음이란 곧 '공空'의 세계인 것이며, 그것의 접근이라고 필자는 생각하였다. 그러니까 「대머리 여가수」를 쓰면서 이오네스코 자신도 『주해와 반주해』에서 다음과 같이 쓰고 있다.

내가 무너뜨리려고 하거나, 구멍을 내려 한 통과 할 수 없는 벽, 또는 날로 커 가는 벽들이란 그것은 아마도 이성이란 것에 지나지 않는 것들이다. 그렇다면 진정한 의미의 이성이란 무엇일까. 그것은 우리들을 chaos의 세계로부터 보존키 위한 벽을 확립하려 하는 것이란 생각이 든다. 다시 말해서 그 벽 뒤에는 카오스와 허무가 있을 뿐, 그 벽 뒤에는 아무것도 존재치 않으며, 오직 空과 카오스의 세계 그 사이에는 어떤

18) Ibif., p.102.

경계가 있다는 사실, 그리고 그 벽을 뛰어 넘을 수 없는 다른 쪽에는 언제나 죽음이 도사리고 있다는 점이다.[19]

대체적으로 아주 큰 구멍을 통해서 나타난 죽음과 소멸의 고통이 우리들을 기다리고 있기에 죽음의 주제란 이오네스코 작품의 창조과정에서 개략적인 동기가 되었음을 위의 책에서 살펴보았으며, 이러한 의미에서 이오네스코는 마지막 방법이 된 자신의 문학세계와 죽음의 문제를 대치시키려고 했음을 알 수 있겠다.

그런데 고야Goya는 그의 무의식을 좇으려고 괴물을 그렸다고 진술했으며, 이오네스코 그도 공포로부터 벗어나려고 죽음을 생각했다고 하였다. 그러니까 그의 첫시집 『작은 존재를 위한 비가elegies pour des etre minuscules』에서부터 이오네스코를 괴롭힌 것도 죽음이었음을 상기할 때 확실하게 증명되는 것이다. 그러므로 이오네스코의 연극에서 죽음은 포우 Edgar Allan Poe의 「까마귀」에서처럼 그 자신에게도 언제나 자리를 잡고 있었다.

그의 초기작품 「수업La Leçon」에서는 Vampirisme(옛 흡혈귀를 만든 미신, 프로이트의 망상형 분열증의 예로 사도-마조히즘에서 나온 정신이상 행동)의 이야기와 폭행과 연관된 암살로써 나타나고 있다. 「의자」에서는 노인들이 창문으로 각자 몸을 던지면서 자살을 함으로써 죽음을 나타내었다. 언제나 이오네스코는 고집스럽게 Aneantissement(소멸, 상실 - 절망)의 이미지를 바슐라르의 제시인 '물'과 '흙'의 이미지에서 나온 몽상으로 비상을 계속하게 하였으며, 「왕은 죽어가다La roi se meurt」에서도 흐르는 근본적인 꿈은 곧 '물'의 꿈이며, 꽃병과 진흙 속의 이미지에서 온 꿈인 것이라고 느꼈다.

물론, 허무와 죽음에서 오는 두려움이 '생과 사'가 직면할 때는 조절되

---

19) Ionesco, *Le Paradis Perdu*, Gallimard, 1973, p.104.

었으며, 이오네스코 그는 「미에트 일기」*Journal en Miette*」에서 꿈의 비상에 대해 "나는 죽음을 배우려고 글을 썼고, 일종의 정신훈련과 같은 점진적인 실천은 하나의 교훈이 되어 나갔으며, 단계적으로 피할 수 없는 이 목표를 향해 접근하려고 나는 애썼다." 고 기록하고 있었다.

이오네스코는 그렇기 때문에 죽음의 두려움, 강박관념을 무한하게 표현하며 정당화시킨다. 물론 일시적으론 고통은 시작되며 시간은 지나간다. 그러나 실제로 인간의 시간이란 계속된 거짓에 지나지 않음이 사실이다. 이러한 맥락에서 이오네스코는 「왕이 죽어가다」에서 베렝거의 의식 상태를 주관적인 시간 속으로 흘러가게 했음을 주목해야 한다.

> 마그리트 : 이것이 나의 진의의 의사표시요, (줄리엣에게)거미줄을 다시 청소하시오.
> 왕 : 아! 그렇구나, 거미줄 망 그것이란 역겨웁게 하는 것으로써 악몽을 예견케 하는 것이다.
> 마그리트 : 제왕이시여! 폐하께 폐하가 죽게 되는 사실을 우리들은 알려야만 하는 것입니다.
> 왕 : 아직까지도! 나를 귀찮게 하는구나! 그렇다 나는 40년 후에, 아니 50년 후에 죽게 되리라. 그러니까, 내가 원할 때에나, 내가 죽음의 기회를 가지게 될 때에나 아니, 내가 죽음을 결정할 그때에 나, 나는 죽게 되리다.[20]

요컨대, 「왕이 죽어가다」에서 마치우리들처럼 베렝거는 상대적으로 몽상과 사상의 주인이라는 것을 망각했기 때문에 행위의 비극이 되었으며, 베렌저는 그의 행위에서 절대로 도망하는 등장인물이 아닌 것이다. 여기에서 우리들은 삶과 죽음을 목격할 수도 있는 것이며, 그러므로 언제나 죽음에 대한 발견은 이오네스코에게는 生의 발견이 됨을 알 수 있는 것이

---

20) Ionesco, Theatre 4, pp.19~70.

다. 이를테면 「왕이 죽어가다」의 베렝거는 죽음에 대한 충동도 없고 오직 어린애가 다시 되고자 할 뿐이다. 이러한 연유에서 우리는 베렌저에게선 프로이트의 나르시스적인 리비도를 발견할 수 있음은 물론, 위 사실을 정신 분석학에서 기계적인 기능을 야기시키는 기쁨의 필요성과 충동에 대한 의식에서 근거하고 있다고 생각하는 바이다.

> 마그리트 : 줄리엣, 모든 것은 어제입니다. 오늘이 바로 어제입니다.
> 의사와 마리 : 친애하는 왕이시여, 과거란 없음은 물론 미래도 없다 하겠소. 폐하께 말씀드립니다. 모든 것은 현재이며 오직 현재만이 있을 뿐인 것입니다. 음! 아 슬프다! 나는 과거가 없는 현재 속에만 존재하고 있을 뿐이다.
> 왕 : 나는 무성한 소문 그 속에 빠져 있소. 그 깊은 반향 속으로 점점 빠져들어가는구나. (…)
> 마그리트 : 너의 존재란 아무것도 아닌 괴물스런 무리, 동반자, 이상한 대상들에 지나지 않는 것들이다. 21)

이오네스코 그는 일찍이 프로이트 학파의 정설이 꿈의 세계를 통해서 무의식의 세계가 전개된다는 사실을 터득하여 이에 대한 심오한 관심이 지속됨을 밝힌 바 있는데, 그의 연극 창조과정의 중요한 인자는 정신과 의사의 정신분석 치료과정의 훈습(薰習, working through)22) 활동과 흡사한 생소한 기법을 이용하고 있기 때문에 혹자는 그의 연극을 몽상적 또는 생소 연극, 부조리연극이라 명명하는 평론가들이 있으나 이오네스코 그는 전통과 전위라는 이중의 참여 속에서 자유의 전진을 하고 있다는 결론에 도달케 된다.

필자는 여기에서 그의 연극 기법이 사실주의적 연극이라기보다는 예컨

---

21 Ibid, pp.41~70.
22) 불교용어로써 불법을 들어서 마음을 서서히 닦아 나가는 것.

대 그의 작품 「코뿔소Rhincoeros」서처럼 점차 개성과 자아의식을 잃고 군중 심리에 의해 획일화되어 가는 심리변화 과정을 정신과 의사의 임상일지 형식을 이용함으로써 자아의 심적 현상을 분석하는 자아심리분석 Auto-Analysme으로써의 작품 맥락이라 정의를 내릴 때, 그의 연극에서는 하나의 역사적 사실에서 추출된 감정이나 심리적 변화과정을 파악하여 궁극에는 인간 근본의 원형을 부각시키려는 집단적 무의식의 표현인 기존의 어떤 한 패러다임을 깨트려 순수하고 정화된 '무rien와 공vide'의 상태인 절대세계로 시각화하고자 했다는 점에서 그의 연극세계는 심리 연극적이라는 사실임을 증명해 보이는 바이다.

4. 결 론

지금까지 논의해 온 바에 의하면 그의 심리극에서는 희비극적 카오스 상태와 분위기를 형상화한 「왕이 죽어가다」의 연극작품에서 보여주는 실례에서처럼 결과적으로 고통 속에서 죽어 가는 형이상학적 삶 속에서 살아갈 뿐인 극중 노인들 그들은 Ombre(절대의 세계)를 상실한 작품으로써 작가 이오네스코가 무대 위에서 시각화시키려 한 것, 그것은 예컨대 모든 과거와 현재 속의 원한, 불가능, 노쇠, 쇠약, 절망감 등등 이러한 모든 것 바로 그 죽음, 상실에 대해서 채워진 질료들이라고 할 수 있겠다.

그러니까 극작품 「왕이 죽어가다」에서처럼 실제로 모든 인간이 마지막 순간엔 베렝거 왕이 될 수 있는 것과 마찬가지고 이오네스코 자신의 연극어인 죽음의 문제는 우리들 인간생활의 긴 여정을 통해서도 베렝거 왕이라고 느낄 수도 있는 것이며, 그 문제는 어디까지나 곧 죽음이라는 요인은 출생에서 시작되기 때문일 것이다. 그러므로 이오네스코의 작품에서는 감정의 변화를 부각시키는 주인공이 존재할 수 없음은 물론 감정묘사를 거부함으로써 전통연극의 줄거리를 거부했으며, 이러한 위 사실에서 우리는 그의 연극이 순수하고 정화된 절대의 세계인 '무無와 공空'의 상태로 귀의하고자 했음을 살펴볼 수 있는 것이다.

실제로 이오네스코 연극에 있어서 관객에게 전달되는 악몽(=삶과 죽음)이란 통영은 프로이트의 콤플렉스에서 발산되는 자기 해방의 해학으로써 정화의 방법이 되었으며, 인간심리 변화의 파악을 통하여 인간 근본의 원형를 부각시킴으로써 절대의 심리적 상태를 해결해 나아가는 정신과 의사의 심리치료 방법과 동질성으로 인정할 수 있겠다. 따라서 상투어 속에서만 존재하는 등장인물들은 언어의 붕괴와 더불어 본질을 상실한 껍질만이 광대로 부각됨은 물론 망상증, 정신박약, 정신분열 등등 악몽의 실례로서 연극에 나타나는 것이다. 무대에 드러나는 기하학적이며 점진적인 비례에 따라 고통과 죄책감이 승진되어 있어 시각적 요소와 비시각적인 내적 요소가 합일화되어 관객들의 시선에 충격을 주게 된다. 따라서 연극의 리듬은 점차 질식 상태로 몰고 나아가 마침내는 무한한 해방감을 맛보게 되는 것이다. 그러므로 이오네스코 그의 연극에 있어서 삶과 죽음의 변증법이란 의식과 무의식의 와중에서 감정의 인지 혹은 사고의 이원성을 소멸시킴으로써 마침내는 '공空, le vide'의 상태에로 전진시켜 나가는 것이라고 할 수 있다.

그러나 그의 연극은 비어 있는 상태 즉 그 종말로 이해되어서는 안되며 결국 인간의 삶을 보는 듯한 내면의 생동감인 생명력과 역동성에서 연유한 이오네스코 특유의 연극세계를 창조하였다고 생각하여야 한다. 그러니까 그의 창조의 시도란 무엇보다도 관객들에게 수용될 수 있도록 하기 위해서 인간성의 상실과 모순들 내면의 흐름과 표출, 다시 말해서 허구의 논리를 이용해서 절대의 세계를 이미지 화한 것들이라 말할 수 있다. 결과적으로 극작가 이오네스코 그는 정신분석적 심리극의 접근방법을 이용하고 있다는 사실에 주목을 하면서, 지금까지 우리들의 분석인 삶과 죽음의 변증법과 연관된 '空'의 추구는 플라톤으로부터 파스칼을 거쳐 마침내 이오네스코의 연극에 정착되어 베렝거의 철학과 동양의 철학 현상들이 잘 조화된 aneantissement(소멸, 상실-실망-죽음)의 이미지들은 무상의 원운동으로 농축되어 끊임없이 절대의 세계를 향하여 반복되고 치환되는 연극의 다양한 경향(전위적 실험극 : 전위 곧 자유다)을 수용한 것으로 평할 수 있을 것이다.

영문제목 : Psychodrama, Dialectique de la mort et de la vie dans les pieces theatrales d' Eugene Ionesco

참고문헌

Ⅰ. 이오네스코의 작품

Eugene Ionesco, Theatre Tome Ⅰ ~ Ⅴ, Ed. Gallimard, 1954.

Eugene Ionesco, Voyage chez les Morts, Theatre Tome. Ed. Gallimard. 1981

Eugene Ionesco, Journal en Miette, Mercure. 1967

Eugene Ionesco, Note et Contre-Note, Ed. Gallimard, 1962.

Eugene Ionesco, Pressent Passe Passe Pressent, Mercure, 1968.

Ⅱ. 이오네스코에 대한 작품

Bemand Gros, Le Roi Se Meurt, Hatier, 1957.

Claud Abastado, Eugene Ionesco, Ed. Bords, 1971.

Etienne Frois, Rhinoceros, Hatier, 1957.

Paul Vernois, La Dynamique Theatrale d` Eugene Ionesco, Klincksieck, 1972.

Saint ToBi, Eugene Ionesco ou A la Recherche Dou Paradis Perdu, Gallimard, 1973.

Ⅲ. 참고도서

Andre Breton, *Manfestes du surrealisme*, Gallimard, 1924.

Antonin Arteau, *Le theatre et Son Double*, Gallimard, 1964.

Emille Copermann, *La mise en crise theatralem* Francois Maspero, 1972.

Fervinand Alqul, *Le Surrealisme*, Mouton, 1968.

Gui Roslato, *Figure du Vide*, Gallimard, 1975.

Gaston Bachelard, *L`eau et Les Reves*, Jose Corti, 1942.

Gaston bachelard, *La Psychanalise du feu*, Gallimard, 1949.

Henri Gouhier, *Antonin Artaud et L`essence du Theatre*, Gihert, 1966.

Jeau Francette, *Psychodranme et Theatre moldme*, Bouchet chastel, 1971.

Lao-tseu, *philosophes Taliste*, Gallimard, 1980.

Martin Esselin, *The Teater of the Absurd*, Pinguin New Yo가, 1961.

Paul Vemois, *L`Onirisme at L`insorite sans Le theatre*, Francais comtemporain, Kilcksieck, 1974.

Theo Leger, *Bouddisme Zen et Paychanalise*, Presses universite, 1971.

이부영 저, 『분석심리학』, 임조각 1984.

E. 카프라, 이성범 역, 『현대물리학과 동양사상』, 범양사 1983.

영목일랑, 권기종 역, 『불교와 힌두교』, 동화문화사 1980.

원외범, 『인도의 철학사상』, 집문당 1985.

유전성산, 서경주 역, 『선은상』, 한국불교연구원출판부, 1984.

F. 프롬, 김용정 역, 『선과 정신분석』, 민음사 1981.

박이문, 『노장사상』, 문학과지성자 1986, 9판.

마이클 로이, 이성규 역, 『고대 중국인의 생사관』, 지식산업사 1987.

김유정의 문학사상, 단편소설 분석,
그리고 그의 생애

하 병 우 *

1. 머리말

소설이란 흔히 '이야기를 체계화하여 좀 더 미화美化시킨 것'이라고 한
다. 또한 문학적인 의미로서는 영어의 Plot를 우리말로 '짜임새'라고 번역
하는 사람도 있고 '줄거리'라고 번역하는 사람도 있는데, 그것은 '줄거리'
라고 의미하는 구성을 이야기와 같은 개념으로 해석하는 태도에 원인이
되어 있다. 그것은 '줄거리'란 이야기의 윤곽이나 골자인 것이기 때문이
다. 소설에 육하원칙六何原則을 적용시키는 이유도 여기에 있다. 그것은 이
야기란 누가who, 어디서where, 언제when, 무엇을what, 어떻게how, 왜why라는
형식을 떠나서는 성립되어지기 어렵기 때문이다.

물론 이야기가 거의 없는 소설도 있다. 구성을 의식적으로 거부하는
프랑스의 반소설antiroman 같은 것은 재래의 소설에 비해 보면 육하원칙을
형성시킬 만한 의미에 있어서의 이야기는 거의 없다. 조이스의 「율리시
이즈」 같은 소설도 재래적인 의미에 있어서의 이야기는 미약하다. 그러

나 그 어떠한 소설을 막론하고 이야기가 전혀 없는 소설이란 없다. H. G. 웰즈는 「현대의 소설」이란 글에서 "내가 생각하는 바에 의하면 오늘날 보는 바와 같은 사회의 발전에 따라서 차례로 일어나는 문제의 대부분을 서로 논할 수가 있는 수단이라고는 소설 이외에는 없다." 앞으로의 소설은 사회에 대한 매개자, 이해의 전달자, 자기반성의 도구, 도덕을 전시하고 풍속을 교환하는 사람, 풍습을 만들어내는 사람, 법률과 제도 및 사회의 '도그마'와 사고방식을 비판하는 것이 아니면 안 된다. "우리는 앞으로 정치문제, 종교문제, 사회문제를 다루어 나가야만 한다. 또한 근대소설을 논의할 때 필수적 등장되는 낱말이 스토리, 묘사, 관찰, 환경, 풍속, 민족, 숙명, 유전이나 인과의 법칙이라면 현대소설에서는 성실성, 증언, 반항, 실존, 고발, 문명, 조직, 심리분석 등이 그림자처럼 등장해 주었다. 어쩌면 현대소설은 이런 낱말이 포용하고 있는 의미의 고향 속에 흘러 왔다" 해도 과언이 아닐 것이다.

주제의 '현대성'이란 것을 짚어 보면 첫째 그것은 어둠의 문학 또는 악惡의 제시문학提示文學이었다고도 할 수 있다. 밝고 아름다운 인정적인 세계에서가 아니라 어둡고 부정적인 것에서 그 탐색의 미학美學을 두고 있다. 여기엔 인간악과 사회악이란 두 리듬이 있다. 그리하여 작가들은 직접적인 고발이나 풍자의 방법을 도입하여 현실 폭로를 강력하게 행해 주었는가 하면 인간의 속물근성을 들추어내었다.[1]

요즈음 소설의 기법은 근대소설의 미학美學에 구애됨이 없이 작가가 말하고 싶은 이념을 자유롭게 실은 성급하게 뱉어버린 결과라고 볼 수 있겠다. 소설들이 지루한 느낌을 주게끔 되어버린 원인도 이러한 점에서 찾아볼 수 있을 것 같다. 그러나 에세이조의 구절들이 좀 더 심리적 지적 굴절의 뉘앙스가 짙은 것이었더라면 지루한 느낌은 얼마간 떨어졌을 것으

---

1) 이유식, 『한국소설의 위상』, 이우출판사, 1982. 10, p.31.

로 생각된다. 말하자면 절제없이 삽입되어진 에세이의 구절들이 그나마 그 바탕을 이루고 있는 조직세포에 있어서는 개념적인 성격을 넘어서지 못한 관념의 공약수 같은 것으로 되어 버렸다는 의미가 되겠다. 하물며 어떤 작품에는 작자의 생활면, 즉 자기 생애가 담겨지는 현실의 장면을 연출케 하는 경향이 있는 것을 볼 수가 있다. 소설가는 자기 자신이 갖고 있는 편견 앞에서는 매우 무력하다. 선택하는 주제, 그려내는 작중인물, 작중인물에 대한 태도, 이 모든 것이 편견에 의해서 결정된다. 무엇을 쓰든 모두 그것은 작자 자신의 심리의 표현이며 작자 고유의 소질, 경험의 표현이다. 아무리 객관적이 되려고 노력하여도 자기가 갖고 있는 특질의 속박으로부터 벗어날 수가 없다. 아무리 공평하려고 노력하여도 결국은 어느 한 쪽에 편들지 않을 수 없게 된다.

여기서 김유정의 소설 작품에 대한 분석과 묘사기법을 찾아볼 의도가 있는 것이다. 김유정은 1930년대 작가 중의 한 사람이다. 1930년대는 우리 문학사에서 중요한 시기였다. 1930년대 이전까지의 한국의 현대문학사는 그것이 가치의 체계이기보다는 사실의 체계에 속한 것이었다. 그러나 1930년대에 들어서면서부터 한국의 현대문학은 하나의 가치의 체계로서 처음으로 문학적인 대상이 되었다.[2] 단편소설은 같은 허구에 입각하고 있는 것이라도 길이에 따라 다소 소설과 차이는 있겠지만 대체로 10분에서 1시간 사이에 다 읽을 수가 있을 뿐만 아니라 윤곽이 뚜렷한 단 하나의 주제를 다루고 정신적인 사건이든 물질적인 사건이든지 간에 좌우간 그것만으로 완결되어 있는 하나의 사건 내지는 서로 밀접하게 관계가 있는 일련의 사건을 다룬다.[3] 그래서 소설은 형식에 본질적인 결함이 있기 때문에 소설에는 완전함을 실현한다는 것은 불가능하다. 또한 완벽한 소설

2) 조연현, 『한국현대문학사개관』, 정음사, 1982, p.208.
3) S. 모옴, 홍사중 역, 『세계 10대 소설과 작가』(삼성미술문화제단), p.37.

은 거의 없다고 하겠다. 그래서 김유정의 단편소설을 이런 선상에서 이제
까지 도외시되어 왔던 그의 문학세계를 관찰해 보고자 한다.

2. 본론

1)「동백꽃」「봄봄」「소나기」「노다지」「만무방」 소설의 분석

김유정은 1933년부터 소설을 쓰기 시작하여 1935년에 <조선일보>에「소
나기」, <중앙일보>에「노다지」가 당선되어 문단에 데뷔했고 1937년에 고
인이 되었다.

김유정은 문단생활은 3년밖에 되지 않으나 이 짧은 동안에 25편의 단
편소설과 한 편의 장편소설을 못다 이룬「생의 반려」를 1937년 10월부터
≪중앙≫에 11월까지 연재를 하고 미완성으로 남기고 타계한 것이다. 유
정의 소설은 독자들에게 재미를 주게 한다. 사실 그 재미는 소설의 가치
와 구성에서 생기는 것도 아니고 오로지 관점과 인물의 설정에서 오는 것
이다.「소나기」「산골나그네」「만무방」등은 대개 3인칭 소설로서 작가가
내레이터가 되어 있으며 독자들에게 주는 것은 어느 한 인물이 그 내레이
터가 된 것이 바로 재미를 제공하게 된 것이다.

(1)「소나기」

「소나기」는 1935년 <조선일보> 신춘문예에 당선된 작품이며 그 작품
은 고향을 버리고 유랑하는 1930년대 한국 농민의 슬픈 삶을 그린「소나
기」이다.「산골 나그네」와「총각 맹꽁이」의 복합적인 구성요소를 이룬 현
상이며 그 두 작품의 내용과 흡사한「소나기」에서 유랑농민 부부와 이들

부부 사이에 개입되는 이주사 등과 함께 대응되는 인간형을 등장하여 형성하게 만들었다. 「소나기」에 숨어 있는 의미가 당대 궁핍한 한국 농촌사회에서 유랑농민이 삶을 지탱할 수 없다. '춘호'의 아내가 돈을 구하기 위해 매춘행위는 윤리적·도덕적 부담을 느끼지 않고 오직 잡초처럼 짓밟히면서도 결코 죽지 않는 생명을 이어가고 그래서 농촌사회의 고달픈 현실을 탈피하려는 의지에서 자연의 묘사로 형상화하게 된 것이다.

(2) 「봄봄」

「봄봄」은 1935년 ≪조광≫지 12월호에 발표된 작품이다. 즉 데릴사위로 들어와서 3년 7개월 동안 새경 한푼도 받지 않고 머슴살이 '화자인 나'(소작인)를 한다. 그러나 장인(마름) 영감은 딸의 키가 크지 않은 것을 핑계로 결혼을 시켜주지 않는다. 장인과 사위 사이에 이루어지는 광경을 표출한 것인데, 소작인의 아들의 지적 수준이 낮아 서로간의 벌어지는 광경이 웃음과 재미를 느끼게 한다. 독자들은 그때의 현실임을 알고 자연적인 상대방의 일로 느끼면서 이 사건들을 즐기는 것이다. 그 소설의 유모적인 본령이 있다고 하겠다. 작중의 인물이나 사건에는 아무런 부담을 느끼지 않고 작중인물보다 우월감을 느끼면서 순전히 불구경하는 듯 남의 일을 구경하는 평범한 마음으로 읽는 것이 이 소설에 특징이 있는 것이다. 「봄봄」에서의 장인과 데릴사위는 마름과 소작인의 관계와 대응되고 지주와 소작농민의 관계를 축소판으로 하고 있으며 딸(점순)을 미끼로 데릴사위로 들어온 나의 노동력을 착취하는 마름의 횡포는 당시 마름(지주)의 횡포와 착취를 꾸미고 있는 것이다. 이런 점을 해학적으로 접근하여 모순과 갈등을 드러내고 있을 뿐이다. 장인이 딸이 더 이상 키가 크지 않으므로 성례를 시켜주지 못한다고 말했을 때 데릴사위는 "빙모님은 참새만 한 것이 그럼 어떻게 앨 낳지유" 하고 반박하는 것이 곧 해결하게 만드는 묘사법으로 해학적 접근의 묘미를 쓰게 된다.

(3) 「동백꽃」

「동백꽃」은 1936년 《조광》지 5월호에 발표한 김유정의 대표 단편 중의 하나이다. 이 소설은 한창 피는 봄에 지주의 딸과 소작농의 아들의 사춘기적 갈등과 화해와 사랑을 해학적으로 꾸며낸 작품이다. 「동백꽃」의 내레이터는 나이다. 마름의 딸인 점순이가 내레이터인 나에게 춘정을 가지고 접근해 오는 데에도 어리석은 이치를 가지고 그녀를 기피한다. 점순이의 부모네들이 알면 소작하는 땅도 떼일 것이라고 어리석은 생각을 하고 있는 것이다. 독자는 내가 점순이의 사랑을 알아차리지 못하고 끝까지 싸움을 거는 행동을 보고 웃음을 머금게 된다. 점순이의 도전은 노골적인 성적 비속어로 가경이다. "너 배냇병신이지?" "너 아버지가 고자라지?"

점순이가 나에게 하는 말투가 자기의 사랑을 받아주지 않는 나에게 쏟아지는 역설적인 욕이라는 것도 나는 알아차리지 못한다. 반어에서 오는 웃음을 독자는 느낄 수 있다. 이런 비속어와 해학이 자칫 말장난이나 흥미 본위로 떨어질 요소가 없지 않다.[4] 그러나 김유정의 소설은 대개 그의 배경이 지주와 소작농과 농촌 사회의 궁핍 같은 현실을 작품에 나타내려는 노력을 엿볼 수가 있다.

또한 김유정의 「동백꽃」은 일반 사람들이 잘 알고 있는 빨간 동백꽃이 아니고 노란 동백꽃이다. 즉 알싸하고 향긋한 냄새를 풍기는 노란 동백꽃을 의미하고 생강나무이다. 학명은 황매목, 단향매라고 칭한다. 이 소설을 깊이 음미하려면 첫째는 제목으로 사용하는 '동백꽃'을 잘 이해하고 그 동백꽃의 열매가 동백처럼 머릿기름으로 이용했음을 알 듯이 여성에게

<hr />

4) 김영기, 『김유정 그 문학과 생애』, 지문사, 1992.6, p.336.

강한 인상을 주는 문학의 문장을 부여하고 있다.

김유정의 작품에는 남성보다 여성의 생활력과 생명력이 강한 내용으로 꾸민 것을 잘 알 수가 있으며 또 성적으로도 남성보다 적극적인 행동을 취하고, 즉 남성을 지배하는 것이다.

(4) 「노다지」

「노다지」는 1935년 <조선중앙일보> 신춘문예 가작 입선 작품이다. 「노다지」, 「금」, 「금따는 콩밭」 등이 금을 소재로 한 작품이다. 그 중에서 제일 먼저 발표한 작품이 바로 「노다지」이다. 더펄이와 꽁보가 어울려 휴광 중인 산너머에 있는 금점에 금을 캐려고 숨어든다. 그들은 금을 캐서 일확천금을 얻으려고 하지만 금쟁이에 대한 모멸과 비관적인 의미를 기인하고 있다. 김유정의 여러 소설 중에서 많은 교묘하게 해학성을 나타내고 있지만 「노다지」는 특별하게 해학성을 묘사하지는 않고 있다. 사회 현실만을 박진감 있게 표출하고 있으며 다만 심리변화를 일으키는 내용이 독자들에게 극단적인 느낌을 주고 있다. 김유정은 이 작품이 조선중앙일보에 당선되면서 문단에 데뷔하게 된다.

(5) 「만무방」

「만무방」은 <조선일보>에 1935년 7월 17일부터 30일까지 13회에 걸쳐 연재된 작품이다. 또한 김유정 소설의 대표작이라고 할 수가 있다. 만무방萬無房은 막돼먹은 사람, 파렴치한을 가리킨 말이다. 즉 농민들이 막되어가고 있으며 파렴치하게 되어가고 있는 당시의 현실을 의미하고 있다. 「만무방」의 인물은 모두 유랑농민이다. 그들은 지주로부터 착취를 당하고 형편없는 생활을 이어가는 비참한 지경의 현실을 작품에서 묘사하고 있다.

또한 「만무방」의 응칠과 응오, 성팔이 등은 모두 도둑질이나 해서 먹고 사는 위인들이며, 「소나기」의 춘호 안해는 정조를 팔고, 「산골 나그네」의 계집은 가짜 결혼을 해서 옷을 훔쳐 남편에게 입힌다. 김유정이 어렸을 때부터 주변으로 보고 온 체험을 통하여 이런 소재를 삼았고 이런 소재나 주제들이 현실의 영향과 작자의 인생관에서 비롯된 것으로 생각된다. 이 작품을 보면 1930년대 일제시대의 농업정책과 식민지정책으로 인한 자작농을 소작농으로 몰락시켰고 더욱더 농촌을 황폐화시켰던 농촌의 현실을 항거하는 데 있었다고 하겠다.

2) 김유정의 소설내용, 묘사기법

소설작가의 의도에 따라 형성되는 내용이 정하여지는 것은 당연하겠으나 그 이전 소설의 기법을 생각하지 않을 수가 없다. 이 문제가 너무나 광범위한 것이 사실이다. 그러나 소설 작가의 진실성을 떠날 수 없는 내용 과정의 대원칙이 있을 것이다. 인간 주변에서 떨어질래야 떨어질 수가 없는 환경의 대상물을 이용하는 경우가 허다하겠다. 대체로 자연을 이용하는 것이 매우 높다. 즉 '비'는 작중에서 하나는 분위기나 불행을 묘사하려는 의도를 나타내고, 또 하나는 환경의 수난을 극복하려는 의지와 욕정을 나타내는 경우가 있다. 작중에 자연현상을 비유하려는 묘사기법을 나타내는 심리를 엿볼 수가 있다.

보편적으로 사랑이라고 하는 말은 우리들의 소설을 통해 어떤 유형의 미적인 사랑을 그려보고 이어지는 구조상의 문제가 되는 것이다. 여기에 논하고자 하는 김유정의 소설에도 김유정은 천진난만한 청년의식 때문에 스스로가 자기 자신의 불행함을 소설에 담아 놓은 것이 아닌가 싶다. 사회제도와 욕망과의 사이에 밸런스가 잡혀 있느냐 없느냐에 달려 있는데, 김유정은 질서뿐만 아니라 욕망 자체에 대해서도 니힐한 생각을 갖고 있었음만 말해 준다. 「떡」에 나오는 옥이의 포식이나 「따라지」의 뭇사람들의 욕망의 무질서 상태와 「솥」의 근식이의 욕망의 허망성 등은 독자들에게 이런 것들을 말해 주고 있다.

김유정은 사회를 욕망들의 투쟁 장소로 보고 작품을 썼으며 그것은 근대소설의 발생 과정으로 보아서도 정당한 판단이었다. 또한 근대소설은 개인주의의 대두와 함께 그것을 담기 위해서 생긴 문학의 장르이다. 근대소설이야말로 서로 충돌하는 개인주의적인 욕망이 없고 질서의식이 일사불란하게 실천되는 곳에서 근대소설은 이루어지지 않는다. 의식의 의사모순과 충돌을 토양으로 하는 것이라고 할 수가 있다. 즉 김유정의 소설은 내용묘사의 기법으로 한 특징인 리얼리티의 문제와도 합치된다. 그러나 바로 근대사회의 모순이 발생하기 시작한 시기의 작품이며 구성의 공식성과 유사성의 결함으로 지적된다. 사회를 비판할 때에도 유머 소설은 독자들에게 웃음을 주는 부드러움이 있기 때문에 참여문학과 고발문학적인 수법으로 전개하기로 한다. 또한 헨리 제임스는 소설의 형식form이란 늘 신경을 쓰고 이런 결점을 알아 차렸음인지 전지자의 방법의 한 변종이라고 해도 손색이 없는 기법을 꾸며냈고 이 방법과 기법을 갖고 작자는 여전히 전지자라는 점에서 별로 다를 바가 없이 전지는 그저 한 인물의 위에만 집중하고 있다고 하겠다.

또한 김유정의 화술이 능하기는 하되 말의 쓰임이 좀 세련된 것은 아니다. 작품에 거의 빠뜨리지 않고 쓰는 특수한 단어인 '짜장'(참, 정말로)(예: 듣고 보니 짜장 옳은 말이로다)을 이용하고 있으며 어휘가 풍부하여 말재간이 좋다는 것이요 인생에 대해 니힐한 생각을 갖고 있지만 강원도의 사투리이기 때문에 객관적인 묘사에는 불편을 느끼고 일반 독자들이 알 수가 없는 어휘를 묘사하여 이해가 더디게 하는 경우가 있다. 그것은 등장인물을 강원도의 서민들을 쓴 것이 나라의 일반 사람들보다 상식이 모자라고 지적 수준이 낮은 것들이 아니라 쉽게 말하면 강원도의 사투리로써 풍자적이며 어느 한편에 구수한 감미를 주는 것이 소설의 내용묘사에 접하고 있으며 또한 인간이란 별것이 아니라는 니힐한 생각에서 유래한 것이며, 그의 생각은 1인칭의 유모 소설에서뿐만 아니라 3인칭으로 쓴 초기의 작품에도 잘 나타나 있다고 하겠다. 또 3인칭 소설에 독자체의 문체를 이루고 있으며 그의 작품을 보면 훌륭한 표현도 있고 어휘에 풍부하여 머물 줄 모르는 유수와 같은 가볍고 유창한 맛을 준다.

또 기법을 듣자면 심리적 묘사를 전개하는 내용의 문제가 연출되는 장면을 옮기었고 노력하는 작가의 계획성을 따라 장르가 있게 한다. 의식의 표면에 나타난 기억의 직접적 묘사이다. 과거의 회상이 작위적 요청이나 인위적 동기에서 아니라 현재의 어떤 사건의 강한 인상이나 자극에 의한 연상 작용에서 비롯되고 있다는 사실을 알 수가 있는 것이다. 심리적 묘사가 기묘하고 훌륭한 소설의 스토리를 잘 묘사하여 독자들에게 연상케 하는 내용기법들이 그렇게 쉬운 것이 아니다. 작가의 기법을 잘 이용하지 못할 경우에는 독자가 많은 혼돈을 하게 될 것이며 주인공의 성격을 상실하게 되는 것이다. 또한 때로 시간이 흐름에 따라 작품을 다루는 솜씨가 더욱 세련되어 다소간 오늘의 소설이 구성법 및 전개법이나 기법면에서 볼 때에 매우 좋은 인상을 줄 수 있는 작품이 드물다고 하겠다.

소설의 구심점은 대체로 중요인물들의 행동성에 있다. 그들의 행동미학에 큰 충격을 받게 되는 것은 그들 행동의 근원적 동기가 언제나 개인적 자아를 초월한 집단의 연대 의식에서 발화하고 있다는 점이다. 우리가 김유정의 소설 문학이든 일반적인 문학이든지 동적인 것이라고 말하게 되는 이유도 여기에 있고 소설에 역사성, 문화성, 사회성이 농축된 이유도 또한 바로 여기에 있다. 개인으로부터 집단적 자아로 뻗어 가는 인간의 연대의식은 사람이 자기 존재를 주체적인 것으로 확인하는 가장 뚜렷한 행적이다. 아무리 소설 작가가 능숙한 묘사 기법을 가졌다고 해도 은연중에 자기 개성과 생활면 스토리에 담겨 놓는 경우가 허다하다. 즉 김유정의 소설도 예외가 아니다. 자기 생활 범주에서 벗어나지 않고 맴돌고 있는 현실성을 나타내고 있다. 김유정의 강원도를 중심으로 한 생활권과 문화권에서 체험한 사건들을 작품 속에 그건 소재로 묘사하고 자기의 인생관을 가지고 작품에 임한 것이 아닌가 싶다. 소설의 내용을 인간의 심리나 사태에의 반응을 파악하기 위해서는 역사 인식을 유연성 있게 해야 하고 그렇게 하기 위해서는 가능한 한도에서 현실을 원경으로 파악해야 함이 원칙이다. 그리고 그 구성은 단일시점에서 수련시킬 수 없다. 현실이란 관계개념이기 때문이다.

냉철한 역사라는 과학주의 앞에 인정이라든가 윤리도덕으로 감정을 폭발시키는 분노의 행위는 자기 만족 외의 그 아무것도 아니다. 자기 위주의 경험과 의식을 내용에 옮기었고 노력하다 보면 자칫 자서문학自敍文學이 된다. 독자가 흥미를 잃게 되고 싫증이 나서 때로는 실패를 갖게 된다. 즉 지나친 흥분 속에 주제에만 유혹되는 경향이 생기기 때문이다.

3) 김유정의 사상성과 생애

유정의 소설이 허무주의虛無主義적 내용으로 엮어 놓았다고 하지만 사상적인 소설처럼 느끼지 않는다. 김유정은 수박 겉 핥기식으로 표면만을 읽는 사람은 한쪽에만 치우치지 않고 인생에 대한 비판적인 성향으로 유머로 묘사의 기법을 살린다. 독자들에게 낭만적인 유머 감각으로 사회를 비판함으로써 대중에게 웃음을 주게 되는 것이다. 참여문학의 수법으로 가는 경향이 있다고 하겠다. 유머 소설이 사회를 비평할 때에는 사회를 더욱 좋게 인식하려는 경우도 있으며 무정부주의나 허무주의적인 사념으로 비평하는 수도 있다. 그러나 인간성을 비웃는 유머 소설은 교정이기보다는 허무주의적이다. 비웃는 것은 앞으로 나아갈 길을 보여 주는 것이 아니라 현재의 행동을 부정하는 것이기 때문이다. 그리고 인간성은 교정하기보다는 부정하거나 긍정하는 세 가지 방법밖에 없기 때문이다.5) 김유정의 사상성이 허무주의적인 내용인데도 독자들이 휩쓸리지 않고 읽을 수 있는 것은 세 가지 의미를 주고 있다. 첫째는 등장인물이 독자들에게 해당 사항이 없어서 무관심으로 넘길 수 있는 점이고 둘째는 유머적인 내용 사항이다. 셋째는 화술이 능란하여 독자에게 구수한 맛을 느끼게 하는 점을 들 수가 있다.

김유정의 단편소설에서 무한한 결핍감이란 현재를 공동으로 인식하는 태도이다. 「총각과 맹꽁이」, 「소나기」, 「만무방」 등이 왜곡된 형식으로 드러나고 있다. 「총각과 맹꽁이」의 덕만이 처한 현실적 삶의 세계는 이 소설의 단락 속에서 보여주듯이 '절망' 그 자체이다. 「소나기」의 춘호와 춘호 처가 당면한 현실은 삶을 위해 유부녀가 매음을 하거나 남편이 아내에 매음을 교사하거나 방조하는 파행적 삶의 현실이다. 「만무방」의 응오가 처해 있는 현실은 추수를 해봤자 빚 감당을 못하겠기에 추수철 지난 제 논의 벼를 훔쳐다 먹어야 하는 파행적 삶의 현실인 것이다.6) 그의 작품 속에는 3·1 운동 이후 소위 문화정치 표망에 대한 정치 현실의 허구성에도 관심이 있었고 식민지 시대의 경제적 상황과 토지 조사사업의 목적과 결과에 따른 농촌의 피폐화되는 현실과정을 절실히 영향을 받는 그 내용 자체를 분석하면 그 상황 속에서 살아 나온 작품의 구조를 통해서 독자들

---

5) 정태용, 『신한국문학전집』, 어문각, 1976. 10. 5, p.533.
6) 박정규, 『김유정 소설과 시간』, 깊은샘, 1992. 10, p.133.

은 알게 된다. 그의 소설에 표출된 역사적 현황의 양상이 과거 지향성 그리고 표면과 이면의 이질성 표출이라는 공통된 상황을 찾아볼 수가 있다. 그의 사상적 의미가 투철한 현실인식을 지녔고 그것을 소설 속에 용해시키고 있으며 그가 추구하는 바가 현실의 지양에 의해 얻어질 수 있는 미래지향성의 유토피아가 아닌 과거 지향적인 것이었기 때문에 현실 타개의 역동성을 갖지 못하고 낭만적임과 개인적 고뇌의 머무를 수밖에 없었던 것을 여실히 짐작하고도 남음이 있다.

우리나라의 문학사에서 가장 중요한 시기가 1930년대라고 일컫는다. 그 너무 짧은 문학적 생애를 살다간 작가가 김유정이었다. 그의 짧은 문학 인생이 그의 문학에 대한 가치 평가를 지금 와서 재평가를 한다는 것이 문제를 제기하지 않을 수가 없다. 그 짧은 인생과 그 기간을 비해 평가할 수 있는 삼십여 편의 작품을 독자들은 그의 미래에 대한 아쉬움을 남기고 간 문학가임을 부정할 수 없다. 또한 때로는 소설 작가의 문체 형태가 자기 어릴 때 고향에서 익힌 방어와 토착어를 나타내려고 노력하고 있는 것을 볼 수가 있다. 여기에 김유정이 강원도의 특수한 사투리를 이용하려고 노력하는 작가 중의 한 사람이다. 작품 속에 이러한 문체가 주었을 때 잘 못하면 한낱 작가의 영웅심리에서 울고 나오는 지나친 허영심에 끝내고 마는 경우가 있다. 어떤 사건 자체에만 국한시킬 것이 아니라 좀더 광범위한 작품의 주제에 부각시키는 방법과 사상적 배경을 노출케 하는 의미를 주는 것도 합리적이다. 어느 작품이나 소설의 문체는 사회적 구조와 밀접한 관계를 갖고 있다. 우리나라의 근대화 시대를 접하고 있는 오늘날 소위 새마을운동과 농민문학이 또 전후문학이 전개되는 과정에서 그 소재가 사회학적이거나 역사적인 자료에 의한 것이 대다수를 이루고 있다.[7]

---

7) 하병우, 「한국소설의 미적 요소와 우연성」, 『동양문학』, 1991. 11, p.53.

◇ 김유정의 생애를 밝혀보면,

 1908년(1세), 1월 2일, 강원도 춘성군 신동면 증리(실레)에서 부 김춘식, 모 청송 심씨의 2남 6녀 중 막내로 출생, 어릴 때 이름은 '먹설이'라 붙였고, 1914년(7세) 어머니가 돌아가셨다.

 1916년(9세) 아버지를 여의고 이래 4년 동안 한문을 공부하였고 서울 안국동에서 관철동으로 이사하였으며 13세 때 제동 공립보통학교에 입학하였고, 1921년에 3학년으로 진급하게 되었다(1920).

 1923년(16세) 휘문고보에 입학, 또 이름을 김나이金羅伊로 개명하여 부르고 하모니카 밴드를 조직하다 관철동에서 숭인동으로 옮기다.

 1927년(20세) 연희전문학교에 입학을 하게 되었고, 1928년(21세) 더 배울 것이 없다고 선언하고 연전을 중퇴하게 된다. 22세에 가정이 춘천으로 이사하고 봉식동 삼촌 댁에 기거하게 되다.

 1930년(23세) 늑막염을 앓기 시작하여 몸이 점점 쇠약해지자 전국 각지로 방랑생활을 하게 되었다.

 1931년(24세) 실레마을에서 야학을 열고 금광을 전전하며 들병이들과 집시생활을 하게 된다.

 1932년(25세)에 실레마을에서 금병의숙을 설립하여 조카 김영수와 동료 조명희와 함께 문맹퇴치운동을 전개하게 되었다. 26세 「소나기」와 「산골 나그네」집필(1933), 1934년(27세)에 와서 「만무방」을 집필, 1935년(28세) <조선일보>신춘문예에 「소낙비」, <조선중앙일보> 신춘문예에 「노다지」가 각각 당선되었고 단편 「금따는 콩밭」을 ≪개벽≫ 3월호에 발표하고, 6월 「떡」을 ≪중앙≫에 발표하다. 7월에 「만무방」을 <조선일보>에 발표하였으며, 8월에 「산골」을 조선문단에 발표하였다. 「솟」(<매일신보>, 9월) 「정분」의 개고작, 12월에 「봄봄」을 조광에 발표하다. 이 한 해

에 소설 9편과 수필 「잎이 푸르러 가시든 님이」(<조선중앙일보>, 3월 6
일), 「조선의 집시—들병이 철학」(<매일신보>, 10월), 「나와 귀뚜라미」
(≪조광≫, 11월호) 등 3편을 발표하고 6월 3일에 ≪조선문단≫이 주최한
문예좌담회에서 이태준에 대해 깊은 관심을 보이게 되었고, 구인회 후기
동인으로 참여하여 문인들과 깊은 친분을 가지게 되었으며 「안해」를
≪사해공론≫ 12월호에 발표하여 문단의 찬사를 받았다.

　1936년(29세) 1월부터 8월까지 9편의 소설과 4편의 수필을 발표하다 단
편 「심청」(≪중앙≫, 1월호), 「봄과 따라지」(≪신인문학≫, 1월호), 「가을」
(≪사해공론≫, 11월호), 「두꺼비」(≪시와 소설≫, 3월호), 「봄」(≪여성≫ 4
월호), 「이런 음악회」(≪중앙≫, 4월호), 「동백꽃」(≪조광≫ 5월호), 「야앵」
(≪조광≫, 7월호), 「옥토끼」(≪여성≫, 7월호)가 각각 발표하였으며 미완성
의 장편소설 「생의 반려」는 ≪중앙≫ 8월·9월호에 연재되었으며 수필
「오월의 산골짜기」, 「어떠한 부인을 마지할까」, 「전차가 희극을 낳어」,
「길」 등을 5월에서 8월 사이에 발표하고, 「행복을 등진 정열」은 ≪여성≫
9월호에 「밤이 조금만 짤렀드면」은 ≪조광≫ 11월호에 발표하고 단편소
설 「정조」는 ≪조광≫ 9월에, 「슬픈 이야기」는 ≪여성≫ 12월에 발표, 마
지막 여인 박봉자를 짝사랑하게 된다.

　1937년(30세) 병이 깊어져 김문집의 병고작가 구조운동이 일어났고, 서
간문 「문단에 올리는 말씀」을 ≪조선문학≫ 1월호에 게재, 수필 「강원도
여성편」을 ≪여성≫ 1월호에, 「병상 영춘기」를 <조선일보> 1월 29일부터
2월 2일까지 발표하였으며 2월에 조카 진수에게 의지하여 경기도 광주군
중부면 산상곡리 100번지의 매형 유세준의 집에 옮겨 요양 치료를 하였
다. 소설 「따라지」를 ≪조광≫ 2월호, 「땡볕」을 ≪여성≫ 2월호, 「연기」,
≪창공≫ 3월호에 발표를 하였으며, 서간문 「병상의 생각」을 ≪조광≫ 3
월호에 발표하고 세상을 뜨기 11일 전인 3월 18일 「필승전」으로 되어 있

는 마지막 편지를 안회남에게 보내고 3월 29일 오전 6시 30분에 30세의 나이를 다 채우지 못하고 경기도 광주군 중부면 산상곡리 100번지 매형 유세준의 집에서 별세하게 되었다.

사후 발표작으로 수필 「네가 봄이런가」는 ≪여성≫ 4월호, 단편소설 「정분」은 ≪조광≫ 5월호, 번역 동화 「귀여운 소녀」는 <매일신보> 4월 16일부터 21일까지 발표되었고 또 번역 탐정소설 「잃어진 보석」은 ≪조광≫ 6월, 11월호에 발표가 되었으며 1939년 사후 「두포전」 소설이 발표되었고 「형」은 ≪광업조선≫ 11월호, 「애기」는 ≪문장≫ 12월호에 발표되었고 10월에 「생의 반려」가 ≪중앙≫에 11일까지 연재되기도 하였다.

3. 맺음말

소설이란 예술의 한 형식, 극히 숭고한 것이라고는 말할 수 없겠지만 역시 예술의 한 형식에는 틀림이 없다고 생각한다. 그렇다 해도 본질적으로는 소설은 불완전한 예술의 한 형식임에 틀림이 없다.8) 헨리 제임스는 "소설가는 자기자신이 갖고 있는 편견 앞에서는 매우 무력하다. 선택하는 주제, 그려내는 작중인물, 작중인물에 대한 태도, 이 모든 것이 편견에 의해서 결정된다. 무엇을 쓰든 모두 그것은 작자 자신의 심성의 표현이며 작자 고유의 소질, 감정, 경험의 표현이다. 아무리 객관적이 되려고 노력하여도 자기가 갖고 있는 특질의 속박으로부터 벗어날 수가 없다. 아무리 공평하려고 노력하여도 결국은 어느 한 쪽에 편들지 않을 수가 없게 된다. 그가 쓰는 주사위 속에는 납이 담겨져 있는 것이다. 특히 어느 인물을 빨리 등장시켜서 주의를 환기시킨다는 단지 그것만으로 그 인물에 대한

---

8) 서머셋 모옴, 『세계10대 소설과 작가』, 1973. 12, p.21.

독자의 흥미와 동정심을 사로잡게 된다. 소설가는 극적으로 표현하지 않으면 안 된다"고 주장하였다. 소설은 오늘날 보는 것과 같이 사회의 발전에 따라서 우리 주변에서 일어나는 사항들을 서로 논하고 비평할 수가 있는 하나의 매개체가 되고 또 하나의 큰 수단이라고 볼 수가 있다. 소설을 좀 더 구체적인 의미를 준다면 사회에 대한 매개자, 설교자, 자기 반성의 모체, 문화와 풍속을 전달하는 사람, 사회적인 비평을 정확하게 간추리는 체계적인 매개체를 이루어야만 할 것이다.

본 논고의 김유정의 소설을 읽으면 독자들은 무엇보다도 재미가 있음을 느낀다. 요즈음에 와서 통설적으로 우리나라 소설은 재미가 없다는 평가를 하는 독자들도 있다. 김유정의 소설은 우리 주변에 흔히 일어나는 풍경과 과거 풍속에 의한 즉 재미있는 관점과 인물의 설정을 하였다는 점에서 우리들에게 공감대를 이루고 흥미를 북돋아 준다. 작가가 소설을 창작함에 있어 방법이나 내용묘사의 기법을 잘 숙지해야 함은 두말할 나위가 없지만 또한 소재를 잘 선택하고 창작과정에 대한 것을 정확히 파악하여야 할 것이다.

우선 시작되기 전에 소재를 잘 정리하면 곧 그것이 주제가 되는 것이다. 사실 작가에 있어 소재의 생활사나 인간 성격은 그 제한된 삶의 속에서 한정된 지식과 경험 속에서 많은 수난을 갖게 될 것이다. 작가의 창작적 제재로 되기 위해서는 역시 작가가 현재의 역사적 상황 파악에서 제재 소화의 길로 나아가야 할 것이다. 대부분의 경우 제재로 되는 인간이나 사건이나 작가의 체험은 꽤 잡다한 우연적인 현상의 결함이어서 그 객관적인 의의와 역할은 본질적 성격이 작가에 있어 분명치 않은 때가 많이 있다. 그러나 작가는 그 강렬한 인상, 또 막연하지만 작가이기에 겪는 중압감에 응하여 사건, 인물, 현실의 본질을 숙고한다. 창작의 주제는 이럴 때 낳아지는 것이다.[9]

프랑스의 P. Guiraud는 "문체는 두 가지 형태의 수사학이다. 곧 하나는 표현의 과학이요 또 하나는 개성적 문체의 비평이다"라고 말했거니와 현대의 작가들은 현 시점에서 현실상황을 정확히 관찰하여 사회적 구조를 소설에 투입시킬 정신이 내포된 개성있는 문체가 형성되어야 한다. 또 소설에서 우연의 미적美的 요소가 문제시되는 것이라면 우연이 미적인 것과 무관하다는 것은 아무리 소설의 구성과 불가분의 관계를 맺고 있다고 해도 숙명적인 관계에까지는 이루지 못할 것이기 때문이다. 논리적 무정부주의는 어느 점에서 자유주의라고 볼 수 있다. 자유로운 행동을 못해 허덕이고 있는 사람들은 모두 구속을 벗어나기 위해 무정부적으로 항거한다.10)

그러나 김유정의 단편소설에는 항거하는 내용이 아니라 생존을 위해 투쟁하는 반항적인 삶의 현상을 연출하는 고발적 문학이 되고 있다. 곧 인생의 허무함과 사회를 비평하는 심정을 담고 폭로한 것을 알 수가 있다. 김유정은 어떻게 보면 소위 천진 난만한 청년임을 알 수 있으며 사회질서를 원망하여 비난에 사로잡혀 있지는 않았나 느껴진다. 김유정은 기조질서를 지키는 것으로 나타나는 욕망이나 또 그것을 깨뜨려야만 실현되는 욕망을 한 가지로 경멸했지만 사회를 그런 욕망들의 투쟁 장소로 보고 소설을 집필하였으며 그것은 근대소설의 발생 과정으로 보아서도 정당한 판단이었다.

또한 문학의 장르로 발전하게 되었으며 서로 충돌하는 개인주의적인 욕망이 없고 오직 의사의 모순과 충돌을 토양으로 하는 것이 근대소설이다. 그래서 김유정의 소설은 바로 근대 사회이 모순이 발생하기 시작하는 무렵에 썼던 작품임을 알 수가 있다. 김유정은 자기 작품 속에 나타내는

---

9) 하병우, 위의 책, p.54.
10) 정태용, 『신한국문학전집』, 1977. 9, p.532.

등장인물을 그 역할성의 구성과 그 인물의 특성을 지어주는 데 능하며 특히 「따라지」에 나오는 여덟 사람을 모두 인물 배역에서 각자의 개성적으로 등장시키고 있다. 특히 김유정의 단편소설은 등장인물들이 비슷한 성격을 띤 개성이 아닌 각자가 다른 독특한 성질을 그린 인물을 데생에 능한 재주를 가진 작가임을 알 수가 있다고 하겠다. 작중인물과 성격은 영어로 Character라고 구별되지 않고 사용된다. 성격이 곧 인물이며 성격이 없는 곧 인물이 있을 수 없음을 말함이다. 성격이란 개인의 개체로서의 개성과 공동생활체의 단위 구성요소로서의 보편적 인격이 사회생활에서 표현되는 과정을 의미한다. 즉 단편소설에는 성격을 소설을 구성하는 요소의 하나이니까 다른 요소와 논리적인 통일성이 있어야 한다. 모든 요소가 서로 연관성을 갖고 상호작용하는 것이며 모든 요소의 연관 위에 성립하는 소설이 바로 비평의 대상이 되는 단위가 된다. 또한 인간이 체험한 인생 경험에서 얻어진 작품이 때로는 미적 요소를 생각게 된다. 그렇다고 인간생활의 그 자체가 곧 예술이라고 할 수 없다. 현실성을 미화하는 데 작가의 능력에 따라 형성과정이 달라지고 미적 의미를 다르게 부여하게 되는 것이다.

김유정의 단편소설을 통해서 본 글에서 이미 지적한 바와 같이 미적 요소의 본질을 잃게 되면 따라서 독자가 흥미를 잃게 되면서 작품의 가치가 없어지는 것이다. 이러한 일반적인 논리를 설명하였지만 본 논제에서 김유정의 작품 속에서 그의 사상과 묘사하는 어휘와 내용 등이 우리들에게 흥미를 돋구어 주는 강원도 사투리의 구사법을 잘 감지할 수가 있다고 하겠다.

그는 1933년 모더니즘적 경향의 구인회에서 활동했으나 도시적 특성 대신 주로 농촌서민들의 모습을 토속적이고 질퍽한 어휘로 드러내어 단편소설의 지평을 넓혔다는 평가를 지금에 와서도 받고 있으며 작가는 죽기 11일 전 평생지기인 안회남에게 보낸 편지에서 "나는 참말로 일어나고 싶다. 지금 나는 병마(폐결핵)와 최후의 담판이다. 나에게는 돈이 시급히 필요하다. 돈이 모이면 우선 닭을 한 30마리 고아먹고 땅꾼을 들여 살모사, 구렁이를 10여 마리 먹어 보겠다."와 같이 가난 속에서 병마와 사투리를 벌이는 안타까운 심정을 토로한 것을 엿볼 수가 있다.

그의 가엾은 인생사를 보고 필자의 가슴이 터질 듯이 아프고 김유정의 짧은 인생을 통해서 작품을 쓰는 솜씨와 재간을 보면 그의 죽음이 너무나 애석하다.

제2부 시적 의미와 가치

시의 미적 가치와 내면적 진실

박장희 시집 『폭포에는 신화가 있네』

임 종 성*

시는 세계와 사물, 생에 은밀히 통하는 내면적인 길이다. 시는 안으로 틈을 내어놓고 바람이나 불빛 같은 것에만 작은 길을 보여주는, 이를테면 내통이라는 뜻을 지니고 있는 것이다. 이 말은 기계화되고 화석화된 것들에 숨구멍을 틔워 전통적인 이분법에 따른 내포와 외연의 그늘을 벗어나 투명한 서정적 감성을 되살려 시의 의미적 공간을 빚어내는 힘이 있다. 시를 쓴다는 것은 이미 있는 대상을 의식의 내부에 불러들여 다른 고유한 무엇으로 바꾸어 미적으로 재구성하는 일이다. 시인이 그리는 지상의 꽃이나 하늘의 별은 시인의 예민한 촉수에 전언되어 의식 속에 새롭게 피어난 눈부신 꽃이며 따뜻한 별이다. 이러한 일련의 생각과 연관시켜 박장희 시인의 처녀 시집 『폭포에는 신화가 있네』의 내면 풍경을 들여다보기로 한다.

> 누구나 한 번쯤
> 폭포이고 싶어하네

---

* 문학박사, 부산교육대학교 외래교수

장마와 가뭄에
터지고 갈라지고
줄기차게 길고도 끈질긴
신열 뒤에
이 산골 저 산골 줄기들

한 줄기 여울물로 흐르다가
마침내
갈 길을 더 이상 묻지 말라는 듯

절벽을 만나
순간,
완전히 버림으로써
다시 新生의 길을 찾네

— 「폭포에는 신화가 있네」 전문

　자기 앞의 생을 향해 사람이 나아간다는 것은 거친 바람 속에 나를 밀어 넣는 일이며 이전의 나를 지우고 새로운 내가 된다는 일이다. 생이라는 숨가쁜 속도에 이끌려 숱한 길을 따라 뒤돌아볼 겨를이 없다. 머뭇거리지 않고 나아가 부딪쳐 갖는 뜨거운 상처를, 아픔이 지나면 머지 않아 새살이 돋는다는 사실을 두려워 말라. 시원스레 떨어지는 황홀경의 폭포 앞에서 화자의 현실은 '장마와 가뭄' 속에 나뉘어져 "터지고 갈라지고/ 줄기차게 길고도 끈질긴 신열"이 감돈다. 물줄기들은 함께 모이고 어우러져 "한 줄기 여울물로 흐르다가/ 마침내/ 갈 길을 더 이상 묻지 말라" 는 뜻을 짐작함으로써 "절벽을 만나/ 순간,/ 완전히 버림으로써/ 다시 新生의 길"로 나서는 유연한 모습을 보이고 있다.
　이 시의 행간에는 아주 유장한 물줄기의 힘이 흐르고 있어 의미적 진폭을 깊게 넓혀 준다. 물은 어느 곳에도 정착하지 않는다. 뿌리세우는 것의 슬픔을 잘 모른다. 여기서 모른다는 것은 가벼워진다는 뜻이다.

화자는 물결의 투명 속에 합류하여 절벽을 깨뜨리고 완전히 스스로를 내던져 자기 파괴와 소멸을 통하여 새로운 생의 길을 나서려 한다. 그런데 화자의 내면에는 물이라는 낮은 곳을 지향하는 하강의식과 동시에 별이라는 높고 먼 세계를 지향하는 상승의식이 자리잡고 있다.

리모콘 시대가 도래해도
어쩔 수 없습니다

원하는 선택 버튼을 아무리 눌러봐도
전송되지 않습니다

소리 없이 태어나
제 마음대로
제 멋대로
떨어지고 싶은 시간도 없이
떨어지고 싶은 곳도 없이
좌악―흐르며
뚝 떨어집니다

함박눈이 허공을 메우듯
저장도 안됩니다

―「별똥별」 전문

별들은 저 홀로 빛나는 법이 없다. 별 하나가 빛을 켜 달아 별 둘에게 건네주면 별 셋은 또 별 넷에게 그렇게 건네주어 마침내 온 하늘의 모든 별들이 서로 빛을 당겨 이어주고 어둠을 밝힌다. 또 별들은 저 홀로 홀쩍

멀리 사라지는 법이 없다. 별 하나가 애써 흐려진 빛을 별 둘에게 건네
주면 별 셋은 또 별 넷에게 그렇게 건네주어 마침내 흐려진 빛을 내려놓
으며 어둠을 넘고 새날을 맞는다.

　늦은 밤을 넘어 별들이 밝음 속에 사라지고 나면 땅 위의 사람들은 비
로소 새벽길 위에 선다. 그러나 이 시에 유입되어 있는 별은 하늘에 빛나
는 별과는 의미적 연관이 깊지 않다. 컴퓨터의 자막에 떠오른 별로서 "원
하는 선택 버튼을 아무리 눌러 봐도/ 전송되지" 않는다. 그것은 "소리 없
이 태어나/ 제 마음대로/ 제 멋대로/ 떨어지고 싶은 시간에/ 떨어지고 싶
은 곳에/ 좌악—흐르며/ 뚝 떨어"지는 상실이나 소멸의 의미를 낳는다.
이 시의 행간에 떠오른 별은 이념이나 가치 지향적인 것이 아닌 자판기
를 두드리면 아무 때나 나타났다 다시 아무 흔적 없이 사라져 버리는 일
상의 소모적인 별이다. 그 별은 "함박눈이 허공을 메우듯/ 저장도 안 되"
는 냉담한 사물일 뿐 아무런 의미를 내장하지 않는다. 그것은 지상에 천
상을 이어주는 의식 작용에 있어 신앙이 교량 기능을 맡게 된다.

　　　물 속 그림 같다
　　　바닥까지 환히 드러내는 물빛
　　　은근하다

　　　불상은
　　　물 속 세상 같은
　　　극락 세계 보여주고
　　　남산을 찾아 드는
　　　사람들의 마음을 묶는다

　　　영락 하나 목에 걸면
　　　물 속 하늘 바라보듯

가파른 삶도 느긋하기만 하다

깨끗이 몸 닦고 정신에 불 켜
역사의 맥 짚어 가면

물 속 같은 신라
유적과 전설의 꿈 쏟아내고
깊고 푸른 뿌리가 꽃 핀 남산
창호지 문살에 빛으로
아른거린다

— 「경주 남산」 전문

　이 시의 행간에 비쳐 나오는 화자는 불심佛心에 젖어 있는 것이 아닌가 한다. 부처로 이해되는 '당신' 안에서만 나는 자유롭게 움직일 수 있으며 길에 날개를 달고 비로소 멀리 갈 수 있다. '당신' 안에서만 나는 꿈속에 입김을 불어넣고 새로 태어나며 저무는 봄날, 뿌리 없이 떠도는 바람이나 풀잎의 상처도 빛나는 향기로 자리 잡으며 '당신' 안에 있을 때만 나는 참되고 사랑은 더할 수 없이 깊고 아름답다.

　화자 앞에 우뚝 다가와 선 경주 남산은 '물 속 그림' 같으며, 그것은 "바닥까지 환히 들어내는 물빛"으로 더욱 투명해진다. 경주 남산이 품고 있는 불상은 "물 속 세상 같은/ 극락 세계 보여주고/ 남산을 찾아 드는/ 사람들의 마음을 묶는"데 신앙의 힘을 지니면서 "깨끗이 몸 닦고 정신에 불 켜/역사의 맥 짚어 가면/ 물 속 같은 신라/ 유적과 전설의 꿈 쏟아내"는 구체적 역량을 전이시킨다. 화자는 연신 불상을 보며 자기 안에 탑을 세우려 생의 무거운 그림자를 산골짜기에 벗어 놓고 돌을 스스로의 내면에 차곡차곡 쌓아 올리는 것이다. 이렇게 무척이나 기다리는 것들과 만나고 싶은 것, 애써 이루어 보고 싶은 것들이 화자 앞에 모두 우뚝 탑이 되어 서 있다.

봉두난발로 허옇게 핀 숨결
뒤섞인 필통처럼 어질러진 마음
가만히 내려놓으면
근심과 고단함
그대 몸 속 층층이
모서리를 맞춥니다

펄럭거리는 꿈 좇아
허우적거리기만 하다가
부드러운 손 마주 잡습니다
이제 하대석부터 하나, 둘
그대처럼 쌓여야 함을 압니다

피울 수 없는 나무에서
꽃을 찾았던 허욕
낡은 탈, 낡은 울타리, 낡은 사념
날려버리고
침묵하는 가르침
은근히 묻어 나오는 순수한 빛 보듬어
큰 호흡을 합니다
— 「탑」 전문

직선과 사행선의 끈질긴 유혹에도
끄떡없이 돌고 돌아
경계는 끈을 놓고
분별과 헤아림은 손을 잡고
돌면서 돌면서 하나가 되어

세상사 난국은 두리둥실 둥글둥글
달무리로 비잉빙 강강술래

허물없는 사랑처럼
번뇌는 떨어지고
티끌은 붙지 않아
순정만 쌓아올린 세상

진양조에서 중모리로
중모리에서 휘모리로
휘모리에서 엇모리로
엇모리에서 군자의 향내로
우뚝 솟은
연꽃으로 피어나네

— 「운주사 연화탑」 전문

화자는 "봉두난발로 허옇게 핀 숨결/ 뒤섞인 필통처럼 어질러진 마음"
을 차분히 내려놓고 "하대석부터 하나, 둘" 쌓아야 탑이 되는 것임을 알
고 있다. 그러기 때문에 화자는 "피울 수 없는 나무에서/ 꽃을 찾았던 허
욕/ 낡은 탈, 낡은 울타리, 낡은 사념"을 떨쳐 버리고 "침묵하는 가르침"을
일러주며 "은근히 묻어 나오는 순수한 빛 보듬어/ 먼 곳으로의 큰 호흡"
으로 판소리의 역동적 울림을 들려준다. 판소리의 주체인 몸은 엄연히 자
아 그 자체이지만 아울러 자아 밖에 있는 타자로서 고통의 밑자리에 있
다.

또한 화자는 탑을 통해 "직선과 사행선의 끈질긴 유혹에도/ 끄떡없이
돌고 돌아/ 경계는 끈을 놓고/ 분별과 헤아림은 손을 잡고/ 돌면서 돌면
서" 하나가 되는 일체감의 회복을 도모한다. 탑은 "진양조에서 중모리로/
중모리에서 휘모리로/ 휘모리에서 엇모리로/ 엇모리에서 군자의 향내로/

우뚝 솟은/ 연꽃으로" 피어나 정적 양태에서 역동적 울림의 진폭을 깊게 넓혀 준다.

그런데 이러한 역동적 울림의 진폭은 시간을 과거로 거슬러가도 마찬가지다. 탑의 소리 없는 울림은 토속적 정취 속에서 만들어진 뜨거운 가락과 은근한 여운의 미학을 남긴다.

가슴에 가득 달린 열매
익으면 주저 없이 떨어지는 오디처럼
그 만큼 삶은 가벼워진다
떨어지는 절정
떨어짐으로써 자신의 모든걸 마감하는 분수
열정을 부르다가 식혀도 주었다가
마로니에 커피 공원에 매달린 언어들
하나 둘 절정을 위해 떨어지고 있다
— 「5월의 마로니에 커피공원」 부분

아름답지만 보기 힘든
한반도에 유일하게
암벽에 뿌리내린
대청부채 개화처럼
하루 한 차례
그것도 햇살 양껏 받은
서너 시경에
산과 들을 꽃 피우고
天地 한 가운데 길을 여노라

멀고 먼 날들 죽지 않고 살아서 묻어있던 선사시대 숨결 성큼 건네 주노라
울산 대곡리 골짜기 순화의 물상들 끈기 하나로 돌 병풍에서 퍼덕이

노라 새끼 업은 귀신고래로 입이 뭉뚝한 향유고래로 작살 맞은 고래로
분수처럼 물을 뿜어내는 긴 수염고래로 뛰노는 사슴으로 주술사의 노래
로 바다는 그저 있는 그대로 출렁거리며 풍성한 수확의 서사시 생생하
게 삶의 다짐들 쪼아 놓아 눈이 버거워라 가슴이 버거워라
— 「반구대 암각화」 부분

　화자는 "가슴에 가득 달린 열매/ 익으면 주저 없이 떨어지는 오디처럼/
그 만큼" 가벼워지는 삶을 제시하고 있다. 시속에 들어와 있는 가슴은 부
드럽고 따뜻한 방으로 '너'와 다른 '나'의 경계를 지워 한 몸이 되게 하는
힘을 지닌다. 다시 말하면 가슴은 외부와의 경계를 버리고 외부를 의식의
안쪽에 불러들인다. 이러한 의식의 수용적 전이는 현재에서 아득한 인류
의 과거를 돌아보는 데 있어서도 마찬가지다. 그래서 화자의 줄기찬 의식
작용은 "산과 들을 꽃피우고/ 天地 한 가운데 길"을 보여주고 "멀고먼 날
들 죽지 않고 살아서 숨어 있던 선사시대 숨결"을 건네주는 완강한 생명
력을 가슴으로 느끼게 한다.

　　대체로 세상은 냉혹하다. 우리가 생에 복무한 만큼 세상은 우리를 가
　두고, 보이지 않는 끈으로 묶는다. 이러한 세상에서 꽃이 피고 아이가
　태어나는 것은 가장 순수하고 아름다운 사건이 아니겠는가

　　정상분만이어야 할 텐데
　　손가락 발가락 열 개는 맞겠지
　　이목구비는 어떨까?
　　몸무게는?
　　성격은?
　　평소에 태교를 좀 잘 할걸
　　마음 비워야지
　　마음 비운다는 것은

있는 그대로 받아들이는 것
— 「사피엔스 사피엔스」 부분

아이가 곤히 이불 속 꿈길을 걷고 있는 동안, 밤은 스스로의 입김으로 풀잎마다 이슬을 맺거나 떠도는 바람들을 산골짜기에 잠들게 한 뒤 마을 안에 발을 들여놓는다. 또 밤은 집집마다 처마에 켠 등불들을 잠그고 비로소 산너머 바다로 가서 천도 복숭아 같은 둥근 해를 바구니에 달아 올린다는 것을 십분 예상 할 수 있다. 이 시에서 화자는 신생아의 탄생을 기다리면서 다소 불안한 심정을 가까스로 견디고 있는 것이 아닌가 한다. 그래서 마음을 비워둠으로 그 설레는 불안을 이겨내 "마음 비운다는 것은 / 있는 그대로 받아들이는 것"임을 깨닫고 있다. 여기서 '비운다는 것'의 보다 직접적이고 구체적인 의미는 궁극에는 생의 주머니를 비워 버려 보다 후련하고 자유로운 마음을 지니는 것에서 찾아진다.

햇빛이며 바람이며
풀꽃이며 나무며
모두 한 몸 되어
산천에 웃고 있어도
애증도 꿈틀대는 몸짓도
이룰 수 없는 슬픔에 붙들리고 말 것을

시작도, 끝도, 모서리도, 둥근 것도 없다는
생각 그 자체도 없다는 無, 無
그것을 붙잡으려 숨이 가쁘다

자동차 비상 라이트 머리에 달고
가속의 탄력으로
벗어날 수 없는 번뇌 깔아뭉개

질주하는 순간,
비틀거리며 굉음을 내는 것처럼
일상에서 벗어나려면
과거에 집착 말라고
그러면 모든 것이 더욱 늦어질 뿐
그래,
마지막 입는 옷에는 주머니가 없지 않은가
　　　　　　— 「마지막 입는 옷에는 주머니가 없다」 전문

　화자가 밖을 나서려고 장롱 문을 열면 오래된 옷이 몸을 비운다. 이러한 옷은 먼 길을 가는 동안 비를 맞아 축축이 젖기도 하고, 주머니 속이 텅 비어 걸음을 멈추거나 버스며 지하철을 타다 그만 사람들의 틈새에 부대끼어 단추가 힘없이 바닥에 떨어지기도 한다. 어느 식당에서인가, 하마터면 남의 것인 줄도 모르고 어깨에 걸치다 헐렁해진 느낌에 다시 바꾸어 입기도 한다. 옷을 뒤져보면 몸이 움츠려 숨거나 간혹 몸이 없을 때도 있다. 살아온 길은 이 옷의 안감에서 풀려난 한 올의 낡은 실이다. 사람이 옷을 입는 게 아니라 옷이 사람을 감춘다. 하지만 언젠가 주인이 빌려준 옷을 찾는다는 전갈이 오면 미련 없이 돌려주어야 하지 않겠는가.

　사람이 사물이나 세계에 이름을 붙이고 의미를 부여하는 양식을 통해 드러난 사물과 세계는, 그것의 참 모습이 아니라 관념의 허울로 남는다. 이런 관점에서 말은 사물과 세계를 드러내면서 은폐한다. 말과 사물 또는 세계와의 관계는 아주 양면적이다. 말은 겉으로는 사물이나 세계를 드러내면서 속으로는 사물이나 세계를 감춘다. 감춤과 드러냄 사이의 틈바구니에 끼여든 심리적 정황에서 화자는 어떤 대상을 부르고 싶어한다. 대상을 부르는 글이 편지라는 양식이다. "창 밖의 바람소리에 윙윙 같이 울고 싶은 날"이나 "가슴 속 방이 무너져 내리는 날" 그리고 "고장난 시계처럼 백치가 되고 싶은 날"(「편지를 쓰고 싶다」) 화자는 어떤 그리운 사람을 찾고 있다.

대체로 마음 한 쪽에 자리잡고 있는 그리움이라는 정서는 대상에 대해 접속하는 속성이 아주 강하다. 그것은 "떼어놓고자/ 흔들면 흔들수록/ 애쓰면 애쓸수록/ 몸 속의 장기 일부처럼/ 떼어놓아도 다시 들어붙는/ 지독한 그림자 하나"(「相思」) 같은 행간에 찾아진다. 그래서 화자는 멀리 있는 대상을 가까이 두고 아름답게 보고 싶은 것이다.

> 하나의 네온사인
> 外傷처럼 골 붉게 유리창을 물들이는 별처럼
> 잡을 수 있는 한 치 거리 같지만
> 손에 닿을 수 없는
> 몇 광년 거리
> 유리창으로 날름대는 저 불빛
> 아무리 투명해도
> 자로 잴 수 없기에
> 멀리 있는 것은 아름답다
> 보석처럼 빛나는 별
>
> ― 「멀리 있는 것은 아름답다」 전문

숲이 멀리 있어 더욱 푸르듯 강물도 멀리서 쳐다볼수록 그렇게 푸르게 보인다.

멀리서 아름다운 것은, 손이 닿지 않아서 순결한 것은 너무 가까이 다가서려 하지 말고 먼 대로 아득한 곳에서 그저 바라볼 일이다. 그리움도 그와 마찬가지다. 누군가를 기다릴 때 대문에 등촉을 걸어두면 어둠과 별빛을 머금고 빨갛게 그리움은 안으로 타들어 간다. 그래서 "손에 닿을 수 없는/ 몇 광년 거리/ 유리창으로 날름대는 저 불빛/ 아무리 투명해도/ 자로 잴 수 없기에" 멀리 있는 것은 아름답다는 생각에 머문다.

우리의 몸은 언제부터인가 사랑에 대해 불멸의 땅이고 몇 십대를 이어 고통을 부양한다. 과적의 화물 차량처럼 사랑하는 일은 누구에게나 적정량을 넘어 있다. 사랑은 생의 무게를 끊임없이 늘리며 조금씩 땅에 기울어진다. 또한 사랑은 우리의 생애를 이끌어 가는 보이지 않는 연초록 새벽바람의 힘으로 작용한다. 그리고 사랑이란 젊은 마음에는 너무나도 강력한 기쁨이어서 다른 어떤 것이 사랑과 양립되기는 어렵다. 이러한 사랑은 아무리 날이 가물고 또 기온이 내려가도 마르지 않는 생명의 깊은 샘이다.

> 머리에 옭매어 이고 섰던
> 꽃무더기
> 언제나 그렇게 가쁜
> 숨 몰아 쉬며
> 그 모습 그대로
> 서 있을 것 같던 정열
> 對備못한 꽃사태
> 하얗게 질겁을 했네
> 몇 밤을 주문으로 지새고
> 끓어오르는 불꽃 절규도
> 어둠으로 떨어지고
> 머무름이란 찾을 수 없었네
> 불길에 관통하듯 휩싸여
> 덧없는 사랑,
> 얼이 썩어
> 풀어지는 구름만 바라보며
> 빗발치는 어둠에
> 무릎 앞의 잔디만 뜯었네
> 먼 산봉우리가

고결한 눈빛으로 건너다보고
새 한 마리 날아가네

— 「꽃잎 지는 자리」 전문

이 시에서 사랑의 열정은 화자 내부에 들어와서는 "對備 못한 꽃 사태"로서 질겁을 하게 되며 "몇 밤을 주문으로 지새고/ 끓어오르는 불꽃 절규"로 가열되어 드러내지만 아쉽게도 어둠으로 떨어지고 만다.

사랑은 꽃이 다 지고 나서야 생의 지름길을 겨우 깨달을 수 있게 하는지 모른다.

그런데 꽃이 피지 않는 곳과 꽃이 꺾이는 곳, 꽃이 상실되는 곳은 어느 곳이나 사막이다. "몸에도 마음에도/ 온통 빈 구멍이 숭숭 뚫린/ 황량한 바람"(「그 사막으로」)만이 사는 사막은 아무리 먹어도 모래만을 분만한다. 이렇듯 사막의 분만은 세상 쪽에서 바라보면 언제나 사산일 수밖에 없다. 그러나 사막은 화자에게 와서는 끝없는 생이 생성되어 광활하게 열린 의식의 내면 공간이다.

첫 눈, 첫 사랑, 첫 약속, 첫 걸음, 첫 만남, 첫 여행에 속한 말들은 늘 순결과 아름다움, 그리고 신선한 설레임의 정감이 숨어 있다. 맨 처음 땅을 밟고 일어서는 새싹이나 하늘을 만나 처음 날개를 펴는 어린 새처럼 시인은 하루가 저무는 저녁 무렵에도 새벽종처럼 다시 새날을 시작하는 것이다. 시인과 세계는 언제나 새롭게 만나고 있으며, 이 세계는 시인의 의식 내면 속에 유입되어 늘 새롭게 탄생된다.

박장희 시인의 처녀시집 『폭포에는 신화가 있네』는 세계와 사물, 생에 내재한 전면적 진실이 언어의 형식과 내용으로 나눌 수 없을 만큼 깊이 일체화되어 있다. 특히 시들이 유장한 운율과 어조를 바탕으로 전개되고 있어, 강렬한 서정의 울림과 정서적 파장을 일으킨다는 사실은 다소 진술에 경사되고 있음을 감안하더라도 주목하지 않을 수 없다. 그의 시선은 감성의 전개보다는 그 감성을 다루는 구조 의식에 오래 시선이 머물러 있는 것으로 보여 큰 호감을 자극한다. 시인의 감성은 이러한 구조 의식에 선행하는 것이 아니라 작품 속에 구체적 모습으로 선명히 내재하는 것이다. 그의 시에는 어설픈 비평이 덧칠할 자리가 그다지 마련되어 있지 않다. 그 직접적인 연유는 흔한 여성시의 한계를 훨씬 넘어 보다 깊게 시의 내포를 넓혀 나가면서 의미 공간을 충분히 확보하여 비로소 시가 완성의 길에 진입하는 것과 무관하지 않다. 이러한 전제에 따른다면 그의 시가 그 무엇과도 견줄 수 없는 순정한 시의 미적 가치와 삶의 전면적 진실이 뜨겁게 살을 맞대고 있다는 사실을 받아들이는데 조금도 주저할 이유가 없지 않은가 한다.

새로 쓰는 사모곡思母曲
도리천의 시조집 『고향 가는 길에서』론

하 길 남*

1. 머리말

사모곡은 대지의 노래요 자연의 멜로디다. 1988년 중앙일보 신춘문예에 당선되어 문단에 나온 시조시인 도리천 스님은 자신의 시조집 서문에서 시조를 '십 년 명상 속에서 빚어진 영혼의 모습'이라고 전제하면서 '고향과 자연의 예찬, 그리고 부모에게 효도하기를 바라는 마음을 담았다'고 술회하고 있다. 그래서 이 사모곡은 사부곡思父曲이 되는가 하면 거기에 못지 않게 누님에 대한 애틋한 정도 담고 있다.

이렇듯 가족에 대한 정을 다루면서도 조국에 대한 애정 또한 남다른 것을 읽게 된다. 그런 까닭에 자연히 인류에 따른 교훈적인 시심도 함께 감상하게 마련이다. 특히 기법적인 면에서 두드러진 점을 든다면, 압운押韻이다. 이른바 시행의 첫머리에 같은 소리나 비슷한 소리를 배치하는 두운頭韻이나, 시행의 끝에 같은 소리나 비슷한 소리를 배치하는 각운脚韻 등이 시 전반에 걸쳐 나타나고 있는 것을 보게 된다. 그리고 시작의 기본

---

* 시인, 수필가, 문학평론가

기법인 언어의 사물화 기법을 들 수 있다.

아무튼 화자의 시조가 인간에 있어 육친적肉親的, 가장 원초적인 그리운 노래이므로 이 시조집을 읽고 나면 부모에 대한 은근한 그리움에 젖게 된다. 화자가 사람들로 하여금 '효도하게 하기 위해 이 시조집을 엮는다'고 한 취지를 다시 한번 되새겨 보게 된다. 그런 의미 즉 시적 효용성의 측면에서 본다면 이 시조들은 소위 '예술을 위한 그 지상주의적 입장이라기보다' '인생을 위한 시'의 범주에 속한다 하겠다.

2. 시적 주제

1) 어머니

세상의 어머니는 다 나의 어머니라는 말도 있다. 특히 아들을 절집에 출가시킬 때의 어머니의 심정을 생각하면 누군들 만감이 교차되지 않을까 싶다. 아마 화자 자신이 이토록 사모곡을 절절히 읊조린 것도 출가 당시 어머니의 가슴속에 타오른 오열의 열기를 정화하기 위한 탓도 있지 않았을까 여겨진다. 세상의 눈물을 다 가두어도 넘치지 않는 어머니의 넋 속에 필시 열반은 있을 것이라 믿어진다.

> 해님이 뒷산으로 뉘엿뉘엿 넘고 있다.
> 내 생각하시면서 내 이름 부르듯
> 구구구 닭을 부르며 모이 주는 어머니.

아들을 절 집으로 떠나 보낸 어머니는 아들 대신 닭을 부르며 모이를 주게 된다. 닭 즉 가축이 애완동물이고 이 애완동물이 바로 가아家兒가 된다. 가축家畜이 가아家兒가 되는 것이 이상스러울 게 없다. '구구구' 석자 이름이 곧 가아의 이름이 되는 것이니 말이다. 해가 넘어가면 시골집은 적막에 쌓이게 마련이다. 그래서 밤에는 더 애잔해지고 절실해지는 것이 아닌가. 아들이 누웠던 자리가 얼마나 허전하겠는가. 이와 같은 어머니의 마음은 너무 곱고 투명하여 이슬과 같다 하겠다.

어머니가 가꿔놓은 조그만 산골 밭에
이슬이 곡식보다 더 많이 맺혀 있다.
새 아침 이슬 같으신 어머니 마음 빛깔.

'조그만 산골 밭'은 바로 어머니의 표상이라 하겠다. 광야 같이 큰 밭이 어찌 어머니에게 어울리겠는가. 욕심이라곤 아들 잘 되는 일인데, 어머니는 곡식을 심는다기보다 차라리 이슬을 빚는다고 해야 어울릴는지 모른다. 그래서 당연히 곡식보다 이슬이 더 많이 맺혀 있을 수밖에 없을 것이다. 그렇다. 어머니의 마음 빛깔이 이슬 같을 뿐 아니라 몸도 이슬 같다 하겠다. 결국 이슬이 바로 어머니인 것이다. 그래서 화자는 바로 곡식을 심은 것이 아니라 이슬 자체를 심었다고 노래한 것이다. 그렇듯 어머니의 마음 빛깔은 수정처럼 맑고 희지만, 자식들의 성취와 안녕을 위해 마음 밭은 언제나 마를 날이 없다.

어머니 머리 속에 자녀 걱정 가득하다
객지로 떠난 자녀 몸 성히 잘 사는지
그 걱정 솟구쳐 올라 머리카락 하얗다.

어머니의 머리카락이 하얗게 센 것은 자녀 걱정 때문이라는 것이다. 우리는 어렸을 때 천자문을 지은 사람이 몇 날 동안 밤을 하얗게 새고 나니,

머리칼이 하얗게 세었다는 말을 들은 기억이 있다. 그만큼 전력을 다하고 나면 그 여독이 머리칼을 세게 하는지 모를 일이다.

실제로 그렇지 않다 하더라도 머리가 센다는 상징적 의미는 이렇듯 한 사람의 진력 즉 안간힘을 다하는 비장함을 의미하는 것이다. 고대로부터 머리는 힘의 상징이었던 것이다. 우리 민족이 일본이 단발령에 그렇듯 항거한 것을 상기해 보면 알 일이다.

이처럼 어머니의 초상은 말할 수 없이 깊고 오묘한 것이어서 그것을 말로 표현하기란 지난한 것이라 하겠다. 그래서 우리는 "어머니의 은혜는 하늘같다"는 노래를 부르면서 자라났다. 화자의 삼행시 한 편에 '어머니' 라는 단어가 두 번 씩 들어간 것도 있으니 화자의 어머니에 대한 정이 얼마나 사무쳤을까 싶다. 불과 45자밖에 안 되는 짧은 시에서 말이다.

> '어머니' 곁을 떠나 도시에서 사는 동안
> 마음은 늘 훨훨 날아 '어머니'께 가 있었다.
> 우리 집 마당 하늘에 잠자리 떼 날고 있듯.

이처럼 시 한 편 속에 '어머니'라는 낱말이 두 번씩 들어간 예가 적잖다. "할머니 부름 받고 할머니께 다가간다./ 나 몰래 '어머니'가 할머니께 드린 음식/ '어머니' 몰래 나에게 다시 물려주었다."

"큰 바위 듬성듬성 골짜기 언덕 보리밭/ '어머니' 손길로 자란 보리밭 형제들이/고마운 '어머니' 앞에 보리피리 불어준다."

"고향은 '어머니'의 포근한 품과 같다./ 괴로운 몸 이끌고 고향에 돌아오니/ '어머니' 품에 안긴 듯 마음 무척 편안하다."

"어머니는 달이 되고 나는 또 별이 되고/ 달처럼 별처럼 바라시는 어머니/ 아기 별 손잡고 가는 둥근 달을 보겠네." 등 '어머니'라는 단어가 들어간 시편을 대충 훑어보니 30편쯤 된다. 그렇다면 약 4백 여 편이 수록된 시집에서 13% 가량이 어머니를 노래한 셈이 된다. 이만하면 가히 '사모곡'이라 할 수 있지 않겠는가.

사모곡 못지 않게 아버지를 기리는 사부곡思父曲 또한 절절한 것을 보게 된다. 그러나 우리나라 사전에 사부곡이란 말은 나와 있지 않다. '부모'를 같이 읊은 시도 적잖지만 '누나'의 정을 다룬 시 또한 적지 않았고, '할머니', '할아버지'를 노래한 시도 자주 눈에 띈다. 그러고 보면 이 시편들은 육친에 대한 그리운 노래 집이라 할 수 있겠다. 오늘날 가정이 파괴되고 있다는 보도가 양식 있는 이들의 마음을 슬프게 하고 있는 때에 실로 이 시집이 우리들에게 주는 의의는 자못 크다 하겠다.

2) 아버지와 누이

> 비가 오래 오지 않아 논밭에 물을 대고
> 돌아서서 꿀꺽꿀꺽 물 마시는 '아버지'
> 곡식과 '아버지' 얼굴 푸른빛이 감돈다......(1)
>
> 가난한 '아버지'가 자녀들의 공부 위해
> 농사짓던 소 팔려고 장터로 끌고 가면
> '아버지' 마음 아는 듯 소 눈에서 눈물나네......(2)
>
> 그 옛날 우리 집에 발 갈이 소가 없어
> 어머니는 앞에서 쟁기 끌어당기시고
> 뒤에서 쟁기 밀며 밭 갈으셨던 '아버지'......(3)

작품 (1)은 말할 것도 없이 '비가 오지 않아 비를 받아먹고 사는 곡식이 시들어 가기 때문에 애가 타서, 직접 농사를 짓는 아버지가 대신 물을 마서 준다는 이야기다. 그렇기 때문에 아버지가 물을 마시면 곡식도 아버지처럼 얼굴에 푸른빛이 도는 것이다. 여기서는 아버지나 곡식이 동격이 되어 있다.

작품 (2)는 가난 속에서도 아버지는 자식들을 공부시키기 위해 농촌에서는 없어서 안 될 소까지 팔게 되는 애틋한 아버지의 심정을 노래한 시다. 더구나 그러한 정을 알고 소까지 눈물을 흘린다니 기막힌 서정이 아닐 수 없다.

작품 (3)은 집이 너무 가난했기 때문에 농사지을 때도 소가 없어 아버지와 어머니가 의좋게 서로 당기고 밀면서 밭을 갈곤 했다는 슬픈 이야기다. 이 시들은 너무 쉽기 때문에 읽으면 그대로 이해가 되고 만다. 그런 까닭에 이 시에 새삼 해설을 붙이는 것은 부질없는 일이라 하겠다. 그만큼 화자는 독자들에게 쉬운 시를 선사하고 있다. 그러면서도 넉넉한 농촌의 정겹고 아름다운 풍경을 독자들은 즐기게 된다. 그리고 앞에서 지적한 바와 같이 부모와 누이와 할머니 및 할아버지를 읊은 시를 한 편씩 살펴본다.

> 부모님 살아 실 때 효도를 다하여라
> 그 말씀 뜻 따르며 효도하는 나에게
> 오히려 부모님이 더 정성을 쏟으신다......(1)

> 보름달 밤 달뜨면 우리 서로 달을 보자.
> 누이와 맺은 약속 비가 내려 어이할까
> 창 밖에 빗줄기처럼 쏟아지는 누이 마음......(2)

> 옛날에는 할머니께 실 꿰어 드렸는데
> 오늘은 내가 직접 바늘귀 꿰어본다.
> 바늘귀 귓가만 자꾸 스쳐 가는 나의 눈......(3)

할아버지 할머니가 나 기다려 섰던 자리
할미꽃 할비꽃이 나란히 피어 있네.
저 세상 가신 뒤에도 꽃이 되어 기다리네……(4)

전술한 바와 같이 이 시조들은 너무 쉽게 쓰여졌기 때문에 따로 해설할
필요가 없다. 그러나 한 마디씩 그 특성만 언급해 본다. (1)은 "어버이 살
으실제 섬기기 다하여라"는 고시조에서 따온 것이다. 그러나 고시조에는
일방적으로 효도만 강조하였으나 이 시조는 효도와 더불어 어버이의 정
성까지 강조한 것을 알 수 있다. 그래서 고시조가 일방적이고 단선적이라
면 이 시조는 쌍방적 즉 복선적이라는 것을 알 수 있다. (2)가 '빗줄기가
바로 누이의 마음이 되었다'면 (3)은 '화자가 할머니 나이가 되어 마침내
두 시가 모두 빗줄기와 누이, 할머니와 화자가 서로 동격同格이 된' 것을
알 수 있다. (4)는 '할미꽃이 허리가 꼬부라진 할머니를 상징하듯, 밖에 나
간 손자를 기다리던 이승의 조부모들이 저승에서 손자를 잊지 않고 기다
린다는 뜻'이나, 화자는 윤회의 입장에서 말한 것이니 즉 내생來生에서도
사람으로 태어나서 다시 만날 것이라는 염원까지 상징하고 있는 것을 읽
을 수 있다 하겠다.

3) 교 훈

앞에서도 잠시 지적한 바와 같이 우리가 예술의 기능에 대해서 말할
때, 예술을 위한 예술이냐 인간을 위한 예술이냐 하는 양대 구도로 나눈
다. 이 때 화자의 경우는 철저히 인간을 위한 예술 쪽에 속한다는 것을
알게 된다. 가족을 노래하고 그 가족이, 사람들이 어떻게 살아야 하는가
하는 인생의 길, 그 길잡이 구실을 하고자 하는 염원을 읽을 수 있기 때

문이다.

화자가 역점을 두고 있는 인간을 위한 진언들을 보면, (1)자기 정화 (2)반성 (3)정직 (4)겸손 (5)고통의 체험 (6)피나는 노력 (7)마음 비우기 등으로 요약된다.

(1) 자기 정화
"숲에서 매미들이 즐겁게 노래한다./ 어디서 솟아날까 저 맑은 노랫소리/ 이슬만 먹으며 살면 내 노래도 맑아져요."

(2) 반 성
"사람이 살다보면 잘못된 일 더러 있다./ 그러므로 긴 세월을 일년씩 나누어서/ 지난 해 뒤돌아보며 한 해 다시 시작한다."

(3) 정 직
"투명한 고드름이 반듯하게 달려 있다./ 몸가짐은 반듯하게 마음가짐은 투명하게/ 우리들 삶의 모습도 저 고드름 같았으면."

(4) 겸 손
"논에 벼는 익을수록 스스로 고개 숙이고/ 우리 집 할머니는 허리까지 굽히셨는데/ 언제쯤 나의 인생도 고개 숙여 익어질까."

(5) 젊어 고생
"젊어 고생 사서한다는 옛 어른 말씀처럼/ 젊었을 때 고생이 밑거름 퇴비되어/ 오늘의 내 삶 나무에 풍요로운 열매 맺다."

(6) 미완성
"미완성이 더 아름답다 그렇게 말하지만/ 한평생 우리 인간은 아쉬움 남겨놓은 채/ 미완성 그 모습으로 이 세상 살아간다.

(7) 여 유

"고향에 가는 길은 기차를 타고 가자/ 철길 따라 펼쳐지는 산과 바다
그리고/ 고운 손 흔들어 주는 아이들을 보고 가자."

(8) 마음 비우기

"고향 가는 길에서는 마음 비워 걸어가자/ 곱고 미운 마음을 모두 다
비워내고/ 공산에 명월과 같은 그런 마음 갖고 가자.

4) 조 국

화자의 조국에 대한 열정은 앞장에서 언급한 바 있다. 말하자면 화자는
대지의 시인이기 때문이다. 내 조국과 내 강토 내 고향 내 부모 형제를
노래한 육친의 시인이다. 말하자면 자연과 인간을 사랑한 정의 시인이다.
이 모든 원근의 중심에는 조국이 있었던 것이다.

> 아름다운 우리나라 금수강산 국토에서
> 자유 민주 꽃피우며 평화롭게 살아가는
> 대한의 국민 마음도 아름다운 금수강산.

국토도 아름답고 마음도 아름다우니 그 속에서 자유 민주를 꽃피우면
서 평화롭게 살아간다고 노래하고 있다. 이와 유사한 조국 사랑의 시는
여섯 편이나 된다. 거의 유사한 국토사랑과 국민정신을 읊고 있는 것을
보게 된다.

> "높은 기상 맑은 마음 큰 의지로 살 수 있게/ 높고 맑고 깊고 푸른
> 우리나라 강산은/ 강산이 국민에게 주는 교육헌장이네."

"비단 위에 송이송이 무궁화 꽃 수놓듯/ 삼천리 금수강산 아름다운 국토 위에 / 내 고향 마을 풍경도 무궁화 꽃 한 송이."

"물 맑고 산이 좋아 삼천리 금수강산/ 저 작은 풀꽃들도 꽃 피워 수놓는데/ 나 언제 조국 강산에 한 그루 숲이 될까."
"몸과 흙이 둘 아니며 남북 또한 둘 아니다./ 흙 곡식 그리고 내가 하나의 몸 신토불이/ 삼천리 남북 강산이 하나의 땅 국토불이."

"우리 마을 가는 길에 소원 비는 석탑 있어/ 오가며 돌 올려놓고 통일 소원 빌었더니/ 마침내 통일 서곡으로 금강산 길 열렸네."

이상에서 본 것처럼 화자의 나라 사랑의 시는 거의 국토 사랑의 정신을 담고 있는 것을 확인하게 된다. 이은상이 시조 조국강산을 노래하여 애국심을 고취해 왔던 것처럼. '삼천리 금수강산', '무궁화', '신토불이' 등이 계속 등장하면서 시를 이끌고 있다. 마지막에 "남북통일을 염원하는 시"를 선보이더니, '금강산 길 열렸다'고 하면서 통일 조국의 앞날을 굽어보게 된다.

3. 시적 기법

1) 압운과 율격 및 언어의 사물화

잘 아는 바와 같이 두운頭韻은 글자 그대로 시에서 시행의 첫머리에 같은 소리나 비슷한 소리가 배치되고, 각운脚韻은 시행의 끝에 같은 소리나 비슷한 소리가 배치되는 동어반복의 압운押韻 효과를 말한다. 우리 시에서는 또 요운腰韻 즉 시행의 중간 부분을 첨가하고 있다. 화자의 시에 있어서는 이러한 어울림 들이 빈번히 나타나고 있다.

산골짜기 산골에서 산골 물 흘러올 때
산바람 산새 노래 산 꽃향기 실어오고
산짐승 산 노을 타고 산 마을에서 내려와요......(1)

푸른 산 푸른 나무 푸른 숲 푸른 바람
푸른 강 푸른 언덕 푸른 들 푸른 물결
푸른 꿈 푸른 고향 푸른 하늘 저 높이......(2)

종달새 종일토록 종소리로 우는 봄은
보리밭 보리 잎이 보리피리 불고 있고
강물도 강둑을 따라 강바람 싣고 와요......(3)

　(1)은 '산'자가 무려 9자나 된다. 1, 2, 3연 모두 첫줄에는 모두 '산'자가
들어 있다. '산'자가 들어가서 말이 될 수 있는 산골 풍경을 그대로 드러
내고 있는 것을 보게 된다. 이와 마찬가지로, 시 (2)는 '푸른'이 진을 치고
있다. '푸른'이 무려 11회나 된다. 그런데 이 시를 가만히 보면 앞줄에 모
두 '푸른'이란 단어가 들어갔는가 하면, 그 다음에는 모두 한자씩 즉 '산'
'강' '꿈'을 나란히 늘어놓았다. 그 다음은 역시 '나무,' '언덕', '고향'을 나
란히 넣어놓은 것을 보게 된다. 그 뒤에는 격식을 바꾸어 놓았다. 맨 뒤까
지 격식대로 해놓으면 시가 기계적이 되어 오히려 경직되고 말기 때문이
다. 한 군데쯤은 파격이 있어야 한다. 그래야 독자들이 지루하지 않게 되
는 것이다. 시 (3)은 '종', '강', '봄-보리-불' 등 'ㅂ'을 걸쳐놓은 것을 알
게 된다. 이외에도,

"밤이면 꿈속에서 고향 가는 꿈을 꾼다./ 밤마다 고향 가는 꿈만 꾸

던 내가 오늘/ 고향에 와 꿈꾸어도 고향 가는 꿈을 꾼다."

고 하여 '꿈'이 5번이나 반복되고 이 꿈과 유사한 'ㄲ'이 4번이나 반복된다. 그래서 이 시는 이른바 'ㄲ' 어울림이 된다. 이 외에도,

"고향에는 쑥이 많아 쑥국 새 쑥국 울고/ 쑥 뜯어 국 끓이면 쑥국
또한 보약이네./ 쑥처럼 고향 아이들 쑥쑥 크네."

와 같이 '쑥'의 반복 이외 된 발음인 'ㄸ' 'ㄲ' 'ㅋ' 등이 이어진다. 이와 같이 압운을 다룬 시들은 20여 편이나 된다. 이처럼 화자는 어울림이나 조화, 교류, 합류, 포용 등 일체 중생의 화해와 화답을 염원하고 있는 것을 상징적으로 느끼게 된다.

끝으로 잠시 언어의 사물화 기법에 대해 살펴보면, 엘리엇이 시에 있어서 정서를 야기시켜 주는 구체적인 대상물을 객관적 상관물이라고 했다. 이와 같은 의미선상에서 화자에 있어서는 이른바 언어의 사물화 기법을 원용한 것을 곳곳에서 보게 된다.

이른 봄 언덕에서 쑥 뜯는 우리 누이는
봄볕이 따사로워 쑥 돋아난 쑥과 같이
새봄에 제일 먼저 한 떨기 들꽃 송이.

여기서 우리는 '누이가 바로 들꽃'이 되는 것을 보게 된다. 그런데 이 '들꽃은 또 쑥이 된다.' 곧 '쑥=들꽃=누이'가 되는 셈이다. 그렇다면 이들은 결국 봄을 상징하는 것이 되기 때문에 결과적으로 '봄=누이'가 된다는 등식을 승인해 주는 것이 된다.

4. 마무리

이상에서 시의 주제와 기법 면에 대해 살펴보았다. 앞에서 우리는 화자가 자연과 인간을 아우르는 대지의 시인이라고 말했다. 그 속에서 가족들의 따뜻한 사랑과 그리움이 어우러지고, 인간이 과연 어떻게 살아가야 하는가 하는 사회적 이상을 실현하기 위한 성숙의 여정이 무르익어 있다. 그래서 교훈적 입김이 힘을 싣고 있는 남다른 화두의 시인이라 여겨진다. 특히 조국을 노래한 애국적 서정을 더듬어 보면서 우리는 다시금 이 시인이 믿음직스러운 대지의 시인임을 확인하게 된다. 화자가 스스로 노래했듯이 과연 '노송이 선산을 지키듯 그렇게 살아가고 있는 시인'이라 하겠다. 끝으로 화자의 중앙일보 신춘문예 당선 시 한 편을 감상하면서 이 글을 맺는다.

> 난초꽃 향기에 묻혀 솔바람 메아리에 묻혀
> 눈에 뵌 생각 모습 맑은 날 한 점 구름
> 열리는 하늘 저 쪽에 산이 솟아오른다.

그리움의 정서, 그 의미 찾기

심재섭 제2시집 『낙엽을 쓸면서』

송 경 란 *

1

시는 이해되어서는 안 된다. 그것은 가슴으로 느껴지는 노래이어야 한다. 산이 거기에 있기 때문에 산에 오르는 것처럼, 시인이 쓴 시가 우리 곁에 있기 때문에 시를 읽고 감상하는 것이다. 시를 느낄 수 있다는 것은 그 속에서 한 송이 꽃을 발견할 수 있다는 말이다. 이럴 때에만 즐길 수 있는 빛깔과 빠져들게 하는 향기, 그리고 그 생명력을 가슴으로 느낄 수 있다.

시인은 자신이 경험한 자연과 인간, 사물에 대해 남다른 애정을 지닌 존재이다. 그래야만 남다른 생의 순간을 포착하고 그것을 시적 상상력을 통해 언어로 표현할 수 있다. 이러한 생의 순간 포착에 시적 상상력이 머물러 있을 때 시인은 비로소 시를 쓸 수 있게 된다. 이것을 우리는 서정 시라고 부르며, 이것을 가슴으로 느끼고 싶어한다.

가슴으로 느끼고 싶어한다는 것은 무언가를 그리워하고 그 존재에 대

*문학박사, 숙명여대 강사

해 끊임없이 감각하며 의식의 물꼬를 트고 싶어한다는 말이다. 이러한 욕망을 지니고 있기에 시인은 일상 속에서 제대로 느끼지 못했던 삶의 무게를 자연이나 사물 또는 관계들 속에서 인식하려고 노력한다. 이에 따라 대상에 대한 그리움과 그 존재에 대한 성찰이 더욱 섬세해진다.

심재섭 시인은 이런 의미에서 주목할 만한 시인이다. 첫 시집 『노을빛 언덕에서』에 이어 두 번째 시집 『낙엽을 쓸면서』를 내면서, 시인은 삶의 연륜이 묻어나는 언어적 감각으로 자기를 성찰하며 잊었거나 잃어버린 것에 대한 그리움을 노래하고 있다. 그리움에 대한 그의 솔직한 고백은 일상 속에 묻혀 있던 의식을 일깨워줄 뿐만 아니라, 삶 속에서 경험하게 되는 관계들의 의미를 진지하게 생각할 수 해 준다.

2

심재섭 시인에게 첫 번째 그리움의 대상은 고향이다. 이때 '고향'에 대한 그리움은 일상에서 잃어버린 것에 대한 그리움이요, 인간의 본질을 찾으려는 욕망의 다른 이름이다. 이것을 '향수鄕愁'라고 할 수 있는데, 그의 향수를 고향에 대한 그리움과 그 슬픔이라는 의미를 지닌 노스텔지어 nostalgia와 홈시크니스 homesickness의 의미로만 받아들여서는 안 된다. 향수는 유년의 체험에서 받은 자연에 대한 감화와 순수했던 자아의식의 기본 바탕을 이루기 때문이다. '고향'의 경우, 살아가면서 배어든 묵은 때와 삶의 앙금을 흔들어 정화하여, 현실에서 잃어버린 인정과 순수함에 대한 그리움을 자극하는 매개체가 된다.

시인의 고향은 '죽암땅 광려천'이다. "끼니 때 마실간 개구쟁이/ 할머니 애달피 찾는 높은음자리"가 대나무 사이로 들리고, "자자손손 닳고닳은 영혼들/ 세월 속 바위틈 묻힌 흔적"이 남아 있는 곳, "철둑이 가로누워/ 옹

달샘 모양새/ 다바구, 전설같은 이름"을 지닌 곳이 바로 시인의 고향이다.

> 지금은
> 내서읍 죽암竹岩 땅 고향이
> 세상의 날쌘 톱닛발에
> 몽실몽실 야산들
> 산산이 부서져 흩어지고
> 대밭 참새도 간 곳 없고
> 귀 시린 세상소리 요란하다.
> ― 「그리운 고향 ―대밭 속 참새들」에서

그런데 위의 시 「그리운 고향」의 4연을 보면 고향이 '지금은' 유년의 기억 속에 남아 있던 그 모습이 아니다. "할머니의 애달피 찾는 높은음자리", "대밭 속 지저귀는 참새소리" 등과 같은 정겨운 소리도 들을 수 없고, 밥상 앞에 앉으신 "점잖은 아버지"의 모습도 볼 수 없다. 유년의 기억은 유년의 기억일 뿐, "지금은 (…) 몽실몽실 야산들/ 사산이 부서져 흩어지고/ 참새도 간 곳 없고/ 귀 시린 세상소리 요란"한 곳일 뿐이다. 지금 시인에게 유년의 모습이 없듯이 고향 또한 숱한 세월만큼 변할 수밖에 없었다. 그런데 그 변화가 정겨운 자연의 생명력을 잃어버렸을 때 고향은 그리움의 대상이 아니라 안타까움을 느끼게 하는 존재가 된다.

이러한 안타까움이 「고향의 정자나무」와 「낯선 고향」에서는 낯설고 무심한 고향의 모습으로 다가와 고향을 잃은 것에 대한 상실감을 맛보게 한다.

> 유년 시절 개구쟁이 장난에
> 몸살 앓던 정자나무
> 옛친구 찾아와도

고향인지 타향인지
아는 듯 모르는 듯
몸뚱이 몰라보게 커져가
알송달송 눈빛 남 보듯 쳐다본다
                              ―「고향 정자나무」에서

이름 모를 풀씨들
고향사람 다진 땅
우후죽순 돋아나서
옛모습 가려놓고
남보듯 쳐다본다.
                              ―「낯선 고향」에서

　위의 두 시에서도 고향은 모습이 달라져 낯설게까지 느껴지는 곳이 되
어 있다. 그래서 "남보듯 쳐다본다"고 느낀다. 그러나 한동안 고향을 떠나
있었던 나로서 새삼스레 찾은 고향이 유년 시절의 기억처럼 반드시 정겹
고 한결같을 수만은 없다. 그런 의미에서 "남보듯 쳐다본다"는 것은 고향
이 나에게 보내는 안타까움의 표현이며, 시인 스스로의 자기반성에서 오
는 자각일 수 있다. 따라서 유년의 고향이나 옛 추억의 소박하고 아름다
운 정경이 사라진 것에 대한 아쉬움은 잃어버린 것의 실체가 고향의 정겨
움일 뿐만 아니라 자기자신의 순수함일 수도 있다는 말이 된다.

3

　두 번째로 그리움의 대상은 가족이다. 가정이라는 일상적인 공간 속에
서 혈연으로 맺어진 관계. 그러나 언젠가는 독립하거나 죽음 앞에서 이별

의 아픔을 겪게 하는 존재이기도 하다. 가족만큼 삶 속에 깊이 자리를 차지하는 존재도 없을 것이다.

심재섭 시인은 특히 아버지에 대한 그리움을 고향 이미지와 관련시켜 놓는다. 「그리운 고향」에서는 "수많은 세월/ 대밭 속 지저귀는 참새소리/ 아련히 들려오고/ 점잖은 아버지 밥상 앞에/ 철없이 지저귄다"며 점잖은 아버지의 모습과 즐거운 참새소리를 대비시켜 정겹고 밝은 고향의 이미지를 두드러지게 표현하고 있다. 이러한 아버지의 이미지가 「당신의 무덤 앞에」라는 시에서 그리움의 대상이면서 자기성찰을 하게 하는 대상으로 나타나 있다.

> 솜털같이 따스함이
> 내게 다가오는 당신의 숨결
> 일찍 깨지 못한 아쉬운 소견所見이
> 내 스물여덟 나이
> 뒤늦게 온다는 느낌이 있을 때
> 갈길 바빠 사랑도 미련도 통째로 두고
> 저 세상 가신 내 아버지
> 기억들
>
> — 「당신의 무덤 앞에서」 일부

위의 시에서 '나'는 아버지 앞에서는 언제나 '스물여덟 살'이다. 아버지가 돌아가실 때 '나'의 나이기도 하지만, 철들 나이에도 불구하고 지금껏 "내가 행복할 때 당신 생각 멀어가고/ 외롭고 괴로울 때, 눈 앞에 다가"서는 '어리석음'을 지닌 채 살아왔던 자신에 대한 반성을 가능케 하는 나이기도 하다. 그런데 벌써 '40년'이라는 세월이 흘렀다. 늦었지만 "당신 소망 꽃피어/ 문예한국 시로 등단"도 했다. 시인의 눈물은 더 이상 반성과 안타까움으로 흘리는 "고개 숙인 무거운 눈물"이 아니라 감사와 감격에서 나오는 "뜨거운 눈물"이 된다.

한편 시인은 일상생활 속에서 가장 가까이에 있으면서도 가장 무심하게 대하기 쉬운 아내에 대한 그리움도 노래하고 있다. 「박꽃같은 여인」은 바로 삶의 동반자인 '아내에게 바치는 노래'이다. 이 시에서 시인은 "언젠가 다가올 종점 앞에" 서 있는 자신을 발견하고 뒤늦게나마 "당신 가슴 깊이 박힌 못이 되어/ 고개 한 번 숙인 적 없는 내가/ 묵묵부답 죄인처럼 앉아 있다".

> 나지막한 초가지붕 위
> 밤이슬 머금고 누워있는 하얀 박
> 새벽을 잊은 달빛 속에
> 박넝쿨 마디마디 고를 매어
> 한여름 몰아치는 비바람도
> 겁없이 견디고 이겨낸다.
>
> 참는 것이 이긴다는 순박한
> 박꽃이, 당신이기에
> 속살 한 점 부끄럼 없는
> 순결한 박덩이
> 비굴하게 목숨 건 부와 명예보다
> 달빛 아래 하얀 박이 빛난다.
>
> — 「박꽃같은 여인」 일부

위의 시에서 힘겨운 시절을 잘 참아내며 욕심없이 순박하게 살아온 아내에 대한 찬사를 보낸다. 이러한 아내에 대한 예찬 속에는 그와 반대로 아내에게 상처만 줄 뿐 반성할 줄 몰랐던 자신을 돌아보고 "어쩌다 잃어버린 내 인생"에 대해 안타까워하는 마음을 더 간절히 노래하고 있다. 이것은 삶의 연륜 또는 '죽음'에 대한 자각에서 오는 인간의 절박한 삶에 대한 의지의 표명인지도 모른다. 죽음 앞에서 한없이 겸손해질 수밖에 없는 인간의 나약함을 발견할 수도 있지만, 그보다는 아내의 삶을 통해 자신을 반성하고 새로운 삶의 방향을 찾으려는 시인의 노력을 읽을 수 있다.

3

세 번째로 그리움의 대상은 삶 자체이다. 삶은 결코 살아있다는 존재의 생명력만을 의미하는 것이 아니다. 삶은 평범하고 일상적인 시·공간 속에서 경험하고 관계 맺은 모든 것을 의미한다. 이때 그리움은 시인으로 하여금 과거의 기억을 통해 삶과 현실을 되돌아보고 새로운 의미를 찾게 하는 원동력이 되기도 한다. 시인은 이러한 삶의 순간순간을 경험하면서 현실에 대한 관심과 애정의 눈길을 끊임없이 보낸다. 그러면서 일상에 묻혀 지내면서 잃어버리고도 무엇을 잃었는지 제대로 의식하지 못했던 것에 대한 반성과 그 존재의 의미를 찾아내려고 한다.

그런 의미에서 「바라보는 산」은 시인이 근본적으로 그리워하는 것이 무엇인지를 노래한 시이다.

바라보는 산이 높다
내 마음 새가 돼도
닿지 못할 영원한 곳
그리워도 갈 수 없는
머나먼 고향

사랑하고 싶어도

찬바람 일까 망설이고
가고픈 맘 그리 많아도
찾는 이 없으니 바라만 본다

바라보는 정상, 내 젊은 영혼
구름 쌓여 떠 있고
산은 옛산이로되
오르지 못할
그림같은 산이로다.

— 「노을빛 언덕」에서

위의 시에서 '산'은 '나'가 오를 수 없는 존재이다. 그것은 "닿지 못할 영원한 곳"이요 "그리워도 갈 수 없는/ 머나먼 고향"이다. 그렇기 때문에 "바라만 본다". 그리고 자신의 힘으로는 절대로 닿을 수 없는 이상적 존재의 절대성과 존엄성을 인정한다. 옛날이나 지금이나 바라만 보더라도 늘 그리워하며 "내 젊은 영혼"을 간직할 수 있게 해 주는 존재. 그것에 대한 그리움 때문에 시인은 시를 쓸 수밖에 없다.

또한 시인은 자연을 노래하며 삶의 감각을 되살려 내려고 노력한다.

얇게 내리는 어둠
한산한 거리
아기 손이 놓친 과자봉지
그리움이 묻어져서
엄마 곁에
울부짖는 아기처럼
땅바닥을 뒹군다

노을빛 타는 언덕
불현듯 옛 생각
허전한 내 마음
천만 길 벼랑 끝에
노송이 굽어보듯
소슬한 바람은
낙엽을 쓸고 있다.

　　　　　　— 「낙엽을 쓸면서—별빛 같은 추억」 전문

　위의 「낙엽을 쓸면서」를 읽어보면, 가을의 이미지가 "아기 손이 놓친 과자봉지/ 그리움이 묻어져서/ 엄마 곁에 울부짖는 아기처럼/ 땅바닥을 뒹군다"는 표현 속에서 잘 드러난다. 과자봉지가 땅바닥을 뒹구는 모습에서 바람에 떨어져 구르는 낙엽의 모습을 떠올리게 되고, '놓친 과자봉지' 때문에 '울부짖는 아기'를 떠올릴 때는 유년의 기억과 함께 잃어버린 것에 대한 안타까움과 그리움을 절실히 느끼게 된다.

　시인은 또한 "노을빛 타는 언덕/ 불현듯 옛 생각/ 허전한 내 마음"이라며 황혼기의 허무함을 고백한다. 특히 "천만 길 벼랑 끝에/ 노송이 굽어보듯"으로 삶을 돌아보는 자신을 표현하면서, 한편으로 '바람'에 자신의 감정을 이입시켜 "낙엽을 쓸고 있다"고 말한다. 자연 앞에서는 '옛생각'이나 '허전함' 따위가 대수롭지 않은 것임을 알면서도 거기에 연연하는 자신의 마음을 낙엽을 쓸 듯이 쓸어내고 싶어하는 시인의 마음을 노래했다.

　한편 「고맷힌 끄나풀」에서는 분단 현실 속에서 살아가는 삶에 대한 안타까움을 노래하며, 자연의 섭리에 따르는 해결을 제시한다.

물레는 돌고돌아
가늘고 가는 실을

거침없이 뽑아내고
고로 맺힌 끄나풀은
당길수록 조여든다
            (…)
내 긴 한숨이
네 곁에 바람 일고
내 얼굴에 비치면
맺힌 한 풀어지리

　　　　　　　　　　　　　— 「고맺힌 끄나풀」 일부

　위의 시에서 '물레'와 '고'를 통해 자연의 순환 원리와 분단 현실의 긴
박감을 대조적으로 비유했다. 특히 "고로 맺힌 끄나풀은/ 당길수록 조여든
다"는 데서 분단이 가져오는 민족의 아픔과 한恨의 정서를 은유적으로 표
현했다. 이러한 안타까움은 '긴 한숨'이 되어 '너'라는 상대에게 전달된다.
그러나 그것이 '내 얼굴에 비치면'서 다시 '돌고 돌게' 된다면, 분단의 한
도 해결될 수 있을 것이라는 기대감을 드러낸다.
　「얼룩진 한 세상」은 자신의 삶에 대한 안타까움과 자신이 그리워하는
대상에 대한 의식이 어떻게 작용하는가에 대해 노래한 시이다.

무거운 짐을 지고
소고삐에 끌려가는
외로운 오솔길
언제나 혼자만이 생각
답안지 정답처럼
태산같이 믿고 산다

길섶 풀잎 나를 보듯

오만 사람 쳐다봐도
얼룩진 한 세상
타다 남은 석양빛은
피어나는 시심으로
지는 해를 잡고 있다.

　　　　　　　　　　　　　　　　　　　― 「얼룩진 세상」 전문

　위의 시에서 시인은 자신을 '눈먼 강아지'에 비유하며 험난하게 살아온
자신의 삶에 대한 연민을 드러낸다. 그래서 세상을 '얼룩진'이라고 표현해
놓았다. "언제나 혼자만이 생각/ 답안지 정답처럼/ 태산같이 믿고 산다"
며 자신의 독선적인 성격을 솔직하게 고백한다. 그러나 그것은 자신이 갖
고 있는 삶의 의지를 강조하기 위한 것이다. "얼룩진 세상"에서 "타다 남
은 석양빛"과 희미하게나마 삶의 빛이 주어졌기에 시인은 "피어나는 시심
으로/ 지는 해를 잡고 있다"는 것이다. 시를 쓴다는 것은 세상에 빛을 주
는 일과 같다. 또한 '시심詩心'은 얼룩진 세상에서 '석양빛'과 같은 존재이
기도 하지만, 덧없이 흘러가는 시간에 대한 안타까움 때문에 시심으로라
도 '지는 해'를 잡고 싶어한다.

4

　심재섭 시인은 이번 시집 『낙엽을 쓸면서』에서 자기의 삶을 돌아보며
일상 속에서 자칫 잃어버리기 쉬운 존재와 기억들의 의미를 그리움의 정
서로 노래했다.
　이러한 그리움은 고향과 가족, 그리고 삶을 향해 있다. 이것은 소중하
지만 언젠가는 변화하고 떠나보내야 하는 존재에 대한 아쉬움을 달리 표

현한 것이라고 할 수 있다. 또한 가까이에 있으면서도 쉽게 망각되고 때로는 잃어버린 줄도 모르고 지나가는 존재들을 되살려 내고 그 의미를 찾으려는 시인의 노력이기도 하다. 시인은 살아가면서 배어든 묵은 때와 삶의 앙금을 씻어내 버리고 싶은 반성적 자세를 그리움의 정서로 잘 표현하고 있다.

● 한국문학의 비평과 차이

인쇄   2004년 11월 15일
발행   2004년 11월 25일

엮 은 이   김 봉 군 외
발 행 인   한 봉 숙
발 행 처   푸른사상사

출판등록   제2-2876호
주   소   100-193 서울시 중구 을지로3가 296-10 장양빌딩 202호
전   화   02) 2268-8706 - 8707, 팩시밀리 02) 2268-8708
홈페이지   prun21c.com
이 메 일   prun21c@yahoo.co.kr / prun21c@hanmail.net

정가 22,000원

*잘못된 책은 교환하여 드립니다.